湖南科技大学学术著作出版基金资助

英美中狄更斯学术史研究

第1卷

赵炎秋 主编

近现代英美狄更斯学术史研究（1836—1939年）

刘 白 著

中国社会科学出版社

图书在版编目(CIP)数据

近现代英美狄更斯学术史研究:1836—1939年/刘白著. —北京:中国社会科学出版社，2016.12
(英美中狄更斯学术史研究)
ISBN 978-7-5161-8469-1

Ⅰ.①近… Ⅱ.①刘… Ⅲ.①狄更斯,C.(1812-1870)—文学研究—1836-1939 Ⅳ.①I561.064

中国版本图书馆CIP数据核字(2016)第146148号

出版人 赵剑英
选题策划 郭晓鸿
责任编辑 武兴芳
责任校对 王 影
责任印制 戴 宽

出 版 中国社会科学出版社
社 址 北京鼓楼西大街甲158号
邮 编 100720
网 址 http://www.csspw.cn
发行部 010-84083685
门市部 010-84029450
经 销 新华书店及其他书店

印 刷 北京君升印刷有限公司
装 订 廊坊市广阳区广增装订厂
版 次 2016年12月第1版
印 次 2016年12月第1次印刷

开 本 710×1000 1/16
印 张 20.25
插 页 2
字 数 323千字
定 价 78.00元

总 序

一

从创作的角度看，狄更斯是一个幸运儿。他不像有的作家，一生默默无闻，直到死后才声名卓著；不像有的作家，虽然生前就得到社会的公认，但在成名前，不知经历了多少痛苦、绝望和挣扎；也不像有的作家，出了一部或几部轰动一时的作品之后，创作便一蟹不如一蟹，声名日衰地了其余生。他的第一部长篇小说便轰动了英国文坛，杰作一部连着一部。直到逝世，案头上还摆着一部正在赶写的小说。

1870 年去世之后，狄更斯的家人准备把他葬在罗彻斯特，但举国上下都要求将他的遗体葬在英国专葬伟人的威斯敏斯特教堂。在那里，他与乔叟、莎士比亚、斯宾塞、德莱顿、弥尔顿等伟人为伴。

狄更斯生前，围绕他的创作，批评界有过一些争议。逝世之后，其声名也经过了几次沉浮。然而，“尔曹身与名俱灭，不废江河万古流”，他成功地经受了时间的检验——这对作家们来说是最为严峻的。1902 年，英国的狄更斯爱好者成立了狄更斯协会（Dickens Fellowship）。1905 年，协会创办了专门研究狄更斯的杂志——《狄更斯研究者》（*The Dickensian*），后又将狄更斯在伦敦道提街（Doughty Street）上住过的房子，辟为狄更斯博物馆。在英国作家中，能够享受如此殊荣的，并不很多。1985 年，欧洲《泰晤士报》《时代》《新闻报》等五家报刊通过公民投票，评选出欧洲十大作家，狄更斯就名列其中。1980 年 6 月，英国皇家莎士比亚戏剧公司上演根据狄更斯小说《尼古拉斯·尼克尔贝》改编的同名话剧，获得空前成功。老作家宗璞曾回忆，一位英国友人曾向她抱怨中国人仍用狄更斯的眼光观察英国，说现在的英国已不是狄更斯笔下的英国了，英国文学应该有另外一个代表人物来代替狄更斯。但他想了半天，还是没有想出来。[①] 这说明了狄更斯在英国文学中无可替代的地位。

二

关于狄更斯的创作成就，国内外研究者进行了多方面的研究。笔者也曾在拙著《狄更斯长篇小说研究》中作了一个比较系统的分析。笔者认为，从内容看，对资本主义社会的批判，对道德的弘扬和对人性的探索，这三者构成了狄更斯小说思想内容的三个基本侧面，形成了其小说思想内容的主体，但是这三个方面不是互相孤立、互相绝缘的，而是既各自独立，又互相联系、配合，共同形成一部复杂而又和谐的三重奏。而贯穿着三重奏的一个主旋律，则是他的人道主义思想。从人物看，人物在狄更斯长篇小说中占据着重要的位置，它是整个小说的中心，小说的整个系统基本上是围绕这个中心构建的。狄更斯喜欢就某一类人物进行反复描写，由此在其小说中形成了不同的人物系列。狄更斯笔下的人物具有性格的单层次、本质的确定化、形象的基调化、形象的明晰性和深厚的人性内涵等特点。从艺术看，狄更斯的小说形成了自己独有的特点，狄更斯的创作方法是感受型的现实主义，人物塑造的基本原则是二元对立，长篇小说的结构特点是多元整一，狄更斯的小说充满了幽默，他用外化的方法揭示人物的内心世界，在叙事方法上，他也进行了多种新的尝试，如将第一人称和第三人称在同一部小说中结合起来进行运用，等等。

但是，我们还应注意狄更斯在小说发展史特别是英国小说发展史上的作用和地位。正是狄更斯，使小说成为真正大众化的艺术形式。18世纪中叶，约翰逊博士的《致切斯特菲尔德伯爵的信》，宣告了文人依靠恩主的时代的结束，文学开始走向普通群众。但是在书籍的价钱与公众的收入之

---

① 参看宗璞《独创性作家的魅力》，《外国文学评论》1990年第1期。

间始终存在着一定的距离，阻碍了文学作品的完全大众化。朱虹写道："18世纪以来，小说传统的出版形式是三卷本，定价一个半吉尼，属奢侈品。19世纪初，租赁小说的图书馆在城市广泛设立，对普及小说起了重要作用。当时最大的一家穆迪图书馆以'一个吉尼、一本书、一年为期'的口号招揽了许多主顾。而对于作家来说，被穆迪选中，意味着可以得到最广大的读者，用一位通俗小说作者奥利奋特的话说，'无异于得到上帝的承认'。"① 租赁图书馆垄断了大部分文学书刊市场，广大读者花钱租书阅读。与18世纪相比，这种方式虽然普及了小说，但同时又阻碍了小说的进一步普及与发展。而狄更斯则创造性地运用并发展了久被废置的分期连载的形式，把一本书的价值化整为零，使广大低收入阶层的读者能够在自己经济条件许可的范围内读到那个时代最优秀的作品，使小说真正走进千家万户。

法国传记作家莫洛亚则从另一个方面指出了狄更斯在小说发展史上的意义。莫洛亚认为，"理查森对心理描写作出了贡献，菲尔丁对叙述故事作出了贡献。在菲尔丁之前，在英国，从来没有一个当代的故事用间接的形式讲清楚过。菲尔丁成为材料的主人，创立了一种非常自由、十分简单的小说形式。此后，英国人一直忠实于这种形式。沃尔特·司各特用历史小说、哥德史密斯和斯特恩用幽默小说和感伤小说稍拓宽了这条英国小说的康庄大道。就在这个时候走来了狄更斯，他面对的是孩提时代的小说，要求不高的读者，广阔无边的未被描写的素材"②。狄更斯以菲尔丁的传统为主，融合理查生、歌德、史密斯、斯特恩等人的长处，通过自己的创作将英国小说特别是长篇小说提高到成熟的高度，并为它的继续发展打下坚实的基础。在英国小说乃至世界小说发展史上，他的地位是无法撼动的。

三

中国读者接触狄更斯，始于20世纪初。1907—1909年，当时的商务印书馆连续出版了著名翻译家林纾和他的合作者魏易合译的五部狄更斯长

① 参见朱虹《市场上的作家——另一个狄更斯》，《外国文学评论》1989年第4期。

② ［法］安德烈·莫洛亚：《狄更斯评传》，朱延生译，山西人民出版社1984年版，第93页。

篇小说《滑稽外史》(1907年，现译《尼古拉斯·尼克尔贝》)、《孝女耐儿传》(1907年，现译《老古玩店》)、《块肉余生述》(1908年，现译《大卫·科波菲尔》)、《贼史》(1908年，现译《奥立弗·退斯特》或《雾都孤儿》)、《冰雪因缘》(1909年，现译《董贝父子》)，并作了一定的评论。这可以看作我国狄更斯研究的滥觞。从那时开始到现在，中国狄更斯学术史可以分为晚清与民国、新中国成立到20世纪70年代、20世纪80年代以后三个时期。后一个时期又可以分为20世纪八九十年代和21世纪初两个阶段。一百多年的中国狄更斯研究，成果不菲。迄今为止，狄更斯所有的作品，基本上都有了中译本，有的重要作品如《双城记》，中译本竟达23种之多，如果加上改写本、英汉对照本以及同一译者翻译不同出版社出版的译本，数量则更多。研究方面，据不完全统计，研究论文（包括硕士、博士论文）已达2000多篇，研究专著、学术性译著40多部。

应该说，这样的研究成果还是比较可观的。然而这些研究也存在一些不足。不足之一便是对狄更斯学术史的研究不够。诚如陈众议所说：“不具备一定的学术史视野，哪怕是潜在的学术史视野，任何经典作家作品研究几乎都是不能想象的。”① 对相关研究成果的详尽把握，是成功的学术研究的前提。因为它不仅可以使研究者知道国内外研究现状，避免与已有研究成果的重复，得到研究的启示和相关的资料，而且，“站在世纪的高度和民族立场上重新审视外国文学，梳理其经典，展开研究之研究，将不仅有助于我们把握世界文明的律动和了解不同民族的个性，而且有利于深化中外文化交流，从而为我们借鉴和吸收优秀文明成果、为中国文学及文化的发展提供有益的‘他山之石’”②。对于狄更斯这样的经典作家，就更是如此。光是中国的狄更斯研究成果，就已汗牛充栋，如果再加上西方的相关成果，就更是浩如烟海。这就迫切需要有狄更斯学术史研究方面的著作为狄更斯研究者和读者提供狄更斯研究方面的主要成果、提供相关的研究资料和研究线索。《英美中狄更斯学术史研究》丛书的写作正是这方面的

① 陈众议：《外国文学学术史研究·总序》，赵炎秋等《狄更斯学术史研究》，译林出版社2014年版，第2页。

② 同上书，第4—5页。

一个初步尝试。

四

《英美中狄更斯学术史研究》丛书第一次对英美中狄更斯学术史进行系统研究，不仅为中国的狄更斯研究提供了坚实的基础和有益的借鉴，也为国外的狄更斯研究者提供了一个有益的参照系。丛书共分三卷。第一卷："近现代英美狄更斯学术史研究"（1836—1939 年），由刘白撰写，主要研究第二次世界大战前英美狄更斯学术史，有四章正文和附录；第二卷："当代英美狄更斯学术史研究"（1940—2015 年），由蔡熙撰写，主要研究第二次世界大战后包括第二次世界大战的英美狄更斯学术史，有四章正文和附录；第三卷："中国狄更斯学术史研究"，由赵炎秋撰写，主要研究中国一百余年的狄更斯学术史，有五章正文和附录，此外，每卷都附有赵炎秋写的序和本卷作者写的后记。

狄更斯是英国作家，对他的研究最为深入广泛的应该是英国。但同时，狄更斯又是英语作家，作为最大的英语国家，美国以其雄厚的经济、文化与学术实力，在狄更斯研究中后来居上，逐渐取得了与英国并驾齐驱的地位。英美两国的狄更斯研究，代表了世界狄更斯研究的最高水平。另外，作为中国学者，我们研究狄更斯的最终目的，还是与世界各国进行文化交流，了解狄更斯生活的时代与国度，发展我们自己的文学与文化。因此，中国的立场与方法不可或缺，中国的狄更斯研究必须纳入视野。这也是我们选择英、美、中三国的狄更斯学术史作为我们这套丛书研究对象的主要原因。我们相信，我们的选择是正确的，也是有价值的。

丛书的写作缘起于中国社会科学院外国文学研究所于 2004 年启动的"外国文学学术史研究工程"。2008 年，他们开始工程的第二期时，将"狄更斯学术史研究"列入子课题。我与当时在湖南师范大学文学院攻读比较文学专业博士学位的蔡熙和刘白共同承担了这个课题。在研究过程中，我们又申报了教育部一般课题"英美中狄更斯学术史研究"，并获得批准，这给我们的研究增添了新的动力。经过近四年的研究，课题在 2012 年完成。研究的截止时间原定为 2010 年，但研究完成后，因为各种原因，丛书一直未能出版，我们的修改也一直没有停止。特别是蔡熙，就在 2016 年，他还花了几个月时间阅读了大量新的资料，对其撰写的第二卷作了大量补充。因此，整个研究的截止时间又往后推迟了。但因最后定稿的时间不同，各卷研究的截止时间也有一定区别，大致第一卷的截止时间是 2014 年，第二卷的截止时间是 2015 年，第三卷的截止时间是 2015 年上半年。这可以从一个侧面证明我们对丛书写作的认真程度。

文章千古事，得失寸心知。丛书的写作我们尽了自己的努力，但由于水平、资料搜集等方面的限制，丛书肯定还有很多缺点与不足，期待专家与读者不吝指正。

赵炎秋

2016 年 6 月 18 日

目　录

绪　言

英国小说家狄更斯（Charles Dickens，1812—1870）从一个没上过几天学的穷小子到举世闻名的一代文豪，走过了艰难曲折的历程。他一生创作十分广泛，共创作长篇小说15部，中篇小说20余部，短篇小说数百篇，特写集一部，长篇游记两部，《儿童英国史》一部以及大量演说词、书信、散文、杂诗等。成就最大的还是小说，其中又以长篇小说最为杰出。他为人类留下了宝贵的文学遗产。

狄更斯其人其作，一直是英美文学批评界关注的重点之一。从1836年出版第一部作品起至今，各种文学流派都对他进行了解读和评析，提出了许多不同的看法。狄更斯正是在这些批评的检验中成长为一位经典小说家的。本书主要探讨第二次世界大战前英美文学批评视野中的狄更斯研究，揭示各种批评流派对他及其作品的不同解读，特别注重介绍针锋相对的观点；同时通过对某些重要批评家的批评观点和研究方法管窥蠡测，探讨他们评判立场形成的原因及存在的优缺点，这样既对我国的狄更斯研究者提供必要的借鉴，又可加深对狄更斯及其创作的认识。

然而这并非一件易事。就英美而言，历时170余年有关狄更斯研究的传记达百余部，专著近千部，论文近万篇。在这浩如烟海的文献中如何选择最重要的参考书便成了最突出又最棘手的难题。本书尽可能选择公认的最重要的、最具代表性的论著，探讨其中的观点，评介这些论著在狄更斯研究中的意义和影响。同时在整体评述之后，对某些重要观点发表自己的一家之言，形成自己对狄更斯及其创作的认识。

一　国内外研究现状

狄更斯被公认为“维多利亚时代最杰出的小说家”。英美关于狄更斯的研究成果可谓汗牛充栋。但在狄更斯学术史研究方面，英美学界还重视不够。英美有某一时期的狄更斯研究述评，如发表在《狄更斯研究者》上的希尔维瑞·蒙诺德的《1900年—1920年的狄更斯研究综述》、米歇尔·斯莱特的《1920年—1940年的狄更斯研究综述》等，他们的研究主要以二十年为期，侧重客观梳理和总结该时期的狄更斯研究特点。此外，菲利普·柯林斯出版的《狄更斯批评遗产》和米歇尔·霍灵顿编纂的《查尔斯·狄更斯批评集》也属于学术史的范畴，不过也只是做资料搜集和整理工作，他们将重要批评家的狄更斯批评论文收录进来，以方便后来的狄更斯研究者。前者将狄更斯生前的重要批评文章编入，后者则是更大范围内的资料采集，将狄更斯生前至2005年间部分重要批评家对狄更斯研究的论文整理成了四卷书。此外，并没有相对系统完整的狄更斯学术史研究论文和著作，更少见相关的反思性论文。总而言之，英美将研究的重点几乎都放在研究本身，而对研究之研究（学术史的梳理和反思）的重视还相当不够。

国内对狄更斯的研究起步于1907年，以林纾对狄更斯小说的翻译为滥觞。国内的狄更斯研究可分为三个时期：①1907年至1948年是狄更斯研究的形成期。研究主要集中在狄更斯生平和作品的翻译与介绍，国外狄更斯研究成果的译介以及文学史中的狄更斯研究，主要成果有林纾等人的狄更斯翻译，郑振铎、孙毓修、何家槐等人对狄更斯生平与创作的介绍等。独立的学术研究成果尚未完全形成。②1949年至1977年是狄更斯学术研究的发展期。该阶段国内学者开始对狄更斯及其创作进行比较系统的翻译、介绍与研究。与民国时期相比，这个时期狄更斯研究无论从广度和深度上都取得了长足的进步。狄更斯的主要作品都有了译本，出现了不少有分量的学术论文。如杨耀民的《狄更斯的创作历程与思想特征》，陈嘉的《论狄更斯的〈双城记〉》，范存忠的《狄更斯与美国问题》等。③1978年以后是国内狄更斯研究的繁荣期，无论在数量还是质量上都取得前所未有的成果。此阶段学界编著的狄更斯专著达13部，如《狄更斯长篇小说研究》《狄更斯小说欣赏》《浪漫的现实主义：狄更斯评传》《狄更斯的创作》等，研究论文达三百余篇。这一时期国内狄更斯研究有以下特点：一是研究的深度与广度大大加强；二是研究的多元化倾向明显；三是受西方学术思潮的影响较大，部分研究与西方研究具有一定程度的同步性；四是系统的整体性研究增加；五是研究的规模大大扩大，专著的数量从无到有，明显增多。进入21世纪后，国内对西方文学的借鉴和研究的重心转向了现代主义和后现代主义文学，对狄更斯之类的经典作家作品的研究虽然每年都有论文问世，但研究的兴趣和重视程度明显偏低。

就狄更斯学术史方面的研究成果而言，主要有论文《建国后狄更斯研究述评》（《柳州师范专科学校学报》1996年第1期），《善状社会之情态的狄更斯——民国时期狄更斯在中国的接受》（《淮阴师范学院学报》1999年第4期），《21世纪国内狄更斯研究述评》（《湖南科技大学学报》2011年第1期），《新中国60年狄更斯研究之考察与分析》（《外国文学研究》2011年第4期），专著《狄更斯与中国》（湘潭大学出版社2008年版）以及翻译评论集《狄更斯评论集》（上海译文出版社1981年版）等。就论文而言，基本上以梳理为主，但在梳理过程中也对研究情况进行了反思，如葛桂录在《民国时期狄更斯在中国的接受》一文中梳理了新中国成立前国内狄更斯研究的状况，并分析了为何在此期间中国学术界对狄更斯的研究深度与广度不及托尔斯泰、屠格涅夫等俄罗斯作家的原因，认为中俄两国的国情具有相似性，是欧洲国家无可比拟的。这也造成了民国期间狄更斯无法在国人中间达到全面而深刻的接受程度。赵炎秋的《建国后狄更斯研究述评》则系统梳理了1949—1996年近五十年国内狄更斯研究的现状，文章将该阶段的狄更斯研究分为三个时期，认为狄更斯研究真正走向繁荣是在1978年以后。论文用一定篇幅分析了这五十年国内研究存在的问题：资料把握不准确、部分论文思想观念陈旧、研究方法单一等，指出未来的狄更斯研究应向纵深发展。刘白的《21世纪国内狄更斯研究述评》应该是在前两篇综述论文上的一个补充，文章概括了近十年来国内狄更斯研究的现状。这三篇论文合起来基本上概述了一百余年来国内狄更斯研究的情况。

然而，国内对于西方狄更斯研究的情况了解得还远远不够。童真在《狄更斯与中国》一书中用少量的篇幅介绍了英美狄更斯研究的概况，其目的旨在通过将英美两国的狄更斯研究与中国进行比较，看看中国与英美狄更斯研究的差异，中国狄更斯研究的成绩、存在的问题以及研究中因文化差异而形成的研究的变异，进而分析产生变异的原因，其研究的落脚点是中国的狄更斯研究。本书旨在系统梳理英美狄更斯学术史，客观反映重要研究者的立场、观点和方法，同时对某些重要观点进行反思，了解英美狄更斯研究的长处与不足，以便我国学者详细地了解英美各个阶段的狄更斯研究情况，也可以在反思中使研究者更为全面地认识狄更斯的创作。

二　选题意义与学术价值

狄更斯是一位具有世界声誉、影响广泛的经典作家。本书对第二次世界大战前世界狄更斯研究重镇英国与美国的狄更斯学术史进行研究，其理论与实际意义主要有如下几个方面：

第一，系统地研究英美狄更斯学术史，在我国尚属首次。根据细查资料，英美只有某一时期（通常是十年或二十年间）的狄更斯研究述评，还没有完整的狄更斯学术史著作。我国类似的著作有童真的《狄更斯与中国》，但这部书主要论述中国的狄更斯学术史及狄更斯对中国的影响，虽用部分篇幅兼及论述了英美狄更斯研究的概况，但由于不是该书的重点，展开不够。中国学者，对于英美狄更斯学术史进行研究，本书尚属首次。

第二，本书研究狄更斯生前至第二次世界大战前的学术史，力图再现最初的狄更斯研究。通过探讨英美文学批评视野中的狄更斯研究，揭示不同批评流派、不同立场的学者对狄更斯其人其作的不同解读，让我国学者对狄更斯学术史有更全面、系统、深入的了解，进一步推动我国狄更斯研究的发展。

第三，本书在梳理的基础上，对部分英美重要批评家的主要立场、研究观点进行反思，分析其批评方法和观点形成的历史和社会原因以及存在的不足。通过与研究者们对话，全面认识狄更斯的创作。

第四，学术史研究是一种行之有效的文学研究方法，更是一种切实可行的文化积累工程。狄更斯学术史研究通过尽可能竭泽而渔式的梳理，老老实实地将有关狄更斯及其作品的研究成果（包括有关研究家的立场、观点和方法）公之于众，以备来者考。本书采用的研究方法也有一定的借鉴意义，能为今后类似的研究提供参考。

三 研究范围与内容

限于篇幅，本书主要对第二次世界大战前的英美狄更斯长篇小说学术史进行研究，之所以将英国与美国的狄更斯学术史一并研究，原因是英美两国没有语言障碍，且狄更斯所生活的维多利亚时期尚未存在版权问题，狄更斯每部小说的发表在英美两国几乎是同步的，对狄更斯及其作品的研究两国也几乎是同时的。

本书的研究内容包括两部分：学术史梳理和研究反思。重点放在学术史梳理方面，目的在于让国内学者对二战前英美的狄更斯研究有一个相对全面的认识和了解。研究反思部分则是对某些重要研究立场、观点和方法管窥蠡测，发表一家之言，以期更为全面深入地认识狄更斯的创作。

学术史可能有两种写法：一种是通史的写法，即按时代的次序，对各个时代具有代表性的人物及其代表性的观点作广泛的叙述；另一种是专史的写法，即问题型的学术史研究，以狄更斯研究专题为纲，追溯各个时代的不同批评家对这一专题的不同认识态度。本书采取了第一种写法，以对狄更斯的研究时间为经线，以不同的研究内容和批评流派为纬线，以他的作品为核心，按时间顺序构成全书的基本框架。

第一章主要梳理狄更斯生前的英美评论。狄更斯在世时，他的创作就备受评论界关注。《匹克威克外传》让狄更斯成为众人瞩目的“上升的火箭”，以至于他随后出版的每一部小说都引起了评论的巨大反响和论战。同时代的评论中既有小说家、学者的批评，也有普通读者“业余”的解读。他们有的从单部小说探讨狄更斯小说的思想、人物、语言等，有的将狄更斯与各个不同时代的作家进行广泛而深入的比较，还有的结合狄更斯全部或部分小说的宏观性和综合性评论来探讨狄更斯的创作特质。在三十余年的狄更斯生前评论中，有肯定、有否定，有赞美、有非难，正是在这些评论的基础上，狄更斯最终到达了文坛声誉的高峰。

第二章主要梳理狄更斯死后至第一次世界大战期间英美学术史。狄更斯去世后，对他的研究并未减少，相反评论队伍愈发壮大。传记、专著从无到有，论文不断涌现。这个时期对狄更斯的研究大致有如下几种：一是传记研究。1870年狄更斯谢世，各种报纸杂志纷纷刊载他的亲友撰写的回忆录。随着他的私人信件陆续发表，有关他的传记开始不断出版，形成了一股前所未有的热潮。尤其在福斯特的《查尔斯·狄更斯传》问世后，这股热潮几乎达到了顶点。二是研究论文。更多论文从学术学理层面来探讨狄更斯小说的人物、思想、叙事风格以及狄更斯与批评的关系等。三是研究专著。这一阶段出现了乔治·吉辛、G. K. 切斯特顿等重要的狄更斯研究专家，他们成果卓著，对狄更斯进行了较为深入的研究，对今天的狄更斯研究者仍有较大的影响。四是狄更斯协会与《狄更斯研究者》的成立。20世纪初狄更斯学术界最重要的事件便是狄更斯协会的成立以及由协会发行的《狄更斯研究者》刊物。它们的出现为狄更斯批评者们提供了研究领地。五是纪念狄更斯一百周年诞辰。为纪念狄更斯一百周年诞辰，乔伊斯、克洛斯、萧伯纳、哈代等知名作家和批评家纷纷撰文对狄更斯及其成就进行了一个全方位的扫描。通过回顾这一阶段的狄更斯学术史，再现了狄更斯的地位是如何在英国乃至世界文坛奠定的。

第三章梳理第一次世界大战至二战前英美狄更斯的学术史。该阶段的狄更斯研究除了传统的现实主义批评、传记研究外，多种文学批评方法均在狄更斯研究领域大显身手：英美新批评家与形式主义者们强调对狄更斯文本的研究，以珀西·勒伯克、佩勒姆·埃德加等为代表的批评家强调小说的形式与结构，从艺术技巧上否定了狄更斯小说；对狄更斯小说研究作出特殊贡献的评论家埃德蒙·威尔逊首次对狄更斯的《荒凉山庄》和《我们共同的朋友》等小说中的象征主义手法进行了详细的分析，并将他同卡夫卡等现代派作家进行了比较，从而使狄更斯成为象征主义运动中一位令人尊敬的艺术前辈；以T. A. 杰克逊为代表的批评家运用马克思主义观点研究狄更斯，认为狄更斯之所以能长远地打动各国读者，在于他对社会黑暗的揭露与抗议，他用一种卓越的艺术形式写出了人们共同具有强烈感受的人生处境；茨威格等批评家则运用精神分析方法展示了狄更斯创作的心理动势以及心理世界。这个时期通过再现多元化批评视野下的狄更斯研究，反映了狄更斯文本所表现出来的巨大张力，也证明了未来狄更斯研究的美好前景。

第四章主要对狄更斯学术史进行反思与研究。该部分由八篇论文组成。前四篇论文围绕第二次世界大战前英美狄更斯批评史中部分重要观点进行反思；后四篇论文是笔者针对狄更斯研究中的部分核心问题提出自己的看法。第一节“狄更斯的传统与激进——论茨威格与 T. A. 杰克逊的狄更斯批评”主要反思茨威格与杰克逊对狄更斯创作思想截然相反的评价。前者认为狄更斯是“小人国里的一个现代格列佛”，后者则在《查尔斯·狄更斯：一个激进人物的进程》中表达与茨威格截然相反的观点。该节通过对批评家所处的时代背景、批评家的人生观与批评方法等方面反思他们不同观点形成的原因。第二节“狄更斯的夸张与真实——从亨利·詹姆斯与乔治·吉辛的狄更斯批评说起”则是反思狄更斯创作的特点。詹姆斯等批评家指责狄更斯小说充满夸张，而吉辛等批评家则看到了狄更斯创作体现出来的真实感。该节着重反思狄更斯为何始终强调自己遵循创作真实性的原则，却屡屡遭受“夸张”的诟病的原因。第三节“‘主义’之争”主要针对狄更斯在不同批评时期被纳入各种“主义”的范畴进行探讨，如狄更斯生前被看作“感伤主义小说家”，去世后部分批评家则指出狄更斯是“浪漫现实主义者”，在中国狄更斯被许多批评家纳入“批判现实主义小说家”的范畴。该节将分析狄更斯这些“主义”形成的历史与社会原因。第四节“否定之否定——狄更斯作为经典作家的形成过程”则是在纵览百余年狄更斯学术史的基础上，试图从西方美学传统来探讨英美学术界对狄更斯褒贬不一评价的根本原因。最后，透过一系列二元对立或统一的关系来分析狄更斯成为经典作家的过程。第五节“狄更斯小说的历史意识”通过将狄更斯的小说放在特定的历史时期和文化场域来加以考察，说明了狄更斯在进行现实主义创作的同时也参与了一定的历史“书写”。第六节“心理美学视阈下的小说创作”从心理美学的角度来研究狄更斯的小说创作，探讨狄更斯小说创作发生的心理动机以及潜意识的心理动势与狄更斯小说文本之间的联系。第七节“狄更斯小说的狂欢书写”一文指出：狄更斯在创作过程中，不断超越自我，消解精英意识，颠覆既成叙述模式和传统审美原则，使其作品具有强烈的狂欢化色彩。通过狂欢式的描写和狂欢式的世界感受，艺术地展现特定历史时期社会阴暗面，体现出作者对当时社会问题的关注，对平等的人与人之间关系的向往及对理想社会的追求。第八节“狄更斯小说的伦理思想”从家庭、社会、宗教、生态四个方面分析了狄更斯的伦理思想。这种伦理思想的丰富性与现实性让狄更斯的作品具有无限阐释的可能性，也是我们今天仍然读狄更斯的主要原因。

四　研究思路与方法

第一，本书在选题时遇到的首要问题是对素材的选择。笔者搜集了大量英美狄更斯的研究著述、论文等原始资料，为了充分再现第二次世界大战前的英美狄更斯学术史，在选择研究对象时又进行了必要的筛选。本书的筛选原则是：选取在当时产生过重要影响的论文，或者在当时影响不大但后来却重获声誉的论著，重要批评家或小说家对狄更斯的评述。通过采取新批评所提倡的“文本细读”法，仔细阅读批评文本，回溯狄更斯在英美的批评史，还原狄更斯研究的最初面貌。

第二，本书运用比较文学学科的诸多研究方法，如影响研究、平行研究及跨学科研究等。在狄更斯学术史中，总是存在一些截然相反的评价：狄更斯拥有大量的读者，缘何狄更斯在大受读者欢迎之时却不断遭到评论的攻击呢？茨威格指责狄更斯是“小人国里的格列佛”，而 T. A. 杰克逊则认为狄更斯是“一个激进分子”。对于这些相左的批评，运用比较的视角和比较文学的方法，不仅是研究狄更斯学术史的基本要求，也是对其文学创作和思想流变进行有效阐释的重要策略。

第三，本书在梳理和反思的过程中，还运用社会历史批评方法、新历史主义的解读方法，以求对狄更斯学术史有较为透彻的理解和阐释。与此同时，本书注重把握所运用的诸种理论方法的有效使用程度，从文本本身出发，不拔高，不牵强，不生搬硬套，而是入乎其内地再现每一阶段狄更斯研究的内容和特点。

第四，本书遵循梳理和创见并举的原则，着力做到风格平易、观点正确、思路清晰、论证严谨、表述得当，力争在狄更斯研究领域内有所创新。

概言之，本书立足比较文学的学科视野，借鉴并运用该学科的诸种理论、研究理路与方法，对于第二次世界大战前英美狄更斯学术史进行较为全面、系统而深刻的阐释和梳理，力求透彻地把握百年狄更斯研究的发展脉络，进而予以总体评述和反思。

第一章 1836—1870 年:“真实”视野中的作品评论

19 世纪既是英国小说成熟和繁荣的时代，也是小说批评健康发展日趋活跃的时代。在卡莱尔（Thomas Carlyle）、罗斯金（John Ruskin）、阿诺德（Matthew Arnold）等著名批评家的影响下，英国小说批评史翻开了新的一页。与此同时，种类繁多的文学期刊竞相问世，使小说家及其创作得到了更加广泛的讨论。对狄更斯作品的批评研究正是在这样的氛围下产生的。

根据菲利普·柯林斯（Philip Collins）在《狄更斯批评遗产》（*Charles Dickens: The Critical Heritage*）一书中的不完全统计，狄更斯生前英美相关的评论文章已达两百余篇，这个数字足以说明狄更斯研究在当时的广度。在这些狄更斯同时代的评论中，有小说家、学者的批评，也有普通读者“业余”的解读。无论如何，从现代接受美学的角度看，它们不仅是有效的，也为后来的追根溯源、探赜索隐奠定了基础。

狄更斯的创作十分广泛，涉及小说、戏剧、散文、随笔、游记等。但成就最大的还是小说，其中又以长篇小说最为杰出。他一生共创作了十五部长篇小说，它们是《匹克威克外传》（*The Pickwick Papers*，1837）、《奥列佛·退斯特》（*Oliver Twist*，1838）、《尼古拉斯·尼克尔贝》（*The Life and Adventures of Nicholas Nickleby*，1839）、《老古玩店》（*The Old Curiosity Shop*，1841）、《巴纳比·拉奇》（*Barnaby Rudge*，1841）、《马丁·朱述尔维特》（*Martin Chuzzlewit*，1844）、《董贝父子》（*Dombey and Son*，1848）、《大卫·科波菲尔》（*David Copperfield*，1850）、《荒凉山庄》（*Bleak House*，1853）、《艰

难时世》(*Hard Times*, 1854)、《小杜丽》(*Little Dorrit*, 1857)、《双城记》(*A Tale of Two Cities*, 1859)、《远大前程》(*Great Expectations*, 1861)、《我们共同的朋友》(*Our Mutual Friend*, 1865)、《埃德温·德鲁德疑案》(*The Mystery of Edwin Drood*, 1870)。其中《埃德温·德鲁德疑案》是一部未完成作品,狄更斯在写完前二十二章后突然中风,与世长辞。

中外学者普遍将狄更斯的创作分为早、中、晚三个时期。早期包括从《匹克威克外传》到《巴纳比·拉奇》的五部小说;中期包括从《马丁·朱述尔维特》到《小杜丽》的六部小说,该期时间跨度较长,但创作质量较高;从 1858 年开始,狄更斯与妻子凯瑟琳分居,他的创作速度明显放慢,评论普遍将此后十余年归纳为狄更斯的创作晚期。本章通过细致梳理狄更斯生前英美两国对其单部作品的研究与综合研究,再现狄更斯生前其作品在英美两国的接受过程。

第一节　早期长篇小说批评:从《匹克威克外传》到《巴纳比·拉奇》

狄更斯于 1836 年 3 月 31 日刊行《匹克威克外传》,每月一期,至次年 11 月才连载完毕。这是一部既富于浪漫奇想又紧贴社会现实的幽默讽刺小说,主要讲述的是天真善良、不谙世事的有产者匹克威克带领其信徒们在英国各地漫游的奇趣经历与所见所闻。全书情节分为两条主线:一是匹克威克与骗子金格尔的一次又一次较量;二是巴德尔太太控诉匹克威克毁弃婚约的诉讼。在这两条相互交织的主线之外,匹克威克信徒们的故事以及旅途中听到的故事则构成一条条副线。这是狄更斯第一部长篇小说,也是他的成名作。这部小说在狄更斯的一生中都有着不俗的销量,狄更斯每一部新小说的出版都会带动这部小说的再版发行。它在头四个月的遭遇曾惨不堪言,第一章只销售四百份,但是第五期中出场的山姆·维勒给小说带来了转机,杂志销量激增,发行量达到四万册。到 1837 年秋天,匹克威克的名字已传遍英国。《匹克威克外传》引起的强烈轰动和反响实在是文学史上罕见的。一时间,"匹克威克式"的帽子、外套、手杖、雪茄纷纷应运而生。家里养的猫、狗的名字也叫“山姆”“金格尔”“文克尔”“斯诺德格拉斯”“史的金斯”。“胖小子”一词甚至成了人们的常用词汇。评论界也兴起了“匹克威克”评论热。

从 1836 年 5 月到 1837 年 5 月一年间，《匹克威克外传》一直是《都市杂志》评论的焦点，每一个月均有关于它的评论，主要集中在对小说的幽默特点和人物的简单分析上。“这本有趣的书第三期依然保持了前两章幽默诙谐的优点。小说中的‘胖小子’、金格尔先生描写得十分精彩。”① “小说体现的智慧是微妙的，而不是肤浅的；幽默不是造作的，而是自发的。”② “博兹成功地抓住了我们的耳朵，占据了我们的心灵，俘获了他的同胞。他的第五期让人尤感愉快。”③ “第十一期非常好。塞姆·维勒已成为我们的朋友。我们的老朋友匹克威克先生是堂吉诃德的继承人。他是 19 世纪的堂吉诃德，只不过他没有身披盔甲，而是身穿市议员的皮毛，没有手持长矛，而是凭借雄辩的口才与诈骗者、犯错者、欺压者展开口诛。”④ “小说充满活力与原创性。我们很高兴看到博兹周旋于律师之中，博兹虽不是律师但却是第一位能如此摆弄好法律的作家……”⑤

的确，《匹克威克外传》中有些片段是无与伦比的，它含有不少英国小说最精彩的幽默篇章。和《都市杂志》某匿名评论者一样，查特雷斯·拜伦先生也极度推崇审判那一节。他说：“一个非法律界的人士能如此熟谙法庭事务，简直不可思议。还没有一个作家能像他这样逼真地再现法庭审判时的气氛和感受。在巴德尔告匹克威克的那件大案中，与法律诉讼有关的所有方面几乎无一不涉及并具体化了。”⑥

《雅典娜神殿》杂志在《匹克威克外传》发表第九期后，认为狄更斯在 18 世纪小说家们的影响下给文坛带来了一种新的文学创作方式。“我们

---

① An Unsigned Article, “Reviews of *Pickwick Papers.*” *Metropolitan Magazine*, August 1836, xvi, p. 76.

② Ibid., p. 110.

③ Ibid., p. 13.

④ An Unsigned Article, “Reviews of *Pickwick Papers.*” *Metropolitan Magazine*, January 1837, xviii, p. 6.

⑤ Ibid..

⑥ 转引自［英］赫·皮尔逊《狄更斯传》，谢天振等译，浙江文艺出版社 1985 年版，第 49 页。

最近发现，利用伟大的文学前辈来命名当下小说家的创作风格已成为一种时尚；我们已有战争版菲尔丁和海洋版菲尔丁，小斯摩莱特和海洋版斯摩莱特等。真正的智者和幽默家能展现人性生动而光辉的色彩，唤起我们对人性的理解，最近在连载的作家就有这种智慧。事实上，《匹克威克外传》由两镑的斯摹莱特，三盎司的斯特因，一手捧胡克，一碟子皮尔斯·伊根，再加上愉快的事件作为调料组成。别以为我们如此说是不喜欢博兹，事实上，我们非常喜欢他。虽说是佐料，但博兹是无法替代的，我们可以在早餐间读他的书，在茶歇间看他的故事……《匹克威克外传》就像一盘刺激我们胃口的食物，让我们享受一顿美餐……”①

狄更斯初涉英国文坛，首先打动读者和评论家的是他独特的幽默文风。《宫廷杂志》盛赞他是个幽默的天才，文中写道：“我们的读者们不会没有注意到最近文坛的新转向，以前我们的阅读准则是‘如果你不够批判性，你就啥也不是’；如今我们的阅读准则变成了‘如果你不够幽默，你就啥也不是’。山姆·维勒的形象极富原创性和幽默色彩，恐怕在著名的戏剧人物中也找不出一个可以与之媲美的了。作品中描写成功的还有山姆的父亲——托尼·维勒，他叙述其妻去世的那段简直可与奎克利克人讲福斯泰夫②之死媲美。博兹的天才不是戏剧性的，如果是，他不会如此真实地再现实际经验。博兹的成功之处在于：他将对人物的描写和他们的话语完美地结合起来，人物的穿着、动作和语言都完全符合角色的身份。博兹对中下层人民古怪而可笑的特点也洞察入微，他用画笔生动地画出了最贫穷最被忽视人群的画像，却毫不粗俗。”③

玛丽·罗素·米特福德（Mary Russell Mitford）是狄更斯时代一位很有创作个性的作家。她在给朋友的信中谈及了《匹克威克外传》，信中充分表明了该作在当时的受欢迎程度。她写道：“你还没听说过《匹克威克外传》？它一月出版一期，每期销量 25000 册，出版商可赚不少。小说是关

① An Unsigned Article, “Reviews of *Pickwick Papers.*” Nos. I—IX, *Athenaeum*, 3 December 1836, p. 841.

② 福斯泰夫是莎士比亚《亨利五世》中的人物。

③ An Unsigned Article, “Some Thoughts on Arch-Waggery, and in Especial, on the Genius of ‘Boz’.” *Court Magazine*, April 1837, x, pp. 186—187.

于伦敦生活的，十分有趣。女士们可以大声朗读；小说生动、真实、充满个性；小说中的人物栩栩如生，他们就像你在街上遇见的朋友那样。所有的男孩子和女孩子都喜欢它；即使那些高品位的人士也对它爱不释手。本雅明·布罗蒂（Sir Benjamin Brodie，知名外科医生）随身携带它在马车内，以便给病人们阅读；登曼勋爵（Lord Denman，首席大法官）在陪审团审议时还在阅读《匹克威克外传》。一定要想办法借阅《匹克威克外传》，你可能没听说过荷加斯，狄更斯在很多方面与他相似，但是比他更乐观；狄更斯和莎士比亚一样关注人文。总之，这是一部非常完美的喜剧作品，你必须阅读《匹克威克外传》……"①

此外，同时代著名的评论家福斯特（John Forster）和萨克雷（W. M. Thackeray）也高度评价了《匹克威克外传》中对生活和人性的真实呈现，他们对狄更斯小说的理解深刻，在当时实属难能可贵。福斯特充分肯定了《匹克威克外传》的思想内涵，同时认为狄更斯的创作忠于现实。他说："（《匹克威克外传》中的）这些章节足以让该书成为作者的代表作。我们已经怀着强烈的兴趣和崇高的敬意拜读了它。该小说深入描写了弗利特河畔的债案犯监狱内部和住在监狱里的各式犯人以及他们的悲惨境遇。我们认为这种揭露不仅是有益的还是恰当的。小说表现出来的力量和真实让人惊叹，因为它们是如此明察秋毫又深刻尖锐；同时小说中的素材和事件又清晰明白且为大家熟知。总之，小说中的每一细节都完美地再现了现实。"② 对于福斯特发表在《考察者报》上的这篇评论，狄更斯随即写信给福斯特表达谢意，信中写道："我该怎样对你赋予我的溢美之词表达感谢呢？比起那些最热情洋溢的抽象赞美而言，我更乐于看到你对我创作意图的深深理解和欣赏，我唯有更加努力地创作下去。"福斯特对他创作意图的深刻理解是狄更斯与福斯特友谊的建立以及后来指定福斯特作为其传记作家的基础。

作为与狄更斯同时代的作家，萨克雷在《名利场》（*Vanity Fair*，

---

① Extract from a letter, 30 June 1837, to Miss Jephson, an Irish correspondent, *Life of Mary Russell Mitford*, ed. A. G. L'Estrange, 1870, iii, p. 78.

② John Forster, "Reviews of *Pickwick Papers*." No. XV, *Examiner*, 2 July 1837, pp. 421—422.

1847）出版前，并未引起评论界的关注。萨克雷创作初期担任报纸、杂志的评论员，常对狄更斯的小说进行评论，但通常是怀着敬意地推荐。萨克雷在1840年对《匹克威克外传》提出了自己的审读意见："我确信，一百年后，如果有人要写我们时代的历史，他绝对不可能把《匹克威克外传》当作无聊的书而斥之一边。它在虚构的角色下包含着真实的人物，和《兰登传》（这是比《匹克威克外传》要差一些的书）、《汤姆·琼斯》（这毫无疑问是比《匹克威克外传》要好的书）一样，书中所展示的对国家和人民方方面面的描写比任何浮夸或真实的历史还要真实、丰富。"①

另外一位小说家洛克（Arthur Locker）在1870年对《匹克威克外传》的评论很有意思，值得一提。他认为只有像他这样的老年人才最有资格喜爱《匹克威克外传》，"我们老了，才能拥有感受的新鲜度和喜悦的强度，《匹克威克外传》于我而言是一本新的启示录。……对于我们老年人来说，《匹克威克外传》唤起了我们幼时对英格兰和伦敦的记忆，让我们联想到很多美好的过去"。最后洛克不无惋惜地感叹："所有《匹克威克外传》里描写的快乐的、古老的、简单的生活已经永远地远离我们了……"② 毫无疑问，洛克看到了早期狄更斯小说中展示的古老、美好的英格兰时代。遗憾的是，洛克是带着忧郁惋惜的心情来解读狄更斯的历史观，没有更深刻地看到作家在表现对历史和文化传统崇仰和敬重的同时，以史鉴今，将历史与个人命运、社会现实紧密相连，通过了解历史以期找到救赎社会之路的更深层次上的历史观。

《匹克威克外传》让狄更斯开始立足文坛，也为他赚取了第一桶金。他接受了《本特利杂志》的聘请，为该刊写一篇连载故事，故事名叫《奥列佛·退斯特》，在1838年2月的《本特利杂志》上首次发表，一直连载至1839年3月。小说讲述了孤儿奥列佛·退斯特悲惨的身世及遭遇：奥列佛在贫民院长大，经历学徒生涯，艰苦逃难，误入贼窝，又被迫与狠毒的凶徒为伍，历尽无数辛酸，最后在善良人的帮助下，查明身世并获得了幸福。

《奥列佛·退斯特》依然继承了《匹克威克外传》的幽默风格，但因

① W. M. Thackeray, "Reviews on *Pickwick Papers.*" *The Paris Sketch Book*, 1840, v., p. 80.

② Arthur Locker, "Charles Dickens." *Graphic*, 18 June 1870, p. 687.

为小说主题直击《贫民法案》，且少了《匹克威克外传》的乐观精神，评论界开始分为两种不同的阵营，他们或褒或贬。“褒扬派”认为《奥列佛·退斯特》的主旨明确真诚，结构也比《匹克威克外传》有了明显的进步。“贬低派”则是站在统治阶级的立场上认为狄更斯对《贫民法案》并不十分了解，夸大事实，态度过于激进。

1938年11月发表在《旁观者报》上的一篇未具名评论肯定了狄更斯的创作才能和《奥列佛·退斯特》中的人物塑造。评论指出：“他唤起读者感伤的力量非常伟大，让你为之动容却不是痛哭流涕；他对人性充满真心的同情；他对真善有着敏锐的观察，虽然偶尔有所夸张；他在语言表达上的率真引人注目；他有惊人的艺术天分，能用寥寥几笔就把人物角色和事件带到读者面前；虽然在叙述技巧上有些不足，但他的描写却是真实有力的；他的词汇也相当丰富。”

> 总之，博兹有着惊人的观察能力。与当今健在的三位作家相比，在人物塑造上他们有着某些相似点；这里拿博兹与他们相比旨在突出博兹的卓越之处。胡克笔下的坏人通常本质很坏，而且有着时下流行的坏毛病，所以常常比较抽象缺乏个性；安兹沃斯笔下的抢劫犯常常是冲动十足、喝酒喧嚣、极端粗俗之流；布尔沃在《佩拉姆》和《保罗·克利福德》中塑造的‘家人’形象也只是伪装的花花公子，借着闪烁其词的语言来抒发情感。然而，博兹笔下的盗贼，他们的伙伴，还有那些伦敦佬则是有血有肉活生生的人物。①

与此同时，《文艺报》上的另一篇评论也高度赞扬了狄更斯小说中的人物。评论认为狄更斯塑造了一些无与伦比的人物形象，这些人物贴近生活，极富真实性，恐怕除了莎士比亚和司各特外无人能出其右。“莎士比亚洞察世事，构建了一个新的世界。司各特塑造了美瑞里斯、多米尼·桑普森、库迪·海德瑞格、罗布·罗伊等一系列人物。其他作家也因创造一

① An Unsigned Article, “Reviews of *Oliver Twist*.” *Spectator*, 24 November 1838, xi, pp. 1114—1116.

些重要角色而在文学史上声名显赫，我们可以看到有的作家创造了一个、两个、三个或者四个不朽的人物而广受赞誉。鲁滨逊·克鲁索和星期五让笛福声名鹊起；托比大叔和特瑞姆下士，尚迪先生和斯诺普博士足以成就斯特恩；约翰·吉尔平让人们记住了库珀；我们可以列举出数百个这样的例子。如今我们看看狄更斯——一位仅活跃在公众之中两三年的年轻小伙，他已经创造了一大群足以让他不朽的名字了。我们需要慢慢地用一页纸来记录下这些名字，从匹克威克到维勒、奥列佛、赛克斯……他们既具有独创性又贴近生活。"

此外，该评论还充分肯定了《奥列佛·退斯特》在揭露贫民习艺所的罪恶上所起到的社会现实和道德意义，并指出："所有的道德主义者和改革家都应该对狄更斯表达深深的谢意……"①

维多利亚女王也是狄更斯的忠实读者。对于《奥列佛·退斯特》触及当时的贫民法，她给予了关注。她在1839年12月30日的日记中写道："我必须得说《奥列佛·退斯特》是一本相当有趣的书。"随后，她与墨尔本勋爵（Lord Melbourne）分享了自己的阅读感想，并就小说对犯罪、贫民院和学校等问题的揭露向墨尔本勋爵进行了解。墨尔本勋爵告诉女王确实许多学校为了节省开支，给孩子们吃最差的食物。两天后，女王建议墨尔本勋爵阅读该书。1839年4月7日，女王日记再次提到墨尔本勋爵读完此书后对她所说的话："我只读了一半，小说全是关于贫民院、棺材铺、贼窟的。我不喜小说里展现的这些内容，它无助于提升道德观念；我也不乐见对人类的贬低。我希望能避免这些，在现实中我不希望看到发生如此情况，所以我也不希望它们在小说中被再现出来。我们要读的文学应当是纯洁、催人上进的，我想即使是席勒和歌德读到这样的小说也会感到震惊的。"

和墨尔本勋爵一样，很多上层人士看到了社会存在的弊端，可他们视而不见，认为文学是为上层阶级服务的，不能用来反映社会黑暗。卡利斯尔女士曾说了这样一段话："我知道有像扒手和流浪汉之类的不幸人，我

① An Unsigned Article, "Reviews of *Oliver Twist*." *Literary Gazette*, 24 November 1838, p. 741.

对他们的遭遇和生活方式感到非常遗憾和震惊，但是我不希望这些事实通过文字被宣扬出去。”① 由此可见，在上层社会看来，文学的功用是为统治阶级服务的，而不是再现现实黑暗，揭露社会罪恶的。

除上层阶级外，部分评论家和有些读者认为小说的语调过于激烈。有评论质疑狄更斯对1834年颁布的《贫民法案》描写的真实性，认为他对该法案刻意贬低；有评论为小说对犯罪环境的真实刻画而拍手叫好；也有评论质疑狄更斯是如何对这些犯罪场所进行入木三分的刻画的。狄更斯对后来的一些评论极为不满，因为他们把《奥列佛·退斯特》与安斯沃思的《杰克·谢泼德》以及其他的“新门派”小说纳入同一讨论范畴。对此，狄更斯在1841年的序言中作出了回应。

萨克雷对《奥列佛·退斯特》也进行了批评，他认为小说在展现犯罪生活方面是失败的。② 他还指出狄更斯塑造的女性人物不真实，南希在小说中的对白表现了不符合人物身份的机智和幽默，且对南希美丽形象的塑造落入时下流行小说的窠臼，虚构色彩强烈。③

此外，其他的批评声音也不绝于耳。一篇以《文学菜谱》为名的匿名评论文章更是尖酸刻薄，评论者抨击整部小说就是“一盘倒人胃口的菜，把一个小男孩、孤儿、鞋厂的童工、棺材店的学徒，通过种种偶然机会，放到一锅罪恶和疑惑中炖煮，加上盗窃、慈善、纵火、谅解、抢劫、友好等佐料，一群强盗用他们的手枪作为餐刀，而为大家服务的侍者就是几个谋杀者。所有这类小说都是这一模式，建议胃口不好者慎用。”④

理查德·福特（Richard Ford）也指出《奥列佛·退斯特》对现实的描写和刻画不真实，“《奥列佛·退斯特》矛头直指当时的贫民法及贫民习艺所制度，我们认为博兹的描述有失公允。他所指摘的不仅夸大，而且十之八九压根儿不存在。博兹很少混迹政治或迎合世俗的偏见，所以我们很遗憾看到他这种部分出于好搞派别活动、部分出于感伤文学、部分出于个

① 转引自 *Chronicles Holland House* 1820—1900. ed. Earl of Ilchester, 1937, p. 245.

② W. M. Thackeray. “Reviews on *Oliver Twist*.” *Frazer's Magazine*, April 1839, XIX, pp. 408—409.

③ W. M. Thackeray. “Reviews on *Oliver Twist*.” *Frazer's Magazine*, April 1839, XXII, pp. 154—155.

④ An Unsigned Article, “Literary Recipes.” *Punch*, 7 August 1841, I, p. 39.

人兴趣来创作的这个小说。”①

从以上评论可以看出，由于《奥列佛·退斯特》以当时颇受重视的《贫民法案》为背景，得到了许多人的关注，受到了广大人民群众的欢迎，也对当时的反对济贫法运动起到了推波助澜的作用。正因为这样，狄更斯遭到许多人的攻击和诋毁，这是他之前没料想到的。然而文学作品生命力的强弱不是某些批评家的褒贬所能决定的，真正的决定因素还在于作品本身是否能经受得住时间的考验，是否能为广大读者所承认和接受。《奥列佛·退斯特》无疑充分地证明了优秀文学作品所体现出来的生命力。

狄更斯的第三部长篇小说《尼古拉斯·尼克尔贝》与《奥列佛·退斯特》有所不同，它首先使狄更斯在上层阶级中受到欢迎：戈尔府邸和霍兰府邸的所有人都阅读它，谈论它，预测故事的未来进程和人物最后的命运。《尼古拉斯·尼克尔贝》第一章出版的当天就售出五千册，超过了《匹克威克外传》在连载时的日最高销售量。评论认为它之所以能取得比《匹克威克外传》更大的成功，是因为它既保持了前一部作品的清新感，又对生活进行了较为逼真的描写。很快就有人把这个故事及其中的人物成功地搬上了舞台。

尽管《尼古拉斯·尼克尔贝》在读者中获得了普遍认可，但较《匹克威克外传》《奥列佛·退斯特》而言，引起评论界的关注较少。究其在英美受冷落的原因，笔者认为：一是该作篇幅比前两部小说长了许多，比《奥列佛·退斯特》的篇幅甚至增加了一倍，又由于狄更斯生前作品都采取连载刊行，阅读时间拉得过长，读者的期待值就会慢慢减弱；二是小说延续《奥列佛·退斯特》的风格，对当时的儿童教育和学堂腐败进行抨击，无论是写作方法和写作题材并没有大的突破。评论界认为《尼古拉斯·尼克尔贝》结构松散，枝节横生，有 18 世纪以来流行的流浪汉小说体裁的传奇色彩，有冗长拖沓之感……在我国，《尼古拉斯·尼克尔贝》的境遇也不好，迄今为止，除了 1998 年出版的中译本外，尚无专门文章论及该作。狄更斯生前评论界对该作的评论主要集中在小说人物和情节上。

① Richard Ford, “An Unsigned Review.” *Quarterly Review*, June 1839, lxiv, p. 90.

小说中的尼克尔贝夫人受到了大家的关注，相反主人公尼古拉斯则受到了评论的忽视。很多读者和评论认为尼克尔贝夫人的原型是狄更斯的母亲，但是小说中她那些滑稽的方面被夸大了，而较为高尚的方面则被掩盖了起来。当时一个满腔热情的狄更斯迷 J. W. T. 利曾指责狄更斯"如此挖苦自己的母亲真是无聊至极"。但另一些热情不那么高涨的狄更斯迷则不这么看，他们认为狄更斯每一幅出色的小说肖像几乎都是一幅综合的肖像。萨克雷说："作家用人物的碎片、残渣和种种零星来创造他们的人物。尼克尔贝夫人是约翰·狄更斯夫人的一个零星部分，随着她在作家想象中的发展而被有意扩大了。" H. J. 威尔斯也认为："一部小说的每一个'活的'人物都直截了当地或偷偷摸摸地取材于生活——或全部或零星地偷自传记，或是一幅肖像，或是一幅拼补的画。"①

发表在《弗雷泽杂志》上的一篇未署名文章除充分肯定狄更斯创作的特点外，也通过详细分析其小说中的主要人物，指出狄更斯在人物塑造上存在前后不一致的缺点。评论指出："他有一个伟大的优点，即在诙谐、观察和讽刺上拥有毋庸置疑的力量，对于邪恶犯罪和腐化堕落从不手软，他的笔端总是触及卑微的、受凌辱的、受压迫的下层人民，对他们施以同情。"

该评论以《尼古拉斯·尼克尔贝》为例，认为人物的不一致性是狄更斯小说存在的唯一不足。"我们都看到了故事开始的斯迈克与故事结尾的斯迈克已经完全不是同一个人了；狄更斯的故事常常由于'某一麻烦事件'促使他改变人物塑造的初衷，对此我们无话可说。总而言之，我们认为是博兹的善良让他随着故事情节发展而对角色做出改变。傻瓜匹克威克变成了智者匹克威克；淘气的南希转变为高贵的南希；如此等等，不一而足。在《尼古拉斯·尼克尔贝》中，我们发现了例外。斯奎尔斯和拉尔夫·尼克尔贝随着故事的发展则变得越来越坏；同样，这样的转变与故事的开始也不一致。起初斯奎尔斯不过是一个无知又可怜之人，通过虐待一群可怜的孩子，让他们忍饥挨饿来养活他自己和家人；但是，在故事最后我们看到他善于伪装自己，设法隐藏文件，并想出一个个难缠的奸计。拉

① 转引自［英］赫·皮尔逊《狄更斯传》，谢天振等译，浙江文艺出版社1985年版，第93页。

尔夫·尼克尔贝起初出现在我们面前的形象是奸诈自私的放高利贷者，并无其他想法，只为赚取暴利；但是故事结尾他因为一些愚蠢的报复心理作祟而表现出一些幼稚的行为，最终自杀，我们既感到同情，又深感完全与其个性不符。小说中值得一提的还有契里布尔兄弟，他们就如一对无可挽救的白痴。尽管狄更斯先生在序言中向读者承诺他取材于生活。也许的确如此，如果真是这样，我们建议他避免这种不加任何修饰的对自然的完全模仿；因为他让我们相信世界上存在这样一种完美无缺的怪物……"①

1936 年底，狄更斯在安斯沃思的寓所与福斯特一见如故。此后，福斯特作为狄更斯的挚友就一直不遗余力地推崇狄更斯出版的每一部小说。《尼古拉斯·尼克尔贝》自连载以来，福斯特先后九次在《考察者报》上发表评论，表达对该书的支持和赞扬。"这部作品无论在设计构思，还是在人物塑造的真实性与准确性上均有所进步。"② 在连载完第五期与第六期后，福斯特评价："《尼古拉斯·尼克尔贝》无论在表现力量和人物塑造上明显优于《匹克威克外传》——小说展现了一个栩栩如生的人物画廊。"③读到小说中描写拉尔夫·尼克尔贝之死的那章时，福斯特更是写道："我们将不可能在狄更斯的作品中读到比这更打动人心的情节了。"④

尽管福斯特对《尼古拉斯·尼克尔贝》赞誉颇多，但他也指出了该小说在情节方面存在不足。福斯特认为在情节上狄更斯与菲尔丁还存在一定的差距。他说："就对故事最精细和缜密的设计而言，无人可与菲尔丁相提并论。在这方面，《汤姆·琼斯》是众所公认的杰作。小说从第一页到最后一页所有事件都紧扣中心，同时为人物角色发展服务……《尼古拉斯》就没法经受这样的考验了。从一开始，小说就存在情节松散的现象，故事缺乏精心设计。情节似乎随着连载而发展变化，而不是作者事先酝酿好的。故事的中心常常发生偏离，因为要利用其他人物和事件，作者常突兀地介绍即将登场的人物来引起读者的兴趣。毫无疑问，作者是有可敬而

---

① An Unsigned Article, "Charles Dickens and His Works." *Frazer's Magazine*, April 1840, xxi, pp. 389—390.

② John Forster, "Reviews of *Nicholas Nickleby.*" *Examiner*, April 1838, p. 195.

③ Ibid., September 1838, p. 595.

④ Ibid., October 1839, p. 629.

又可信的理由来解释他如此行文的目的的，但是高雅而完美的艺术是不会认可他的这种做法的。"①

1840 年，狄更斯创办了文学周刊《汉弗莱老爷的座钟》（*Master Humphrey's Clock*），并担任主编。从 4 月 24 日起，该刊开始发表他的长篇小说新作《老古玩店》。这部小说很快挤走了《汉弗莱老爷的座钟》里其他故事与散文，占据了该杂志的全部篇幅，连载至 1841 年 1 月。小说描写老古玩店店主吐伦特和他美丽、善良的外孙女小耐儿相依为命的悲惨故事。吐伦特为使不满 14 岁的外孙女在他死后能过上幸福生活，竭力想发财致富，不料却落入高利贷暴发户丹尼尔·奎尔普的魔爪。奎尔普是个贪得无厌的吸血鬼，他利用高利贷不仅夺走了老古玩店的全部财产，还想夺取小耐儿。祖孙二人被迫逃离伦敦，过着四处乞讨、颠沛流离的生活。最后，身心俱伤的小耐儿，因精神过度疲劳而夭折。

小耐儿对狄更斯的同时代人有着令人心碎的影响。几乎没有读者不对小耐儿之死抱以最深切的同情，以下的事实就是明证：一次，有人在芝加哥将这个故事改编给一批暴徒观看，他们看后竟大为悲痛。当他们偶尔将手绢挪开时，人们看到他们的眼睛哭得又红又肿。这篇小说也强烈地吸引了狄更斯同时代一些最著名的人物：卡莱尔像孩子一样为它哭泣；丹尼尔·奥康内尔②泣不成声，将书抛出窗外，因为他无法忍受这圣洁孩子的夭亡；沃尔特·萨维奇·兰多③将小耐儿比作朱丽叶和苔丝狄蒙娜；弗朗西斯·杰弗里一度是《爱丁堡评论》独断专行的编辑和严厉无情的批评家，这次却为"博兹的小耐儿之死"哭成了泪人，无论走到哪里，他都要声明：她是文学中自科迪莉娅以来最完美的人物。

毫无疑问，小耐儿的形象受到了评论的普遍关注。与狄更斯齐名的美国诗人、短篇小说家、批评家艾伦·坡（Edgar Allan Poe）也对小耐儿之死感到极度压抑和痛苦。在关注小耐儿形象的同时，他对《老古玩店》的

① John Forster, "Reviews of *Nicholas Nickleby*." *Examiner*, October 1839, pp. 677—678.

② 丹尼尔·奥康内尔（Daniel O'Connell, 1775—1847），19 世纪前期爱尔兰民族主义运动的主要代表，天主教解放运动的领袖。

③ 沃尔特·萨维奇·兰多（Walter Savage Landor, 1775—1864），英国诗人和散文家。

主题和构思技巧进行了较为深入的探究。他在1841年5月号的《格莱姆杂志》上写道，对于故事的主题而言，这可能是一个极佳的情节。这个主题描写了祖父对孩子的一种热烈的、梦幻般的爱——这样的爱自然而然也赢得了孤儿对他的虔诚敬爱。这样，我们就有了一种关于童年时代的构思：受到与世隔绝的教育，在短暂的儿童时代曾经充满一切欢乐源泉的爱，在成熟的青年人追求同龄对象时期充满炽烈热情的爱——我们有了关于这种童年时代的概念：充满热烈的希望，从使人厌烦的城市，被引到绿草如茵的田野去寻求面包。这是偏爱和轻信的老年人衰朽的愚蠢。这种老年人对于人类以及他所告辞了的世界的严格认识，现在已经消融在受到爱戴和保护的唯一意识里。而这种爱戴和保护来自它曾爱抚和保护过的弱者。

> 这种构思实在很美，简洁朴素，却崇高宏伟。我们对这部作品全面地加以研究，越研究就越完全相信那位创作此书的天才具有高尚的品质。
>
> 如果说这个故事的构思值得赞扬，那么它的技巧就更加突出。狄更斯先生的艺术，尽管精细伟大，看起来也只是一种对自然的巧妙修饰。在这个意义上，他与英国作家布尔沃不同。后者的成功依赖于作者极端的谨慎、反复地思考、丰富的修辞和全面的常识。而狄更斯则是真正凭着天才的激励，进行毫不费力的创作，从而达到长期以来被追求的臻于完善的境界。
>
> 事实上，《老古玩店》最大的特征是它简朴刚健的笔触和有趣的想象。这是一种极其有力的魅力，单就这一点就足以弥补这部小说的缺陷，尽管狄更斯先生在这部作品里缺陷颇多。这种魅力不仅见之于作者的构思和对整个故事的处理，也不仅见之于人物的塑造，而且还渗透在书中的每一句话里。

爱伦·坡在文章末尾饱含热情高度评价该小说："我们深信《老古玩店》是狄更斯先生的著作中最优秀的作品。我们怎么夸赞它都不会过分。从各个方面来说，这个故事都为它的作者赢得了每个天才人物应得的热情景仰。"①

托马斯·胡德（Thomas Hood）是维多利亚时代的知名诗人，与狄更斯在19世纪30年代末相识。他对《老古玩店》中的人物进行了细致分析。

> 对于小耐儿，她的所思、所言、所为均超出了她年龄所该表现的，也许我们不知道贫穷和不幸是怎样把一个孩子培养成了一个世故之人……与小耐儿相对的是那个老人，她的祖父，如此之老，以至于我们觉得他似乎没有年轻过……
>
> 小说中的理查德·斯威夫勒先生是一类人的代表，这类人如野草一般多，但毒性并不特别强，是毫无用处的一个类群。在英国，有成千上百的斯威夫勒在形成，或者业已形成；这些被人忽视的无用之徒认为他们的恶行不是归咎于不成功的教育和培养，而是认为他们压根儿就没被教育过。另外一类社会多余人，他们认识到是社会的忽视和自身的驽钝造就了他们——就像被遭遗弃的废船在海上随波逐流。狄克·斯威夫勒就是这样一个迷失者——一个可以偏左也可以往右的人——道德缺失、个性松散，日复一日地在懒散中度日。
>
> 小说中另一令人难忘的角色是丹尼尔·奎尔普，他'吃带壳的鸡蛋，连头带尾生吞巨虾，同时狼吞虎咽烟叶和水芹，喝滚烫的开水而毫不眨眼，吃饭的叉勺可以咬弯。'这种人如果存在现实生活中实在不可思议。据说我们世界上一半人不知道另一半人是怎样生活的，博兹通过这样的塑造旨在启示我们：我们有一部分的伦敦人甚至不知道其他伦敦人的存在，虽然他们与我们的个人经历不尽相同，但是肯定有生活在贫民窟和像老鼠洞穴般地方的人。②

狄更斯认为胡德对他小说中人物的理解是恰当中肯的，因此他在《老

① Edgar Allan Poe, "*The Old Curiosity Shop.*" *Graham's magazine*, May, 1841. 译文参考了乔佖译文，载罗经国《狄更斯评论集》。

② Thomas Hood, "Reviews of *Master Humphrey's Clock*, Vol. I." *Anthenaeum*, 7 November 1840, pp. 887—888.

古玩店》1848年再版的序言中表达了对胡德的敬意。

约翰·罗斯金是充满激情但也相当激进的评论家，他非常推崇狄更斯，但对于狄更斯小说中存在的问题也直言不讳。《老古玩店》出版后，他对小说评价不高，“《老古玩店》中的小耐儿纯粹是被市场所杀，如同一个任人宰割的小羊羔一样”①。他的评论后来被频繁引用。罗斯金认为狄更斯安排小耐儿之死是一种手段，企图通过谋取读者的眼泪来获得销量。在1841年6月6日给W. H. 哈里逊的信中，罗斯金写道：“日前我看到了有关《巴拉比·拉奇》的宣传广告，我希望这本书能比《老古玩店》好一点。难道这个人这么快就才思枯竭，居然到了对自我进行模仿的地步？这点从《老古玩店》最后几章便可看出。他那病态的夸张、暴力的描述似乎已经在显示他的黔驴技穷。毋庸置疑，这个人是个典型的伦敦佬，从他写树篱、金银花、乡村小塔的方式便可看出；一旦他对自己熟悉的伦敦生活描写殆尽时，他就会沉寂一段时间……现在，他对于那些古怪行为的描写比人物还要多，虽然这些很形象生动、准确有效，但是只触及表面；他在文学上的特点与普罗特②之于艺术极为相似。”③

然而，人的看法并非一成不变，罗斯金对《老古玩店》的评价在40年之后发生了较大的改变。他在40年后表示《老古玩店》是优秀的小说，小耐儿是堪比天使的美好人物形象，“大多数人和我一样相信小说、诗歌中善良女孩的过早死亡会唤起读者的怜悯与同情。就我个人而言，我对小耐儿之死知之甚少，和五月王后之死，和一个死在五月的王后或者死在十二月的王后一样——所有这些，借用经济学家的语言来说，就是和金子一样美好，借用基督教的语言来说，仅比天使略低……”④ 可见真正优秀的小说不会因一时的误解而失去光华，相反在时间的长河中，滤去的是泥沙，留下的是真金。

《巴拉比·拉奇》也是在《汉弗莱老爷的座钟》上连载的。它是狄更

① 转引自 E. T. Cook and Alexander Wedderburn ed., *Works*, 1903, xxxiv, p. 275。

② 普罗特（Samuel Prout, 1783—1852），英国水彩画家。

③ 转引自 E. T. Cook and Alexander Wedderburn ed., *Works*, 1903, xxxvi, pp. 25—26。

④ Ibid., pp. 424—425.

斯的第一部历史小说，书中正面描写了 1780 年发生的宗教冲突“戈登暴乱”。虽然该书讲述了一则引人入胜的故事，但它不如狄更斯先前出版的几部小说受欢迎。并且，除了《艰难时世》和他的最后一部未完稿《埃德温·德鲁德疑案》以外，它是狄更斯小说中最无人问津的一部。尽管如此，鉴于狄更斯的知名度，还是不乏读者和评论。

亨利·克拉伯·鲁滨孙（Henry Crabb Robinson）曾做过记者和律师，对不同时代的文人作家较为熟悉，他通过阅读连载的狄更斯小说，在日记中记录了自己的感想。他曾写道“我将再不读狄更斯的连载小说了”，但却无法坚持。《巴拉比·拉奇》就是他在作出承诺六个月后又开始读的连载小说。他在日记中记载了自己阅读这部小说的感受：

> 1841 年 8 月 29 日：我今天开始读《巴拉比·拉奇》，我有信心认为这是狄更斯最好的小说之一。该书在风格上有进步。
>
> 1841 年 9 月 1 日：早上我起得很早，我沉醉在《巴拉比·拉奇》的故事中，直到早餐前看完了一章才迈出房门。随后，我带上《巴拉比·拉奇》出去散了会儿步，这本书一整天都萦绕在我的脑海……狄更斯将要在圣徒中失去威信了，因为他如此真实地揭露了宗教的伪善。
>
> 1841 年 9 月 4 日：乔治·戈登勋爵的暴民暴乱画面太完美了，不管是否忠实于历史，但是它是诗意的。
>
> 1841 年 9 月 5 日：就要读完《巴拉比·拉奇》了……这个故事读完之后我将再不读他的书了……我不想把自己总是置身于紧张之中。①

鲁滨孙的日记显示了他对《巴拉比·拉奇》的解读。毫无疑问在他看来，狄更斯的故事总是充满悬念和引人入胜的。

作为狄更斯欣赏并尊敬的评论家，托马斯·胡德继评论《老古玩店》之后，对《巴拉比·拉奇》再次发表了自己的审读意见：“作为一个作家，狄更斯一直用友善的语调进行小说创作，并让他的小说发挥道德教化的作

① E. J. Morley ed., *Henry Crabby Robinson on Books and Their Authors*. 1938, ii, pp. 598—599.

用。在这一点上，我们无可指责，然而谈到技巧，我们现在看到的这部作品比先前的任何一部都要好。狄更斯用 80 年代爆发的乔治·戈登勋爵起义作为小说的基础，但是直到小说的第三十五章才暗示出来。这不是小说的缺点，相反我认为是优点，正是作者在前面做好平静的铺垫，才让后面突如其来的暴乱强化了小说的道德目的。小说开头展示的宁静祥和的画面正是暴风雨来临之前的平静。”

除了肯定《巴拉比·拉奇》先抑后扬的艺术特点外，胡德高度评价了该小说的社会意义。他认为这部历史小说以史鉴今，对于批判当时风气大有意义。“我们必须得承认《巴拉比·拉奇》是一个设计精妙、故事有趣尤其恰如时宜的作品。现在很多老人以能记住 80 年代爆发的乔治·戈登勋爵起义为傲，他们以能想起发生了多少次纵火案为乐——那些戴着镣铐飞快地逃跑的重犯，那些受害者的尖叫，燃烧的火苗滑进狗窝，人们被火光包围，他们似乎可以想起暴乱的每一个细节，唯独不理会暴乱发生的原因。然而，看看今天，更狂热的恶魔正在蓄势待发，他们不仅想摧毁天主教堂和酿酒厂，而且包括画廊、博物馆、文学机构、皇家戏院和酒吧。他们在叫嚣：下地狱吧！下地狱吧！他们借着癫狂的精神反对艺术、科学、文学、戏剧和所有的娱乐活动。这些人破坏太阳、月亮、星星和空气以使我们无法感受阳光雨露，但是庆幸的是，我们有一群在伦敦迷雾中高举火炬的领路人在带领我们，他们让我们欢呼，让我们感到愉快、舒畅。”①

胡德对《巴拉比·拉奇》的分析是中肯的，也印证了狄更斯在该小说序言中所表明的观点，“我之所以向自己提出写作这部小说的任务，因为戈登叛乱者的事件，就我所知，还没有被用作小说的题材。同时，这个主题具有特殊的意义。应当承认，这些可耻的叛乱玷辱了时代，玷辱了那些在叛乱起来后偶尔失足参加的人们”。

艾伦·坡在《格莱姆杂志》上对《巴拉比·拉奇》也进行了评论。他认为渡鸦是小说中的重要象征物，狄更斯在序言中着墨颇多来讲述他曾经豢养和照料过两只渡鸦。艾伦·坡坦言他 1844 年创作诗歌《渡鸦》的灵

① Thomas Hood, “A Review of *Barnaby Rudge.*” *Athenaeum*, 22 January 1842, pp. 77—79.

感就是来自狄更斯的这部小说。因此，他对这部小说有着独特的感悟和理解。首先他充分肯定了狄更斯对小说故事情节的设计，认为小说构思巧妙能唤起读者的好奇心，“小说的每一点都意在迷惑读者，激起读者自我判断和阐释的欲望，如：拉奇在‘五朔节柱’的首次露面，他的疑问，他给拉奇夫人带来的困扰，‘五朔节柱’的常客所见的鬼魂，哈瑞德随后让人难忘的所作所为等等。……毫无疑问，小说中的许多细节如果按照我们平常所认识和理解的顺序发展，事无巨细完全按照先后给以最充分具体的描写，那将是索然无味的；而狄更斯赋予它们以神秘的色彩则引起了我们的兴趣。……狄更斯在《巴拉比·拉奇》中完全掌控了故事的曲折发展。首先，没有任何刻意的方式来隐藏情节上的秘密；其次，秘密被处理保存得很好。当我们读到故事结尾部分：在暴乱结束后的数月，‘可怜的管家拉奇先生的尸体被找到了’，我们才恍然大悟。”

在艾伦·坡看来，《巴拉比·拉奇》最大的缺点在于叙事上的不成功。艾伦·坡列举了原书269页中瓦登详述休和契斯特的会面场景，他认为这和狄更斯在解释《老古玩店》中契里布尔兄弟的关系时犯了同样的错误：结局已经不言而喻，还详述一些无关紧要的细节。在这方面，他认为雨果应该是狄更斯学习的榜样。此外，他指出《巴拉比·拉奇》忽视了时间上的统一性。如在小说第15页论及间隔时间，谋杀者和拉奇的回忆并不一致，前者说22年，后者则说24年。

评论最后，艾伦·坡告诫读者：尽管《巴拉比·拉奇》有一些缺憾，但是它的优点足以使它成为文学史上的一本好书。“摆在我们面前的这本书，我们认为的确无法与狄更斯先前创作的几部作品相媲美；但是我们认为它也不会劣于很多其他小说。我们主要的目的不是为了明白无误地指出小说存在的问题。这本小说和狄更斯其他的小说一样也是建立在激动和好奇心的基础之上。在这方面他非常突出，毫无疑问，与同时代的作家们相比较，狄更斯驾驭任何事情都得心应手；但是他这本书还是未能与他崇高的声誉相称。我们认为仅就小说的设计而言，这本书依然是他的一大成就。”①

① Edgar Allan Poe, "An Unsigned Review." *Graham's Magazine*, February 1842, xix, pp. 124—129.

第二节 中期长篇小说批评:从《马丁·朱述尔维特》到《小杜丽》

狄更斯1844年发表的《马丁·朱述尔维特》围绕两条线索展开，一条线索通过资产者安东尼和鸠纳斯·朱述尔维特父子之间钩心斗角的关系，揭示了资本主义社会中人与人之间赤裸裸的金钱关系；另一条线索则通过小马丁·朱述尔维特在美国投资遭到破产和险些丧命的故事揭穿美国社会的假民主，批判美国新闻界、舆论界的虚伪性和美国的投机事业。

按连载销售量来说，《马丁·朱述尔维特》较早期小说来说是较差的，这让狄更斯本人大为吃惊和困惑。为了力挽销售的狂澜，他改变策略，小说中途安排小马丁去美国走了一遭，以期提高小说销售量。这一招发生了效用，后期连载销售量增至23000份，然而和《匹克威克外传》《尼古拉斯·尼克尔贝》比起来仍是小巫见大巫。这两部小说在当时连载销售量达到40000至50000份，《小杜丽》的销售量甚至达到70000份。

《马丁·朱述尔维特》的第一部分于1843年1月问世，以后逐月连载，一直到1844年7月为止。英国读者的兴趣主要集中于那些美国场景，认为“它们是英语作品中最生动的讽刺性篇章”，当然美国人视它们为所有“语言作品中最可恶的诽谤”。描写马丁在美国经历的那几个部分到达美国时，全美国掀起了轩然大波。按照卡莱尔的说法，这些篇章使得“整个美国佬的国土像一只巨大无比的汽水瓶一样嘶嘶地作响”。狄更斯记载道：“马丁使得他们在大洋彼岸全部瞪着眼睛，语无伦次，完全发了疯。”对于美国读者的评论狄更斯高调发出回应：“要想讽刺和丑化那个民族是不可能的。当我阅读自己所写出的文字时，我有时绝望地搁下手中之笔，感到它们没有表达出我记忆中的感受。”①

在狄更斯的十四部完整长篇小说中，《马丁·朱述尔维特》是最被英美评论界忽视的作品之一。针对这部小说，值得一提的是约翰·福斯特与

---

① 转引自［英］赫·皮尔逊《狄更斯传》，谢天振等译，浙江文艺出版社1985年版，第153—157页。

汤玛斯·克莱格霍恩（Thomas Cleghorn）的一场争论。1844年底，福斯特在《考察者报》上发表了一篇迟来的关于《马丁·朱述尔维特》的评论。小说在7月连载结束，按照常理，福斯特是习惯做狄更斯的第一个评论者的，此次福斯特迟迟未发表评论，评论界甚至推测二人之间产生了龃龉。但是无论猜测如何，福斯特依旧坚定地拥护狄更斯并极大地肯定了这部小说。他首先肯定了小说的思想，同时为狄更斯小说中的美国插曲进行了辩护。评论写道：“《马丁·朱述尔维特》就总体而言是狄更斯最好的小说。小说中的人物读来让人觉得更为亲切，没有令人捉摸不透、难以理解。他还从未写过如此明确又奏效的东西。他观察仔细、讽刺尖锐，从不曾有过这样一部作品让他凭借自己的知识和智慧，以如此坦诚的目的来揭示这个时代的罪恶行径。有关马丁的美国之行作为插曲引起了美国人的反感和愤怒，但毫无疑问狄更斯对这些画面的描述是坚定有力的；美国人的粗俗不堪、自命不凡、原始不开化的特性着实令人可憎。”

此外，福斯特认为狄更斯小说对人物的塑造也入木三分。“俾克斯涅夫像一个玻璃杯，透过它可以看到社会上的种种罪恶行为和可憎之人，而且他们所表现出来的某种罪恶已到了无可救治的地步。安东尼·朱述尔维特一家坏透了，他们的自我惩罚丝毫不起作用；约纳斯和蒙特哥斯也罪大恶极，但是法网恢恢疏而不漏；莫德先生、甘普太太就像一种呼吸传染病，我们常常有欲清除而后快之感；但是只要有一个油滑的、佯装笑容可掬的笑面虎俾克斯涅夫在我们周围，我们除了自救别无他法。”

福斯特认为小说的可贵之处在于其思想魅力，他写道：“当我们为《马丁》的艺术魅力所称道时，我们不仅仅认可故事的结构和安排，我们更看到了小说在对现实的尖锐和大胆剖露上所展现出来的一种力量。狄更斯在批评罪恶的时候，他的读者会怀念美德……”①

与福斯特的热忱赞美相反，汤玛斯·克莱格霍恩以《北英评论》为阵营，对《马丁·朱述尔维特》进行了毫不留情的批评。他的批评与福斯特针锋相对，对福斯特赞美之处逐一反驳。首先他就小说的人物塑造提出了

① John Forster, “An Unsigned Review.” *Examiner*. 26 October 1844, pp. 675—677.

批评，“约纳斯·朱述尔维特在这个塑造了赛克斯、奎尔普、霍克等人物的作者笔下简直就不值一提了。”

> 作者和往常一样，极尽描写粗鄙之人的能事，擅长模仿伦敦的方言和习语。我们没时间对这部作品的每一个部分来逐一批评。我们认为他实在不必要对商人——一个值得尊敬的社会阶层来进行如此冷酷无情的攻击，比如对殡仪员莫德先生的攻击。作者对他的讽刺不是针对他个人的恶行，而是针对他身上体现出来的一种不可缺少的技艺所具有的不可避免的特性的讽刺。

对于小说中的美国之行插曲部分，他认为：“美国之行部分就是一个败笔，虽然描写是了不起的。这些章节就像莫名其妙的赘生物，被强加至一个整体中，破坏了小说的整体性和艺术性。事实上，这部分关于旅行的描写也是戏剧性的，没有体现一种坦率诚挚的精神，它们出自于《美国札记》，但比《美国札记》更为尖锐，充满了最尖刻的谴责。而这部分与后面的故事发展也毫无关联……”

汤玛斯·克莱格霍恩在该评论中，对《马丁·朱述尔维特》的语言批评最为激烈，他认为该作品最为糟糕的便是语言。他认为小说在语言上存在几个重大的问题。首先，他指出狄更斯对英语的粗俗冒犯，如许多单词不管它们是不是好的和经典的，狄更斯总是随意并置，“我们认为狄更斯美国之行以后，对这些词引进了新的用法和意义，所以我们就有了不可实践的睡帽、不可能的桌子、爆炸了的抽屉、疯狂的壁橱、神秘的拨弦古钢琴、无可争辩的下巴、遥远的建议等”。其次，他认为作品中充斥着“将大量强性的形容词用于修饰不恰当的土语名词。这类形容词有巨大的、糟糕的、庞大的、绝望的、恐惧的、极坏的、可怕的、骇人听闻的、奇怪的、非常讨厌的、很不友善的等。如狄更斯在小说中这样写道‘毫无疑问一个巨大的小伙子将克服这项工作’，‘这是庞大的舒服的情形’等。毋庸置疑，对于一个已经享有盛誉的作家来说，养成这样一种随意表达语言的习惯，很容易导致对一些琐事产生夸张的描写效果，他不应该为了自己的某种用意而贬低这些重要的词汇。”最后，克莱格霍恩认为狄更斯最糟糕的语言错误是“破坏语法规则”，如“自然让她们自爆其丑，两个俾克斯涅夫小姐（这里符合语法规则的表达应是‘让这两个俾克斯涅夫小姐自爆其丑’）”①。

从上述两种截然相反的评论中，我们也可以看到不同社会阶层对文学截然不同的审美观念。以汤玛斯·克莱格霍恩为代表的学院派批评家强调小说的整体性和语言的规范性。而狄更斯由于家道中落，没有机会接受正规的大学教育，他的小说丝毫没有受到学院派框定的束缚，表现出一种通俗化的倾向，这种倾向也体现在构思和语言上。无论评论是褒是贬，从来都无法影响狄更斯创作的热情，也无法阻挡他揭露社会黑暗现实的决心。相反，他总是加紧步伐，尽快推出新作，以正视听。

1846 年 10 月，狄更斯推出《董贝父子》。新作一经出版便大获成功，据统计，比上一部小说《马丁·朱述尔维特》销量增加了一万二千多册。小说按月连载，直到 1848 年 4 月才结束。这部小说通过描写董贝先生与儿子保罗、女儿弗洛伦斯的关系，探讨了财势对人类美好天性的侵蚀。

和以往任何作品一样，狄更斯的新作只要一经发表自然会引起评论的关注。《经济家》杂志先发制人，该杂志的一匿名评论者在小说第一期发表后就忍不住表达了自己对狄更斯新作的欢迎态度，认为小说对董贝这一形象的塑造可谓针砭时弊，“我们亟须塑造一个像董贝这样的人物出来。现在的伦敦充斥着一些像他这样冷酷、自大、严厉僵化、唯钱是尊的人。他们认为，像狄更斯小说中所描述的那样，地球是造来让董贝父子公司在上面做生意的，太阳和月亮是造来给他们光亮的，江河大海是造来供他们的船在上面航行的，彩虹是用来给他们预报好天气的，风是为了帮助反对他们的企业而吹的，星辰沿着轨道运转，是为了使以他们为中心的体系永远不受侵犯的。我们可以想象在这种风气之下的女孩将被变成什么样子，‘羊皮纸般苍白的脸颊和石头般僵硬的眼神’，她们的父亲只希望生出能继承他们公司事业的男孩来；我们可以想象可怜的女孩子们带着渴盼的眼神，可她们只

① Thomas Cleghorn, “Writing of Charles Dickens.” *North British Review*, May 1845, iii, pp. 65—87.

能听到父亲‘嘎吱作响的靴子’声和‘滴答作响的怀表’声”①。

狄更斯生性喜欢交友，他的朋友往往也是他作品的第一批读者。对于《董贝父子》，他的朋友们也是赞赏有加。萨克雷在读完第十五章即保罗之死后，冲到《笨拙》编辑部大声喊道：“这真是举世无双之作，真是天下无敌，出类拔萃!”杰弗里在1847年1月31日给狄更斯的信中写道：“啊，我最亲爱的狄更斯……昨晚读着它，我泪如泉涌，哭泣不止，今晨又是如此；我感到这些眼泪净化了我的心，并对你促使我如此落泪而向你表示祝福和爱慕；我对你的祝福和爱慕深情无比。自从小耐儿死在覆着白雪和常春藤的小椅上之后，可怜的小保罗之死再一次感动了我们。”在1847年12月12日的另一封信中，杰弗里勋爵通过对小说两位女主人公弗洛伦斯和伊迪斯的分析，再次表达了自己对狄更斯的崇敬之情。信中写道：“我衷心感谢这本书给我带来的欢乐和美好。尤其要提出的是出自你这精美而愉快之手所描绘的一些关于弗洛伦斯和伊迪斯的场景，它们就像轻柔优雅的音乐触及我们的心灵深处，驱走扑面而来的感伤。女人的可爱和爱人的天性在您无私和热情的笔端轻轻流露，这些让我们感受到了一位大师用他的优雅与天赋合二为一绘制出一幅图画，我们不仅可辨清画中每个人的真实性，而且还可看到他们所属的那一群人的真实性。您在塑造感人场景上有司各特的力量和特质，但又没有他偶尔为之的粗俗和啰唆；您在呈现心灵独白时有拜伦痛苦的力量，却没有他语言中邪恶的特质……”② 菲兹詹姆斯·史蒂芬在小说发表十年后的《星期六评论》中再次提及保罗·董贝之死是现代文学中最佳的感伤主义片段。

爱德华·费茨杰拉德（Edward Fitzgerald）在一封致萨克雷的信中对《董贝父子》的教育主题作出了肯定，他说：“《董贝父子》是对当下填鸭式教育体制的完美呈现；在这个论旨上它尤其值得评论界突出重视。那个在睡梦中还说着希腊语的男孩看起来和麦克白一样可怕……”③ 此外，《威

① From “An Unsigned Review of No. 1.” *The Economist*, 10 October 1846, pp. 1324—1325.

② Lord Cockburn, *Life of Lord Jeffrey*. Edinburgh, 1852, ii, pp. 406—407.

③ Edward Fitzgerald, “In a Letter to Thackeray.” January, 1847. In *Letters and Private Papers of W. M. Thackeray*, ed. Gordon N. Ray. Cambridge, Mass., 1946, ii, p. 266.

斯敏斯特评论》的编辑威廉·E. 希克森（William E. Hickson）也充分肯定了小说的教育主题：“未来的一代人都有理由对狄更斯先生表达他们的感谢之情，因为他用自己有所节制但绝不失严厉的态度对孩子们负荷过重、揠苗助长的教育方式进行了谴责。他在这部作品中对时下风行的古典机构的温和讽刺所产生的效果绝不亚于他在《尼古拉斯·尼克尔贝》中对某一类教育机构粗俗残酷的教学手段的大力揭示。所有的教育改革家们都应对狄更斯表示感激。”[①] 值得一提的是,《董贝父子》在美国再度掀起了热潮。小保罗之死就像《老古玩店》中小耐儿之死一样使美国读者大为震惊，美国人重新爱上狄更斯并视《马丁·朱述尔维特》为一时的败笔。

对于狄更斯的小说，溢美之词和批评之声总是同时存在的。1847 年英国文学界的另一大盛事就是萨克雷的《名利场》出版。从此时起，文学界分成了萨克雷派和狄更斯派两大阵营。对于同时出版的《名利场》和《董贝父子》，评论界免不了一场唇枪舌剑。当时一份新创建的杂志《月球上的人》成为论战的营地。1848 年 1 月该杂志发表的文章对《董贝父子》进行了毫不留情的攻击：“《董贝父子》在圣詹姆斯剧院的舞台和博德特·库特破败不堪的学校之间都失去了立锥之地。除了作者，该书对任何人都没有用处，我想对他自己用处也不大。”[②] 还有更为尖刻的抨击：“读完《名利场》，我们会情不自禁拿它与《董贝父子》比较，你将发现你实在无法忍受后者。”[③] 1848 年该杂志又出现了一篇言辞激烈批评狄更斯的文章，“《董贝父子》终于连载结束了。但它将永远无法进入好书之列”[④]。1849 年的另一评论指责狄更斯：“人们被强夺花了 5 先令购买此书，细读后发现实在是晦涩难懂……”[⑤] 约翰·伊格尔斯（John Eagles）也认为《董贝父子》是狄更斯最为失败的作品，他认为小说的主题很荒唐，“狄更斯加入某些作家的行列，冷酷地诋毁和鄙视上层社会。这种意图本身就是邪恶粗俗的，有损狄更斯的天赋”。伊格尔斯认为小说的结尾也很不真实，人

---

① William E. Hickson, “A Review of Nos. I—VI.” *Westminster Review*, April 1847, xlvii, pp. 5—11.

② From “An Unsigned article.” *The Man in the Moon*, January 1848, iii, p. 8.

③ Ibid., p. 14.

④ Ibid., p. 59.

⑤ From “An Unsigned article.” *The Man in the Moon*, January, 1849, v, p. 51.

物的行为根本不符合自然规范，“伊迪斯心不甘情不愿嫁给了董贝——这个让人憎恶的男人，而出于愤怒，她选择与另一个同样面目可憎的男人一起私奔。董贝的转变也让人难以置信，弗洛伦斯·董贝对于父亲那种强烈而特别的爱不符合人伦准则”。当然伊格尔斯也肯定狄更斯作为一个作家应该受到世人肯定，他“对消灭当时的残暴教育体制功不可没”①。这些批评的确有失公允之处，也因此导致笔墨大战的受害人狄更斯与萨克雷陷入一种人为的敌对状态。狄更斯因自己作品的销售量高出对手几十倍而自鸣得意，萨克雷则因博得了高雅读者们的赞赏颇自我陶醉。

由于两大阵营的对峙不仅影响了作家之间的感情，也让当时的文学界硝烟弥漫。作为狄更斯和萨克雷共同的朋友，福斯特觉得有必要担当和事佬的角色。因此在 1848 年 10 月，他在《考察者报》发表评论：“最近评论界出现了一种很不好的批评风潮，一些评论为了赞誉自己仰慕的作家而不惜无端攻击另一作家，因为不喜欢 B 作家而去盲目欣赏 A 作家。我们应当抱持这样的欣赏态度：我们欣赏 A 是因为他与 B 风格各异，他们都有自己不同的特点。正如一个事物的价值在于它是这一事物，而不是其他的东西。”② 不管怎样，这种两阵营相对峙的情形促使狄更斯更快地发表一部高水准的小说来改变局势。1849 年 5 月，《大卫·科波菲尔》分期连载的第一期问世，最后一期于 1850 年 11 月发表。狄更斯在小说的序言中这样写道：“在我所有的著作中，我最喜欢这一部。正如许多溺爱的父母，在我内心深处也有一个最得宠的孩子，他的名字就是《大卫·科波菲尔》。”在这部具有自传色彩的小说里，狄更斯借用自身的经历，塑造了一个在孤儿时代遭遇种种磨难，成年后经过不屈不挠的奋斗而获得事业和家庭成功的小人物，表现出像大卫般的小人物在资本主义社会寻找出路的艰难历程。

福斯特曾在传记中如此评论当时读者对《大卫·科波菲尔》的态度，“很多读者带着一种怀疑，他们强烈地想知道书中的大卫与作家本人有着

---

① John Eagles, “A Few Words about Novels—a Dialogue.” *Blackwood's Magazine*, October 1848, lxiv, pp. 468—469.

② John Forster, “An Unsigned Review.” *Examiner*, 28 October 1848, pp. 692—693.

怎样的一种联系”[1]。狄更斯在小说中运用的第一人称叙事手法，大卫成为小说家的经历以及狄更斯在序言中的亲密口吻，确实提供了很多让读者猜测的可能性。

无独有偶，萨克雷的半自传体小说《潘登尼斯》（*Pendennis*）与狄更斯的《大卫·科波菲尔》几乎同时连载发行。《潘登尼斯》同样塑造了一位从事文学创作的主人公。所以，这段时期的文学评论不可避免地将两部作品联系了起来，如大卫·马森（David Masson）、塞缪尔·菲利普斯（Samuel Phillips）、杜德利·弗莱姆（Dudley Flamm）、A. A. 阿德里安（A. A. Adrian）、杰里·唐·凡恩（Jerry Don Vann）等均从比较两部作品入手来表达本人对其中一部小说的偏爱。

大卫·马森是维多利亚时期一位不可忽视的小说批评家。他从情节、风格、语言等方面对两部小说进行了详细的评论。马森认为两部小说在内容上有许多相似之处：“当我们说《潘登尼斯》和《大卫·科波菲尔》时就像我们在谈论萨克雷和狄更斯一样。我们通过比对这两部作品可以发现作者的身影，他们实在有许多相似之处。两部作品都塑造了一个年轻人从童年到青年的成长和教育过程；小说的最后主人公都拥有幸福的婚姻；两部作品的主人公最后都成为作家。还有些细微之处也可见相似点，如两个故事中都出现了像亡命之徒类型的神秘人物，他们间或索要钱财陷好人于惊恐之中。这些的确让读者遐想联翩：两位作者是否有彼此抄袭之嫌？”

马森马上打消了读者的疑虑，他从两部作品的风格和语言上指出作品的差异，认为它们各具特色。“每个人都能在风格和语言上发现两位作家惊人地相异……萨克雷的特点是简洁地道，狄更斯则冗长华美。两位作家都能充分驾驭语言，他们都擅长准确明了地传达自己想要表达的意思；但是，狄更斯的句子总像是枝繁叶茂的大树，一个个枝蔓就是一个个词汇和意象，而萨克雷的句子就是一个个轮廓分明的枝干。”

针对两位作家语言上的不同特点，马森似乎更欣赏萨克雷的语言风格。

① John Forster, *The Life of Charles Dickens*. London: Chapman & Hall, 1872, p. 547.

总而言之，如果年轻学者想要挑选一些写作范例的话，我们建议他们向萨克雷学习，而不是向狄更斯学习。萨克雷的表达有贺拉斯的严格却不失轻松活泼的力量，即使在他普通枯燥的篇章中你也可发现此特点，而这些是狄更斯所缺乏的。在萨克雷的作品中，我们可以看到经典作品对他遣词造句所产生的影响，即使萨克雷偶尔使用俚语，我们依然可以辨出他在对语言精心打磨后所体现出的一个受过高等教育的人的素质。当然，狄更斯作品中也不乏完美无缺的表达，但是，他是一位有着敏锐观察力和细腻感知力的天才，他表达的本能是为了追求纯美，而不是精确和严格……

狄更斯在创作题材上更宽泛，风格更诗意化，萨克雷无论在题材还是风格上较前者更为审慎。无论是普通读者还是评论家，他们对狄更斯和萨克雷的基本评价是一致的：狄更斯是一位欢快、愉悦、友善和略带感伤气质的作家，萨克雷则是位严厉、辛辣、尖刻且擅长讽刺的作家。①

对于马森在《北英评论》上的赞誉，萨克雷随即写信给他表达了谢意，同时也非常谦虚地指出，"我认为狄更斯先生是伟大的天才般的人物，他如歌般的篇章大多是令人愉快和值得尊敬的，我从未曾想过要去尽力模仿他，我只想默默地尊敬他。当然对于他的艺术我也质疑过：譬如我认为他描写人物的本质存在不真实的地方，米考伯就是个不真实的人物，太过夸张"②。

塞缪尔·菲利普斯同样对《大卫·科波菲尔》和《潘登尼斯》进行了比较，对于两部作品，他更偏爱前者。他认为与《潘登尼斯》相比，《大卫·科波菲尔》中的人物对比更为强烈，场景更多样化，风景描写更生动逼真，让人产生一种窥一斑而知全豹的感受。小说中的童年无论从描写还是从情感角度看都栩栩如生、真实可信。而《潘登尼斯》再现的"不是童

---

① David Masson, "*Pendennisand Copperfield*: Thackeray and Dickens." *North British Review*, May 1851, xv, pp. 57—89.

② W. M. Thackeray, in a letter to David Masson. May 6, 1851. *Letters and Private Papers*, ii, pp. 772—773.

年而是一个孩童”。

对于《大卫·科波菲尔》中的人物描写，菲利普斯既肯定了狄更斯对大部分人物塑造得生动逼真，也指出了在描写朵拉、达特尔小姐等人物上的不真实。

> 巴特利先生作为特洛伍德小姐的陪衬人物，我们认为对他的描写是恰到好处的。对雅茅斯那一群人的描写也并无夸张之处，和小说的中心人物一样，在他们身上充分体现了狄更斯描写的力量与技巧。对于皮果提先生和汉姆在情感深度上的揭示符合人物的特征；格米治太太从絮絮叨叨自怨自艾到积极面对生活和遗忘悲伤也充分展现了作者丰富的想象力。巴克斯先生欲言又止含羞表达爱意的手势也并没有让人感到不真实。当然，也有个别人物描写可能与狄更斯的初衷相违背。如达特尔小姐作为斯提福兹的受害者本应积怨颇深但她却助纣为虐；朵拉的人物形象也不真实，皮果提先生的语言也不符合他的身份……狄更斯书中所有人物都有独特的动作，他们有上百种方式表现自己的与众不同。
>
> 比较《大卫·科波菲尔》和《潘登尼斯》，我们发现，前者的语调是轻松愉快、充满希望的，后者却是悲伤忧郁、令人沮丧的。两部小说在表达上都是滑稽风趣的，因为两位作家都是伟大的幽默家，但是萨克雷的幽默比狄更斯忧郁，似乎他的身上曾经投射过生活的阴影。《大卫·科波菲尔》的忧郁体现在其中的一个章节，而《潘登尼斯》的忧郁则弥漫在整部小说之中。细读狄更斯的小说，你会忘却世界的罪恶，铭记人间的美好，他作品中的好坏泾渭分明，每个人读完之后都感到心满意足。①

尽管狄更斯本人对《大卫·科波菲尔》极为满意，但评论界对其每部作品的评论却并不总是让他满意。《旁观者报》就曾有评论做出很不负责

---

① Samuel Phillips, “David Copperfield and Arthur Pendennis.” *The Times*, 11 June 1851, p. 8.

任的预言:“《大卫·科波菲尔》是狄更斯迄今为止最糟的作品,也必定得到更多不利的批评……故事的前面几章发展缓慢,谈不上诗意;后面的情形也没好到哪儿去。”①

《未来评论》杂志上也有匿名评论者毫不客观的犀利批评:“这个连载故事……可能是在艺术形式上最糟的一部了;它缺乏严肃性、一致性和整体性,忽视英国人的礼仪。小说将笔墨浪费在一些鲁莽和狂乱的描写上,用多样的形式、讽刺的语言来掩盖作品的贫乏。十分之九的读者不会从整体上来思考这部作品。大部分读者会在读完后把它当作一个普通的故事扔至一旁。”② 可事实证明,大多数读者都记住了这部作品,并将他视作狄更斯的代表作。这部小说至今依然在英国畅销。

《荒凉山庄》于 1852 年 3 月发表第一卷,以后各卷逐月连载,直至 1853 年 9 月才结束小说的最后一卷。小说描写了一件争夺遗产的诉讼案,由于司法人员从中营私,竟使得案情拖延了二十年。这二十年间申诉者居住在荒凉山庄,等待法官最后的判决,最后整笔遗产正好全数支付有关的法律诉讼费用,而跟诉讼案有关的人死的死,疯的疯。遗憾的是,该书的销售量只及《大卫·科波菲尔》的一半。一如狄更斯其他的小说一样,评论界对《荒凉山庄》依然褒贬不一。许多评论家认为这位创作了《匹克威克外传》《马丁·朱述尔维特》《大卫·科波菲尔》的作者已经江郎才尽了;而以乔治·萧伯纳(George Bernard Shaw)为代表的一些评论家则认为此部小说标志着狄更斯创作顶峰时期的到来。不管怎样,评论界的一场论战还是在所难免。

支持者认为该书产生的力量与达到的效果堪与斯托夫人的《汤姆叔叔的小屋》相媲美。③ 有评论认为《荒凉山庄》是狄更斯技巧娴熟的一部小说,作者让自己的写作意图充分地融合在创作技巧之中。《牧师与神学家》的一匿名评论指出:“该作彰显和暴露了许多社会问题:教育、改革、大

---

① From an Unsigned Article, 23 November 1850, *Spectator*, xxiii, pp. 119—120.

② An Unsigned Review, “David Copperfield and Pendennis.” *Prospective Review*, July 1851, vii, pp. 157—191.

③ Harry Stone, “Dickens and Harriet Beecher Stowe.” *Nineteenth Century Fiction*, xii, 1958, pp. 188—202.

法官法庭等。每个问题都呈现得恰到好处。”① 此外，关于书中乔的形象，评论一直持肯定意见，福斯特认为“乔一定会和狄更斯作品的其他重要人物一样深入人心”②，迪恩·拉姆塞（Dean Ramsay）认为英国小说中没有情节能出“乔之死”之右了。《折中评论》甚至认为乔的形象是该书“一颗璀璨的宝石”③。部分评论还肯定了小说的叙事策略，认为狄更斯实验性地使用了双重叙事。

反对者的声音也此起彼伏。针对小说的叙事技巧，小说家夏洛蒂·勃朗特（Charlotte Bronte）曾在 1852 年给乔治·斯密斯的信件中表达了自己的看法，她说：“我很喜欢大法官法庭的那部分，但是一旦它通过自传的形式表现出来……我认为太不真实，太虚假了；埃斯特·萨默森的自述让一种事物的本质被讽刺化了。”④ 赫·皮尔逊也否定了狄更斯以萨默森为作品叙述人的叙事手法，他说：“埃斯特·萨默森的许多日记必定会使狄更斯之外的任何一个小说家声誉扫地。或许他以为自己写一个男孩的自传十分成功，也不妨在一个女孩的自述上一试牛刀吧。果真如此，那么这种轻率从事未免太遗憾了。”⑤

期间，还有不少批评家就小说的情节、结构、人物和其他一些细节进行了评论。一些作家、批评家的日记也浮出水面，显示了对作品最初的解读。亨利·克拉伯·鲁滨孙在日记中记录了自己对《荒凉山庄》的阅读过程。

> 1852 年 3 月 19 日：我开始读《荒凉山庄》的第一期了。开头部分的描写不仅夸张而且啰唆。伦敦的雾被描写得覆盖一切、窒息一切，从总体上说，第一期没什么内容，仅仅为大法官案作了一点铺垫。
>
> 1852 年 4 月 8 日：第二期连载依然展现了狄更斯描写场景的天

---

① From an Unsigned Article, *Ecclesiastic and Theologian*, October 1855, xvii, pp. 472—476.

② John Forster, *The Life of Charles Dickens*. London: Chapman & Hall, 1872, p. 563.

③ From an Unsigned Article, *Eclectic Review*, December 1853, n. s. vi, p. 672.

④ Quoted in *The Brontês: their lives, friendships and correspondence*. ed. T. J. Wise and J. A. Symington, Oxford: Shakespeare Head Press, 1932, iii, p. 322.

⑤ 转引自［英］赫·皮尔逊《狄更斯传》，谢天振等译，浙江文艺出版社 1985 年版，第 228—229 页。

赋……这一期出现了两个惟妙惟肖的人物：一个是擅长扮演助人为乐，展现自己是善良的化身，以‘慈善’事业为幌子的有闲女人；另一个是债多不愁，自命‘假孩子’的斯金泼先生。这个上了年纪的年轻人自夸保持着俗世间难得的童真，并常不失时机地炫耀自己的两个弱点：既没有时间观念，也没有金钱观念。

1852 年 6 月 18 日：我正在读第三期和第四期，对沃尔特·兰多的塑造绝对是完美无缺的。他尖锐的语调、温柔的心灵和夸张的行动被表现得真实有力。①

从鲁滨孙的日记可以看出，他对《荒凉山庄》的阅读感受经历了从否定到肯定的过程。对于狄更斯的这部作品，许多评论既实事求是地肯定它的优点，又尖锐地批评它的问题。许多评论至今仍有影响。赫·皮尔逊如此评价《荒凉山庄》：“我们有时总想把狄更斯的作品说成是一座充满天才的炽热火山，而四周则由浸透愚钝的泥沼所包围。他在《荒凉山庄》中表现得才气横溢，同时又昏话连篇。单单哈罗德·斯金泼一人就足以使任何一个小说家出名了，而书中狄更斯描绘的人物肖像足有一打以上可陈列在国家美术馆里。”

和皮尔逊一样，亨利·福瑟吉尔·乔利（Henry Fothergill Chorley）在《雅典娜神殿》上发表评论，他逐一分析了《荒凉山庄》里的人物，认为狄更斯在此书中的艺术技巧有所进步。此外，他还肯定了作者的立意，认为狄更斯重点刻画了“可怜的乔”与“托姆独院”贫民窟，使得整个作品的思想意义更为突出。乔利说：“狄更斯站在人道主义的立场上，一再地诉求这个世界不要忘了那些可怜的流浪儿、贫儿、弃儿的存在。书中狄更斯对着‘可怜的乔’的尸体向全社会发出控诉，他从来没有创造过比可怜的‘乔之死’更为悲悯的场景了，小说充分展现了道德价值观和对社会的控诉，而这些正是狄更斯所擅长的。”

小说为了突出对英国法律的烦琐程序以及大法官庭的控诉，狄更斯别

① E. J. Morley ed., *Henry Crabb Robinson on Books and Their Authors*. 1938, ii, pp. 715—717.

出心裁地描写了一个废品回收店，该店靠近大法官庭，专门收购大法官庭发霉的法律文件。最后，商店发生自燃，店主克鲁克也在自燃中死亡。对于《荒凉山庄》中的"自燃"，评论界批评的声音颇多，认为狄更斯违背了科学性。乔利说："克鲁克之死——完全是一场不可能的灾难……即使在科学上是真实可信的，从艺术角度上看也是虚假矛盾的。"[①]

刘易斯就"自燃"这一细节与狄更斯几番书信往来，指出这一现象有违科学理论。刘易斯在信中写道："我亲爱的狄更斯，哪里有人在读英文，哪里就有你的读者。你的巨大声名要求你要有严肃的责任心。然而，你犯了一个可怕的、低俗的错误。而我，和你所有的崇拜者一样，为你所犯的错误感到悲伤，我无法保持沉默，所以写下此信。……我这两封信件意在提醒你不要否认科学的最高权威性，你关于'自燃'的证据是没有价值的，你解释的理论也是荒谬的，而且，根据已有的医学和生理学法则，'自燃'是根本不可能的。……如果我们原谅你对这个理论的改写，那么这种改写造成的后果将是危险的，因为你的读者们在惊讶于'克鲁克自燃而亡'事件后，他们要么将会向医疗咨询师来求证，要么将反驳你的理论……"[②] 然而，狄更斯"冥顽不化"，不接受刘易斯的建议，并在《荒凉山庄》再版的卷首语中回答了批评家们对这一现象的质疑，他说："关于克鲁克先生之死，人们一直否定所谓'自燃'的可能性……无须申言，我在描写这些情节之前，曾经花了一番功夫进行调查。"

此外，在《伦敦新闻画报》上发表的一封不具名评论值得一提，因为该评论认为"《荒凉山庄》情节构造非常失败"的观点得到了部分批评家的响应和支持，但是该评论并未因为小说在情节上的缺憾而否定作品的价值。评论指出："《荒凉山庄》树立了一类新型小说的范例，这位年轻作家为公众表现了自《匹克威克外传》以来的另一种创作方式和风格。……在《荒凉山庄》中，作者达到了既定的目标，深刻地反映了以大法官庭为代表的英国法律的腐朽性和破坏性，表现出在资本主义条件下法所具有的神秘的、邪恶的性质。作品极具美感、充满力量，让读者在读完之后能感到

① Henry Fothergill Chorley, Reviews in *Athenaeum*, 17 September 1853, pp. 1087—1088.

② G. H. Lewes, from an open letter in *Leader*, 5 February, 1853, pp. 137—138.

一种酣畅淋漓的快乐。”①

关于《荒凉山庄》“情节”的讨论，乔治·布赖姆利（George Brimley）在《旁观者报》上也发表了评论。他说：“《荒凉山庄》与狄更斯之前的作品相比，情节上的缺陷是有过之而无不及的。狄更斯在该书中完全抛弃了情节。小说中的一系列事件与人物并无紧密联系。贾迪斯控贾迪斯案引出一大串人物粉墨登场：原告、被告、律师、法律文书和一些旁观者，然案子本身并未对这些人物产生丝毫积极的影响。这个拖沓的案子仅仅给狄更斯提供了乏味而冗长的讽刺机会。”

对于《荒凉山庄》中的人物，布赖姆利持肯定态度：“《荒凉山庄》是一本厚实的小说，如果结构完好自然值得通读，但是很遗憾，作为连载的故事，我们认为它的确令人倍感枯燥和厌烦。所幸的是，小说中的人物几乎都是有趣的，他们既不邪恶，也不可怜。”②

与此同时，《本特利杂刊》上的一篇评论也就《荒凉山庄》的情节进行了类似的分析，文中写道：“《荒凉山庄》最大的优点在于各个分离的故事情节。作为部分，毋庸置疑，它们比狄更斯以前所写的任何一个故事都要更为打动人心、富有力量；然而作为整体却让人大失所望。我们认为故事没有很好地组织，作者过度渲染了一些无关紧要的人物角色……”③

总而言之，小说构思的整体性是狄更斯一直遭到诟病的地方。如果我们记住他的小说几乎都是按月甚至按周分期连载刊行的，那么对他的小说在结构方面看来松散与分离的现象就可以得到解释了。如果考虑到这种发表方式，那些反复批评狄更斯小说结构松散的指责就可忽略不计了。狄更斯无法享受像福楼拜那样用一周的时间来寻找一个确切的词，也无法像法朗士那样七次毁版重排，他只能小心翼翼地将自己限制在刻板的版面、严格的时限和预定的写作计划之内。

1854年，狄更斯动笔写了另一部小说《艰难时世》，连载在1854年4月1日至8月12日的《家常话》上。按照狄更斯本人的说法，小说的创

① From an unsigned review in *Illustrated London News*, 24 September 1853, p. 247.

② George Brimley, an unsigned review in *Spectator*, 24 September 1853, xxvi, pp. 923—925.

③ “An unsigned Review.” *Bentley's Miscellany*, October 1853, xxxiv, pp. 372—374.

作意图是因为自己无法忍受资产阶级社会路有冻死骨比比皆是，但有产阶级却熟视无睹，时髦的经济学家盲目乐观地说经济繁荣，发了财的商人只顾自己成功等现象。小说以焦煤镇上的工厂主和银行家庞得贝先生、工人史蒂芬·布莱克普、国会议员兼教育家葛擂硬先生及他的两个孩子路易莎和汤姆为主要人物，围绕着他们在焦煤镇的日常生活和当时社会中的阶级关系，描写了英国工业社会中紧张的劳资关系，深刻揭露并尖锐讽刺了大资本家和工厂主的罪恶、虚伪，同时也猛烈抨击了当时在英国资本家中盛行的功利主义。相对狄更斯小说一向厚实的特点，《艰难时世》显得短小精悍。鉴于此，小说出版后，部分杂志刊物甚至减少了对该书评论的版面。如《雅典娜神殿》以前总是开辟四至五个专栏刊登对狄更斯小说的评论，当时对《艰难时世》只留下半个专栏。自小说出版以来，评论界一直关注在这部以刻画资本主义工业的小说中，作者对工业社会的态度，对功利主义和政治经济学的评价等。《雅典娜神殿》的评论指出小说关于"想象与事实"的教育方式说教意味浓厚。麦考莱（Thomas Babington Macaulay）称《艰难时世》"除了一段感动人、使人心碎的文章外，其他的都是忧伤的社会主义"①，理查德·辛普森（Richard Simpson）在《漫游者》上发起了对《艰难时世》的攻击：

> 这个沉闷的故事充溢着对斯蒂芬的爱，他在年轻时与一个'品质比她的身体更为肮脏'的酒鬼女人结婚，因付不上十万镑的诉讼费而无法离婚；善良的瑞切尔是他的精神伴侣和领路人。
>
> 同样，西丝·朱浦，一个马戏团丑角的女儿成了可怜的笼中鸟路易莎的领路人。总体来说，故事陈旧、贫乏、缺乏趣味性；作为一个枯燥的情节剧，里面的人物是漫画式的，感情是经过刻意装饰镶了金边的，道德（如果说有的话）是不健康的。我们十分遗憾狄更斯先生不再刻意娱乐读者大众，而是挖空心思来教育读者。然而，他从来没有探究出社会生活的深度，找出治疗社会顽症的方法。②

---

① G. O. Trevelyan ed., *Life and Letters of Lord Macaulay*. 1959, p. 614.

② Richard Simpson, A Review in *The Rambler*, October 1854, n. s. ii, pp. 361—362.

面对同行们的误解和质疑，按照狄更斯以往的风格，他通常会在接下来小说完整版的序言中予以回应，然而，这次他一反常态，小说出版后，他第一次没有作序。于是，在 1854 年 9 月，他的好友福斯特在《观察者》报上发表了一个“半官方”的评论以正视听。

针对小说的目的说，福斯特指出：

> 《艰难时世》包括三卷，它们分别是‘播种’、‘收割’、‘入仓’。每卷下分一些章节，章节另取标题，帮助理解故事的大纲，明晰故事的目的，让读者看后一目了然……《艰难时世》直接指出了政治经济学的问题，这里我们不再赘述。
>
> 除非我们培养人们的想象力，否则任何教育都是徒劳的。让我们的大脑只装满事实和数据，就像我们的身体只填充肉，而不食青菜水果一样。所以，《艰难时世》的另一目的就是抨击这种所谓的‘事实教育’。

针对麦考莱的“忧伤社会主义”断言，福斯特认为“《艰难时世》并不是一本忧伤的书，相反一种活泼的、真正的思想贯穿小说的始终并打动人心，小说的道德目的也完满达到”。

关于评论认为狄更斯重视幻想，抨击事实的说法，福斯特也予以反驳：“在狄更斯作为记者的时候，他开始致力于培养知识分子的善良和想象的品格。但是他也深知事实和数据的教育是不会从世界上消失的，所以，他站在小说家的立场上，呼吁大家重视想象力的培养和创造，而他所有的故事也全部是基于事实和想象的基础上产生的”①。

1854 年发表在《威斯敏斯特评论》上的一篇文章通过分析小说的创作背景，指出了《艰难时世》的几个创作目的：“狄更斯在这部精美的作品中真实再现了工人和老板之间的关系。此外，作品最大的目的是揭露一种旨在摧毁‘该死的想象’的独有教育方式所产生的恶果，这种糟糕的教育方式否定并拒绝一切想象，教育人们只看数据和事实。同时，作品也让人

① John Forster, “An Unsigned Review.” *Examiner*, 9 September 1854, pp. 568—569.

更清楚地观察到人性。”

评论认为作品塑造的下层人物角色颇为成功。“和狄史斯其他作品一样,《艰难时世》塑造最成功的角色依然是那些最简单的受教育最少的下层人民。斯蒂芬、瑞切尔、西丝和单纯的史列尔马戏团,他们的一言一行都表现出单纯和善良,与葛擂硬、庞得贝他们的怪异截然不同,让人读后深感轻松踏实。”①

有趣的是,耶茨(E. H. Yates)和布拉夫(B. R. Brough)于 1857 年合作写了《艰难时世》的续作。按照耶茨和布拉夫的说法,他们认为原作中好人没有得到足够的幸福,坏人也未得到充分的惩罚,于是他们在续作中彻底改变了小说人物的命运。续作中,瑞切尔和斯蒂芬喜结连理。丝巴塞夫人和比泽尔成了银行抢劫犯。庞得贝因使用伪造纸币被绳之以法。西丝嫁给了改造好后的威尔普,生了许多孩子。葛擂硬先生因倡导事实和数字教育,杜绝年轻人的想象,自己最终成了史列尔马戏团的一名小丑,靠借钱度日……②

《艰难时世》还得到了罗斯金、泰恩、萧伯纳等知名批评家的热情赞扬。以崇尚美学著称的约翰·罗斯金对 19 世纪崛起的现实主义小说感到焦虑,他常在其文学批评中流露出对现实主义小说的担忧。他认为狄更斯对生活的描绘非常真实,但讽刺和幽默却十分粗俗。他担心狄更斯的夸张手法会使其丧失社会宣传家和改良家的作用。尽管罗斯金的文学批评观点在一定程度上反映了一个唯美主义者对现实主义小说艺术的偏见,但他在给《艰难时世》写读书札记时,却给狄更斯作了一个较为公正的评价。

> 尽管狄更斯的漫画粗俗,但却是明白无误的;尽管狄更斯的表述方法夸张,但告诉我们的事实却总是真实的。……而当他着手处理事关国家民族的、重大的、诸如《艰难时世》中所处理的那类题材时,他便运用比较严谨和十分确切的分析方法。这部作品的用处(在我看

① Mrs. Jane Sinnett? “An Unsigned Review.” *Westminster Review*, October 1854, n. s. vi, pp. 604—608.

② E. H. Yates and B. R. Brough. “*Hard Times* (Refinished).” *Our Miscellany*, new edn., 1857, pp. 142—156.

> 来，综合几方面考虑，这是他所写的最伟大的作品)，对许多人来说，是被严重地缩小了，因为庞得贝是个性格鲜明的恶魔，而不是一个世俗工厂主的典型例子；而斯蒂芬·布拉克普尔是一个个性鲜明、十分完美的人物，而不是一个诚实工人的典型例子。但是我们不要因为狄更斯喜欢采用戏剧性的夸张语言，就看不到他的机智与洞察力。他所写的每一本书的主旨和目的都是正确的；所有这些书，凡是对社会问题感兴趣的人都应当仔细和认真地阅读，特别是《艰难时世》。他们会发现有许多地方是有所偏袒的，因为有所偏袒，显然就不会是很公正的。可是，如果读者要去寻找似乎为狄更斯所忽视了的一些例证，那么，不管他们多么努力，他们终究会发现狄更斯的观点是正确的，而且是坦率地、尖锐地表达出来的。[①]

《小杜丽》是狄更斯的第十一部长篇小说。自1855年12月至1857年6月间共连载了19个月。小说描写了小杜丽全家老小因无力偿还债务而先后被关进马夏尔西监狱的情节。这部巨著是狄更斯后期创作的重要作品，对于了解英国19世纪中叶的社会面貌具有极大价值。英国政治的腐败，统治阶级的虚伪、欺骗，大资产阶级的贪婪，上流社会的虚假，下层人民的贫苦，都在作者笔下暴露无遗。由于这一缘故，《小杜丽》一经发表就遭到了当时资产阶级评论界的非难。《星期六评论》宣布："政府应当出台一条法令强化对《小杜丽》的严肃性阅读"[②]；E. B. 哈姆利在《黑木杂志》上表示"我们迫不及待看到《小杜丽》被抛至荒野的结局"[③]；《弗雷泽杂志》认为这部书是狄更斯小说中"毫无疑问最糟糕的一部"[④]；美国著名民主诗人沃尔特·惠特曼（Walt Whitman）也加入了这一评价行列，认为《小杜丽》标志着"狄更斯创作能力明显衰退"[⑤]。A. W. 沃德、詹姆斯·菲茨詹姆斯·

① John Ruskin, "A Note on *Hard Times.*" *Cornhill Magazine*, II, 1860.

② An Unsigned Review in *Saturday Review*, 4 July 1857, iv, p. 15.

③ E. B. Hamley, "Remonstrance with Dickens." *Blackwood Magazine*, April 1857, lxxxi, pp. 490—503.

④ William Forsyth, "Literary Style." *Frazer's Magazine*, March 1857, lv, pp. 260—263.

⑤ Walt Whitman, "Charles Dickens." *Brooklyn Daily Times*, 6 May 1857.

斯蒂芬（James Fitzjames Stephen）等知名批评家均加入了这一批判阵营。

E. B. 哈姆利认为《小杜丽》中塑造的“兜三绕四部”实在拙劣，狄更斯对政治并不了解。他说：“且不说故事和艺术上是否衔接得当，就对‘兜三绕四部’的刻意讽刺而言，还有什么比当前这本书更为差劲的吗？我们并未打算在这里支持‘兜三绕四部’，我们也无意谴责它，我们很清楚政府很多部门有为数不少的盛气凌人又浅薄无知的官员，但是《小杜丽》中试图对他们一一披露的做法却是幼稚而拙劣的。作者就像从政府反对派的新闻报纸上截下那么半打的文章，然后把它们拼贴起来充塞到书中。除此之外，作者费尽心机把政治问题具体化，但是又没有展示一星半点儿具有独创性的观点。他像是在编织一面方形旗，在这块破旧的布上，有闪亮的图画，上面沾着啤酒的污渍，闻起来还有烟草的味道……我们无意责备他不是一个伟大的政治家。要求他这样一位缺乏个性化力量的人从综合和抽象的角度思考政治问题几乎是不可思议的。”①

持此观点的还有詹姆斯·菲茨詹姆斯·斯蒂芬，他在 1857 年 1 月的《星期六评论》上发表题为《作为政治家的狄更斯先生》一文，批评狄更斯完全不懂政治。他在文中写道：“对于那些狂热分子而言，‘兜三绕四部’无非是对‘唐宁街’（英国政府所在地，往往用来代指英国政府）的歪曲呈现。而对那些反对者而言，小说无非再现了存在的问题，只不过作者通过刻意夸张来取悦读者大众而已。”②

同年 7 月，斯蒂芬还在《爱丁堡评论》上发表了《现代小说家的许可证》一文，文章指出，作为关心社会现实的小说家，一定要以客观、公正、真实的态度来写作。在斯蒂芬爵士的眼里狄更斯无疑不是合格的现代小说家。他说：“《小杜丽》绝不是狄更斯先生众多小说中最为引人入胜的一部。该部小说的情节可谓杂乱无章、混乱不堪，人物了无生趣，小说风格张弛无度。……我们真心希望他对待上层阶级能像对待下层阶级那么公

① E. B. Hamley, “Remonstrance with Dickens.” *Blackwood Magazine*, April 1857, lxxxi, pp. 490—503.

② James Fitzjames Stephen, “Mr Dickens as a Politician.” *Saturday Review*, 3 January 1857, iii, pp. 8—9.

平和友好；希望他更公平宽容地描写英国绅士的男人气概与廉洁无私、积极向上的美好品质。像他这样敏锐的观察家，我非常遗憾他把德西默斯勋爵类型化为英国政治家的代表，把泰特·巴纳克尔作为公务人员的典型代表。事实上我们不愿回忆小说中的任何上层人士，因为他们与现实中的人物相距甚远，毫无真实性可言。而他对英国政府机构的不公正态度比起他对上层阶级的不满更是有过之而无不及。在他的笔下，富人和上层人士常惨遭嘲弄；政府机构，如立法、行政等部门则常常被描绘成荒唐可耻的独裁政府的代表。"①

针对斯蒂芬爵士指责狄更斯歪曲上层人物与政府一说，斯蒂芬的传记作家莱斯利·斯蒂芬（Leslie Stephen）曾在书中对此作出过解释，认为他之所以批评激烈是因为他认为狄更斯小说中的泰特·巴纳克尔以及相关上层阶级角色是以詹姆斯·斯蒂芬和他的朋友们为创作原型的，而狄更斯这种歪曲并丑化上层阶级的做法无疑刺伤了他。此外，斯蒂芬爵士当时热衷于政府改革并成为边沁功利主义哲学的信徒，因此，他"无法容忍狄更斯对政府如此攻击"。②

斯蒂芬爵士对狄更斯的攻击让马修·达文波特·希尔（Matthew Davenport Hill）③ 愤愤不平，他在与布鲁厄姆勋爵（Lord Brougham）的信件中表达了自己对《小杜丽》的支持。信中写道："狄更斯很少公开谴责，如果有的话，当他在小说中引入上层阶级的成员，他也总是采用隐晦的手法委婉地加以责备；所以那种猛烈攻击他对'兜三绕四部'夸张描写的评论实在幼稚可笑。他也许有些夸张，但把夸张目标瞄准一个机构和个人是截然不同的。所有的讽刺都无不充满夸张，古来有之。机构和部门能够容忍，而个人则常常不能。……事实上，如果狄更斯了解更多的事实，他对'兜三绕四部'的刻画将会更夸张。"④

---

① James Fitzjames Stephen, "The License of Modern Novelists." *Edinburgh Review*, July 1857, cvi, pp. 124—156.

② Leslie Stephen, *Life of Sir James Fitzjames Stephen*, 1895, p. 159.

③ 马修·达文波特·希尔（1792—1872），英国教育学、监狱学和慈善领域内的激进改革者。

④ "Matthew Davenport Hill on Stephen's Review." 14 August 1857, in *The Recorder of Birmingham: a Memoir of Mathew Davenport Hill*, R. and F. D. Hill ed., 1873, p. 333.

与希尔一样，面对评论对《小杜丽》的种种攻击，霍灵斯黑德（John Hollingshead）在《火车》杂志上发表《狄更斯先生和他的评论者》一文，文章采用柏拉图对话写作方式，从政治和文学两方面肯定了《小杜丽》的意义。

海拉司：没有什么批评比用一个作家自己创作的标准来批评更不公平的了。莎士比亚的一些作品惨遭攻击是因为评论认为它们所产生的力量不及《麦克白》和《哈姆雷特》。

费罗诺斯：我们无需去向伊丽莎白时代的作家寻求这种不公正的明证，在我们的时代就有这样一位惨遭不公平评价的作家——查尔斯·狄更斯先生。

海拉司：你是指对《小杜丽》的接受而言吧。让我们设想下，如果这部作品是作者的第一部小说，当它出现在公众和批评家的视野里，我想它定会受到大家的追捧！每个人都将深感小说体现了一种进步或正在进步的力量……遗憾的是《老古玩店》产生的神圣的和谐依然在耳畔回荡，相形之下，大家很容易就认为这位大师日薄西山、矫揉造作了……

…

海拉司：他们试图从政治的视角而非文学角度来推翻他们的偶像。狄更斯先生，和所有心怀怜悯之情与想象丰富的作家一样，坚决反对政治经济中的一些艰涩、生硬且毫无人性的教条。他环顾四周的社会，看到了许多不公、悲惨、贫穷和罪恶。他呼吁政府，渴求更好的政府出现来处理‘巴纳克尔家族’和‘兜三绕四部’现象……

…

海拉司：（狄更斯小说的）文学功能得到了充分的体现。文学旨在完善人的心灵，培养人的怜悯仁爱之心和缓解人类的精神痛苦。[①]

① John Hollingshead, “Mr Dickens and His Critics.” *The Train*, August 1857, iv, pp. 76—79.

和许多作家一样，狄更斯也声言自己不读也不关注评论，但事实上他不仅读而且在乎评论。他许多小说的序言都是对评论的解释和反驳，《狄更斯与读者》一书中有许多明证显示他对评论的强烈意识。针对评论对《小杜丽》的种种批评，狄更斯在 1857 年出版了单行本，写了序言。在序言中他流露出拥有这么多读者而感到的喜悦，同时也表达了自己对读者如此信任的感谢之情，以此来回应评论认为"《小杜丽》毫无疑问是他最糟糕的一部小说"的妄言。的确，《小杜丽》一书的销售量是空前的。在大家心目中，狄更斯依然是创作了脍炙人口的《匹克威克外传》的大幽默家。尽管《小杜丽》奉献给读者的是一幅反映英国社会黑暗政治的图画，但狄更斯在《小杜丽》中并没有抛弃他擅长的幽默手法，只是小说中所体现的政治观点得罪了很多人，这也恰好反映了文学与政治的关系。

第三节　晚期长篇小说批评:从《双城记》到《我们共同的朋友》

《双城记》是狄更斯长篇小说中篇幅最为短小的一部，于 1859 年 4 月 30 日至同年 11 月 26 日逐周连载于狄更斯主编的《一年四季》刊物上。小说描写的是 1789 年法国大革命。以法国贵族的荒淫残暴、人民群众的重重苦难和法国大革命的历史威力，来影射当时的英国社会现实，预示这场"可怕的大火"也将在英国上演。

自《双城记》问世以来，它受欢迎的程度简直堪与《大卫·科波菲尔》相媲美，但在问世之初它并没有受到很好的待遇。虽然偶尔也有褒扬的声音，如卡莱尔宣称这本书写得妙极了，威尔基·柯林斯（William Wilkie Collins）认为"《双城记》是结构上最完美的一部"①，但是批评的声音更为响亮，有些批评家认为，《双城记》是一部最缺乏狄更斯特色的作品，《折中评论》认为《双城记》是一部"谁也不满意的小说"②，《雅典娜神殿》对《双城记》反应也极为冷淡，它曾经对狄更斯的大部分小说

---

① 见柯林斯小说《白衣女人》的扉页。

② From an Unsigned Review in *Eclectic Review*, October 1861, n. s. i, p. 458.

都开辟了三至四个评论专栏，而如今只用了区区几行介绍，甚至，只把它的书名列在"我们文学表"（"Our Literary Table"）上。

根据菲利普·柯林斯的观点，《双城记》遭受如此冷漠的评论原因有二：一是《双城记》之前的两部小说《小杜丽》和《艰难时世》都受到了大量的抨击，克里斯托弗·格里姆（Christopher Grim）在《都柏林大学学报》上表示："我丝毫不想掩饰自己对这位作家（狄更斯）小说的嫌恶之情，尤其是对他后期的作品，我很后悔自己像傻瓜一样去试着读这本《双城记》。"[①] 二是许多评论家认为狄更斯进入了老年人所处的"迷糊期"，作品不再具有魅力。在为数不多的狄更斯生前的《双城记》研究中，最具代表性的莫过于约翰·福斯特和詹姆斯·菲茨詹姆斯·斯蒂芬的评论了，他们的观点代表了那个时期评论界对《双城记》的基本态度。

作为狄更斯的忠实朋友，福斯特一贯对狄更斯的每部新作发表赞赏而又较为客观的评论。福斯特认为《双城记》无论在创作意图还是故事结构上都再次证明了狄更斯非凡的天才。他在《考察者报》上如此写道："小说最杰出的优点便是那罕见的技巧，凭借这种技巧，作者那天才般的力量充分运用到故事的组织上。在这方面，没有任何同时代的作品可以与之相提并论，也没有任何英语作品能够超越它。把个人历史与伟大的法国大革命精神微妙地联系起来，就是这种技巧所彰显出来的部分力量。如果说作者的意图是为了再现法国大革命时代的暴风雨是怎样产生的，那他只需描写那种狂野无情的暴乱，而无须让我们的内心受到如此强烈的震撼。在那气势磅礴的革命场景中，他赋予一个民族的历史以生命，同时深刻又富有技巧性地影射了英国的社会政治。"

> 狄更斯先生凭借他独创性的天赋受到广大读者的青睐，这种天赋让他拥有快而准的本能来透过事物的表象抓住其本质。哪怕他稍稍运用这种能力，读者也能强烈感受到他的这种天赋所产生的生命力。在这本书中，他的天赋与精湛的艺术相得益彰，服务于作品的

① Christopher Grim, An Unsigned Review in *Dublin University Magazine*, February 1860, lv, pp. 238—239.

意图和结局。幽默几乎是所有狄更斯作品中不可或缺的元素，它也是狄更斯获得声名的基础。在这本书中，我们依然感受到了他幽默的魅力，以及幽默所产生的持久的力量。

我们不得不提及作者描写曼内特医生在释放后回忆身陷巴士底狱那段漫长岁月的写作技巧。那段细节构思新颖，但它带来的深刻真理却更让人难忘。我们可以回忆下书中的某个例子，未来可能发生的事在曼内特医生附近索霍广场的静谧街道可找到印证。几个人在一个闷热的夏日午后坐在法国梧桐树下，达尔内，露茜未来的丈夫，法国贵族的继承人，当他一出现，就勾起医生那段深埋心底的深陷巴士底狱的痛苦回忆，医生隐约提及过往，而这时豆大的雨点飘落下来，急骤的回声、暴风雨的爆发、无辜少女的梦想……这就是技巧，一个诗人的技巧，这种技巧常常如灵光出现在一个单词或者一行文字中，为小说增添诗一般的力量。我们不可避免地被这样一部作品所感染，在我们的文学界中，狄更斯可跻身于第一流的诗人之列……①

与福斯特的热情赞赏相反，詹姆斯·菲茨詹姆斯·斯蒂芬对《双城记》的批评可谓疾言厉色："在《双城记》里，狄更斯先生摆在读者面前的，不是富于营养而调味不佳的食品，而是烹调也不能掩盖其质量的一盘菜肴。……这部小说的优点就是比他前几部小说短了许多，其结果便是，在小说末尾作者和读者应该感受到的那种满足之感，比一般情况下迟迟而来的时间缩短了不少。无论从文学、道德还是历史的角度看，这都是一部稀奇古怪的作品。如果不是标上了狄更斯先生的名字的话，这部小说很可能没有一个读者。"

斯蒂芬还直截了当地从小说结构、语言、道德色彩和真实性等方面来指出《双城记》的粗劣："人们似乎很难想象在狄更斯先生的存货之中，还有比所展销的这种结构更为笨拙、更为松散、花哨而庸俗的货色了。……他对于同时代人的影响也丝毫没有促进人们培养产生好作品的

① John Forster, from an Unsigned Review in *Examiner*, 10 December 1859, pp. 788—789.

那些品质的趋向。他享有盛誉的两大来源是:其一,用最粗糙的刺激办法挑逗人们感情的那种能力,其二,他那把平凡事件渲染得怪诞和出人意料的能力。"

> 狄更斯先生在《双城记》里的怪诞描写使人感到特别惊异。这个故事的大部分与法国有关,其中许多人物都是法国人。相应地,狄更斯先生就让他们说一种语言,这种语言说上几句还勉强逗趣,如今连篇累牍皆是,就觉得矫揉造作令人恶心至极。他把每一个法语词都译成相对应的英语词。例如'Voilà votre passeport'译成'Behold your passport'(看看你的护照),'Je viens de voir'译成'I come to see'(我来看看)等。这除了风趣不高之外,还说明对于语言的性质和原理十足的愚昧无知。说英语词'behold'的那种人不是说法语词'Voilà'那样的人;用这些起源不甚光彩的方言土语来描写许多最骇人听闻的事件,只说明作者对于艺术的真正要求极其缺乏敏感。
>
> 《双城记》的道德色调并不比以前几本小说更为健康,它也没有显示出对它描述的题材有更多坚实可靠的知识。……一个有声望的作家在一本小说里夸大了法国贵族的错误,而这本书又很自然地落到那些关于这个主题除这位作者有意告诉他们以外几乎一无所知的读者们手里,这种做法是很可耻的。可是,读者不可能不感觉到,狄更斯先生所叙述的那个奸污一个奴隶、杀死另一个奴隶的刻毒侯爵的闹剧式故事,是对18世纪中叶法国社会状况极不公正的描述。法国贵族阶层对许多事该负责任,这本来是个可悲的现实,但是说他们能够不受惩罚地进行抢劫、谋杀和强奸,这绝对不是事实。当霍恩伯爵认为在摄政时期进行试验比较合适时,尽管他是个贵族,仍然被车刑处死。狄更斯先生作为18世纪的特色而描写的那类暴行,在14世纪时就已经既不可靠也不寻常了。①

① Sir James Fitzjames Stephen, "A Tale of Two Cities." *Saturday Review*, 17 December 1859, pp. 38—46. 译文参考了吴柱存译文,载罗经国《狄更斯评论集》。

詹姆斯·菲茨詹姆斯·斯蒂芬自始至终推崇小说的真实性和道德功能。他在1855年发表《小说与生活的关系》（“The Relation of Novels to Life”)，该文的许多篇幅都论及了小说的真实性问题和小说的道德功能。斯蒂芬认为，阅读小说肯定会影响一个人的道德行为——尽管大多数人只是为了消遣而阅读小说，然而小说总会“以这样或那样的形式对我们大家起到教育作用”[①]。因此，在斯蒂芬看来，小说家必须负责任地以遵循客观事实为准绳，充分发挥小说的教育作用。由于斯蒂芬在英国政治界与文艺界的影响力，他对《双城记》较不客观的批评奠定了最初的批评基调。狄更斯的声誉起起伏伏，他继《大卫·科波菲尔》后所创作的几部小说都受到了较为尖锐的批评，这是他自己深感意外的。然而在一个半世纪以后，在专事讨论畅销书的buzzle网站上，《双城记》却保持着惊人的销量——仅次于排在第一位的《圣经》!

《远大前程》的第一部分于1860年12月1日在《一年四季》上发表，至1861年8月3日连载完毕。故事背景设定在19世纪中前期的英国，主人公孤儿匹普与姐姐和当铁匠的姐夫共同生活。在偶然的情况下，他成为富有的老处女郝薇香小姐和她的侄女艾斯黛拉家的座上客。匹普一心想做“上等人”，疏远了真正的朋友，但最终他惊异地发现他的保护人实则是他帮助过的在逃囚犯，关键时刻救助他的也是他的贫贱朋友。小说最后匹普恢复了纯朴的天性，对远大前程的期望终成一场幻梦。《远大前程》开始连载未满一个月，《一年四季》的销售量就大幅提高。对此，狄更斯在1862年2月的日记中写道：“这份杂志蒸蒸日上，《远大前程》大获成功。”

与狄更斯的前几部作品相比，《远大前程》得到了非同一般的夸奖。这或许是因为它的篇幅比其他大部分作品短小，也可能是因为它比先前的小说写得脉络清晰。《星期六评论》一反常态，也开始变得宽容：“狄更斯先生有理由为这几卷自豪了。在历经一系列风格迥异的创作后，在驱走《小杜丽》和《荒凉山庄》的阴云后，他终于创作了一个全新的、有创造

① James Fitzjames Stephen, “The Relation of Novels to Life.” In *Victorian Criticism of the Novel*, London: Cambridge UP, 1985, p. 94.

性的、强有力的又有趣味性的故事。……《远大前程》让狄更斯重获声誉，也让他重新拥有大量的读者。它也是狄更斯最好的作品之一，可以与《大卫·科波菲尔》和《马丁·朱述尔维特》相媲美。"① 其他如《雅典娜神庙》《英国季度评论》《考察者报》《大西洋月刊》等刊物都纷纷发表肯定《远大前程》的评论。

1861年9月，爱德华·P. 惠普尔（Edwin P. Whipple）在《大西洋月刊》上发表评论，文章从情节、角色、风格等方面对《远大前程》进行了高度肯定。文章写道："《远大前程》的情节是显明易见的，而且比他以前的几个故事安排得要好，体现了狄更斯天才的个性。"我们都注意到了狄更斯的思想和行动常出现分歧，而在这部小说中，二者和谐地统一起来了。无论对人还是对事，狄更斯都有特别深广、清晰而准确的观察力，但是他的这种观察力是独立的，没有成为支配他的力量，而是任凭他控制和利用来为其创作意图和情感表现服务……

> 在《远大前程》中，狄更斯似乎获得了某种主动权力量，而这种力量先前总是支配着他。……在《远大前程》中，作者明确地利用他所观察到的作为他创作的素材；他不是一一记录，而是创造；他所塑造的一定要忠实于他脑海中所认为的。他对观察到的进行塑形、处理、理解、着色，甚至篡改，所有事件可能只是发生在他的意念中，而不一定是在现实中真真切切发生了的。……这本书是一个艺术品。它也表明了狄更斯正处于创作的上升期，并没有退步。②

对于小说的人物塑造，惠普尔认为作者对小说中的每个人物都经过深思熟虑；虽然没有一个人物能像山姆·维勒和小董贝那样唤起读者强烈的兴趣和感动，但就整个故事而言，所有人物都是相映生辉的。此外，惠普尔认为该小说的爱情故事也是可圈可点的。他认为《远大前程》充分证明了狄更斯在塑造浪漫爱情故事上所具备的能力和技巧。

① From an Unsigned Review in *Saturday Review*, 20 July 1861, xii, p. 69.

② Edwin P. Whipple, from a review in *Atlantic Monthly*, September 1861, viii, pp. 380—382.

同年10月，E. S. 达拉斯（E. S. Dallas）在《时代》杂志上表达了自己对《远大前程》的欣赏之情。他在文中写道："狄更斯在当前这部书中表现出来的想象力比在以前作品中所表现出来的更为丰富。我们不敢说《远大前程》是他最好的小说，却是他最令人愉快的小说之一。"该文着重分析了小说的发行方式，"采用按月连载的方式来发行小说绝对是一种冒险的试验方式，因为它无法将故事作为一个整体呈现。狄更斯作为这种试验的带头人，身体力行，并大获成功。我们不敢断定是否每个读者都有规律地按月读一个故事，但是从每个月连载这部小说刊物的成千上万的发行量可窥一斑……总体而言，连载小说要求作者重视情节的发展和事件的进展。与先前重视人物和行为描写不同，我们的小说家们在这种发行方式下力求改变和突破。他们不再让故事在每一章的结尾后让读者告一段落，安静入睡；而是让读者保持清醒，以期待下期的精彩，因此，每章后面设计一个让人惊悚的事件就变得十分必需。"

此外，达拉斯还对《远大前程》和《雾都孤儿》进行了别开生面的比较。

> 《远大前程》再版时是三卷版的小说。我们记得狄更斯以前也出版过一部三卷版的小说——《奥列佛·退斯特》。我们提及这两部小说不仅仅是因为它们在出版卷数这些表面的东西上存在相似之处，而是因为它们在主题上也非常接近。我们目前这本小说的主人公匹普，就是另一个奥列佛。他们出生卑微，无父无母，童年毫无乐趣可言。在《奥列佛·退斯特》中，小偷们抓住了奥列佛，想拉他入伙，而他遇到了好心的布朗罗先生拯救他于水火之中；在《远大前程》中，匹普与一个犯人交友，随后他的命运与该犯人紧密相连。这个小说中的犯人取代了《奥列佛·退斯特》中的布朗罗先生，他用自己积累的财富培养匹普成为上流社会绅士。而在《奥列佛·退斯特》中，奥列佛最后意外得知自己是富翁的儿子并获得巨额财产。如果要问我们更喜欢哪个故事，答案肯定是：前者风格清新、描写详尽，后者作者处理自如、效果突出。[①]

---

① E. S. Dallas, From an Unsigned Review in *The Times*, 17 October 1861, p. 6.

值得一提的是，狄更斯在创作《远大前程》之前，因为计划用第一人称来创作这部小说，所以他重读了一遍《大卫·科波菲尔》，以避免不知不觉将故事重演。达拉斯认为《远大前程》和《奥列佛·退斯特》存在相似之处，让我们不得不联想到法国文学批评家克里斯蒂娃提出的“互文性”，在她看来任何文本都是对其他文本的吸收与转化，构成文本的每个语言符号都与文本以外的其他符号相关联，任何一个文学文本都不是独立的创造，而是对过去文本的改写、复制、模仿、转换和拼接。狄更斯的著述如此丰厚，无论在故事构思和创作手法上与他本人以前的作品存在相似之处也无可厚非。

《都柏林大学杂志》对《远大前程》作了比较保守和客观的评价，尽管它表示更欣赏狄更斯前期的创作，但是它认为《远大前程》无疑是狄更斯中后期较为优秀的作品。文章写道：

> 当我们坐下来仔细阅读这本书时，我们发现书的标题所彰显的和我们的心情还是大相径庭的。我们没有怀抱期望，但是总体而言，我们读完之后还是觉得有了一个令人满意的惊喜。自从上次我们最后一次努力读这位《匹克威克外传》的作者创作的《小杜丽》后（因为《小杜丽》枯燥乏味，我们不得不中途搁浅），我们相信将再也没有什么动力能促使我们与这位已失去往昔灵思妙笔的作家进行友好的对话了。直到我们看到各大刊物杂志对这部作品好评如潮，我们终于下定决心抱着一试的心态来读这部新作了。在细读该小说之后，我们认为这本书在许多方面比我们预想的小小期望要多。但是，尽管如是说，对于评论指出该书已达到了狄更斯早期创作的高度并且很有可能永葆作者的声名之说，我们无法赞同。在该书中，我们感受到作者早期愉快的声调依然在耳边回荡，曾经的幽默依然洋溢于文字之间……
>
> 如果读者能忽视他早期作品带来的深刻影响或者容忍他作品的所有夸张，而且能保持盎然兴趣读完整本书，你会发现《远大前程》将会带给你许多愉快和欣喜的篇章。除了人物刻画真实可信外，你将由

衷佩服作者思路清晰以及结构合理。①

奥利芬特夫人（Margaret Oliphant）一直致力于批评狄更斯的每一部新作，她曾对《黑木杂志》表示，狄更斯绝不是她所欣赏的作家，她是绝不会为狄更斯的作品摇旗呐喊的。对于狄更斯的新作《远大前程》也不例外。在评论这部当时颇具影响力的小说时，她指出：

> 《远大前程》是一部轰动性小说，专门描写几乎不可能的事件，就其本身而言，这些事件奇怪、危险、刺激；而就其作为狄更斯先生的系列作品中的一部而言，这部小说是虚弱、疲乏而苍白的。人们觉得，在写作的过程中，他一定对这部作品感到了厌倦，那些被他写进作品中的人，已不再是先前那种生机勃勃的男男女女，已经让他对他们感到无法形容的厌倦，所以还不到结束他们生涯的时候，就仓促而不耐烦地暗示他们的未来，以终止公众贪得无厌的胃口。

此外，奥利芬特夫人认为狄更斯该作对于女性人物塑造是失败的。她对某些细微之处作了细致分析：

> 随着故事的进展，我们得知，这位可怜的小姐虽然外表疯疯癫癫，但神智是完全正常的，她在这种奇特的状况下生活了25年。就在不久之前我们听到一位著名的苏格兰牧师在演讲的中途停下来，向听众保证，没有必要相信以色列孩子们的衣服真的能够在野地里风吹日晒40年不坏，只不过是上帝像提供食物一样给他们提供衣物。我们很想知道这位尊敬的绅士会就郝薇香小姐的婚纱说些什么，这件婚纱在25年的时间里只是褪了点色，变黄了而已。除了没有穿鞋的脚上，那双丝袜‘已经踩破了’之外，整件婚纱仍然完整无损，可是按常理推论应变成碎布条。与这可怕的同伴生活在一起的是个叫艾斯黛拉的年

① From an Unsigned Review in *Dublin University Magazine*, December 1861, lviii, pp. 685—693.

轻漂亮女孩，郝薇香小姐将她抚养成人，公开声明自己的意图是要撕碎尽可能多的男人的心，为自己的委屈向所有的男人复仇。不幸的小匹普是其选择的第一个受害者，他被带到那里接受处理，郝薇香小姐专门希望他能够学会爱上艾斯黛拉，再让她用自己的手段，撕碎他的心——尽管这个可怜的小家伙与郝薇香小姐的被撕碎的心没有任何关系，也没有任何头衔能够使他被认为是男性世界的代表。如果什么东西能够产生令人吃惊的效果的话，停滞的生活安排和环境的结合，在这里肯定是引起轰动的最合适的场景。然而，这种轰动却并没有产生，这位化装舞会上可怜的老女主人公，尽管有着向世界复仇的强烈意愿，毕竟只是一个无害的、甚至有点和蔼可亲的老婆婆，完全无法胜任这种决绝的蠢事。艾斯黛拉长大后养成了所有她不应养成的东西，证据显示，除了匹普，她没有撕碎任何人的心；她没有实现她的女恩主'乐善好施'的打算，反而嫁给了一个没有任何心可以让她撕碎的男人，造就了自己俗不可耐的命运，把自己弄得悲惨不堪。这与《白衣女人》的精巧的成功形成截然相反的对照。狄更斯先生的不在乎或倦怠给他的门徒留下了空间。用了极度的夸张，却未能产生什么效果，未能在镇定自若的读者头脑中产生轰动。那座门窗紧闭的房子无法欺骗警觉而有经验的观察者：他等着看那件历经25年的婚纱和它那可怜的老迈的占有者会发生什么事情，而既然两者都没有发生任何令人吃惊的情况，他拒绝为这个主题而激动。这个场景以及这所房子中随后发生的其他场景，郝薇香小姐、匹普、艾斯黛拉三者之间的所有联系，都以失败而告终。这只是欺骗不了任何人的一个化装舞会的片段，它将一种对古怪而奇特的爱好推向了令人厌烦的夸张的极致，在狄更斯先生长期、应得的一轮成功中，这种做法早已让他倒了霉。①

因此，在奥利芬特夫人看来，狄更斯并不了解女性，对郝薇香小姐、

① Mrs Margaret Oliphant, "Sensational Novels." *Blackwood's Magazine*, May 1862, xci, pp. 574—580.

艾斯黛拉和匹普之间关系的描写完全是一个败笔。

奥利芬特夫人对狄更斯在刻画女性形象上的批评在 20 世纪的狄更斯研究者中得到了呼应：狄更斯的二女儿也曾撰文批评父亲不理解妇女；当代著名狄更斯研究者米歇尔·斯莱特（Michael Slater）的专著《狄更斯与女性》也从狄更斯与女性关系的独特角度出发，探讨女性对狄更斯创作与心理的影响以及狄更斯对女性的理解和态度。

《我们共同的朋友》是狄更斯最后一部完整的长篇小说。小说围绕已故的垃圾承包商老哈蒙的遗产继承问题展开情节，为了从这堆垃圾变出来的财富中分一杯羹，许多人使出种种伎俩，展开了一场争夺。小说用巨大的垃圾堆作象征，意图把人性与金钱关系作为主题。小说的主题是狄更斯在 1861 年的一封信中提出的，但由于忙于办刊物和举行朗诵会以及他晚年情感上的一些私事，直到 1863 年秋才动笔写作此书，而此时由于他心事重重，写起来也格外费力。该书从 1864 年 5 月起至 1865 年 11 月止逐月连载，每月一期，由他早年的出版商查普曼和霍尔承印。从构思到完成，这部小说历时五年，与狄更斯早年同时创作三部小说相比较，也反映了狄更斯晚年创作力不从心。小说在出版之初并未受到读者和评论的交口称赞，它的深度和内涵也没引起当时评论的足够重视，尽管它的销量并不太糟。诚如 20 世纪美国文坛批评界泰斗级评论家埃德蒙·威尔逊（Edmund Wilson）所指出的："和狄更斯所有的后期作品一样，《我们共同的朋友》在当今受欢迎的程度要远远超过他生前的评论。"

在现实主义批评思潮的大气候下，很多评论家都习惯从人物、故事的真实性角度入手来评判作品。《伦敦评论》上的一篇未署名评论认为狄更斯作为英国现实主义领军人物，二十年来一直以其敏锐的洞察力和多样性的创作题材而驰骋文坛，历久弥坚。该评论对《我们共同的朋友》进行了细读，从人物、故事、意象等方面对小说一一评价。评论认为如果把狄更斯小说中的所有人物结合起来，足以成立一个小镇。在这部小说中，他成功地塑造了几十个人物：美丽可爱且善良无私的丽齐、趋炎附势且骄横乖张的维尔弗夫人、颐指气使又刚愎自用的薄德史奈普，以及引起后来众多狄更斯传记作者关注和重视的蓓拉·维尔弗等。这些人物丰富了狄更斯的人物画廊。评论认为小说塑造了一个成功的爱情故事：尤金·雷朋、布莱特赖·海德斯通与丽齐·赫克西姆之间的三角爱情。海德斯通为追求爱情表露出来的自私、压抑和嫉妒充分体现了描写的真实性，他在河边企图谋杀情敌雷朋的那一幕堪称本书的点睛之笔。评论从心理学角度分析了海德斯通的性格，有一定的说服力。对于小说中的河流意象，评论认为在故事中起了重要作用，营造了如画般的诗意感。该评论也指出了小说存在的不足，如小说的结尾略显操之过急，把复杂的事情一笔带过，草草结尾。①

一篇发表在《折中与公理评论》上题为《狄更斯关于垃圾堆的浪漫传奇》的文章从贯穿小说始终的意象——垃圾堆入手进行解读。评论从 1850 年狄更斯在其主编的《家常话》上刊登了豪恩的一篇《垃圾或丑陋的救赎》一文说起，指出狄更斯十六年来一直被“垃圾堆”萦绕，总是试图在如垃圾堆般肮脏的地方找到一片净土，就像在一个充满灰尘、装满零星杂物的小衣柜里试图发现一些可爱的物件。文章认为狄更斯“在肮脏丑陋的垃圾堆上构建了一个美丽的宫殿”，狄更斯以垃圾为隐喻，影射社会黑暗，敦促社会改变和进步。②

针对《我们共同的朋友》发表的评论，最具代表性的首推 E. S. 达拉斯和亨利·詹姆斯（Henry James）。两者都是 19 世纪英美重要的文学评论家，但对待狄更斯作品的态度却大相径庭，主要原因在于二者不同的创作观和审美态度。作为维多利亚时代重要小说家和评论家的达拉斯，十分推崇狄更斯揭示生活和社会真实的现实主义小说，尤其是狄更斯的后期创作；而詹姆斯是西方现代心理分析小说的重要肇事者，倡导创作的艺术性和技巧性，在他看来，狄更斯的作品存在美学上的缺陷，因此他对狄更斯的大部分小说都持否定性评价态度。

E. S. 达拉斯在《我们共同的朋友》连载结束之际，随即在《时代》杂志上发表热情洋溢的评论。他首先指出该书是狄更斯最为优秀的小说，也是狄更斯创作技巧最为娴熟和精湛的小说。达拉斯试图改变以往评论一直认为

---

① From an Unsigned Review in *London Review*, 28 October 1865, pp. 467—468.

② An Unsigned Article, “Mr Dickens’s Romance of a Dust-heap.” *Eclectic and Congregational Review*, November 1865, n. s. ix, pp. 455—476.

狄更斯的后期作品劣于前期创作的评论局限，扭转评论对后期创作贬胜于褒的批评潮流，以确立狄更斯在文坛应有的地位。文中写道："我们常听人如是说，'狄更斯从未超越过《匹克威克外传》'，他们认为《匹克威克外传》是狄更斯当之无愧的代表作。我们丝毫也不否认《匹》是部杰出的小说以及它给我们带来的快乐，我们百读不厌。当我们一遍又一遍地重读这部书，我们依然可以在其中的任何一页感受到幽默和快乐。但是，我们不能用这种显在快乐的多寡来衡量一个艺术品，诚如我们不能因为悲剧没有像喜剧那样给我们带来笑声而否定它的艺术性一样。所以我们能因为《我们共同的朋友》不如《匹克威克外传》那样有趣而认为它不是优秀的小说吗？我认为《我们》在创作的方方面面要比《匹》优秀得多，我认为它是狄更斯最佳的小说。"

随后，达拉斯在文中细数了《我们共同的朋友》的各种优点。首先，他认为该小说最为显著的优点便是它思想的深刻性，狄更斯的小说总是展示了爱的力量。其次，他认为在长达六百多页的小说中，每一行文字都是作者用心审慎地写出来的，所以小说是完整流畅又饱含思想的。再次，作者在这部小说中塑造了一系列可圈可点的人物。达拉斯花了不少篇幅对小说的女主人公蓓拉·维尔弗进行阐释，他认为蓓拉是完美女人的化身，是狄更斯创造的两千人物中最引人注目的一位。在蓓拉的身上，狄更斯倾注了强烈的感情，她像艾斯黛拉一样，有时骄傲而又任性，有时顽皮又多情，有时热情奔放……达拉斯认为蓓拉的成功塑造展现了狄更斯高超的艺术技巧。此外，达拉斯还指出，尽管小说以连载形式发表，但是每个部分都衔接得当，丝毫没有脱节之感。因此，达拉斯坚定地表示："狄更斯的创作域是如此宽广，在当今的英国文学界，没有任何一位小说家能像他一样拥有各个阶层的读者。"①

因为没有语言的障碍，且当时美国还没有保护作者版权的相关举措，所以，狄更斯的小说一经出版就马上出现在大洋彼岸的美国读者视野中。对于狄更斯的《我们共同的朋友》，亨利·詹姆斯在纽约《民族》杂志上发表了自己的审读意见："我们觉得《我们共同的朋友》是狄更斯最贫乏

① E. S. Dallas, An Unsigned Review in *The Times*, 29 November 1865, p. 6.

的作品。这本书之所以贫乏，不只是由于一时的困惑，而是由于永久性的才智枯竭。它缺乏灵思妙想。过去十年来我们总觉得狄更斯先生明白无误地在强迫自己进行写作。《荒凉山庄》是逼出来的；《小杜丽》是熬出来的；目前这本书很像是用铁锹和锄头挖出来的。"

在狄更斯的作品中，奇异的想象是他伟大才智的来源；当他的幻想还栩栩如生和坚定有力的时候，他能完成伟大的事情。可是当幻想衰竭以后，奇异的想象就成为毫无意义的东西了。狄更斯先生的幻想在维尔弗先生、波芬先生、蒂平太太，以及赖墨尔夫妇和雷恩小姐，甚至尤金·雷朋这些人身上的变化运动是一种毫无生命的、勉强的、机械的运动。这里有他以前的那种幽默词句，却没有当时的那种精神。出现在我们眼前的每个人物只不过是一大堆怪癖的体现，没有任何自然规律使他们生机盎然。这样说是毫不为过的。

与达拉斯对小说人物欣赏相异，詹姆斯认为狄更斯对小说中的赖墨尔、弗莱奇比、尤金·雷朋和布莱特赖·海德斯通等形象塑造得很不真实，甚至到了歪曲的地步。"我们找不出别的词句来说明这些人物所遭受的无缘无故的歪曲。人性这个词在这本书里使人极不协调；我可以大胆地宣布，这部书没有人性。人性比波芬、赖墨尔夫妇、韦尔弗夫妇所表现的要深刻得多。人性在于人们相互之间所共有的东西，而不在于人与人之间独特的东西。上面提到的那些人物毫无共同之处，除了一点，那就是他们跟普通人类毫无共同之处。如果《我们共同的朋友》所描写的世界是对世界的真实反映的话，那么这世界变成了什么样子？一个由性情乖僻者所组成的社会是不可能的。"①

1869年8月，狄更斯最后一部长篇小说《埃德温·德鲁德疑案》构思完毕，并着手写作。到第二年6月写完前二十二章后，狄更斯突发脑溢血死亡。同狄更斯的其他作品一样，该作仍以善与恶的斗争为中心。善的集中代表是一对单纯正直的青年情侣德鲁德和罗莎，而与他们直接对立的便是阴险、虚伪的贾斯泼。贾斯泼因觊觎罗莎，密谋杀害德鲁德，并企图嫁祸于

① Henry James, "The Limitations of Dickens." *The Nation*, 21 December 1865, pp. 786—787. 译文参考了罗经国译文，载罗经国《狄更斯评论集》。

人，达到一箭双雕的目的。围绕这桩案件，小说展开了一系列错综复杂的情节。对于狄更斯这部未竟之作的研究成为狄更斯去世之后的一个研究热点。

第四节　对狄更斯作品的综合研究

狄更斯生前的研究既有针对单部作品有感而发的评论，也有一些具有宏观性和综合性的评论文章和比较研究。它们有的综合狄更斯的全部或部分小说来探讨狄更斯作品广受欢迎的原因、狄更斯的创作思想、创作技巧及创作上的某些缺陷等；有的侧重于将狄更斯与其他作家进行比较，通过与 18 世纪或更早时期的作家的比较探究狄更斯创作所受之影响，将狄更斯与同时代的小说家们进行比较探究狄更斯创作之优劣。这些综合性研究有助于同时代的狄更斯研究者和爱好者们从整体上认识狄更斯的创作特质，也对后来的狄更斯研究提供了借鉴。下文从狄更斯生前英美两国对其创作的总体性评论与比较研究两个方面来概述。

一　高屋建瓴的总体性评论

总体性评论是狄更斯生前评论的一个重要组成部分，这类评论注重从狄更斯创作的整体性上来探讨其创作的特点，主要聚焦于分析狄更斯小说广受欢迎的原因、狄更斯创作思想研究、人物研究、艺术研究与创作发展等方面。

从畅销的视角来看，狄更斯在英国 19 世纪作家群中享有独一无二的地位。自从《匹克威克外传》一炮打响，他的作品持续畅销，累计起来，可能是迄今为止读者最多的英国小说家。亚伯拉罕·海沃德（Abraham Hayward）、乔治·亨利·刘易斯（George Henry Lewes）、沃尔特·贝吉霍特（Walter Bagehot）等人就从不同角度分析了狄更斯拥有如此多的读者，受到前所未有欢迎的原因。维多利亚时代的著名文人亚伯拉罕·海沃德在 1837 年狄更斯刚出版《博兹札记》与《匹克威克外传》时就预言狄更斯的前途。他在《季度评论》上发表文章说：

如果他在这条路上走得久一些，那么无须多少预言的天赋也能事先说出他的命运：他会像火箭一样升起，像枯枝一样掉落；但是如果他能恰当地运用他丰富、充沛而多样的才能，足以保证他声名赫赫，长盛不衰。他认为狄更斯定会声名鹊起的主要原因在于他幽默的创作手法、塑造下层人物的能力和通俗的语言风格。他在文章中写道：'他没有迎合公众的偏见，没有利用人们一时的愚蠢获利；他没有试图对贵族的言行做讽刺性的描写；他的作品很少影射政治或个人。此外，他的作品的主题类型往往使他一开始就面临市侩的猛烈反对，除了报刊上偶然登载一些他的作品的摘录之外，他很少甚至根本没有得到报界的帮助。'然而，在《匹克威克外传》第一期发表不到半年时间，所有读者都在议论文克尔、华德尔、韦勒、斯诺德格拉斯、道逊和福格，这些名字成了他们挂在嘴边的熟悉的日常用语；而狄更斯先生本人也成为伦敦男男女女的'利奥·亨特'们最感兴趣的对象。不仅如此，亚麻制品店的橱窗里挂上了匹克威克牌印花布，马裤店的广告里出现了韦勒牌灯芯绒裤；街头上可以看到辚辚驶过的博兹出租马车；公共马车上《佩勒姆》（布尔沃—利顿）或者《克赖顿》（安斯沃思）的作者肖像已被刮去或覆盖，以便为公众的新宠腾出位置。上述现象，只有下述假定才能加以说明：一种幽默新风格已经出现，一位毫无疑义地具有原创性的新天才已经产生；随便查查之前的英国喜剧作家便可知道，狄更斯先生在他自己独特的一行中，不仅是最杰出者，而且是首创者。

到底是什么让他享有人民史无前例的欢迎呢？我们认为他最大的优点便是发掘了都市中下层人民潜在的丰富多变的智慧与幽默，而他们在此之前是被看作贫穷、粗俗、愚蠢、与社会脱节的人群，狄更斯却用他们的俚语说出了他们的心情、梦想和力量……我们认为，这位作家成功的主要原因，就是他得心应手地表现了伦敦下层阶级真正的天生智慧和地道的方言习语。

此外，海沃德认为描写是狄更斯成功的另一秘诀。

> (狄更斯受欢迎还在于)他塑造了无与伦比的久盛不衰的人物——匹克威克先生，自始至终，他的每一个行动似乎都受到了一种不倦的、开明的慈善精神的影响。在描写方面，狄更斯也是非常高明的。比如，很难有比匹克威克先生溜冰更出色的描写，这一场景，连同各种姿态，即使没有菲茨的插图，也清晰地呈现在读者的想象之中。①

作为《季度评论》《爱丁堡评论》《弗雷泽杂志》等知名报纸杂志的撰稿人，海沃德的评论将一位初出茅庐的文学青年推到了文坛中央。当然，狄更斯随后的表现也印证了他的“火箭论”。

著名批评家、狄更斯的同代人乔治·亨利·刘易斯曾这样描述狄更斯在各阶层读者中受欢迎的盛况：

> 博兹是这么多年来最受欢迎的小说家，他欢快的作品受到了年轻人、老年人、严肃学者、同性恋者、知识分子、道德家等所有人们的喜爱；城乡普通百姓都为之着迷。我们经常看到卖肉的男孩，把托盘放在肩头，手里捧着《匹克威克外传》，侍者、扫烟囱的学徒也在读‘博兹’。试问，博兹是怎样获得如此惊人的喜爱呢？他采用了也许在大家看来是最不屑一顾的媒体——报纸专栏！他敏锐的观察、冷静的幽默都是他成功的秘诀。当《博兹札记》首次发行两卷，‘是否读过博兹的书？’就已成为大家的问候语。我们惊讶于他成名的速度，诚如拜伦曾经感叹他一觉醒来发现自己居然出名了，博兹也感于此，而且他成名的速度似乎比拜伦还要神奇。②

从刘易斯的评论可看出，他准确地抓住了狄更斯作为大众作者的特点。此外，刘易斯首次谈到了连载出版的方式是狄更斯成功的原因之一。

---

① Abraham Hayward, “A Review of *Pickwick*, Nos, I—XVII, and *Sketches by Boz.*” *Quarterly Review*, October 1837, lix, pp. 484—518.

② G. H. Lewes, “A Review of *Sketches*, *Pickwick*, and *Oliver Twist.*” *National Magazine and Monthly Critic*, December 1837, I, pp. 445—449.

由《匹克威克外传》开创的连载小说每期售价一先令，一般20期出齐，等于用一镑买下一部小说新作，比原先的一个半吉尼，即31.5个先令，便宜了三分之一，解决了降低小说售价的难题，从而为小说市场的大发展打开了局面。此后，连载小说成为英国的普遍现象。狄更斯在这个过程中起到举足轻重的作用。

维多利亚时代著名的经济学家沃尔特·贝吉霍特也是狄更斯的忠实读者，他于1858年在《国家杂志》上发表评论文章，客观全面地评价了狄更斯的创作才能。文章首先肯定了狄更斯作为当代小说家在英国具有无人企及的地位：

> 我们同时代的小说家中，还没有人能像狄更斯这样家喻户晓，他把欢乐带给每一个人，下至仆人，上至女主人，小至孩童，大至老爷们。……作为我们时代伟大的讽刺作家，狄更斯打动我们的不仅是他睿智的幽默，还在于他作品中包罗万象的信息；他告诉了读者所有他们想了解的话题。

贝吉霍特在此文中详细地分析了狄更斯深受欢迎的原因，他认为狄更斯个人的禀赋、创作的技巧、广泛的题材、敏锐的观察、生动的人物以及幽默的语言等都是狄更斯成功的秘诀。

> 他的天才是不受任何规约的，几乎没有任何英国作家能具有他这种天赋。试以他的风格为例：他的风格是描述性的、原汁原味的、流畅的；充满崭新的意象和奇异的描写；它并不意味着适当的比例才产生美，它的美情不自禁地散布在每一个欢快的词和短语中。
>
> 他作品的题材是多种多样的。他试图展现英国生活的方方面面，从极为底层的到最高阶层的都囊括其中。他从不殚精竭虑地把自己框定在某一方面，也不重复那些曾让他获得声名的早期作品的主题。尽管狄更斯生活在社会道德规约着艺术的时代，但在狄更斯展现各方面社会生活的小说中我们从未感觉到他为了实践社会道德而抛却小说的艺术。

> 狄更斯有把看到的事物并无二致地刻画出来的能力。他观察事物的敏锐性，尤其是抓住事物特征的能力十分突出。他的作品常常包含对一些细微事物的精致描写，他讲述琐碎、偶然事件的能力让人叹为观止。
>
> 狄更斯天才般的创作才能还体现在他对城市生活的描绘上。伦敦就像一份新闻报纸，包罗种种，但彼此并不关联。狄更斯的记忆里有各种古老的建筑和各式古怪的人们，他并未试图把他们合成整体，相反，每一个场景在他的脑海里都是独立的——每一个街道也是单独的街道。他就像一位特约记者一样为后代展现伦敦的方方面面。
>
> 赋予人物以生命是狄更斯的又一大优点。他对男人与女人的杰出观察能力比起对城市或乡村的观察能力来更是有过之而无不及；充满人物细节的商店在他的小说中比比皆是。小旅馆中的中产阶级、街上的扒手、殡仪业者以及甘普夫人等，他信手拈来；他熟知他们的特性。他具有这样一种能清楚抓住人物的基本特征，从而把他们塑造成类型化的人物。许多人物不用张口你就能辨别出他的职业。[①]

诚如贝吉霍特所言，维多利亚是个“社会道德制约艺术的时代”。所以，文学作品所彰显出的道德意义自然备受批评者的关注。李斯特（Thomas Henry Lister）认为狄更斯小说的特征之一便是“对人性的重视”[②]，理查德·福特称狄更斯是“英国文学史上真正的民族作家”[③]，理查·豪恩（Richard Henry Horne）认为狄更斯总是怀着道义的目的在进行创作。他在《时代的精神》（*A New Spirit of the Age*）一书中如此评价狄更斯的思想道德观：

> 狄更斯的主要构思大多是别出心裁的，他总是怀着道义上的目的，倾向于获得实际效果。如果把狄更斯的作品作为人性的画面而加

① Walter Bagehot, “Charles Dickens.” *National Review*, October 1858, vii, pp. 458—486.

② Thomas Henry Lister, “A Review of *Sketches*, *Pickwick*, *Nickleby*, and *Oliver Twist*.” *Edinburgh Review*, October 1838, lxviii, p. 77.

③ Richard Ford, An Unsigned Review in *Quarterly Review*, June 1839, lxiv, p. 83.

以全面考虑的话，他全部作品的道义倾向是很明显的。这种人性并不是对邪恶和罪恶的事物谋求浪漫色彩的同情，而只是对当今苦难及最终后果的厌恶和惊骇；它对人性中一切本质上好的东西寄以由衷的同情。一般说来，他的全部作品都是这样……

概括地讲狄更斯的作品，与任何其他现代作品中可以见到的画面与记录相比较，可以说其作品包含了更大量的现代英国中产阶级和下层人民的忠实画面和记录。虽然这些作品叙述了下层和各个最腐朽堕落阶级的各种各样的、甚至常常是非常污秽邋遢、可憎可怕的情况，并且作者丝毫不掩饰人物和事情的真相，但是作者处理得如此巧妙，以至于人们可以从头至尾阅读他的作品而丝毫不会对真正的、绝非矫揉造作的精致创作产生反感。总的说来，这些作品表现了在贫穷和悲惨境遇中经常遇见的气节和美德，间或插以欢乐及滑稽幽默把穷人描写到最公正的地步，以获得富人及权势者的同情。①

传记作家约翰·科迪·杰夫瑞逊（John Cordy Jeaffreson）在《从伊丽莎白到维多利亚的小说与小说家》（*Novel and Novelists, from Elizabeth to Victoria*）一书中肯定了狄更斯小说的伦理道德意义，他说：

狄更斯的小说不光是为了展现一个文本，同时也是为了执行一个道德。我们常常问这样一个问题'作品的目的何在?'无论你何时读狄更斯的小说，答案总是明白无误的。他小说的目的在于鄙视那些没有社会责任心的傲慢、自私之徒；引领我们关心贫困潦倒和缺乏教育的人们；揭露导致下层人民极端贫困和孤单无助的暴虐的社会体制；表达对社会法律体制的嫌恶之情——正是他的笔唤起了法律的改革……在过去的几年中，我们看到有一批这样的好作品，他们的作者以巨大的热情呼吁为建设一个更美好的世界而努力。这些作品包括《有过则改》《纽卡姆一家》《汤姆叔叔的小屋》《德莱克力夫的继承人》《康宁丝比》《奥尔

① R. H. Horne, *A New Spirit of the Age*. London: Smith, Elder, 1844, pp. 48—51. 译文参考了董元骥译文，载罗经国《狄更斯评论集》。

> 顿·洛克》以及狄更斯的大量具有普及意义的小说；所有这些作品都从某一方面展现了良好的道德意图；它们旨在反抗世俗偏见，缓和阶级压迫，扫除社会进步的障碍，呼唤人与人之间心灵的沟通……①

狄更斯小说的道德意义常常体现在他对中下层人民的关注上。李斯特认为狄更斯是极具原创性的作家，是英国生活的忠实记录者，是自斯摹莱特和菲尔丁以来真正将目光投向中下层阶级的小说家。评论家奥利芬特夫人在《黑木杂志》发表评论，首次提出狄更斯是一位“阶级”作家。

> 我们毫不否定这个事实：狄更斯以极快的成名速度跻身于我们最受欢迎的作家行列。他是我们这个时代最与众不同的作家——一位阶级作家、历史学家和某一领域的代言人。他的书中充满可敬可爱的中产阶级人物。他的主人公不是俱乐部或者大学里的年轻人，也不是伊顿公学里的冒险分子和一些坏分子，狄更斯的主人公是那种家庭型的、敏感的、易受女性影响的年轻人，此外，他们常受那些对他们童年产生影响的人物、事件与法律所左右，总之，狄更斯的主人公是因某种需要而存在的年轻人。他们勇气可嘉、思想单纯、意图良好、愿望真诚。

奥利芬特夫人认为狄更斯是中产阶级的代言人，那么在她看来，什么是中产阶级呢？她指出：

> 中产阶级本身无法言说，不同的人说出这个词都有他们各自的理解，但我们可以把它放置到广义范畴中来理解……他们既无时间也无精力做无谓的冒险，他们不是从书本或者经验中来获得知识，而是从现实的斗争中获取。但没有哪个阶级像他们一样深刻地感受到家庭的炉火是那么明亮纯净，家庭的爱是如此温馨。这些就是狄更斯先生创作的基石，这些让他击败各种对手，获得成功。②

---

① John Cordy Jeaffreson, *Novel and Novelists, from Elizabeth to Victoria*. 1858, ii, pp. 273—274.

② Mrs Oliphant, "Charles Dickens." *Blackwood's Magazine*, April 1855, lxxvii, pp. 451—466.

奥利芬特夫人将狄更斯称为"中产阶级"代言人不无道理。狄更斯生活的维多利亚时代，家庭无论在统治阶级还是在下层人民生活中均起着极为重要的作用。这种社会现实对作为中产阶级的狄更斯也产生了难以估量的影响。奥利芬特夫人的评价在20世纪狄更斯研究者中得到了不断的支持和回应，茨威格更是将狄更斯称为极具"市民气"的小说家。但是，从某种意义上他们又夸大了狄更斯小说对家庭、对普通人的关注，忽视了狄更斯对社会问题上的重视。

人物是小说艺术中极为关键的部分。狄更斯尤其擅长塑造人物，几乎每个人都能说出他笔下的几个人物，甚至某些次要人物也深入人心。对于狄更斯小说人物的研究也是部分批评家关注的焦点，理查·豪恩在其著作《时代的精神》中就着墨颇多地分析了狄更斯小说中的人物。他认为狄更斯作品中的人物是他创作中极为卓越而宝贵的一部分。豪恩指出狄更斯小说的人物为数众多，但每个人物皆是个性与普遍性的完美结合，从而代表了某一阶级。他提醒研究者注意狄更斯塑造人物的方法：

> 狄更斯从来不从人物的内心世界来发展人物的性格，而是着手刻画人物的本性是怎样由其生活的外部生活环境发展而成的。为获得这一效果，狄更斯首先淋漓尽致地描绘人物的肖像；有时先描绘其服饰，后描绘其面貌，而更经常的是描绘其服饰与举止。当狄更斯描绘得满意时，就能如见其人，如闻其声，该人物说的头几句话就是其性格特征的基调，就是该人物而后全部言行的基调。作者的手毫不动摇，始终忠实于其所塑造的人物。最初看上去是什么样的人物将一直保持至终。
>
> 狄更斯作品中的人物刻画是他创作极为卓越的部分。不管人们从什么角度观察他的作品，极难把他的人物排斥在外。如果将他的人物去掉，狄更斯故事的情节看起来就显得贫乏而支离破碎。狄更斯可以把一个很短的故事讲得令人赞叹，但他无法把长达一至二卷的故事讲得绘声绘色。实际上，他的长篇叙述皆为一系列短篇故事，或者说是

饶有兴味的、介绍新人物的画卷。[1]

理查·豪恩极大地肯定了狄更斯在刻画人物形象上取得的成功，他的观点也得到了同时代批评家科尼利尔斯·C. 费尔顿（Cornelius C. Felton）等人的认同。

在对狄更斯小说的艺术研究上，批评家对狄更斯褒贬不一，甚至贬多于褒。詹姆斯·菲茨詹姆斯·斯蒂芬爵士作为维多利亚时代知名的文艺批评家，一直以《星期六评论》和《爱丁堡评论》作为批评营地来评价狄更斯的小说。对于狄更斯的小说，他向来评价不高，把他的作品列为"轻俗文学"之列。他认为，"小说应当是严肃的观察家对生活中真实发生之事的忠实客观的描述。所以，像斯泰因、狄更斯之类的小说家，他们运用虚构的事实，结合哗众取宠的技巧和泛滥的个人情感所进行的创作是令人生厌的……"[2] 美国知名小说家、批评家亨利·詹姆斯则批评狄更斯是不会运用技巧的作家，亨利·詹姆斯断言：

> 狄更斯是肤浅小说家中最伟大的一个。在我们看来，把狄更斯列入最伟大的小说家之中是违反人性的，因为，我愿重申一下我已明白表示过的意见，他只创造了人物肖像而没有别的。他对于我们了解人的气质没有增添任何东西。他只是下列两种选择的能手：他要么就使我们接受那些平庸的东西，要么使我们接受古怪的东西，前者的价值实在可疑，而狄更斯执行这一任务的方式有时给人一种庸医行骗的印象。后一任务的价值是无可争辩的，而且正是在这里狄更斯是一个诚实正直、令人钦佩的艺术家。

亨利·詹姆斯还认为作为一个小说家，是很需要一点哲学的。

---

① R. H. Horne, *A New Spirit of the Age*. London: Smith, Elder, 1844, pp. 17—21. 译文参考了董元骥译文，载罗经国《狄更斯评论集》。

② Leslie Stephen remarked in *Life of Sir James Fitzjames Stephen*, 1895, p. 155.

> 小说家不仅应该知道人们而且应该知道人，而要知道人就必须是个哲学家。狄更斯是一个伟大的观察者和幽默家，但他绝不是什么哲学家。……一个只懂得人们的作家，就算他有狄更斯的幽默和幻想，也只能给我们创造一些人物肖像和图景，对此我们并无感激之意，因为他只扩大我们关于这个世界的知识。①

詹姆斯的批评是否言之有理，我们有必要从他的创作理念加以考察。作为西方现代心理分析小说开创者之一的亨利·詹姆斯认为作家应特别注意人物的心理变化，要描绘出从自已的角度所见的一切，以此表现出人物自身的内涵。他说：“我认为，心理原因对于语言描写是最有希望的了；抓住心理原因的复杂性——这样的使命可以鼓舞人去从事宏伟的劳动。简言之，很少有像心理原因那样有力地使我激动。”② 在詹姆斯看来，狄更斯只重视了人物肖像描写，只“创造了人物肖像而没有别的”，忽视了对人物心理内涵的表现。此外，詹姆斯还是一个唯技巧论者。他认为小说既然要反映现实生活，那么艺术家的主观经验是一个关键性因素，而经验的传达，则必须依赖技巧，也就是说依赖创作手法、结构、形式、色调、风格等。根据这些评价体系，他得出了“狄更斯是一位缺乏技巧的小说家”的结论。

对于狄更斯的创作发展，英美评论家们分为两派。一部分评论家推崇他前期的作品，另一部分评论家推崇他后期作品。以 E. B. 哈姆利为代表的部分评论者在评论中不断声明：“我们更喜欢您是《匹克威克外传》《老古玩店》的作者，甚至《马丁·朱述尔维特》中的美好章节的作者，而非《荒凉山庄》《小杜丽》的作者。”哈姆利在《告诫狄更斯》一文中分析了许多读者更倾向于他前期的创作，而对后期作品深感失望的原因。

> 在这些后匹克威克式的小说中，作者不仅希望成为幽默家，而且企图成为艺术家和道德家；在他后期的作品中，他不仅想做艺术家和

---

① Henry James, “The Limitations of Dickens.” *The Nation*, 1865, pp. 48—54. 译文参考了罗经国译文，载罗经国《狄更斯评论集》。

② 刘保端等译：《美国作家论文学》，生活·读书·新知三联书店1984年版，第55页。

道德家，还想成为政治家、哲学家和慈善家。如果我们认真关注他后期作品的人物，我们发现他越来越抛弃其作为幽默家和喜剧作者的品质，而自命不凡去关注那些我们认为他并不了解的事情。作为一名幽默家，无人能及狄更斯，作为艺术家、道德家、政治家、哲学家和慈善家，我们认为许多我们时代的人，包括妇女和孩子都比狄更斯强。因为我们是如此满意、如此欣赏他在早期作品中所展露的天才与气质，以致我们无法接受他后期小说主题的改变。对于前期的作品，他的灵感和冲动是浑然自发的。他用自己敏锐的眼睛观察我们生活的世界，以幽默的笔触为媒介传播给世界欢乐。但是慢慢地，他的创作特点与他分离，所有他的灵感都变得生硬。

所以，如果你能接受我们的建议，为你作品重新注入这种力量，把笔暂时抛至一旁，搜集你所熟悉领域内的更多素材，而不再在你不擅长的领域内徘徊游走，我们相信你成熟、精湛的观察才能又会给我们带来自然的、幽默的、生动的和感人的作品。……如果你不采纳我们的建议，继续走在荒凉山庄的小径上，创作一群小杜丽式的人物，那么我们建议你将下一本书命名为《对英国公众的戏谑》。①

《帕克的伦敦杂志》上一篇未署名评论以《博兹Vs狄更斯》为题讨论读者对狄更斯不同阶段创作的偏好。狄更斯早期创作曾以博兹署名，这里作者用博兹指代狄更斯早期创作，而狄更斯泛指中后期创作。文章写道：

博兹的风格是原创性的，狄更斯则不然。前者的创作风格简约朴实，作品中的人物所言所行都符合身份，没有丝毫矫饰。后者的创作既费劲又虚假，作品中的形象也丝毫不是活生生的人物，作者在尽力营造一种没有生命力的美感。②

① E. B. Hamley, "Remonstrance with Dickens." *Blackwood Magazine*, April 1857, lxxxi, pp. 490—503.

② An Unsigned Article, "Boz versus Dickens." *Parker's London Magazine*, February 1845, I, pp. 126—127.

非茨詹姆斯和特罗洛普等人也从思想和艺术上否定了狄更斯的后期创作。菲茨詹姆斯指出狄更斯在后期创作中对自己不熟悉的政治过于关注，"他对议会的抨击仅凭着自己的经验，而且是彻底错误的。他对行政部门的控诉仅仅是被一些相关报道误导而已。事实上，狄更斯对法律和政治一窍不通。他甚至不知道自己的目的何在，他也不知道自己所教导的产生了何种后果。自由、法律、现成的规章制度都有它们自身存在的困难，处理它们的人必须具备耐心、冷静、宽容和温和的素质。狄更斯的理想政府的确完美无缺，可是与我们相去甚远。"① 特罗洛普也认为狄更斯后期创作歪曲地描写了英国官僚机构。

事实上，E. B. 哈姆利等评论者的观点很具代表性，狄更斯生前的绝大部分批评家与读者都更倾向于狄更斯早期的作品。笔者认为产生这种倾向性的原因在于：维多利亚时代被史学家称为英国历史的"黄金时代"，无论从政治、经济还是文化上，这个时期的英国都呈现一种上升的态势，让人充满无数的遐想和希望，仿佛人人都有"远大前程"。在早期的作品中，狄更斯是一个精力旺盛的青年，以一种轻松愉快的乐观主义精神创作，这种精神不仅让上层阶级陶醉，也感染了下层人民。而在中后期小说中，狄更斯的悲观主义逐渐占据优势地位，随着对社会问题的不断揭示，这种悲观主义体现在每部小说的字里行间，其结果是让上层社会产生惧怕感，而下层人民则感到"远大前程"的破灭。于是产生了狄更斯中后期的小说只要一出版，都会带动《匹克威克外传》再次畅销的现象。

但也有为数不多的评论家对狄更斯后期的创作给予了较高的评价。罗斯金指出狄更斯"每部作品的中心意思和目的都是完全正确的"，他认为"凡是关心社会问题的人都应当仔细阅读狄更斯的全部著作，特别是他的《艰难时世》"。萧伯纳对狄更斯后期作品更是倍加赞扬，他把自己说成是狄更斯的信徒，甚至认为"《小杜丽》比《资本论》更富于煽动性"，说《小杜丽》使他成了一个"革命者"。萧伯纳的言辞虽然有点夸张，但是他关于狄更斯后期创作的一些见解却对后来的许多评论家产生了影响。他指

① Sir James Fitzjames Stephen, "Mr Dickens as a Politician." *Saturday Review*, 3 January 1857, iii, pp. 8—9.

出，在狄更斯后期小说中，早期小说中那种“偶然的愤怒已经发展到对现代世界整个工业秩序的激烈的反抗”；“掠夺和谋杀”人民的已经不再是个别的罪犯，而是“达官显宦”；狄更斯要摧毁的已经不再是《荒凉山庄》中的那个贫民窟，而是“整个社会制度”。

二 视野开阔的比较研究

在狄更斯生前的研究中，还有相当一部分论文侧重于将狄更斯与其他作家进行比较研究。涉及比较的作家不仅有伊丽莎白时期的莎士比亚，十七八世纪的英国作家西奥多·胡克（Theodore Hook）、菲尔丁（Henry Fielding）、笛福（Daniel Defoe），狄更斯同时期的小说家司各特（Walter Scott）、萨克雷，还有他国的知名小说家如西班牙的塞万提斯（Miguel de Cervantes Saavedra）、美国的华盛顿·欧文（Washington Irving）等。

查尔斯·布勒（Charles Buller）在《伦敦与威斯敏斯特评论》上的文章将狄更斯与西奥多·胡克的创作风格进行了比较，认为两者在选题与喜剧风格上有相似之处，但布勒更为肯定狄更斯作品中表现出来的自然风格。

> 我们能在西奥多·胡克的作品中偶尔感到愉快，但是这种感受无法与博兹带给我们的相提并论。博兹的喜剧更加汪洋恣肆，读者在感受幽默讽刺之后丝毫没有紧张之感，然而这种紧张感却常出现在阅读胡克的讽刺之后。即使他们描写同一事物，博兹会以简单自然的风格来呈现，他的幽默浅显易懂，但充满智慧，没有夸张、粗俗，却有善意的情感。在这方面，狄更斯与华盛顿·欧文倒有几分相似。①

布勒并未详细阐述欧文对狄更斯产生的影响，亚伯拉罕·海沃德在评论中对此发表了自己的见解，他认为狄更斯在早期创作中有模仿欧文之嫌。文中写道：“我认为华盛顿·欧文是对狄更斯唯一产生影响的小说家，狄更斯在很多部分对其进行了模仿。欧文第一部作品《纽约外史》是一部

① Charles Buller, “The Works of Dickens.” *London and Westminster Review*, July 1837, xxix, pp. 199—200.

具有独特风格的诙谐之作，显露出欧文的幽默才能。1815年，欧文再度赴英，他游遍英国的名胜古迹，怀着对英国古老文明的仰慕和对从前资本主义社会的向往，写出了著名的《见闻札记》。《见闻札记》包括小说、散文、杂感等32篇，以幽默风趣的笔调和富于幻想的浪漫色彩，描写了英国和美国古老的风俗习惯以及善良淳朴的旧式人物。狄更斯的《匹克威克外传》明显对欧文的作品存在模仿之嫌。”①

诚然，早期的狄更斯在创作上的确存在模仿现象，狄更斯幼年时期参阅的相当数量的历史著作和欧洲民间故事也对其创作产生了深远的影响，菲尔丁、哥尔斯密的小说，塞万提斯的《堂吉诃德》、勒萨日的《吉尔·布拉斯》、民间故事《一千零一夜》、笛福的《鲁滨逊漂流记》、斯摹莱特的《兰登传》以及莎士比亚的喜剧都是作者创作的灵感来源。狄更斯本人也感受到了这种“影响的焦虑”，试图突破自己。哈罗德·布鲁姆（Harold Bloom）如此看待这种“影响的焦虑”，他认为天赋较逊的会把前人理想化，而具有丰富想象力的则会取前人之所有为己用。但是这也要付出代价，就是会由于受人恩惠而产生负债的焦虑。这种焦虑便成了一种影响的焦虑。只是这种焦虑并未影响作家的独创力，反而会使作家更有创造性。狄更斯就属于后者。

汤玛斯·亨利·李斯特也认为狄更斯虽然存在技巧上的模仿，但是他的个人风格依然清晰可辨。他指出“狄更斯是一位原创性的作家，他与他所享有的盛誉完全匹配。他是自斯摹莱特和菲尔丁以来对英国生活最真诚和最忠实的记录者。他有令人惊讶的观察能力，对观察到的事物有高超的记录技巧，记录文字充满生机勃勃的幽默感，在运用幽默时又饱含深厚的感情。除了上述品质外，他独具一格的创作风格，流畅、简易、高亢、精练的戏剧力量以及他极具真实性的描写让他在英国作家中独树一帜。他有时也模仿，如在小说开端部分对菲尔丁的模仿，在独立的小故事中对华盛顿·欧文的模仿，这些都显示了他拙劣的模仿技巧。然而他的个人风格也是显而易见的，但这种风格在与其他作家比较时无法展现出来，而在与画家荷加斯（William Hogarth）比较时却能得到彰显。荷加斯对生活的观察敏锐而实在，是个杰出

① Abraham Hayward, “An Unsigned Review of *Pickwick*, Nos. I—XVII, and *Sketches by Boz.*” *Quarterly Review*, October 1837, lix, p. 494.

的讽刺家，在描绘人性的滑稽方面非常成功，通过幽默、夸张使细节明显，他尤其擅于对细节的处理。荷加斯创作的贫民窟的蜘蛛网画，偿还国债的计划，悬梁自尽的囚犯等画作表现出来的讽刺与狄更斯的创作风格极为相似。但是狄更斯没有荷加斯让人诟病的两大缺点：玩世不恭和粗俗不堪。狄更斯的小说讽刺却不厌世，描写通俗却不粗俗。他的作品勾画了最下层人民的生活图画。"[①] 李斯特是第一个把狄更斯和知名画家荷加斯进行比较的评论者，这一比较在当时文坛引起了轩然大波，也得到了许多批评家的认同。20世纪初法国狄更斯研究者莫洛亚也借鉴了这一比较，并且更为深入地探讨了狄更斯与荷加斯在艺术创作上的共性。

狄更斯是理查·豪恩《时代的精神》一书中着墨最多的评论对象，在该书中豪恩对狄更斯与司各特、菲尔丁、萨勒日、塞万提斯、约翰·盖和笛福进行了比较。"人们经常把狄更斯与司各特、菲尔丁及萨勒日相比较。狄更斯一点也不像司各特，后者的创作素材取自历史材料及传说，这一点可以从他为撰写每一章所作的精心的笔记中找到明证，他的创作都是用至善至美的技巧糅合在一起的。狄更斯并没有取自史书或传说的札记，而是取自极强的记忆力和微妙的联想。这一切都体现了他创造性的天赋以及真正的创作冲动。司各特和菲尔丁都是情节及叙述的巨匠。狄更斯明显不按计划进行创作，他有主导思想，但并不作细节的构思。他深知自己总的打算是写什么，至于怎样实现这一点，他全凭自己的创作冲动。他并不沿着固定的路子写下去，而是听凭自然，信手拈来。狄更斯并不用写作方法和详细计划束缚自己的手脚，他的天赋受不了这种约束，而是沿着大路信步舞去，随意跃去（这一点并不值得钦佩）。在对人物肖像与服饰进行有血有肉、栩栩如生的描写方面，狄更斯颇像司各特与菲尔丁，在对某些内心世界的刻画方面，狄更斯也像菲尔丁，但这方面司各特却做得很少。《尼古拉斯·尼克尔贝》的法译本前言说，'这本书概述了英国社会各阶级活动概况，对一切荒谬进行了细腻而尖刻的批评，是一部《吉尔·布拉斯》式的巨著。书中许多不同人物在读者面前活动着，呈现出千姿百态。'就

① Thomas Henry Lister, "A Review of *Sketches*, *Pickwick*, *Nickleby*, and *Oliver Twist*." *Edinburgh Review*, October 1838, lxviii, pp. 77—78.

刻画出他们想法的方法来说，这一评论是十分确切的；至于各阶级的活动概况及绝妙的性格塑造方面，两者就毫无相似之处了。萨勒日的伟大在于他令人愉快的作品产生了让我们鄙视我们同类的倾向，他的作品展现了人类的奸诈和狡猾。塞万提斯与狄更斯的相似之处在于他在表现对田园风光之美的热爱和对人民深厚情谊的基础上，表现了怪诞及伤感的支配力量。在这一方面，两位作家具有可比性。虽然我们知道狄更斯并不像塞万提斯那样富有诗意，那样高雅，他也不可能刻画出像堂吉诃德那样的人物——这一人物本身以其绝顶荒谬及结局构成了狭义精神的真正精华以及达到了至善至美的境地。但是这两位作家在天赋上非常相近。狄更斯并不像约翰·盖[1]那样，盖的《乞丐的歌剧》系讽刺体诗歌，为吟唱而作，其主人公皆理想化……《乞丐的歌剧》里的绞架并不是为贫困而卑贱的窃贼而竖立，而是为了远远高超于衣衫褴褛的乞丐的高雅之士而竖立的。狄更斯作品中的窃贼及高雅的绅士并不如此。他所描写的人和事，正是他实际上所要描写的……正是这种近乎现实的情况使得狄更斯的作品和笛福的作品非常相像……狄更斯和笛福都具有对感伤和怪诞的支配力量。虽然两人有某些相似之处，然而，狄更斯是别具匠心的创造者，他的作品具有种种独到之处。总的说来，这些特点的全部效果使他的作品和任何别的作家的作品迥然不同。”

维多利亚时期的英国诗人、文学批评家豪恩博览群书，有深厚的文学积淀。他将狄更斯与诸多跨时代、跨国界的作家一一对比，既看到了狄更斯对这些作家在创作风格与技巧上的继承，更看到了狄更斯迥然不同的创作特征。豪恩得出结论：“狄更斯是其时代的产物，真正散发着汇集了他所处时代的全部精神。狄更斯并不模仿任何人。”[2]

许多评论家还倾向将萨克雷与狄更斯进行比较。就性格而言，两人毫无共同之处：狄更斯自命清高，自食其力，不屑讨好贵族，萨克雷则以博得贵族社会的恩宠和吹捧为荣；狄更斯精力旺盛，萨克雷则懒散怠惰；狄更斯追

① 约翰·盖（John Gay，1685—1732），英国诗人及戏剧家，著有《乞丐的歌剧》等作品。

② R. H. Horne，*A New Spirit of the Age*. London：Smith，Elder，1844，pp. 48—51. 译文参考了董元骥译文，载罗经国《狄更斯评论集》。

求穷人的褒奖，萨克雷则渴望富豪的青睐；狄更斯深受男人们的爱戴，萨克雷则备受女人的推崇……他们极具差异的个性也反映在他们迥异的创作上，狄更斯的小说深受普通读者的喜爱，销售量颇高，萨克雷的小说则得到了高雅读者的赞赏。维多利亚评论界基本保持了更为欣赏萨克雷的基调。如作为演员也同样是狄更斯好友的W. C. 麦克格雷迪（W. C. McGrady）在1849年的评论中说道："从风格上来看，《名利场》要优于我朋友狄更斯的作品。从语言上看，萨克雷更多表现了有正规教育和学识人士的印记，萨克雷的小说毫无疑问在当今排在首位，虽然狄更斯是我的好友，我不情愿承认这一点，但事实毕竟是事实。"① 维多利亚时代对狄更斯和萨克雷的比较类同于17世纪对莎士比亚和琼生的比较。琼生和萨克雷都被视作"受教育的人"即高雅作家，而莎士比亚和狄更斯则被看作伟大的"天才"即出身草根的大众作家。尼安德在对莎士比亚和琼生进行比较时有一句经典的台词："我敬重琼生，但我更爱莎士比亚。"许多维多利亚时代的批评家更敬重乔治·艾略特和萨克雷，但是他们又无法不从内心里来表示自己对狄更斯的喜爱。

小说家特罗洛普的观点相对客观地反映了维多利亚时代批评家对狄更斯与萨克雷的评价态度。特罗洛普写道："我认为狄更斯的人物身上有一种稀奇古怪的笑料。这种笑料比萨克雷的幽默低级，但是大众理解得了，而萨克雷的幽默却不为许多人所理解。狄更斯的悲怆也不是真人所有的，它太做作，太戏剧化；但是这种悲怆情调这样表现出来，以至于它总能触动读者的心弦。斯摩克这个人物并不真实，他的吝啬，他的痴呆，他对尼可拉斯的忠诚，他对凯特的爱都太做作，而且这些特性又互相矛盾，但是读者还是为他掉下了眼泪。狄更斯的小说很像薄西考的戏剧。他懂得怎样用粗线条绘画，使图画色彩分明，大家都看得清楚。"

特罗洛普道出了两者创作的区别，狄更斯"低级"的幽默与"夸张"的悲怆能打动普通读者，萨克雷的高雅吸引的是上层贵族。这种区别也体现在两者的文体与语言上。"狄更斯的文体简直令人难以夸奖。他的文体佶屈聱牙，既不合乎语法，又不合乎规范，是狄更斯自己的发明创造。他

① William Toynbee, ed. *Diaries*, 1912, ii, p. 418.

的文体几乎和卡莱尔所创造的那种文体一模一样。注意语言修养的读者一定会讨厌这种文体。”

然而安东尼·特罗洛普也不得不客观指出狄更斯小说在大众中的受欢迎度或多或少得益于这样通俗的语言和文体，“狄更斯用了这样佶屈聱牙的语言，英国广大读者却对他感到满意。狄更斯和卡莱尔这两位大作家的著作使他们的读者感到满意。”

但他同时又呼吁“年轻的小说家们千万不要冒险去模仿狄更斯的文本。假如谁要找一个语言老师学习语言，让他去请教萨克雷”①。

特罗洛普的对比评价反映了批评家们对狄更斯的复杂情感态度。对乔治·艾略特推崇备至的阿克顿勋爵的一句感慨可以从某种程度上反映批评家的复杂心情，他说：“我很羞愧我回头看狄更斯的作品远比看乔治·艾略特的多，狄更斯的所有作品都值得让繁忙的人们阅读，因为他给大家带来的是发自内心又平常的欢乐，他用简单而直接的方式唤起人们的情感。”② 很多批评家尽管更为欣赏萨克雷的小说，但他们回头看狄更斯作品的频率却远远高出读萨克雷的小说。

第五节　狄更斯声誉的确立

从上述两节对狄更斯单部作品的研究及综合研究的梳理与回顾可以看出，狄更斯生前经历了荣辱兴衰的三十年。我们可将狄更斯生前评论大致分为声誉崛起期、评介分歧期和声誉确定期三个阶段。

1. 声誉崛起期。在所有的作品中，狄更斯最早发表的特写集《博兹札记》和第一部长篇小说《匹克威克外传》几乎受到了评论界的一致推崇，它们标志着狄更斯正式登上英国文坛。《博兹札记》包括作家已经发表的和尚未见诸报刊的随笔、特写共56篇，分四大部分：《我们的教区》《场景特写》《人物》《故事》。狄更斯在第一本书里就勇敢地直面人生，他怀着满腔同情，

---

① Anthony Trollope, "Charles Dickens." *Autobiography*, Cambridge: Cambridge UP, 1882, pp. 76—94. 译文参考了董元骥译文，载罗经国《狄更斯评论集》。

② Herbert Paul, ed., *Letters of Lord Acton to Mary Gladstone*, 1913, p. 26.

描绘下层人民的悲惨生活，谴责社会压迫，鞭笞种种不人道的行为。小说出版后，恩格斯高度评价，说狄更斯属于一个新的小说流派，标志着小说性质的彻底革命。[①]《博兹札记》出版后，狄更斯乘胜追击，于1836年连载《匹克威克外传》。小说一经发表就引起了评论界的注意，同时代知名小说家、评论家福斯特、萨克雷和洛克等纷纷在《雅典娜神殿》《考察者报》《宫廷杂志》上发表评论。萨克雷认为"书中所展示的有关国家和人民的方方面面比任何浮夸或真实的历史还要真实和丰富"[②]。在随后百余年的狄更斯批评史中，《匹克威克外传》是唯一没有受到攻击的小说。

2. 评介分歧期。如果说狄更斯早期清新的文风和乐观主义创作哲学让他声誉崛起，那么他随后创作中"激进的语调"和"夸张"则让他屡遭诟病。狄更斯1838年以后创作的《奥列佛·退斯特》《尼古拉斯·尼克尔贝》《老古玩店》《巴纳比·拉奇》《马丁·朱述尔维特》《董贝父子》等作品，评论均出现了分歧，以至于形成了两个狄更斯批评阵营："褒扬派"和"贬低派"。"褒扬派"充分肯定狄更斯个人的禀赋、创作的技巧和敏锐的观察，认为狄更斯小说广泛的题材、生动的人物以及幽默的语言使他广受欢迎。"贬低派"则质疑狄更斯小说的真实性，认为狄更斯在小说中放任个人情感，其小说只能列入"轻俗文学"和"感伤小说"之类。1849年狄更斯的半自传体小说《大卫·科波菲尔》发表出现了转折，这部小说得到了评论界的一致肯定。但评论界对狄更斯随后发表的《荒凉山庄》《小杜丽》《艰难时世》等作品继续褒贬不一，有的甚至断定狄更斯已经"江郎才尽""才思枯竭"了。总而言之，在狄更斯生前评论界对其作品是笑声与嘘声并存的。

3. 声誉确定期。1870年6月9日，狄更斯与世长辞。随后英美评论界各大刊物纷纷发表悼文与评论，其中一部分悼文表达对狄更斯的怀念之情，另一部分评论总结狄更斯的创作及其成就。这些文章毫无例外地肯定了狄更斯为文学界作出的非凡成就，自此，狄更斯作为殿堂级作家的身份不再受到任何质疑。

狄更斯去世第二天，《每日新闻报》《泰晤士报》《麦克米伦杂志》等

① 《马克思恩格斯全集》第1卷，人民出版社1965年版，第594页。

② W. M. Thackeray, "On *Pickwick Papers.*" *The Paris Sketch Book*, 1840, v, p. 80.

刊物纷纷发表悼念文章，这些文章表达了读者对狄更斯的深深怀念之情。一篇题为《查尔斯·狄更斯先生之死》的文章写道：

> 我们此刻很难接受狄更斯先生就这样离我们而去了。毫无疑问，无论从何种角度看他都是我们时代最受欢迎的作家。在他对当代生活的绘图中，我们的子孙后代将比在任何当代文献记录中更清楚地认识我们所生活的19世纪的时代特征。他们将看到我们自身的优缺点，看到我们社会的顽疾以及我们为克服自身缺点和社会痼疾所作出的努力。但是狄更斯先生不只是为了将这些特征呈现给我们的后代看，更是为了展现给我们自己看。他友善的讽刺、善意的幽默、对人性真诚的热爱以及他对任何真善美事物的敬畏都让我们意识到：念他人之好，谦虚为人。在他所有的作品中都有着崇高的道德意图。……我们每个人都读过并深深喜爱狄更斯先生的作品，他的作品已成为我们时代的经典。它们适合所有阶层阅读，它们在遥远的小村庄受到欢迎，在美国偏远的西部拥有读者，它们摆放在澳大利亚家庭的书桌上。有些人可能没有读过其他作家的小说，但他们读过狄更斯的小说；许多狄更斯小说中的人物已成为家喻户晓的词汇。谁能不为匹克威克先生和山姆·维勒纵情欢笑，谁又不为小耐儿和保罗·董贝失声痛哭？……可是现在，唉！这个让人愉快、给人带来欢乐的真诚善良的老师已不在了……他将不再用铿锵雄辩的语言鞭挞我们犯下的罪恶，也不再赞美我们生活中的善举；他将不再用讽刺的方式让我们对自己渺小和愚蠢的行为感到羞愧；他深广的同情与关怀也将不再像细雨一样清扫充满各种社会纷争的灰尘场地；他也不再帮助我们净化我们生存和心灵的空气……①

托马斯·钱纳里（Thomas Chenery）在《泰晤士报》上撰文表达对狄更斯去世的惋惜之情。他在文中写道：

> 对于这个人的去世如果我们仅作一般遗憾地表示说明我们是冷酷

① An Unsigned Article, "The Death of Mr. Charles Dickens." *Daily News*, 10 June 1870, p. 5.

无情的。对于数以百万的人们而言，他的离开绝不亚于我们至亲的去世。政治家、科学家、慈善家、广受赞誉的捐助者的去世都比不上狄更斯的离开给我们带来的深深失落和精神上的空寂。他们也许赢得了人类的敬重，他们也许拥有权力、荣耀和财富，他们身旁簇拥成群的朋友，但是没人能像我们这位伟大的、友好的作家一样在每个家庭，每个人内心深处占据一个极为重要的位置。狄更斯的这种地位无人能比。要想赢得公众的心及他们长久的喜爱，需具备良好的智力和道德品质，此外还需拥有良好的判断力、精湛的技巧、平和的心态、高尚的情操。狄更斯凭借这些赢得了英国人民与美国人民的心。如果我们将他的声名与他同时代一些知名的人士进行比较，我们可以轻而易举地列举出他所具有的无与伦比的优点。他的优点在于开辟了文学的新方向。诚如伊丽莎白时代的天才们转向戏剧，而维多利亚时代的天才们则诉诸小说。就数量多寡、题材的多样性、水平之高而言，这个时代是惊人的。他们的创作灵感来自思想层面，涉及社会生活。爱情、婚姻、政治、神学、社会不安与人民渴求都是他们创作的题材。他们的作品给予我们种种启示。这些作家们拥有崇拜者、自己的小团体，但是他们没法像狄更斯那样拥有广泛的大众读者。狄更斯独特的魅力吸引着不同出身、不同境遇的人们……①

维多利亚女王在狄更斯逝世后的第四天在日记中写道：

他的去世是个巨大的损失。他对下层人民有着无私的大爱和坚定的同情。他坚定地相信未来各个阶层的人民能精诚团结。我真诚地为他祈祷。②

《弗雷泽杂志》为狄更斯的离去表达哀悼：

当这个悲伤的消息传来，数以百万的人们为之震惊，这个著名的

① Thomas Chenery, A Leading Article in *The Times*, 10 June 1870, p. 9.

② Queen Victoria's dairy, 11 June 1870, *Letters*, 1862—78, ed. G. E. Buckle, 1906, ii, p. 21.

作家就像我们最亲密最友好的朋友一样。三十五年来，他凭借敏锐的观察力和源源不竭的创造力给我们带来了一个个值得阅读的故事，用一种全新的、引人注目的风格诠释了他身处的时代，他以我们熟悉的日常生活为素材，用丰富的幽默和真诚的怜悯，辅以想象力创造了一个个意想不到的神话。……在过去的七十年里，英国文学创造了一个新纪元，小说以前所未有的速度发展并产生了巨大的影响。现在这个时代最受欢迎、最具个性的小说家已弃笔离我们而去，在这个世界上将再也不会有像他一样的人了……①

《星期日泰晤士报》上的一篇未署名评论写道：

狄更斯不仅活在我们的眼前，更活在我们的心中。他不仅在我们心中占有一席之地，而且住在我们心中最温暖的地方。他为我们带来了如此多欢乐与美好的回忆。现在他死了，我们的心也黯淡无光，只听到庄严的寂静打破呜咽的啜泣声。所有的家庭都在此刻由欢快转向悲伤。查尔斯·狄更斯是男人、女人和孩子们最亲爱的朋友，也是人类最热情的朋友。凭由他天才所创作的作品就是我们的伙伴，通过这些作品，狄更斯告诉我们在人性知识上他是多么富有，他的幽默是多么真诚，他的怜悯之心是怎样遍及所有的人，他的艺术又是多么高尚。这些作品都是我们生活的真实写照，它们既有生活的深度又轻松活泼，它们是我们熟悉的、友好的亲密伙伴，贴近我们的心灵。契里布尔兄弟、小耐儿、汤姆·品奇、朵拉、皮果提、匹克威克现在集聚在我们的灵魂深处，和我们一起祭奠我们最亲爱的朋友、他们的父亲。他们就是一个个鲜活的人物，是我们生活中的一分子。查尔斯·狄更斯——这个勇士、师长、挚友、上百个不朽人物的创造者也将在我们的心中永垂不朽。通过他塑造的人物形象，他的生命将不断延续，并不断对我们人类产生影响。②

---

① An Unsigned Notice, "Charles Dickens." *Frazer's Magazine*, July 1870, n. s. ii, p. 130.

② From An Unsigned Leading Article in *Sunday Times*, 12 June 1870.

阿瑟·赫尔普斯（Arthur Helps）曾是狄更斯晚年的好友，他在《麦克米伦杂志》上发表《悼念》一文。在文中，他饱含深情地写道：

> 很少会有家庭不想拥有狄更斯先生的画像；但是，唉，又有几幅画像能全面地反映出这个人呢？有什么画像能准确无误地刻画出他那双真诚、善良而无畏的眼睛呢？这双眼能看穿你，发现你身上最美好的品质，挖掘出你身上最突出的亮点。他的笑容是如此迷人！他的笑声——既不单薄，也不尖酸，更不模棱两可，他从内心深处发出最大声、最真诚的笑声，这笑声拂面而来，邀请大家加入到他无边的快乐之中……①

圣保罗大教堂院长、知名牧师 A. P. 斯坦利（A. P. Stanley）在威斯敏斯特大教堂为狄更斯的布道中如此说道：

> 通过他，我们社会各个阶层的面纱得以揭开。在狄更斯天才般酣畅淋漓的书写下，每天挥霍度日的富人看到了无家可归的穷人乞丐，习艺所里忍受苦难的贫民、生活在城市洞穴内遭受忽视的孩子、偏远学校里饥贫交困、惨遭虐待的小男孩们，这些曾经不被人关注的人群开始看到一丝光线从窗外射进黑暗的旮旯，他们孤独凄凉的心感到了一丝温暖。这是因为有狄更斯这个他们所不认识的朋友发出为他们辩屈的呼喊声，这声音直穿最高的宫殿，传向遥远的村庄。因为狄更斯挥舞着魔术师的手杖，用夸张变形的方式让一群人登上舞台，说出他们不敢说出的梦想。
>
> 为了人与人之间的友好相处、快乐生活，他不遗余力地用新的语言编织着陈旧的故事，告诉我们哪怕是罪无可恕之人，他的灵魂也值得救赎获得再生。他不遗余力地告诫富人与受过教育之人，哪怕最被忽视的穷人也拥有善良，也应该得到尊重。他不遗余力地提醒穷人要尊重爱护自己，他们有权追求正义与公平，并最终得到它们。如果他能将穷人与富人紧密团结起来，让整个英国人民成为一个大家庭，那他将此生无

① Arthur Helps, "In Memorian." *Macmillan's Magazine*, July 1870, xxii, p. 236.

悔，他将无悔自己把热血和身躯奉献给英国民族这片土壤……①

《伦敦新闻画报》《英国医学杂志》《旁观者》等刊物则从整体上对狄更斯的创作加以论述，以期在狄更斯去世后对他生前所作出的成就做一盖棺论定。

《伦敦新闻画报》一评论概述了狄更斯的创作方法。文章写道："狄更斯习惯邀请读者与他一道去同情可怜之人，去重视他认为值得关注之事，去分享他此时的思想与情感；他期待我们站在他的角度，如同他将自己置身于他虚构人物的角度，和他们一起欢乐，一起悲伤。"

该文还肯定了狄更斯出版小说的连载方式："他每月甚至每周写作并发表作品的方式，让作者和读者之间建立了一种亲密的个人关系。这种关系就如同我们有规律地接到朋友的一封来信，他时常给我们捎来些家长里短的小道消息，我们借此了解尼克尔贝家或者朱述尔维特家的琐屑小事。"

评论认为由拜伦创下的唯美理想主义在维多利亚时代已渐行渐远，且将很难再恢复。现实主义已在维多利亚时代繁荣，这个时代最伟大的小说家"查尔斯·狄更斯、萨克雷、安东尼·特罗洛普是再现英国生活的大师"。②

从狄更斯去世一段时间内的众多评论可以看出，这些评论不再揪住狄更斯在创作技巧等方面存在的某些瑕疵，而是注重从整体、宏观角度对狄更斯为英国文学所作出的贡献进行论定，从而确立狄更斯在英国文学界的地位。

本章小结

英国小说批评的源头可以追溯至英国古典文论、西方中古文论，甚至是古希腊、罗马的文艺批评思潮。亚里士多德（Aristotle，384—322BC）的"摹仿说"在英国古典文论中一直占据着主导地位，之后，该学说又由贺拉斯（Horace，65—08BC）等人继承并发展。16世纪以后，锡德尼

① A. P. Stanley, from a sermon in Westminster Abbey, 19 June 1870, qtd in Philip Collins, *Charles Dickens: The Critical Heritage*. London: Routledge, 1986, pp. 524—525.

② An Unsigned Article, "The Late Charles Dickens." *Illustrated London News*, 18 June 1870, lvi, p. 639.

(Philip Sidney, 1554—1586) 提出诗是一种“摹仿的艺术”的论点，莎士比亚发表著名的“镜子说”，德莱顿（John Dryden, 1631—1700）强调文学“永远有必要酷似真实”，爱迪生（Joseph Addison, 1672—1791)、杨格(Edward Young, 1683—1765) 和约翰逊（Samuel Johnson, 1709—1784）等 18 世纪批评家都推崇“艺术作品必须真实地描写生活的本来面貌”的观点，这种以作品的真实性与否来作为评判标准的重要传统深深地影响了 19 世纪的小说批评。

托多洛夫（Tzvetan Todorov, 1939—）曾从三个不同参照层面提出文学“真实性”的三层内涵：其一，具体文本与客观现实之间的一致性；其二，具体文本与社会文化常识之间的一致性；其三，具体文本与某种被认可的文学话语模式之间的一致性。事实上，无论是 19 世纪以前还是 20 世纪，我们都可以看到批评家试图建构虚构与真实之间的桥梁，然而每个历史时期对“真实”的理解又不尽相同。在 18、19 世纪，人们总体上还难脱前人的窠臼，往往一味强调具体文本应与客观现实一致，对虚构艺术持怀疑态度。

在此批评传统的观照下，用“‘真实’视野下的作品评论”来概述三十余年的狄更斯生前评论应该是较为妥当的。在这期间，评论界对狄更斯的作品无论是肯定或否定很大程度上是与狄更斯的小说是否真实对人物和事件进行了呈现挂钩的。

此外，在 18、19 世纪许多批评家的眼里，“真实”几乎等同于“真理”，换言之，小说必须以认识真理、传播真理为目的。塞缪尔·约翰逊就曾经直截了当地宣布：“小说的合理要求是传播真理。”① 在这里，“真理”除了指文学要客观反映真实生活，还代表一种理想化的人生境界。19 世纪英国小说批评强调小说的社会功能和道德功能正是对这种真理追求的体现，“1800 年至 1884 年期间英国有关小说的评论或争论，几乎每一种观点都强调小说的某种使用功能，即它给个人或社会乃至整个人类带来的某种好处。换言之，关于小说用处的讨论成了当时英国小说批评舞台上的主旋律”。② 从 19 世纪初到 19 世纪下半叶的前半段，英国的一些著名刊物经

---

① 转引自伍蠡甫《西方文论选》（上卷），上海译文出版社 1979 年版，第 510 页。

② 殷企平等：《英国小说批评史》，上海外语教育出版社 2001 年版，第 54 页。

常刊登有关小说道德功能的文章。布尔沃·李顿、詹姆斯·费茨詹姆斯·斯蒂芬、大卫·马森等均论述了文学的主要价值在于它们令人信服地提出了小说所具有的道德功能，如小说能激发想象力、唤醒同情心等。有关狄更斯的评论无论从小说人物着手，还是讨论其批判风格，都旨在表明狄更斯小说在教育、政治、议会、法律等方面发挥的社会作用。

狄更斯正是在这种批评旋律下最终迎来了文坛声誉的高峰。下面从研究内容、研究方法、研究者的身份、接受狄更斯的价值取向和研究成果等几个方面来总结狄更斯生前英美评论的特点。

1. 从研究内容上看，狄更斯在世时的评论主要集中在对其小说的思想、人物塑造、批判风格、幽默语言等方面的研究。这些评论又可分为两类：一类是对狄更斯单部作品的评析，这些文章大多从介绍作家和作品开始，然后再具体地介绍该部作品的主要内容及人物形象。这类评论与狄更斯连载发行小说的出版方式不无关系，按照《伦敦新闻画报》一评论的观点，“在狄更斯生前，几乎没有读者能一次性整体地读上狄更斯新出版的小说。”狄更斯的一部小说常常要连载一年或者更长时间，这种独特的出版方式从某种意义上决定了赏析性研究论文的大量存在。研究者有必要对已发表部分的故事情节进行简单介绍，然后才能对自己关注的某一方面进行评论。另一类是对狄更斯作品的整体研究，这类研究出现在狄更斯创作的中晚期，是批评家统观狄更斯创作的多部作品后对狄更斯创作特点与创作技巧的研究。

2. 从研究方法上看，受法国斯达尔夫人和丹纳的影响，这一时期的研究主要采取传统的社会—历史批评方法。社会—历史批评始创于意大利法学家、哲学家维科。他在著作《新科学》第三卷《发现真正的荷马》中，根据对古希腊社会背景的研究来探讨荷马及其创作的史诗，从而开创了将文学作品与时代背景、作家生平结合起来的研究方法。这种批评方法随后成为文学批评中的一种重要方法，并且在 19 世纪的西方资本主义社会中成为主导的文学批评方法。狄更斯生前的英美批评也正是在这种背景下进行的。维多利亚时代知名的文学批评家詹姆斯·菲茨詹姆斯·斯蒂芬与约翰·福斯特就是这种方法的典型代表。斯蒂芬爵士联系狄更斯创作的政治背景、社会现状，多次抨击狄更斯及其作品，认为狄更斯对英国政府的评价不公正、对英国政治不了解；而福斯特同样结合维多利亚的时代背景、狄更斯的生平及作家的小资产阶级立场来分析狄更斯对下层人民同情的根源、他的人道主义思想产生的社会背景及狄更斯的阶级局限性。这些都是非常典型的运用社会—历史批评方法来进行狄更斯研究的文章。

3. 从研究者的身份来看，狄更斯生前的评论文章既有出自小说家、评论家之手，也有由普通读者所作。维多利亚时代的文人常常身兼数职，他们既是作家也是批评家，如萨克雷、乔治·艾略特、G. H. 刘易斯、安东尼·特罗洛普等既是维多利亚时代知名的小说家，也对狄更斯的创作颇有研究，发表了不少相关的评论文章，他们的评论常常鞭辟入里。同样，狄更斯也对他同时代的作家如艾略特、丁尼生、布朗尼等人的创作发表自己的评论意见。这些从事小说创作的批评家更能从自己的创作实践出发对文学进行切中肯綮的批评。一些维多利亚时代的积极阅读者也在各种杂志、刊物上发表自己的阅读感想，对当时读者的审美起到了一定的引导作用。

4. 从接受狄更斯的价值取向来看，狄更斯及其作品生前遭到褒贬不一的评价可以说是社会政治诉求左右的结果。普通读者大众喜欢他，因为他们认为狄更斯再现了维多利亚社会的黑暗，表达了他们的心声，对反对当时的济贫法运动、债务人监狱、儿童教育改革等起到了推波助澜的作用。因此，他们认为“狄更斯的小说彰显和暴露了许多社会问题：教育、改革、大法官法庭等。每个问题都呈现得恰到好处”。他们肯定“狄更斯的笔端总是触及卑微的、受凌辱的、受压迫的下层人民，对他们施以同情”；他们呼吁“所有的道德主义者和改革家都应该对狄更斯表达深深的谢意……”[①] 而部分上层人士和文艺批评家贬抑他也与政治功用性相关。理查德·福特批评《奥列佛·退斯特》，因为他认为该小说不应该将矛头指向当时的贫民法及贫民习艺所制度。墨尔本勋爵排斥狄更斯的作品，因为他认为狄更斯小说里展现的内容是对社会、政府的贬低，无助于提升道德观念；他认为文学应当是纯洁的、催人上进的。卡利斯尔女士也指出：“我知道有像扒手和流浪汉之类的不幸人，我对他们的遭遇和生活方式感到非常遗憾和震惊，但是

① An Unsigned Article, “Reviews of *Oliver Twist.*” *Literary Gazette*, 24 November 1838, p. 741.

我不希望这些事实通过文字被宣扬出去。”[1] 詹姆斯·菲茨詹姆斯·斯蒂芬爵士、E. B. 哈姆利等批评家更是讽刺狄更斯是丝毫不懂政治的小说家。他们对狄更斯的选择性态度从某种程度上反映了社会政治诉求这一价值取向产生的影响。诚然，文学研究者毕竟生活在具体的社会环境中，意识形态和现实的责任影响他们对作品思想的认识和揭示，然而“从功利和道德的观点看待文学，对文学作品的意义和价值就总是提出唯一的解释和唯一的标准。承认阐释自由使我们能够摆脱这种狭隘观念，充分认识到鉴赏和批评是一个百花盛开的园地，那儿艳丽缤纷的色彩都各有价值和理由”[2]。

5. 从研究成果来看，相对同时代的其他作家，对狄更斯研究的文章数量颇多。狄更斯每一部小说的发表都在当时引起了巨大的反响和论战。由于评论方法相对单一，许多评论文章具有较强的主观色彩，更多的是以读后感式的方式进行评析。许多研究用较大篇幅对作品进行介绍，研究显得不够成熟也没有形成系统，较为粗浅。这些文章与我们今天所说的学术论文还存在一定的差距，但在文学批评理论还不够发展的维多利亚时期已属难能可贵。

然而，世易时移，这些相对简单的“业余”研究显示了对狄更斯最初的解读，其中一些也的确不乏真知灼见，为后来的研究者提供了借鉴。如福斯特、罗斯金、萨克雷、豪恩等评论者的批评文章至今仍是狄更斯研究者的重要参考文献。狄更斯生前褒贬不一的评论恰好说明了对于狄更斯的创作，我们不能用一成不变的眼光去看待，而要用不同的美学标准去衡量。遗憾的是，在狄更斯生前，没有一本专门的狄更斯研究著作，而下一个批评时代就显得更加异彩纷呈。

---

① 转引自 *Chronicles Holland House* 1820—1900. ed. Earl of Ilchester，1937，p. 245。

② 张隆溪：《诗无达诂》，北京师范大学中文系比较文学组编选：《比较文学研究资料》，北京师范大学出版社1986年版，第479页。

第二章　1870—1914年:“狄更斯产业”的形成

狄更斯去世后，对他的研究并未随之减少，相反评论队伍愈发壮大。传记、专著从无到有，论文不断涌现。1870年至第一次世界大战爆发前是英美狄更斯研究的发展期，著名评论家林恩·匹克特（Lyn Pykett）形象地将该阶段的研究称为“狄更斯产业”[①]。这些研究集中表现在对作家生平、创作的系统性和整体性评价。这个时期对狄更斯的研究大致有如下几种：一是传记研究。1870年狄更斯谢世，各种报纸杂志争载他的亲友撰写的回忆录。随着他的私人信件陆续发表，有关他的传记开始不断出版，形成了一股前所未有的热潮。尤其在福斯特的《查尔斯·狄更斯传》问世后，这股热潮几乎达到了顶点。二是研究论文。更多论文从学术批评的视角来探讨狄更斯小说的人物、思想、叙事风格以及狄更斯与批评的关系等。三是研究专著。这一阶段出现了乔治·吉辛（George Gissing）、G. K. 切斯特顿（G. K. Chesterton）等重要的狄更斯研究专家，他们成果卓著，对狄更斯进行了较为深入的研究，对今天的狄更斯研究者仍有较大的影响。四是狄更斯协会与《狄更斯研究者》的成立。20世纪初狄更斯学术界最重要的事件便是狄更斯协会的成立以及由协会发行的《狄更斯研究者》刊物。它们的出现为狄更斯批评者们提供了研究领地。五是纪念狄更斯一百周年诞辰。为纪念狄更斯一百周年诞辰，乔伊斯（James Joyce）、克洛斯（Wilbur L. Cross）、萧伯纳（George Bernard Shaw）、哈代（Thomas Hardy）等知名

---

① Lyn Pykett, *Charles Dickens*. London: Palgrave, 2002, p. 2.

作家和批评家纷纷撰文对狄更斯及其成就进行了一个全方位的扫描，这些纪念文章更为有力地奠定了狄更斯在世界文坛的地位。

第一节　传记、书信集研究

一　重要传记研究

因为狄更斯的创作与他的生平和社会环境有着极大的关系，他一生中有几件事——当过童工、青年失恋、中年婚姻破裂、晚年的情妇事件——被许多传记作家当作他心理历程的里程碑，赋予浓厚的悲剧色彩。这些事件也很自然地被视为狄更斯创作的重要源泉。所以，对狄更斯成长和生活经历的考察在研究中一直占据着重要的地位。该阶段最重要的一个研究现象就是狄更斯传记的大量涌现。传记批评注重对狄更斯本人及其小说的实证研究和考察，涉及狄更斯本人的家庭、生活和创作，也包括对狄更斯小说中的史实、文献、题材、现实原型的研究，这类研究主要采取历史学方法进行。狄更斯的传记分别有萨拉（George Augustus Sala）著的《查尔斯·狄更斯》（*Charles Dickens*, 1870）、麦肯齐（Robert Shelton MacKenzie）的《查尔斯·狄更斯的一生》（*Life of Charles Dickens*, 1870）、肯特（Charles Kent）的《作为朗诵者的查尔斯·狄更斯》（*Charles Dickens as a Reader*, 1872）、福斯特的《查尔斯·狄更斯传》（*Life of Charles Dickens*, 1872）、沃德（Adolphus W. Ward）的《查尔斯·狄更斯》（*Charles Dickens*, 1882）、玛丽·狄更斯（Mary Dickens）的《女儿眼中的查尔斯·狄更斯》（*Charles Dickens by His Eldest Daughter*, 1885）、马泽尔斯（Frank T. Marzials）的《查尔斯·狄更斯的生平》（*Life of Charles Dickens*, 1887）、基特（Frederic G. Kitton）的《作为小说家的查尔斯·狄更斯》（*Charles Dickens, By Pen and Pencil*, 1890）等。之所以在短短的一二十年间传记如此频繁出版，重要原因在于狄更斯生前一直活跃在公众视线之中，享受了众星捧月的尊崇，除了他的至亲外，他的同事、朋友都对他的创作、情感和生活非常熟悉。加上狄更斯本人一直处于评论的风口浪尖上，公众也期待了解小说世界外狄更斯真实的成长经历、个人情感、生活态度等。

狄更斯的第一部传记出自乔治·奥古斯都斯·萨拉之手。他曾协助狄更斯办理《家常话》和《一年四季》两份重要杂志。作为狄更斯的忠实信徒，他起初在《每日电讯报》上发表多篇纪念狄更斯的评论文章，后整理这些文章出版《查尔斯·狄更斯》。这是一部充满主观感情色彩的颂文，而非一般意义上的评论。萨拉在书中高度赞扬狄更斯独特且极具创造力的幽默，认为狄更斯的幽默是维多利亚时代普通大众所需要的，给他们带来了精神的慰藉。在萨拉的眼中，狄更斯无疑是维多利亚时代最伟大的小说家。此外，他认为荷马、莎士比亚、弥尔顿是狄更斯创作上的精神导师。这是一部典型的维多利亚时代的传记，通常重点介绍传主的成就、良好的公众形象而非其私人生活。“我认为狄更斯的私生活不是我想要表现的”①，萨拉如是说。诚然，作为狄更斯的亲密合作者和朋友，萨拉对狄更斯的家庭和生活肯定知之不少，但作为狄更斯的信徒，萨拉不自觉地走向对他进行美化的一端。

第二部狄更斯传记出自美国学者罗伯特·谢尔顿·麦肯齐之手。相较萨拉所作的第一部狄更斯传记，这部传记内容更全面，评价也相对客观。麦肯齐站在美国批评视野的角度分析了狄更斯在美国受欢迎的原因，在于他树立了“受欺压者的捍卫人”和“自私富人的稽查员”的形象，并指出“狄更斯在美国所拥有的读者比起在英国还要多上五十倍”②。虽然言辞有所夸张，但也道出了狄更斯在美国享有盛誉的事实。此外，他还花了一定的篇幅整体评价了狄更斯的小说。在传记中他对狄更斯前期创作评价较高，对后期的小说关注较少。和大多数维多利亚时代的评论者及读者一样，他也认为狄更斯的早期小说更为成功。有意思的是，麦肯齐在传记中将狄更斯比作美国式英雄霍瑞修·爱尔杰（Horatio Alger）③，肯定了狄更斯出身卑微，凭借个人努力最终获得成功的精神。麦肯齐在该传记中还采用了考证手法，专注于对狄更斯小说人物形象进行原型探究，试图将小说中的事件与现实生活一一对证。这种方式在随后的半个世纪被狄更斯的研

---

① George Augustus Sala, *Charles Dickens*. London: Routledge, 1870, p. 94.

② Robert Shelton MacKenzie, *Life of Charles Dickens*. Philadephia: T. B. Peterson, 1870, p. 29.

③ 霍瑞修·爱尔杰是19世纪末美国著名教育家和小说家。爱尔杰毕生创作了一百多部以“奋斗与成功”为主题的小说，塑造了一系列出身寒微，但靠着自身的信念、勇气和进取精神顽强奋斗，终于获得成功的男孩形象。其作品影响了好几代美国人，至今畅销不衰。

究者频繁采用，但也一直遭受形式主义和美学批评者诟病。

查尔斯·肯特在 1872 年出版的《作为朗诵者的查尔斯·狄更斯》是一部特别的传记。该书出版标志着狄更斯“专题研究”的诞生，也给接下来一个世纪陆续出版的《作为市场小说家的狄更斯》《狄更斯与犯罪》《狄更斯与教育》《狄更斯与宗教》《狄更斯与法律》《狄更斯和政治秩序》带来了研究的灵感。它们分别从作家思想、创作或生活中的某个侧面来进行深入研究和分析。在这部传记中，肯特的目的很明确：记录站在舞台上作为公众朗诵者的狄更斯形象。作为 1903 年狄更斯协会的发起人之一，肯特无疑是狄更斯的崇拜者，他试图通过传记告诉狄更斯的未来读者：狄更斯之所以享有盛誉，不仅因为他创作了脍炙人口的小说，也因为他为我们的生活留下了许多精湛卓伦的戏剧性朗读。“他模仿匹克威克的演讲让人忍俊不禁，他朗读小耐儿去世的那一段让所有观众泪洒衣襟，他将《奥列佛·退斯特》中的谋杀场面编成一小段朗诵节目把观众吓得大惊失色、魂飞魄散……”据载，美国超验主义代表人物爱默森听过狄更斯的朗诵，赞他“过于才华横溢，他的才华就像一辆可怕的火车头，他被附在车上，既无法脱身，又无法叫车停下”。他在波士顿举行第一次朗诵会后，评论如此写道：“简直无法用语言表达。全城的人都为它发了疯……人们一开口就是朗诵会，对别的话题一概毫无兴趣。他们一致认为，在此之前还从未有过什么人能激起人们如此高涨的热情。”① 在肯特看来，狄更斯在朗读中展现出来的艺术天赋和人格魅力深深打动了英美读者，狄更斯通过朗读再现了他小说中的人物。

肯特的这部著述并未具备较高的学术含量，但是比较前两部论及狄更斯的生平成就的传记而言，肯特选择一个切入点，并搜集了大量素材论证作为朗诵者的狄更斯的另一职业生涯，帮助读者认识狄更斯的另一面，也对奠定“狄更斯神话”起到了重要作用。

1882 年沃德出版了《查尔斯·狄更斯》。该传记建构在详细描述和分析狄更斯的书信、手稿、日记、访谈的基础上，其目的是尽可能全面恢复狄更斯的本来面目，展现一个真实而伟大的狄更斯。它的写作反映出学者

---

① Charles Kent, *Charles Dickens as a Reader*. London: Chapman & Hall, 1872. Reprint, New York: Haskell House, 1973.

坚持真理的态度。和狄更斯钦定的传记作家福斯特一样，沃德也重点表现了狄更斯的童年生活。他详述了狄更斯12岁时在一座摇摇欲坠的旧厂房里终日洗刷玻璃瓶，并在瓶上粘贴鞋油商标的生活经历。当时常常有一些与他年龄相仿的男女孩子，一面吃着果酱蛋糕，一面把鼻子压在玻璃窗上，观看狄更斯等人工作时的动作与表情。这严重地挫伤了狄更斯的自尊心，让他受到极大的伤害，使他不止一次对这段经历唏嘘感慨。

沃德认为：正是因为经历了复杂而又苦难的童年生活，狄更斯才在日后的创作中有意识地使用儿童视角进行观察和描述，才能在反映重大社会问题和历史现象的同时塑造了众多让人难忘的儿童形象，才能在对儿童生存环境的刻画描写中折射出人性的慈爱与怜悯。如《奥列佛·退斯特》中的小奥列佛、《尼古拉斯·尼古尔贝》中的尼古拉斯、《老古玩店》中的小耐儿、《艰难时世》中的西丝、《董贝父子》中的小保罗、《巴纳比·拉奇》中的低能儿巴纳比、《大卫·科波菲尔》中的大卫、《远大前程》中的小匹普……这些栩栩如生的儿童形象，都隐含着作者对自己童年的回忆、解读甚至重构，内敛着他心灵深处的伤痛和爱怜，表达了他深信人性善良的坚定信念与美好理想。此外，沃德还认为狄更斯青年时做记者的经历也为他日后的创作积累了丰富的素材。在传记最后一章，沃德指出狄更斯的创作天赋来源于他对读者和小说的强烈热爱。

和福斯特一样，沃德对狄更斯的晚年生活也讳莫如深。他说既然福斯特不愿对狄更斯的晚年感情生活妄加评论，他也只能避重就轻了。

1887年弗兰克·马泽尔斯出版传记《查尔斯·狄更斯的生平》，他坦言自己的传记是在参考了福斯特、基特、狄更斯的女儿和姨妹等人的传记、书信集的基础上所作的。马泽尔斯的传记除了论述狄更斯的小说外，还颇费笔墨关注福斯特和沃德等刻意回避的狄更斯的爱情生活。对于狄更斯的小说，马泽尔斯有着自己独特的评判立场，他认为早期狄更斯幽默欢快的小说比后期关注社会黑暗的创作更为成功，马泽尔斯认为“《大卫·科波菲尔》代表狄更斯创作生涯的最高峰”。[①] 在传记中，他驳斥那些抨击

① Frank T. Marzials, *Life of Charles Dickens*. London: W. Scott, 1887, p. 111.

狄更斯小说情节夸张、不真实的评论，声称“一个作家的创作应更注重整体性，而非仅追求情节”①。

除了在传记中评价狄更斯的小说，狄更斯的感情生活也是大多数传记者所关注的，尤其是狄更斯晚年的“恋情”。1858 年狄更斯因与演员爱伦·特南（Ellen Ternan）发生感情，加上他自己认为“与妻子不幸地生活在一起了好多年”，他与凯瑟琳分居了。然而当狄更斯的“私情”于 1858 年夏披露于英国各家报端时，狄更斯“大为痛苦”，且“声誉下降”。马泽尔斯设身处地地站在狄更斯的立场上为其辩护，认为公众不应严苛作家的情感，也不该因此刻意贬损作家对社会作出的贡献。在传记结尾，马泽尔斯指出自狄更斯去世后近二十年，读者逐渐减少，他为此深感失望，但是他认为“无论如何，狄更斯将永远活在人们心中”②。

二 约翰·福斯特的《查尔斯·狄更斯传》

在所有狄更斯的传记中，最有影响力的莫过于约翰·福斯特所作的《查尔斯·狄更斯传》了。此书纵横捭阖，内容翔实，全面而深入地叙述了狄更斯的童年、青年、爱情、婚姻、家庭、创作，完整地反映了传主短暂而充实的一生。该书从出版至今一直被认为是狄更斯传记中的集大成之作，对狄更斯研究产生了巨大的影响。福斯特是狄更斯终生的挚友，在与狄更斯相识不久后他就表示出为狄更斯写传记的决心。狄更斯同意并接受福斯特作为自己未来的传记作者原因有二：一是福斯特在维多利亚文坛已享有很高的威望，也成功地为著名的感伤小说家奥立佛·高尔斯密和英国诗人华尔特·赛味祺·兰陀作了传记；二是在狄更斯眼中，福斯特可靠、能干、有权威并见多识广。所以，狄更斯有意识地向福斯特提供自己相关信息，并在遗产中将自己的表、表链、印章等物，连同他已经发表作品的大量手稿，一并留给了福斯特。福斯特也不负狄更斯的厚望，花了多年时间准备与积累，终于在狄更斯去世一年后，出版了这部影响深远的传记。

在传记中，福斯特全面细致地披露了狄更斯许多鲜为人知的真实细

---

① Frank T. Marzials, *Life of Charles Dickens*. London: W. Scott, 1887, p. 85.

② Ibid., p. 162.

节，狄更斯与父母、兄弟姐妹的关系，与作家、出版家的关系，他的国外旅行经历，他的公众生活及公开朗读经历等。尤其是狄更斯不为外人所道的童年时期在鞋油作坊的痛苦工作经历，因为他的家人对他的“灵魂的痛苦”讳莫如深，所以此段经历狄更斯只对福斯特提及过。“‘但是我在鞋油作坊保持着一种特殊地位。……我在暗中忍受，我巧妙地忍受着，除了我自己，从来没有人知道。我忍受的程度有多大呢，我已经说过，那是绝对超出我的叙述能力之外的。……脱离这种生活的希望，我认为一点也没有，因而我完全放弃了这种希望。虽然我郑重地相信，我从来不曾有一个钟头跟这种生活妥协过。’这里又是一段空白；然而，根据信件和我的回忆，补充这段空白并不困难。”① 在记叙狄更斯童年的这段经历时，福斯特采用第一人称的叙述方式，与《大卫·科波菲尔》中的部分章节结合起来，仿佛不是在讲述一个人的历史，而是在讲故事。他富有文艺色彩的描述使狄更斯的形象更为真实。

当然，文学性的描述并不意味着随心所欲的虚构。恰恰相反，福斯特的这部传记是以事实为基础的。作者明确说明：它是根据大量文献资料写成的。福斯特不仅善于记述重大事件及有关的人与事，而且非常注重真实细节的选择和运用，他力图通过细节描写来刻画狄更斯的总体形象。例如在叙述狄更斯美国之行时，福斯特就穿插了大量狄更斯与他来往的信件，与美国名流来往的信件以及狄更斯本人的日记，以此再现狄更斯对美国的印象及印象的不断转变。

作为传记家，福斯特不仅极其详尽地讲述了狄更斯从生到死的故事，也论及了狄更斯创作的发展与变化，并发表了自己独特的见解，体现了作为文学批评家的素质，因此福斯特的《查尔斯·狄更斯传》也可谓一部“批评性传记”。如福斯特认为狄更斯虽极不愿提及他童年的创伤，但又终生受这伤痕回忆的折磨，于是在作品中以另一种形式公开记录这种“灵魂的苦痛”。在福斯特看来，狄更斯童年时期的创痛经验成就了作家的创作，令狄更斯的作品具有强大的感染力。此外，他对狄更斯小说创作的基本方

① John Forster, *The Life of Charles Dickens*. London: Chapman & Hall, 1872, p. 31.

法、人物塑造的基本原则、结构特点及小说语言风格等方面均有独到的分析和理解。他欣赏《匹克威克外传》，却客观指出它是未经雕琢的粗糙之作；他认为《奥列佛·退斯特》和《老古玩店》是狄更斯早期的佳作，而对《巴纳比·拉奇》评价不高；他为《马丁·朱述尔维特》受到评论的轻视而鸣不平；他高度肯定《董贝父子》环环相扣的结构，与维多利亚时期读者的评价背道而驰；他对《荒凉山庄》评价最高，认为它是“当代小说中结构最为独特巧妙的”，“也可能是狄更斯所有小说中最为杰出的”。[①] 对于后期创作中的《小杜丽》和《我们共同的朋友》，他与大多数评论并无二致，认为它们是令人失望的。

对于狄更斯的创作，福斯特认为狄更斯生活在英国资本主义社会里，是从自己贫困而艰苦的亲身经历出发，通过对英国社会现象的深刻观察来进行创作的。狄更斯思想的核心是资产阶级人道主义，他内心充满了对被压迫者的同情和热爱，他主张自由、平等、博爱，认为决定人的价值的是人性的善恶。他的作品始终保持对人民的忠诚和对资本主义的悲观。他专注于抨击社会邪恶、贫穷、不公、拜金、腐化、虚伪等丑恶现象。尽管他不能找到解决社会问题的根本办法，但他以尖锐的社会批判、敏锐的观察力对真实或虚构的人或事做出精彩的描述，呈现对被压迫者的同情和对社会黑暗的讥讽。总而言之，福斯特对于狄更斯的创作是有着深刻体会的。

尽管福斯特念念不忘他的传记对象是英国最出色的小说家，是符合卡莱尔笔下标准的“英雄”，他称狄更斯为“英雄般的小说家”，但福斯特并没有将狄更斯神化，他认为狄更斯也并非是无缺点的“英雄”。对于狄更斯晚年在个人情感方面的问题，福斯特是持否定态度的，他不认可狄更斯晚年与特南的忘年之念。在写到这最艰难、最微妙的一章时，福斯特采用模糊的语言，冠以标题“此时发生之事”，然后写道：“一种不安定的感情，远远超出他通常的情绪，自从（1853 年夏）迁至法国的布洛涅以来，已隐约可见，现在已发展成一种习惯了。家庭应该提供满足，这对他的性格来说绝对必要，但他在自己的家中再也找不到这种满足了。”[②] 福斯特在

---

① John Forster, *The Life of Charles Dickens*. London: Chapman & Hall, 1872, p. 114.

② Ibid., p. 193.

这里非常隐晦地指出了狄更斯的婚姻出现了危机，但他在传记中自始至终没有明确提及狄更斯的妻子凯瑟琳和情妇特南。狄更斯研究专家米歇尔·斯莱特曾对福斯特这一写法做出解释，认为福斯特在写这部传记时，凯瑟琳依然健在，他如果将凯瑟琳描写得过分突出，势必导致 1858 年那场令人痛苦的公众议论重演；如果将她描写成可敬可爱的妻子，那又影响狄更斯后期对她的行为。所以，作为知情者的福斯特对此采取保留态度，目的也是为了维护狄更斯良好的公众形象。

福斯特的《查尔斯·狄更斯传》出版后，一时洛阳纸贵，人人传读，甚至比狄更斯生前发表的小说更受关注。读者首次了解到狄更斯在鞋油厂的那段痛苦经历，感叹于狄更斯悲惨的童年生活，惊讶于《大卫·科波菲尔》中米考伯先生的原型居然是作者的生父……一时间，各大杂志和刊物都将评论的焦点对准了福斯特的这部传记，同时代许多著名的小说家和评论家见证并记叙了《查尔斯·狄更斯传》的巨大反响，他们或肯定传记之成功，或质疑传记所叙内容之真实性。

同时代的苏格兰诗人、小说家、戏剧家罗伯特·布坎南（Robert Buchanan）在读完福斯特传记第一卷的前几章后赞叹不已，他在文章中写道：

> 当福斯特先生的《查尔斯·狄更斯传》出版第一卷时就引起了轩然大波，已超越蒂其伯恩案子（Tichborne Case）[①]，成为人们茶余饭后重要的谈资。我们震惊于揭开神秘面纱后这位天才般作家的私人生活，对我们而言，这一切是多么的神奇，与我们想象的完全不一样。这本传记就像西斯派瑞迪斯四姐妹看守的苹果乐园里的果树那样金灿灿的。
>
> 我们得到了非常有启发性的一面。我们看到了天才般作家的伟大也看到了他的不足；我们明白了狄更斯和任何其他伟大的作家一样随着文明的进步而不断改变；我们洞察到了他异乎常人的敏锐的观察力是如何产生的；我们体会到了他是怎样赋予没有生命的事物以感情和生机；我们了解到了为何在他的眼中所有的生命都那么稀奇古怪；我们更清楚地

① 蒂其伯恩案子是发生在 1871 年 5 月的一桩冒名顶替继承遗产的案子，该案持续审判了 102 天，在当时产生了相当大的社会影响，成为民众热议的话题。

知道了他为何不致力于刻画英国的上层阶级，而着力于展现下层人民的悲苦生活。查尔斯·狄更斯的童年对他产生了深远的影响，因此他对童年的关注贯穿他的创作生涯。他坚持用儿童的视角来反映维多利亚时代的社会生活。狄更斯的童年情结源于他本人交织着美好与梦魇的童年，他在作品中把个人的苦难升华为对所有弱小贫困者的悲悯，对罪恶压迫的愤慨。通过笔下的儿童群像他极大地改变了英国文化中儿童的概念。

我认为在整个福斯特传记中将无法找到能像第一卷那样更让人着迷、引人入胜的篇章了……①

与布坎南一样，维多利亚时期政治家沙夫茨伯里勋爵（Lord Shaftesbury）、文艺批评家哈顿（R. H. Hutton）等人也充分肯定了该传记，他们认为福斯特的《查尔斯·狄更斯传》是 19 世纪英语作品中最重要的书籍之一，是每一位狄更斯爱好者和文学人士都期待阅读的作品。

然而，福斯特的《查尔斯·狄更斯传》也遭到了部分批评家的质疑，他们认为福斯特塑造的是其心目中的狄更斯形象，而非真实地再现狄更斯。英国知名的历史学家兼批评家托马斯·卡莱尔在 1871 年 12 月 12 日致友人信中如是说："现如今整个世界谈论的都是福斯特和他的《查尔斯·狄更斯传》,《查尔斯·狄更斯传》俨然成为最畅销的书籍和最时尚的话题（连盗版书都供不应求），我认为，该书有真实客观的叙述，但更多的是福斯特臆想中的狄更斯……"

在卡莱尔看来，福斯特的《查尔斯·狄更斯传》作为传记是不成功的，因为其真实性值得质疑，而作为一部文学作品却是非常成功的。他在 1874 年 2 月 16 日写给福斯特的信中，将福斯特比作鲍斯威尔②，认为福斯

---

① Robert Buchanan, "The 'Good Genie' of Fiction: Thoughts while reading Forster's *Life of Charles Dickens*." *St Paul's Magazine*, February 1872, x, pp. 130—148.

② 鲍斯威尔（Boswell）：英国传记作家。经过 20 多年艰苦努力，在 1791 年出版《约翰生传》。评论界对此发出了两种截然不同的声音。一些评论家抱怨鲍斯威尔在传记中不加选择地使用了太多琐事，批评作者对传主的阿谀奉承和偶像崇拜；另一些则钦佩鲍斯威尔记录和收集约翰生生平材料的那种孜孜不倦的勤奋精神，赞扬该书信息量广，风格轻快，认为通过这部传记可以更加充分认识文坛领袖约翰生。

特在对材料的处理上甚至比鲍斯威尔更有技巧。

评论家刘易斯更加直截了当，指出“在整个世界都认可狄更斯的天才之前福斯特对狄更斯的敬仰就人所共知，在狄更斯已淡出人民心中之后福斯特依然沉浸在这种崇敬之中……”① 在刘易斯看来，福斯特的传记不具备真实性，是其个人崇拜主义的结果。刘易斯的话语无疑有矫饰和主观之处，由于乔治·艾略特和刘易斯本人创作观念的原因，狄更斯在他心中一直就不是“值得敬仰”的作家，他和奥利芬特夫人一样认为狄更斯是具有“动物智慧和精神”的小说家，无法“与菲尔丁和萨克雷相提并论”。而福斯特笔下的狄更斯则是“十九世纪最受欢迎的小说家，英国最伟大的幽默家”，这样的高评价无疑与刘易斯对狄更斯的评价发生了冲突。

一如狄更斯的小说，福斯特的传记也没有受到国界的限制，在美国同样拥有众多读者。美国著名小说家、散文家豪威尔斯（William Dean Howells）对《查尔斯·狄更斯传》发表了自己的审读意见。与卡莱尔意见恰好相反，豪威尔斯从文学的审美艺术性角度指出福斯特的传记语言不够优美，缺乏趣味性；但从传记文体的要求而言，他认为该传记详尽展现了传主狄更斯完整的一生。“该书读来晦涩艰辛，了无生趣，时而语调凝重，时而过于奔放，但它真实完整地再现了狄更斯所思、所乐、所悲、所感、所作。狄更斯饱经风雨和磨砺的一生让读者喟然，但让人感叹的不是狄更斯英年早逝，而是他姗姗来迟于世。（福斯特）用丰富的材料完美展现了狄更斯毋庸置疑的天才思想、创作理念、诗意的语言、讽刺的幽默、引人共鸣的情感。……此外，（福斯特传记）还完整记录了狄更斯的创作史——他的文学创作进程，他的出版发行方式，他每一部作品是如何从构思、修改再到完善的过程。如狄更斯是怎样改变《老古玩店》的创作初衷，而对于《我们共同的朋友》，狄更斯又是怎样毫无构思却一气呵成地完成的……”②

一篇发表在《圣殿酒吧》上的评论采用细读方式来质疑福斯特对狄更

① G. H. Lewes, “A Review of Vol. I of Forster's *Life of Charles Dickens.*” *Fortnightly Review*, February 1872, xvii, p. 142.

② William Dean Howells, “An Unsigned Review of Vol. II.” *Atlantic Monthly*, February 1873, xxxi, p. 244.

斯本人的态度。福斯特在传记中一再强调狄更斯未受过正规的学校教育，是自学成才。作为小说家，狄更斯是杰出的、无人企及的；然而作为道德、政治、政府机构和社会事务的观察员或执行者时，他却是荒谬的。该文的作者在福斯特传记第一卷的第82页找出一段话与福斯特进行商榷，“在狄更斯从事记者的那段生涯里，他的观察力没能让他对英国下议院和那些议员们形成什么积极的评价；……他总是不遗余力地对我们的立法机关和生活的方方面面表达自己的蔑视和愤懑情绪”①。该文作者认为福斯特这样的描述不负责任、不甚友善。他认为福斯特不应将他的“主角”描写成一个对社会事务具有偏激思想、态度倨傲的小说家。

与福斯特进行对话的还有狄更斯的好友，维多利亚时代著名的小说家威尔基·柯林斯（Wilkie Collins）。他们的对话存在于小说批评的层面，基于他们对文学的不同审美标准和对狄更斯小说不同的评价态度。评论中，柯林斯言辞尖刻，批评福斯特未能深刻解读狄更斯的小说。在讨论《奥列佛·退斯特》时，福斯特先生评价，“故事简单但结构完美”。柯林斯在文中对福斯特的评价极尽讽刺之能：“无稽之谈！这部精妙的小说唯一的缺点就是它糟糕的结构。对‘南希’这个角色的塑造是狄更斯人物画廊中最引人注目的一位，他后来再也没有如此深刻而完整地展现一位女性。我认为他随后塑造的董贝夫人是文学中最荒唐、最不可思议的女性角色。”在批评狄更斯的第一部历史小说《巴纳比·拉奇》时，福斯特认为狄更斯是出于某种“奇思妙想”把戈登暴乱的领导人刻画成“三个好家伙……当一切结束时，他们并未出现在暴乱中”。福斯特认为这是狄更斯的疏忽，让“故事不完整”。基于这点，柯林斯责问道：“哪里体现了不完整？我认为这是个奇妙的构思，新颖、有力量、富有戏剧性，艺术原本高于现实。我认为恰恰是这一点为这本贫乏的小说增加了一丝亮点……”此外，福斯特在传记的文学批评部分将狄更斯的未竟之作《埃德温·德鲁德疑案》的描写与《奥列佛·退斯特》中的对话进行比较。柯林斯对此进行了驳斥：“如果他将小说中的描写与描写、对话与对话之间进行比较，我可能还会

① Mrs Frances Cashel Hoey? “An Unsigned Review.” *Temple Bar*, May 1873, xxxviii, p. 176.

认同。作为小说家就会知道福斯特对此一无所知——对话远比描写简单轻松。在我看来，将狄更斯全盛时期的小说来与他黔驴技穷的未完之作进行比较是一种残酷的做法。”①

从 1871 年福斯特出版《查尔斯·狄更斯传》至 19 世纪末，该传记一直是狄更斯学者关注的焦点，也使得福斯特和狄更斯一度声誉齐名。无论评论界对福斯特的传记怎样评说，我们不能否认这些审读和批评本身极大地延长了“狄更斯的生命”。

三 《狄更斯书信集》及对它的评论

该阶段不少学者致力于狄更斯的书信、档案及其他文件的发掘和研究工作。1879 年由狄更斯女儿玛丽·狄更斯和妻妹乔治娜·霍加斯（Georgina Hogarth）共同编辑出版的《狄更斯书信集》（*The Letters of Charles Dickens*）可谓此中的佼佼者。依照乔治娜·霍加斯所言，编辑书信集的初衷是“我感觉我们应当呈现一本精彩的大书——就像出自亲爱的逝去的狄更斯之手似的新书!”书信集中许多信件生动有趣、令人愉快，但也有部分事关琐屑、内容重复。在这些来往信件中，狄更斯很少提及本人的创作，更多是与友人交流自己的生活。因此，信件主要体现了狄更斯本人的性情和旨趣。鉴于书信集中鲜有信件涉及作家的政治态度，部分评论质疑道：“我们怀疑是否有许多狄更斯与同僚们之间的信件未被纳入，否则他不会如此不关心他所生存的世界。”②

对于《狄更斯书信集》的出版，评论表现出不同的态度。一些评论认为书信集的出版再现了一个真实的狄更斯，让读者走进他的生活，追寻他的足迹，感受他和蔼可亲、平易近人的人格魅力；一些期待从书信集中探寻到狄更斯创作和艺术态度的蛛丝马迹的评论家则指出书信集的编写存在局限性。诚如威廉·明托（William Minto）所言：“在这本书中，我认为还

---

① Wilkie Collins, “Marginalia in the *Life of Charles Dickens*.” *Pall Mall Gazette*, 20 January 1890, p. 3.

② From Unsigned Reviews in *Nation*, 4 December 1879, p. 389; in *Westminster Review*, April 1880, n. s. lvii, p. 438.

根本不能称之为书，我们最近距离靠近作家，这是任何狄更斯传记作家们所不能带给我们的感受。”① 不管怎样，这本书和福斯特的传记一样，再次引起了狄更斯爱好者们的热情关注和研究者们的高度重视。发表在《旁观者报》和《当代评论》上的两篇文章可以反映出当时人们对《狄更斯书信集》的对立接受和评价。

首先对《狄更斯书信集》进行回应的是发表在《旁观者报》上的一篇匿名评论，该文谈及了《书信集》出版的重要意义，文中写道：“至少有一半的信件是有价值的，它们为我们已经丰富的研究材料又增加了令人愉快的一笔，这些帮助我们更全面地认识狄更斯。”此外，评论还就狄更斯信件的风格进行了独到的分析。比如，该文的评论者高度赞扬了狄更斯对语言的驾驭能力。“这些家常话，尽管不都是，但绝大部分读来让人心生愉悦；生动活泼的描写是独一无二的；节奏是精彩绝伦的。”② 评论还认为作为狄更斯的爱好者和研究者，如果不读读狄更斯的书信，将无法从身体上、心灵上、情感上感受狄更斯。

在节选一些信件的片段后，该文的评论者指出狄更斯有着不同寻常的观察能力，他所看到的马上能在他脑海中留下深刻印象，并用一种与众不同的方式描绘出来。虽然有时描写得语言夸张，但往往能唤起读者的共鸣。狄更斯这种善于观察和捕捉信息的能力与他丰富的个人经历密不可分。但是，一旦涉及一些思考性的观察，狄更斯的描写便不成功。

马修·布朗（Matthew Browne）在《当代评论》上对《狄更斯书信集》的出版表达了否定的意见。他认为这些书信的出版就像把赤裸裸的狄更斯暴露在大众之下，作家再毫无隐私可言。“这对于任何一个人而言都毫无疑问是一个伤害，不管他是否是一个自我中心主义者。”马修·布朗认为文学作品应该具备一种“延宕艺术”，它会给小说带来一种独特的魅力，而一旦创作者的所有隐私暴露无遗，这种艺术的美感将消失殆尽。

布朗还认为《书信集》的出版除了证明狄更斯将毫无隐私可言，而且

① William Minto, “An Unsigned Review on *The Letters of Charles Dickens.*” *Fortnightly Review*, December 1879, n. s. xxvi, p. 845.

② From an Unsigned Review in *Spectator*, 29 November 1879, lii, pp. 1506—1508.

会使人们对狄更斯减少敬畏。对此，布朗列举一些信件内容来加以证明，如狄更斯在给大卫·迪金森就查德班德业务的一封回信中闪烁其词，丝毫没有体现个人魅力；在一些其他信件中，狄更斯总是声色俱厉，以威胁口吻表达自己的要求。尽管狄更斯信中说人不必像“假装虔诚的猎狗”，但布朗认为狄更斯矫枉过正，对待某些业务上的朋友“眼皮绝不往下，丝毫不加尊重”。布朗评价狄更斯无论在对待重大问题还是朋友上都“常常轻率，缺乏自我怀疑精神”①。

马修·布朗还指出《书信集》对于信件的选取存在问题。虽然《书信集》不乏狄更斯与同时代知名作家、评论家、政治家的书信往来，但几乎没有信件涉及狄更斯对待政治和社会问题的态度，对于狄更斯的情感世界也鲜有提及。

总而言之，这些传记性的资料让我们对狄更斯的一生及其创作有了更深入的了解，也让我们认识到对狄更斯创作起到至关重要作用的不仅有狄更斯本人坎坷而丰富的人生经历，同时也包括他的家庭、他的亲人及朋友的生活，所有这些都在他的生活中得到了真实的反映。

第二节　重要研究论文

该阶段的研究论文无论在数量还是质量上都超过了狄更斯在世时期。许多论文不再停留在简单地介绍故事情节、分析人物特征上，而是更深入地探讨了狄更斯与批评的关系、狄更斯小说的叙事风格、主题研究等方面。由于该阶段的论文较多，且研究视角广泛，本节选取部分具有代表性的研究论文，将其分为以下三个方面来加以概述。

一　对有关狄更斯的批评的研究

在经历褒贬不一的三十余年批评后，某些研究者开始总结狄更斯与批评的复杂关系。1872年乔治·刘易斯在《双周评论》上发表文章《狄更

① Matthew Browne, From a Review in *Contemporary Review*, Janurary 1880, xxxvii, pp. 77—85.

斯与批评的关系》，以狄更斯为例来系统总结小说家与批评之间的关系。乔治·刘易斯一直活跃在文学批评界的舞台上，狄更斯自始至终都是他评论的重要对象之一。在这篇文章中，刘易斯以客观公允的口吻探讨了狄更斯与批评的关系。文章开门见山指出作家与批评家之间的龃龉：作家与批评家之间的世仇关系从文学诞生之初就存在了。作家喜欢看到批评家的赞美之词，感动于对方对他作品的理解和认同；作家害怕批评，批评家对他作品的误解则是对他的一种伤害。不幸的是，作家和批评家的情感取向和评价标准并非一致。对于作家而言，越具有原创精神，越不依循守旧，创作就更有意义。然而批评家总倾向于依据先例来进行文学批评，很少有批评家能不拘一格欣赏极具创作新意的作品。因此批评家一定要十分谨慎，过度的赞誉会引起作家和读者的反感，恶意的批评又会招来作家的憎恶。

刘易斯随后说明狄更斯批评现象。

> 狄更斯批评是一个引人注目的现象，我还从未见过有哪位作家像他这样在读者中拥有如此广泛而深远的知名度，却很少得到批评家的欣赏。批评家们承认狄更斯给成千上万的读者带来了欢乐，他的崇拜者们超出了阶层，跨越了国界，他的文学唤起了人们真挚而美好的情感，他为大众文学的发展开辟了新的道路，改变了他所处时代的文学。但是，在批评家的眼中他巨大的成功掩饰不了创作的缺陷，他们谈及狄更斯或是屈尊的赞美，或是嗤之以鼻。是批评家错了吗？如果错了，他们又错在哪？又该怎样将大众的喜爱和批评家的蔑视统一起来？①

刘易斯认为批评家的任务不是一味贬低狄更斯，挖掘他的缺陷；值得批评家探索的是为何狄更斯存在如此不可否认的缺陷的同时还能受到史无前例的欢迎，狄更斯广受赞誉的内在原因是什么？刘易斯对这个问题发表了自己的看法。他认为狄更斯文学的力量之源是他的想象力。“当他虚构

① G. H. Lewes, "Dickens in Relation to Criticism." *Fortnightly Review*, XVII, February 1872, p. 143.

一条街道、一座房子、一间小屋、一个人物时，他不是运用普通的图书法勾勒出来，而是使用精确的定义，突出每一个细节，将事物生动具体地描写出来。这样，我们总是情不自禁地去相信他，并且深受感染。”① 刘易斯提醒批评家们要想充分认识狄更斯文学的魅力，就必须摒弃两种偏见：反对偏见与技巧偏见。何为反对偏见？刘易斯举例说明：假设一部科学小说以它大胆立意、启发性与可信性理论假说吸引了读者的关注；然而当它落到科学家的手中，他们则不管小说具有怎样的科学预见性与文学魅力，他们注重的是小说在某些细微方面忽视了基本事实和科学准则，于是勃然大怒，对小说加以批评。顺带一提，二十年前的刘易斯本人也曾抨击《荒凉山庄》中“自燃现象”违背科学原理，二十年后他重新审视，从宏观上不带偏见地认识狄更斯及其小说。这里刘易斯强调的是批评家大可不必反复批评狄更斯描写的错误性与不真实性，这是狄更斯的想象力使然。如果批评家摈弃反对偏见，就能欣赏他描写的生动性。关于技巧偏见，刘易斯如此论述：艺术的主要目的是怡情。批评家通常从两个方面考虑艺术，一为情感愉悦，一为技巧愉悦。读者大众在阅读时取前者，而批评家则重视后者。一些批评家过于强调艺术的创作技巧将狄更斯排除在一流的小说家行列之外。狄更斯是否存在创作技巧的缺陷姑且不提，值得提出的是：文学史上的杀人犯千千万万，但将南希杀死的赛克斯却让人难忘；小说戏剧中的儿童形象数不胜数，但小耐儿和小保罗之死却引起举国悲伤……因此，刘易斯表明摈弃这两种偏见才能正确认识狄更斯创作的艺术力量。

约翰·托普（S. St. John Topp）也认为正确的文学批评实非易事。他说：“批评家的立场不同，与作家的熟悉程度不同，时代也会有所偏侧，所以无法用一种绝对的标准评价作品的好和坏。如莎士比亚时代的人们喜欢性格有反差的角色与具有冲突性的情节，所以戏剧就成为受人推崇的艺术形式。安妮女王时代的读者喜欢作家用简短精悍和警句式的讽刺语言表达生活常识，因此埃迪森的小品文与蒲伯的诗歌便大行其道。而如今我们的读者重新转向对情节、事件和人物描写的重视，但他们喜欢作家用叙述

① G. H. Lewes, “Dickens in Relation to Criticism.” *Fortnightly Review*, XVII, February 1872, p. 135.

的方式而非戏剧形式表现，于是小说开始流行。”①

托普概述了褒贬不一的狄更斯评论。有关狄更斯的负面批评延伸到方方面面，如指出狄更斯的思想是浅陋的，人物是夸张的，幽默是强迫性的，感伤是虚假的，语言是娱乐性的等。正面的评价当然也不胜枚举，单凭狄更斯的小说生前已被翻译到欧洲各国就足以说明狄更斯的受欢迎程度。所以，托普说：“时间是最精准的检验仪器，在时间的长河中，泥沙会被淘汰，真金会留下来。弥尔顿作为一名伟大的诗人流芳百世不是因为同时代评论家的欣赏，而是因为他的诗作经受住了时间的考验。”② 托普相信无论评论怎样褒贬不一，狄更斯也能经受时间的检验，历史将证明狄更斯是伟大的艺术家。

同样与评论界对话的还有罗伯特·布坎南。他在《圣保罗杂志》上发表《小说界的精灵》一文。他将狄更斯比作创作的精灵，称他是人类最伟大的幽默家和最仁慈的精灵。文章用非常轻松的语调开头：“从前有一个善良的精灵，他拥有明亮的眼睛和神奇的双手，他出生在恰当的时间和地点，他不是降生在仙地，而是降落在伦敦。他是个非常神奇的家伙，有着与常人不同的观察方式。在你我看来像箭一样笔直的东西，在他看来却是弯曲的。在他的眼里，水是有声音的，它会大声呼喊‘快下来，快下来!’风和雨也是独立的主体，它们会表达自己的心情。这个神奇的精灵就是狄更斯，他给所有的穷人带来欢乐。在他的笔下，一个人要么是招人喜爱的，要么是惹人讨厌的，没有介于两者之间的人。小说中，某个善良的男孩扮演着男主角，某个善良的女孩担当女主角，他们最终幸福地生活在一起。当然，在迈向幸福的途中他们会历经磨难，他们会碰到形形色色的人物，有魔鬼般的坏人，他们欺负无辜弱小，像奎尔普、约纳斯·朱述尔维特、犹太人费金、卡尔克、律师图金霍尔、俾克斯涅夫、查得邦德、尤利亚·希普等；也有像仙女般的好人，如大卫的姨婆、狄克先生、契里布尔兄弟、罪犯马格维奇等。……因此许多尖锐的批评家指责狄更斯笔下的国家是不存在的，不真实的，而仅仅是混乱之地；有些评论家带着轻蔑的口

① S. St. John Topp, “Charles Dickens.” *Melbourne Review*, July 1881, p. 265.

② Ibid., p. 266.

吻说狄更斯是‘讽刺画家’；有些则称他是‘感伤主义者’。如斯廷格先生欣赏高尔特的幽默，冷漠无情的批评家喜欢奥斯丁，年轻的女士们在萨克雷的小说中寻求庇护。他们都将狄更斯抛掷一旁或彻底遗忘。”①

对于评论家的指责，罗伯特·布坎南肯定地评价狄更斯：“他不是讽刺家，从这个意义上说，阿里斯托芬才是真正的讽刺家。他既不是像斯特恩般的漫画分析家；也不是像斯威夫特那样的高级知识分子和像菲尔丁一样尖锐的幽默家；更不是像斯摹莱特那样的只知逗乐的傻小子。他是个迷人的浪漫主义者，抑或是富有想象力的历史学家，像瓦尔特·司各特那样。不过，司各特将过去记载在册，狄更斯迷恋的却是现在。他是人类仙境的创造者。他是不受普通法律与陈规束缚的魔法师：他会将噩梦装进玻璃瓶，变出在街道上弹奏手风琴的小精灵。他将简·奥斯丁与巴尔扎克一一击溃，将伦敦变成奇怪的国家。”②

罗伯特·布坎南认为狄更斯的作品之所以给大家带来欢乐是因为他善于运用儿童的视角创作和无与伦比的幽默。儿童眼中的世界总是稀奇古怪的，这些充分体现在《奥列佛·退斯特》《大卫·科波菲尔》《董贝父子》《远大前程》等优秀小说中。某些小说即使没有将儿童放在故事的中心，他也会采用一些非常温柔、单纯善良、像孩子般的女性人物作为小说的主角或叙事的主体，她们与孩子们一样对世界有着相同的感知。如《小杜丽》《荒凉山庄》等。因此，狄更斯的小说无论是幽默的还是感伤的，感性总是超越理性。狄更斯就像一个抒情的诗人。

此外，布坎南将狄更斯与众多擅用幽默技巧的小说家进行比较，肯定狄更斯的幽默是独一无二的。他说：“斯威夫特的幽默是粗俗的；盖伊的幽默是尖锐的；菲尔丁的幽默是判决性的；斯摹莱特的幽默是烦人的，不鼓舞人心的；斯特恩则是个拙劣可笑的模仿者；司各特的幽默有着封建的局限性，尽管他的视野和深度非同一般。狄更斯的幽默比起上面提及的所有作家都更为真实、更有益于人。狄更斯的幽默虽不及阿里斯托芬的幽默和谐，却更为丰富；比拉伯雷的幽默更真实更具人性；比乔叟的幽默更具

① Robert Buchanan, “The Good Genie of Fiction.” *St Paul's Magazine*, 1872, p. 119.

② Ibid., p. 136.

个性化；比萨克雷的幽默更有诗意。就某些方面而言，狄更斯是最优秀的幽默家。”[①] 布坎南认为狄更斯将幽默发挥得淋漓尽致的秘诀在于他观察事物的方式——所有直的东西在他眼中是弯的，所有人物在他眼中是奇怪的。

二　对狄更斯创作的整体研究

该阶段论文的另一重要方面是侧重将狄更斯的创作作为整体来进行研究。这些论文或探讨狄更斯的创作技巧、叙事策略、创作主题，或将狄更斯与萨克雷等同时代作家进行比较。

乔治·巴奈特·史密斯（George Barnett Smith）以福斯特的《狄更斯传》为依托，在《绅士杂志》上发表自己对狄更斯及其创作的认识。他充分肯定了福斯特的三卷本传记，认为一卷比一卷好。在评价传记第一卷时，史密斯围绕狄更斯的观察能力、早期阅读对他的影响、幽默与道德教诲进行了解读。他认为福斯特为我们展现了一位伟大的作家，这位作家将自己丰富的个人经历融入小说创作之中，从而唤起世界各国读者的共鸣。史密斯认为狄更斯一踏入文坛就大放异彩，其中重要的原因之一便是他的观察力。福斯特在第一卷的开篇章节就谈及狄更斯与其塑造的大卫·科波菲尔之间的联系，对于大卫童年的描写显示了狄更斯极强的记忆力。史密斯将狄更斯的这种观察力与记忆力等同于直觉。这种天赋与能力让狄更斯极为敏锐地观察和描写事物。此外，史密斯认为狄更斯早期的广泛阅读对他的创作产生了较大的影响。“狄更斯以极大的热情阅读了《汤姆·琼斯》《蓝登传》《堂吉诃德》《鲁滨逊漂流记》。我们有充分的证据表明狄更斯是菲尔丁与斯摹莱特的学生。”[②] 狄更斯从这些小说中汲取了丰富的养分，继承了语言的幽默与对人性的理解，从而形成自己别具一格的特色。史密斯还称呼狄更斯为“有幽默感的道德教师”。他说：“某些读者想当然地认为博兹的小说仅具备娱乐功能，这种想法大错特错。他笔下任何一个真诚的角色都不允许他的小说只为娱乐目的而存在。他总是试图给命

① Robert Buchanan, “The Good Genie of Fiction.” *St Paul's Magazine*, 1872, p. 137.

② George Barnett Smith, “Charles Dickens.” *The Gentleman's Magazine*, n. s., XII. March 1874, p. 304.

运悲惨的人物赋予小丑的角色或者幽默的性格，让他们在更广阔的舞台上表现更丰富的道德内涵。只有最佳的评委才能看到狄更斯如此崇高的目的。”①

史密斯认为福斯特在第二卷传记中从狄更斯的教育观念、宗教态度与对下层人民的认识等几个有趣的方面丰富了传主的形象。谈及狄更斯的教育观念，史密斯如此理解：“狄更斯总是丝毫不惧表达自己的观点，在这些观点中，他对教育问题无疑表现了极大的关注。他深切同情和全力帮助当时的贫民儿童学校。……他不曾忘记‘清洁是仅次于圣洁第二重要的事’这一古语，主张要给贫民学校配置公共娱乐设施、花园、澡堂、洗衣房等。”② 关于狄更斯的宗教信仰，史密斯指出：“狄更斯的宗教信仰是多年来备受关注与争议的一个话题。一些人认为他根本没有信仰，更多的人则认为狄更斯是不拘泥于教义与形式的自由主义者。”史密斯认为：“我们认为他是具有宗教信仰的，从这些作品中我们感受到他所追求的是人性完美的宗教。”③ 狄更斯对同时代作家的真诚欣赏也让史密斯钦佩不已。如乔治·艾略特发表第一部小说《教区生活场景》，狄更斯就写信鼓励，并预言她在文学道路上的成功；对于布朗宁的不太出名的悲剧作品《纹章上的斑点》他推崇有加；对于诗人丁尼生的天赋，他抱以极高的评价和敬意，称他的《君主牧歌》是19世纪最好的诗篇。对于名声小于他、创作水平劣于他的作家，狄更斯也总是宽容鼓励。狄更斯的仁慈更体现在他对下层人民的真切关心上。“他对下层人民倾注了最大可能的关心，他关心下层人民的一切事情。”

在援引福斯特的三卷本传记中，史密斯毫不犹豫地表达了对第三卷的喜爱，他说：“这本传记十分有趣，我们认为它比前两卷更为突出。这一卷写作风格平易，但立意很高。”④ 福斯特在“作为小说家的狄更斯”一章中与狄更斯的批评家进行了对话，他认为刘易斯等批评家对狄更斯的评论

---

① George Barnett Smith, “Charles Dickens.” *The Gentleman's Magazine*, n. s., XII. March 1874, pp. 305—306.

② Ibid., p. 307.

③ Ibid., p. 308.

④ Ibid., p. 313.

有失公允，并对此进行了有力的驳斥。对狄更斯晚期的朗诵经历，史密斯从欣赏者的角度表示了高度的赞赏。他认为狄更斯在这方面获得的成功丝毫不亚于他在小说创作上取得的成就。

乔治·巴奈特·史密斯在这篇一万余字的论文中，既对福斯特的传记作了归纳总结，又与之进行了对话，并形成了自己对狄更斯性格、经历与创作的独到看法。该文得到了评论界的认可，是一篇全面评价狄更斯的力作。

威尔汉姆·狄尔泰（Wilhelm Dilthey）在《查尔斯·狄更斯与叙述天赋》（“Charles Dickens and the Genius of the Narrative Writer”）一文中从创造性的幻想、人物的塑造、道德观念和社会影响几个方面谈及了狄更斯的叙事能力。他认为狄更斯具备引以为傲的创造性的想象力。他能将这种想象力直接转化为生动具体的描写。在人物塑造上，狄尔泰指出狄更斯的小说具有史诗般的魅力。他说：“古老形式的史诗注重行动，新形式的史诗强调人物。狄更斯也不例外。和每一位真诚而伟大的作家一样，他将人物塑造置于小说情节与技巧之上。在他最伟大的小说中，如《大卫·科波菲尔》和《我们共同的朋友》，人物的层次与对照充分观照了那个社会时代的人性。没有任何作家能像狄更斯这样全面而准确地抓住中产阶级人群的各种不同特点。他们有许多典型的相似之处，但又各不相同。他是创造维多利亚时代中产阶级群体的诗人。”①

狄尔泰认为狄更斯笔下的人物与社会紧密相关，社会对人的存在和发展产生很大影响，狄更斯对人与社会关系的认识影响他的道德价值观。狄尔泰说：“在狄更斯看来，只有人类社会的品质才能决定人类幸福。所有他的人生经历都让他得出如此结论：只有人人无私奉献、为他人服务、给予他人善心和同情，才能感受到生活的幸福。社会推动力是道德与幸福的核心。”狄更斯的道德观念促使他不断在其小说中对社会事务施加影响。“他有着强烈的社会责任感，把他所处时代的真实面貌呈现于公众面前。

① Wilhelm Dilthey, “Charles Dickens and the Genius of the Narrative Writer.” 1877. In Hartmut Steinecke (ed.) *Romanpoetik in Deutchland*: *von Hegel bis Fontane*, Tübingen, 1984, p. 198. Translated by Michael Hollington.

他反对监狱法、攻击不合法的儿童教育、嘲讽拖沓冗长的法律体制、揭开虚假和伪善的面纱……"①

狄尔泰认为狄更斯采用的连载方式极大地提高了他小说在当时社会的影响力。由于连载时间较长，读者在期待每一期的过程中加深了对社会的认识，延长了小说的阅读时效；同时由于连载刊物成本较低，普通老百姓都支付得起，小说的阅读群体也相应扩大。他指出："狄更斯采纳的这种出版方式对社会产生的渗透力超过之前的任何一位作家。"②

马修·阿诺德在《互不相容》（"The Incompatibles"）中强调狄更斯中产阶级的身份，此种观点与奥利芬特夫人的看法一脉相承。阿诺德指出："狄更斯深刻了解中产阶级，他本人就是中产阶级典型中的典型。他深知这种人的培养过程。他以大师的笔墨，描绘了他们青少年时期的教师、教练，描绘了他们受教育的场地。大家都希望，这一典型终将消亡，但克里克尔先生和萨伦学堂会永垂不朽，因为狄更斯的描绘不可能消亡。克里克尔先生，戴着一束表链和印章的大胖子，一张火红的脸，前额上青筋暴露，坐在扶手椅上吃早餐，面前摆着手杖、报纸和蘸着黄油的烤面包，永远像提修斯一样正襟危坐。和他一样，关于萨伦学堂的记忆，关于学堂里每日上演的争吵和挣扎的记忆将永世长存……"

和奥利芬特夫人一样，阿诺德对于中产阶级的定义也语焉不详，他仅列举了狄更斯作品中某些具备中产阶级特征的人物形象，阿诺德认为："'中产阶级'这个术语，不同的人有不同的解释。因此，就我来说，为了避免歧义和混淆，我习惯用接受教育的方式来判断，譬如我认为，中产阶级就是那些由萨伦学堂之类的学校和克里克尔先生之流的教育家培养出来的人……"，"我们使用《大卫·科波菲尔》这部极具魅力和教育意义的小说的时候，可以往前再走一步。在此书中，我们可以准确地指出学生成年后是哪种类型的人，因为那是萨伦学堂和克里克尔先生的自然产物，即我

---

① Wilhelm Dilthey, "Charles Dickens and the Genius of the Narrative Writer." 1877. In Hartmut Steinecke (ed.) *Romanpoetik in Deutchland: von Hegel bis Fontane*, Tübingen, 1984, p. 199. Translated by Michael Hollington.

② Ibid., p. 202.

们的中产阶级的典型；不，在我们爱尔兰人的想象中，他们看起来就是全体英国人的典型、英国人性格的典型。首先，我们只要回忆一下摩德斯通先生就行了，摩德斯通先生堪称萨伦学堂和克里克尔先生的自然产物，他的行为中表现出冷酷、严厉而狭隘的特点。让我们再好好回忆下书中的摩德斯通先生，摩德斯通先生性格坚定、严厉，笃信宗教，上教堂时表情肃然，他认为世界‘乃行动之地，而非郁郁寡欢、无病呻吟之所’，他认为小科波菲尔的性情‘需要大大纠正一番，最为行之有效的纠正办法则是逼着他服从劳动世界的行为方式，以将其压弯，将其摧毁’。我们还可以回忆起摩德斯通小姐，她是摩德斯通先生的妹妹，也有他那样的信仰，上教堂时也是他那样的表情，也像他那样坚定；摩德斯通小姐随身携带她那‘坚硬的钢钱包’和‘盖子上用硬黑钉子钉出她名字的首字母的硬邦邦的黑盒子’；和她的哥哥一样严厉，一样令人望而生畏，‘他们无论在表情还是声音上都极为相似。’摩德斯通兄妹俩冷酷而狭隘，毫不体谅别人的感情，走不进别人的内心世界。英国人在爱尔兰人心目中展现的只是其严肃的一面，这兄妹俩就成了英国人及其文明的典型。英国人的魄力、坚定、勤奋、宗教表现出来时，带上了这些令人不快的特点，而其坏品质表现出来时则原封不动，毫无缓和之处。”[①] 尽管阿诺德未给“中产阶级”一词下明确定义，但从这些批评话语中可见其对“中产阶级”的贬抑态度。

R. A. 普克特（R. A. Procter）在《康希尔杂志》上发表《一个小说家钟爱的主题》（“A Novelist's Favorite Theme”）。在普克特看来几乎每一位小说家都有自己热衷表现的主题。狄更斯热衷表现的主题是“一个行坏事之人总被一个他丝毫不怀疑的对象所监视，并且这个监视他的人通常是他瞧不起的人”[②]。普克特认为狄更斯的这一主题通常被评论家和读者所忽视。对此，他对狄更斯的长篇小说逐一分析来证明自己的论点。在《巴纳比·拉奇》中，哈瑞德就一直坚定地等待谋杀他兄长的嫌疑人拉奇，终于在二十年后，将谋杀了自己哥哥后就销声匿迹的凶犯拉奇绳之以法；在《马丁·朱述尔维特》中，两个坏分子约纳斯·朱述尔维特和俾克斯涅夫

① Matthew Arnold, “The Incompatibles”, *Nineteenth Century*, June 1881, ix, pp. 1034—1042.

② R. A. Procter, “A Novelist's Favorite Theme.” *The Cornhill Magazine*, January 1886, p. 31.

分别落败在他们不屑一顾的那杰特与汤姆·品奇手中，在后者的揭发下，他们的谋杀罪行昭然若揭；在《大卫·科波菲尔》中，自称谦卑却不择手段向上爬的尤利亚·希普用尽一切手段想得到艾妮丝家的财产并获取艾妮丝的芳心，不料一切阴谋诡计被他丝毫不怀疑的庸才米考伯先生所捅破，最终只能锒铛入狱；同样，在《远大前程》中，主人公匹普丝毫未曾想到自己能跻身上流社会是由于囚犯马格维奇多年来的经济支持……

普克特以这些长篇小说来证明狄更斯对这一主题情有独钟，基于这一论题，他猜测狄更斯的未完成小说《德鲁德疑案》的结局。在已完成的二十二章中，《德鲁德疑案》讲述了贾斯泼因觊觎罗莎，杀害她的恋人德鲁德，并企图嫁祸于人，达到一箭双雕的目的，评论界一直就德鲁德是否死亡争议不休，对此，普克特凭借他对狄更斯创作主题的理解推测：德鲁德以死亡来隐藏自我并暗中监视贾斯泼，最后将揭露贾斯泼的罪行并置他于死地。[①]

蒙塔古·格里芬（Montague Griffin）在《对艺术家狄更斯的评价》（“An Estimate of Dickens as an Artist”）一文中将狄更斯称为画家。“狄更斯首先是一名画家。没人能比他更为精准地描绘生活的细节，没人能在一眼之内比他观察到更多的细节，任何粗俗的东西都无法逃脱他的眼睛。如果他讨厌一个人，他会持之以恒将他打击到底。当他描写查得邦德那双汗渍渍的双手时，我们似乎感到黏糊糊的泥浆正在查得邦德的手指缝中流出！当我们被告知奎尔普先生双手很脏时，狄更斯则这样描绘：他告诉我们奎尔普怎样摩擦自己的掌心，直到我们看到他将手中的污秽物搓成一个个小泥丸出来。

> 他不像司各特描绘风景或村庄时给读者一幅地图，而且准确地标识每个地方。他不像拜伦，专门描绘画面恢宏的爱情。他不像他儿子所说的那样强调地形上的精准性。他也不刻意选择美丽的事物来描绘。他的特点是能让他所描绘的事物和地点活起来，他喜欢在描绘景物时引入一个人物。要描绘一个女孩漫步到法学院附近与情人约会，

① R. A. Procter, “A Novelist’s Favorite Theme.” *The Cornhill Magazine*, January 1886, p. 40.

他就这样绘图：那些长势缓慢的植物、烟雾迷蒙的灌木丛突然焕发了新的颜色，那些低矮的房屋低垂着身子向姑娘送上美好的祝福。这些虽然有点牵强附会，却并不矫揉造作。狄更斯的想象力是自然的，他并不刻意追求怪诞；他们自发地向他投身过来。他那过分丰富的想象力好像一根绷紧的弦，不用花费什么力量去弹奏，自己就能发出在其他情况下听不到的音响。①

在对狄更斯各部长篇小说的逐一分析中，维多利亚时期著名童话作家安德鲁·朗（Andrew Lang）与诗人阿尔杰农·查尔斯·史文朋（Algernon Charles Swinburne）的论文具有代表性。安德鲁·朗在《双周评论》上发表论文《查尔斯·狄更斯》（"Charles Dickens"），文章运用心理分析批评方法全面而详实地论述了狄更斯的所有长篇小说。朗认为《博兹札记》显示了狄更斯早期面临生活窘况、备受忽视、爱情受阻等困难；《匹克威克外传》则充分证明狄更斯已扭转态势，既把握住了爱情，又确定了自己想要选择的道路。在《奥列佛·退斯特》中，狄更斯开始进行说教，他的创作意图十分清晰。在《尼可拉斯·尼克尔贝》中，狄更斯的感伤开始凸显。在《马丁·朱述尔维特》与《董贝父子》中，狄更斯早期乐观精神已然消失，取而代之的是道德目的，开始抨击自私、骄傲和欲望。

安德鲁·朗对《大卫·科波菲尔》的评价最高。他在文中写道："狄更斯创作的力量在《大卫·科波菲尔》中得到了最为完美的体现，毫无疑问，它是狄更斯的代表作。（这样说排除了《匹克威克外传》，它不能算作小说，只能作为一种现象。）我注意到，当科波菲尔叙述时，狄更斯不再一味地进行道德训诫，他将自己与作为叙述者的科波菲尔等同起来。……感伤也得到了抑制，变得更为纯净。"但是对于《大卫·科波菲尔》之后的小说，朗说："《大卫·科波菲尔》体现的魅力此后再也没有重现在狄更斯身上。在《荒凉山庄》中，他再次回到过去的训诲态度——攻击大法官庭。诚然他所攻击的对象的确恶迹斑斑，但是小说不是进行激烈争辩和堆

① Montague Griffin, "An Estimate of Dickens as an Artist." *Irish Monthly*, XXIV, No. 279, September 1896, pp. 490—498.

积事实的地方。”①

在安德鲁·朗看来，《小杜丽》也是狄更斯创作中的“撒哈拉沙漠”，“《小杜丽》的构思实在糟糕。我丝毫不认同吉辛先生对它的高度评价。我必须坦然地承认如果为了‘人性愉悦’的目的，我是决然不会阅读《小杜丽》的，我只能为了某种责任来读这本书。《黑木杂志》曾批评该书‘废话连篇’，我认为这样评价也有失公允，至少对莫德尔的描写是不错的，吉辛先生对老杜丽的热情赞赏也是有根据的。”② 对于狄更斯后期的几部长篇小说，安德鲁·朗说《双城记》是一部优秀的历史剧，《远大前程》的情节值得赞赏，但《我们共同的朋友》中过度的讽刺让人难以接受。

史文朋十分推崇莎士比亚和雨果，认为狄更斯是可与这两位大家媲美的小说家。他以前两者为参照的标准，来衡量狄更斯的每一部长篇小说。他认为从《奥列佛·退斯特》中，可以看出作者具有创作伟大戏剧与悲剧的能力，狄更斯在叙事艺术和对话技巧上展现了自己是一个天生的大师和幽默家。史文朋对《老古玩店》评价也较高，他说：“无论从何种角度看，《老古玩店》都是个不错的故事。这本书中的小说场景与人物一样引人入胜，整个结构也很完整。”③ 对于评论一向颇不重视的《巴纳比·拉奇》，史文朋却十分欣赏，“任何一个具有一定鉴赏能力的读者都能在这部小说中发现只有莎士比亚和阿里斯托芬才具备的幽默能力”。对于《大卫·科波菲尔》，史文朋高度赞扬，他说：“这本书从第一章开始到最后一章，无论在哪个方面任何人都无法找出错误来，它无疑是我们时代的代表作之一。小说在叙事上表现出来的和谐统一与连贯顺畅可以媲美《汤姆·琼斯》。”史文朋对《荒凉山庄》的叙事策略赞赏有加，他说：“《荒凉山庄》的叙事是个大胆的实验，它将第三人称与第一人称叙事完美地结合起来，取得了巨大成功。‘埃斯特的叙述’和作者的叙述一样突出，对于这样的叙述技巧任何赞美都不过分。”④ 对于狄更斯后期创作的作品，史文朋

① Andrew Lang, “Charles Dickens.” *Fortnightly Review*, n. s., LXIV, December 1898, p. 955.

② Ibid., p. 956.

③ Algernon Charles Swinburne, “Charles Dickens.” *Quarterly Review*, CXCVI, July 1902, p. 21.

④ Ibid., p. 26.

并未像狄更斯生前的大部分评论一样加以否定，他发掘出了每部小说的优点：他认为《双城记》结构不错；《艰难时世》在道德上表现出极大的力量，产生强烈的效果；《小杜丽》中某些极为优秀的篇章只能在《悲惨世界》和《李尔王》中才能找到；《远大前程》可以和《大卫·科波菲尔》一样成为狄更斯的代表作……

在狄更斯所有的长篇小说中，史文朋评价最低的当属《董贝父子》。他批评这个故事毫无情节可言，塑造一个极具进攻性的父亲和一个唯唯诺诺的女儿是这部小说犯下的第一个错误，此外，父亲董贝先生的形象极不真实。

将狄更斯与萨克雷进行比较一直是狄更斯批评家们兴致不减的研究方向。评论家们从狄更斯生前对二者性格、语言、文体的比较到狄更斯去世后对他们小说人物、讽刺、幽默等技巧的比较，比较的范围和深度不断扩大。约翰·托普在《墨尔本评论》上发表《查尔斯·狄更斯》一文，将狄更斯与菲尔丁、司各特、萨克雷并称为英国文学界最伟大的小说家。该文采用比较的研究方法，分析狄更斯创作的成败得失。他说：“狄更斯的作品无须修饰打磨。他的风格是生动活泼、自然而然的。当我们读狄更斯的小说时，我们常常感觉是在听他讲一个故事，娓娓道来。毫无疑问，他是一位无可比拟的讲故事的人。我们被他故事中的对话深深吸引，相信他所描写的每一个稀奇古怪之人，如同见过他们一般。但是，狄更斯一旦说教，就枯燥乏味得让我们无法忍受。在这一点上他远逊于萨克雷与菲尔丁。他们最大的艺术魅力便体现在叙事过程中表现出对人生的反思、对小说人物行为的评价。”

然而在景物描写上，他认为萨克雷又远不及狄更斯。“狄更斯擅长描写，尤其擅长对景的描写。他在《老古玩店》中对黑区的描写，在《远大前程》中对查塔姆附近沼泽地的描写，十分生动而真实，在文学史上对景物的描写恐怕也无人能出其右。在这一点上，萨克雷就远比不上狄更斯了。”

人物是狄更斯创作的一大特色，他的每一部小说都会在读者心中留下一些难以忘记的角色。托普说：“我们必须承认，狄更斯塑造的人物都是原创与幽默的。但是狄更斯在塑造人物上也存在一个致命的缺点——他的人物都由片段构成，缺乏整体性。他缺乏发展人物性格的能力，在这方面他就不及萨克雷、乔治·艾略特或简·奥斯丁。就人物发展而言，狄更斯小说中没有一个人物形象可与萨克雷的潘登尼斯相媲美。无论在何种情况下，狄更斯的人物总是保持一成不变，他们不随环境和事件的变化而变化；如果变化，也会突然改变而不给出任何原因，如我们就无法理解无能、挥霍但乐观的米考伯先生出国后就突然变成了正直理智的'士绅密德尔贝区知事米考伯大人'。"

在讽刺技巧上，托普认为狄更斯与萨克雷各有千秋，狄更斯的讽刺令人钦佩，萨克雷的讽刺细腻精致。

> 狄更斯的讽刺毫不留情地鞭笞罪恶，唤起读者的共鸣，让读者情不自禁鄙视、厌恶他所讽刺鞭笞之人。萨克雷则不同，他在讽刺邪恶与虚荣等人类的缺陷和弱点时通常唤起读者的同情与自省，而不是憎恶。如果让狄更斯来展现蓓基·夏普这一人物形象，狄更斯定会浓墨重彩、嬉笑怒骂，将她刻画成自私无情、荒谬可笑、憎恨世界之人。而萨克雷尽管刻画了夏普身上所体现的人性弱点，但却唤起了读者对她的同情。狄更斯会展现她所有的邪恶；萨克雷则力图挖掘她内心深处的某些闪光点。萨克雷的讽刺无疑是属于上流社会的，而狄更斯的讽刺更宽泛、更具打击性，也可能更肤浅。①

在将狄更斯与其他小说家进行对比后，托普对狄更斯本人做了一个较为全面的总结。他称狄更斯为全能型的天才。"作为作家，狄更斯很好地运用感伤、幽默、讽刺等技巧展现其描写的力量与虚构的天赋；他多才多艺，作为朗诵者，是卡莱尔眼中一流的演员；他对弗雷德里克表演的批评表明他是杰出的戏剧评论家；他在社会事务、公益事业中的演讲智趣横溢、沁人心脾。无论以哪种身份，狄更斯都将功名远扬。"②

① S. St. John Topp, "Charles Dickens." *Melbourne Review*, July 1881, pp. 274—275.

② Ibid., pp. 281—282.

一篇发表在《都柏林评论》上的《两位英国小说家：狄更斯与萨克雷》（“Two English Novelists: Dickens and Thackeray”）文章对二者的幽默技巧进行了全方位的比较。评论写道：“狄更斯有让和他一起生活的整个一代人放声大哭的本领，他也具备让我们将来的几代人开怀大笑的本领。”究其原因就在于他的幽默，他的幽默是如此丰富、如此彻底、如此多样、如此独创，尤其符合那些喜爱光怪陆离之人的品位，这种幽默感能加快生活的节奏，舒缓日益增长的疲惫。狄更斯的幽默不仅仅是为了取悦，尽管他的幽默得到了人们最大程度的认可。他的幽默不是为了单纯的娱乐，他的幽默能在这种表面的娱乐下产生一种让人身心愉悦的感受。他带着无限的快乐，将他那动物般的精神撒播到文本中去，这种精神贯穿他创作的始终。

> 萨克雷是另一种范畴上的幽默家。他通过对我们所不愿面对的渺小、卑微、愚蠢、荒谬的描写，给我们带来深刻的启迪。他的幽默感远远不止取悦，他的幽默是彻底的，影射的，含义丰富的，有时也是悲伤的，令人沮丧的，甚至是讽刺性的。如果你想读一些消遣小说或轻松读物，那么萨克雷的小说就得排除了。尽管他的小说在某些方面具备无可比拟的娱乐性，但它们都是严肃的读物……①

此外，一些怀念狄更斯的文章也频频出现在各个刊物上。赫尔曼·麦瑞威尔（Herman Merivale）在《圣殿杂志》上发表了《同大多数人一起》（“With the Majority”），追忆与狄更斯生前的短暂相识过程。麦瑞威尔初次结识狄更斯来自一封狄更斯给他的回信，麦瑞威尔回忆：当时知名的喜剧表演家基利去世，对基利崇拜有加的麦瑞威尔写了一篇题为《通俗喜剧的衰落》向狄更斯主编的《一年四季》刊物投稿，狄更斯很快给他回信，同意采纳文章，但就其部分内容和标题作了简单修改，纠正了他某些有失偏颇的评论。知名小说家的回信无疑给了年轻的麦瑞威尔无穷的鼓励和信心。

---

① An Unsigned Article, “Two English Novelists: Dickens and Thackeray.” *Dublin Review*, April 1871, n. s. xvi, pp. 315—350.

与狄更斯真正见面是在他去世前的几个月里。麦瑞威尔对此记忆犹新：当时在一家剧院里，麦瑞威尔与狄更斯的女儿一起排练一个戏剧，随后狄更斯担当该剧的导演，他亲自参加每一次排练，并给每一位演员指导与建议。当麦瑞威尔请狄更斯给他饰演的澳大利亚银行家某些指导时，狄更斯建议他无须刻意将自己的角色定位于喜剧演员或悲剧演员，按自己的理解和感觉出演即可。最后演出非常成功，狄更斯对麦瑞威尔大为赞赏，并邀请他夏天来自己的家中做客。然而在听到这句邀请后一个星期狄更斯便去世了。

在麦瑞威尔眼中，狄更斯始终将自己的快乐与大多数人联系在一起。在文章最后，麦瑞威尔指出此文的目的是为了纠正一些研究学者的错误记载。狄更斯去世后，某些研究者说狄更斯在人生的最后日子里十分消沉绝望，“远离社会、避开朋友，不能爬楼梯”，对此麦瑞威尔甚为不满，他认为狄更斯哪怕在最后的日子里依然积极乐观，和大多数人在一起，从戏剧排练可窥一斑，“我们的表演不仅不是在他家，而且还在二楼。”麦瑞威尔呼吁研究者们要用客观真实的态度进行狄更斯研究。①

三　对《德鲁德疑案》的研究

《德鲁德疑案》是狄更斯的最后一部小说，由于作家因脑溢血突然逝世，小说没有完成，因此，“疑案”便成为永远的疑案。作为天才作家的未竟遗作，自然引起了后人的诸多探讨和研究。且因为小说冠以“疑案”的名称，在19世纪80年代以后，随着柯南道尔的《福尔摩斯探案》畅销一时，侦探小说随即迅速兴起与发展，本书成为许多文学爱好者和学者的评论焦点。狄更斯研究者们纷纷将目光投向这部未完成的长篇小说，以至于在狄更斯去世后的很长一段时间形成了“德鲁德热”。

自1905年狄更斯协会创办《狄更斯研究者》刊物之后，讨论《德鲁德疑案》的文章每期不断，占了压倒优势。据该刊1911年编的数目统计，有关该书发表的研究论文80余篇，许多论文都注重讨论小说的具体细节。

① Herman Merivale, “With the Majority.” *Temple Bar*, June 1887, pp. 181—195.

为数不多的几部专著也以揭露小说中的谜底为乐。如卡明·沃尔特斯（Cuming Walters）于 1905 年出版的《有关狄更斯的〈德鲁德疑案〉的线索》（*Clues to Dickens's Mystery of Edwin Drood*），在几百页的文字中，沃尔特斯试图解答几个问题：1. 德鲁德的命运。他是否被谋杀？如果被谋杀了，尸首又藏于何处？如果他有幸逃脱，那么又会因何种原因再次现身？2. 戴吉利是何许人？他为何在德鲁德消失之后突然出现？3. 贾斯泼是否是凶手，或是否有罪？他与那个鸦片女人是何种关系？与沃尔特斯专著类似的还有罗伯逊·尼克尔（W. Robertson Nicoll）的著述《埃德温·德鲁德的问题：狄更斯的方法研究》（*The Problem of Edwin Drood: A Study of The Methods of Dickens*）。该专著将狄更斯这部未竟之作中的许多段落、句子抽离出来，以期寻找这些细节问题的答案。

这些讨论的共同特点是只抓住小说的只言片语或个别情节，运用现代侦探小说的技巧，加以想象和发挥，这样的研究无助于阐明狄更斯原来的构思和创作意图。正如英国知名作家安格斯·威尔逊（Angus Wilson）在为企鹅版《德鲁德疑案》写的序言中所指出的，这些研究者大多忘了一个基本事实，即小说是狄更斯所作，不是他们所写，因此脱离狄更斯的整个文学遗产孤立地探讨小说中的细枝末节意义不大。威尔逊说："事实上没有任何证据可以证明，狄更斯在他最后一部小说中，已完全离开了他过去所写的小说风格，更不必说他旨在创作一部完全以悬念和疑案为主要目标的小说，像他的朋友威尔基·柯林斯的《月光宝石》那样的作品。"

关于小说的构思和结局，狄更斯没有给读者留下任何材料，但他的传记作家约翰·福斯特就这一问题作了说明。福斯特说，1869 年 7 月狄更斯在给他的信中谈到，他打算写"一个男孩和一个女孩，或者非常年轻的两个人，在多年订婚之后又逐渐疏远，最后终于分手。"他的兴趣在于"描绘他们不同的道路，说明不论做什么都无法阻止这必然到来的命运。"但是到了 8 月，狄更斯在给福斯特的信中再度谈到这设想时，已有了些改变："我放弃了我告诉过你的原来的设想，对我的新小说我有个非常有趣的新的构思。"福斯特在《狄更斯传记》中接着写道："不久我就知道，这故事是讲一个舅父怎样谋杀一个甥儿，它的新颖之处在于书末谋杀者回顾自己的谋杀行为，这时在他的想象中，罪犯似乎已不是他，而是另一个受到诱惑的人。在巧妙的安排下，他像谈别人的事一般，说出了他干的一切，因而被关进了死牢，小说的最后几章便是要写这些的。”

作为狄更斯生前就指定的传记撰写者，福斯特的此番说明似乎合情合理，但仍有部分研究者认为福斯特的说明不足为据，理由有二：一是狄更斯在后期已与福斯特在情感上疏远，二是狄更斯时常变更自己的写作初衷。一篇发表在《雅典娜神殿》上的文章指出：“这本书尚处于它的幼儿期。先前的《我们共同的朋友》达到了67章，《远大前程》总计59章，《荒凉山庄》有66章。我们完全有理由推断这部《德鲁德疑案》也将有这样的长度。”① 因此有关小说的结局必然给读者和批评者提供想象力驰骋的空间。

关于小说的类型，评论界历来存在两种不同的看法。一种认为它是一部侦探小说。这个看法在20世纪二三十年代侦探小说的全盛时期特别流行，不论是爱好侦探小说的读者还是研究者都千方百计按照侦探小说的规格对它进行各种臆测，把这部小说纳入侦探小说的阵营。一般读者则出于好奇心，也往往附和、推波助澜，因此一提到《德鲁德疑案》，总冠以侦探小说的名称。

侦探小说是资本主义社会矛盾逐渐加深，社会罪恶层出不穷，为保护资本主义私有财产制度进行的斗争日趋复杂化情况下的产物。评论界把它的渊源追溯到爱伦·坡的作品，但作为一种以侦查案情为中心的通俗小说，是在19世纪80年代以后，随着柯南道尔的《福尔摩斯探案》畅销一时而逐渐形成的。在狄更斯生活的维多利亚时代，这类作品还处在雏形阶段，代表作家就是威尔基·柯林斯。柯林斯与狄更斯有过十多年的密切交往，两人在美学上也有一些共同点，如都强调作品的趣味性，强调曲折离奇的情节等。柯林斯还参与了狄更斯主编的《家常话》和《一年四季》两刊物的编辑工作，并与狄更斯合作写过一些短篇小说，仿佛就是狄更斯的追随者和学生。1868年柯林斯的《月亮宝石》发表在《一年四季》上，

---

① From Unsigned Reviews of *The Mystery of Edwin Drood*, *Athenaeum*, 1 April, 1911.

这部作品被评论界称为“真正的侦探小说”，而1868年正是狄更斯构思《德鲁德疑案》的前一年，于是根据这些原因评论界，声称狄更斯有意模仿柯林斯，成为“他的学生的学生”。

持这些意见的包括当时颇有影响的学院派批评家伊迪丝·塞姆考克斯（Edith Simcox），他在《阿卡德米》（*Academy*）杂志上将《德鲁德疑案》与柯林斯的《月亮宝石》进行比较，指出二者在创作技巧上的相似之处。

事实上，《月亮宝石》发表后，狄更斯对它的评价是不高的，他说：“小说的结构非常枯燥，而且整个小说中充满了一种无法根治的自以为是的情绪，这只能引起读者对它的嫌恶。”由此可见，狄更斯对这样的侦探小说是不满的，更谈不上向它效法，步它的后尘了。

另一种看法认为，《德鲁德疑案》是狄更斯整个创作道路的继续，不能把它与他以前的小说完全割裂开来，因此也根本不存在所谓的“开创新的写作道路”，“转变方向”等问题，前面提到的安格斯·威尔逊便持这种看法。威尔逊是英国著名的狄更斯研究者，他指出，那些强加给这部小说的侦探小说手法“不属于维多利亚时期，它们是在21世纪形成的侦探故事中产生的”。一篇发表在《旁观者》报上的评论就将《德鲁德疑案》与狄更斯先前创作的《荒凉山庄》《远大前程》等小说的创作风格联系起来。该评论者认为疑案是狄更斯制造悬念的一种策略，如狄更斯在《荒凉山庄》中设计的贾迪斯控贾迪斯案也是疑案，《远大前程》中囚犯马格维奇不透露真实身份资助匹普进入上流社会也是匹普一直追寻的谜等。他认为狄更斯自始至终都是一个伟大的批判现实主义作家，他所有的作品，包括《德鲁德疑案》都没有偏离这条道路。狄更斯始终把文学创作看作具有崇高社会使命的工作，从来没有后退到把文学创作当作纯粹追求艺术趣味或曲折离奇情节的东西。仅仅因为作品中出现了“疑案”，或者侦探类的角色，便将之归入侦探小说一类，是缺乏说服力的。

总而言之，狄更斯去世后，《德鲁德疑案》一直在研究界占有重要位置，据企鹅版《德鲁德疑案》编者在1974年的统计，除续作、改作之类不计，以该书为名的研究专著就达11部，论文则达数百篇。值得思考的是我国对于该作的研究尚处于空白状态。

第三节 研究专著、编著

随着狄更斯研究传记的不断涌现，许多研究狄更斯的专著也应运而生。弗雷德里克·吉·基特（Frederic G. Kitton）在该阶段出版了八部狄更斯研究专著，是位多产的狄更斯研究者。乔治·吉辛出版了《查尔斯·狄更斯批评研究》(*Charles Dickens: A Critical Study*)，吉·基·切斯特顿出版了《查尔斯·狄更斯研究》（*Charles Dickens*)，这两部重要的研究专著使他们成为20世纪最重要和最具影响力的狄更斯研究专家。除此之外，不少文学史作品将狄更斯囊括其中，辟有相当篇幅对狄更斯进行专题评论。这些世界文学史或英国文学史中的狄更斯研究足以证明在19世纪末20世纪初狄更斯作为重要的作家已载入不同国家的文学史册。

一 研究专著

1872年由吉尔伯特·皮尔斯（Gilbert A. Pierce）编著出版的《狄更斯字典》（*The Dickens Dictionary*）是迄今最详尽的关于狄更斯作品的字典。该书囊括了狄更斯公开发表的所有长篇小说、短篇小说和非小说。著者编排方式清晰合理，按狄更斯小说发表的时间为序，以单部作品独立为章，每章首先简要介绍该部作品的主要内容，随后介绍作品中所有出现的人物角色，最后选编作品中的精彩片段以飨读者。该书不含编者个人评论，也不具备学术价值，但销售量甚是喜人。对狄更斯作品的爱好者或是初读者来说，《狄更斯字典》都是必备的案头读本。

在狄更斯研究领域，弗雷德里克·吉·基特是一位无法绕过的重要研究者。他从1890年开始从事狄更斯研究，到1904年逝世，十余年间出版了八部狄更斯研究著作。《狄更斯研究者：有关狄更斯文学与创作的参考文献》(*Dickensiana: A Bibliography of the Literature Relating to Charles Dickens and his Writing*, 1886）详细介绍了狄更斯所有小说的主要内容；《作为小说家的查尔斯·狄更斯》(*Charles Dickens, By Pen and Pencil*, 1890）是一部回忆集，描述狄更斯生前的逸闻琐事；1897年和1900年他分别出版介绍狄更斯长篇小说、短小说和非小说故事梗概的册子；1899年的《狄更斯与他的插图者》（*Dickens and his Illustrators*）反映了狄更斯与历任插图者之间的关系以及那些滑稽的插图是怎样与狄更斯小说中的人物相得益彰的；传记《查尔斯·狄更斯》展现了作家的性格与生活各方面的复杂关系；1903年基特编辑出版的《狄更斯诗歌集》（*The Poems and Verses of Charles Dickens*）首次展现了狄更斯在诗歌方面的天赋，尽管狄更斯诗歌创作的光芒一直掩盖在其小说之下；1911年的《狄更斯的国度》（*Dickens Country*）则是在基特死后出版的。在基特的所有狄更斯研究著述中，《狄更斯的国度》是最受评论推崇的。基特采用考证型的历史研究方法，企图还原狄更斯小说中的各个故事发生地。该书曾一度激发部分研究者对狄更斯小说人物原型的探究。归纳基特的研究，我们可以看到他几乎不涉及评论，虽然他曾想结合狄更斯的生平来评论他的小说，但后来放弃了这个打算，他相信会有大量的年轻学者去探索，于是他选择了采用搜集、积累的手段，通过介绍和普及的方式，为狄更斯研究者们提供全面有效的参考文献，这些也充分体现了他扎扎实实的学术研究态度。

19世纪末20世纪初最重要、最有影响力的狄更斯研究者莫过于乔治·吉辛了。吉辛起初从事小说创作，而且深受狄更斯创作的影响，后来转向专门从事狄更斯研究。吉辛坚持小说的本质是理念高于现实的创作原则，在此美学原则和艺术标准的基础上，他分析狄更斯创作的得失，并于1898年出版了第一部研究专著《查尔斯·狄更斯批评研究》。这本书被评论界称为狄更斯现代批评的起点。吉辛熟读狄更斯的每一部作品，也意识到时下的狄更斯批评渐渐式微。他借助亨利·詹姆斯文学批评实践方法，对狄更斯的小说文本和创作形式下功夫研究。吉辛把狄更斯的小说作为艺术作品加以探讨，他不将狄更斯的不同阶段小说分等级、评优劣，也不将狄更斯的小说与其他作家的作品进行比较或借助前人的研究成果、批评标准来界定，而是从狄更斯小说的内部出发进行细读，来研究狄更斯是如何选择题材、创作情节、刻画人物、组织结构和阐发主题的。这种不盲从前人研究成果，从文本出发的研究方法得出的结论自然是经得住考验的。如吉辛对狄更斯小说的讽刺艺术就有非常全面、到位的分析。

吉辛认为幽默讽刺是狄更斯作品具有历久不衰意义的主要原因。“狄更斯不但对英国比较美好的特征予以诗意的刻画，他也对英国加以讽刺。他的讽刺针对的常常是某些暂时性的弊端，因此一部分锋芒现在已经消失，若不是有讽刺作为伟大的防腐剂同他所有的著作混合在一起，恐怕就只剩下历史价值了；但是有许多讽刺还具有经久不衰的意义，并时常提醒我们，英国人那些较为严重的缺点不是靠区区几年的普及教育，物质和精神生活的普遍提高和真正民主精神的传播就能克服过来的。诚然，这些弊病有一部分或多或少是全人类所共有的，但其中最恶劣的似乎与民族性分不开。”

关于狄更斯小说讽刺的特点，吉辛认为：“狄更斯有一个最大的优点：哪怕在着重教训时，也能引起纵情的大笑。作者和读者之间这种彻底的契合是极为罕有的，这使一个富有天才的人得以把他所有的听众默默在心里嘀咕的话泰然地大声说出来。狄更斯从不搞过头，从不打击群众真正的信念……大体上说，他和读者是一致的，而他的改革力量也正在于此。”

就狄更斯小说的讽刺内容而言，他说：“他的讽刺涉及英国公众生活的大部分：教育、慈善、宗教、在最广泛意义上的社会道德、在最狭隘意义上的社会法律程序、政治机构和政府形式。由于他有说心里话的特权，他尽管亦庄亦谐，但总是以同样值得钦佩的精神瞄准最突出的时弊。他用整整一本书的篇幅写出了造成千家万户财散人亡的司法工作的极端事例；他在一期圣诞专号上一挥而就一篇精彩的小特写，使大家对火车站茶点室荒唐的缺点放声大笑。”我们对这种为了造福人群而孜孜不倦观察的广度惊异不止。

> 他的创作生涯开始时就致力于揭露教区、学校、教堂等地种种彰明显著的弊端，这是较自然的。这些都是最现成的题材，在他观察敏锐的童年时代和充当新闻记者期间，这些现象就在他的眼前。……狄更斯在整个教育领域反对的不是冷酷的残忍，而是迟钝的无知。……他在这方面正如在其他许多方面一样，是个带路人，正当英国特别需要在教育方面觉醒的时候，他教导他的读者多多想到儿童。不但他的讽刺，而且他所谓的伤感都服务于这样一个伟大目的。

关于狄更斯小说的讽刺语言，吉辛认为：“他的语言从不会变得令普通读者反感，原因很简单，就因为它避免使用神圣的名字和词句，而且看得出只有纯粹世俗的含义。”

在对狄更斯小说人物的评论上，吉辛继承了前辈批评家的观点，也认为狄更斯擅长刻画中下层阶级，对于上层社会的描写不如萨克雷。他肯定了狄更斯对儿童形象的刻画，认为狄更斯对骗子的刻画尤为精到；俾克史涅夫、特拜德、梅尔基泽代克·豪勒等让人们看到宗教的伪善；对经商和搞投机的暴发户的刻画体现了各个阶级对生意的认识和理解；对上流社会生活的人物进行了讽刺，但吉辛认为狄更斯对此类人群的讽刺不如对中产阶级刻画得那么成功。“同萨克雷的作品相比，狄更斯在这方面大大逊色，本来应该完全不涉足这个范围。同样，我必须说他插手政治也是不适宜的。”虽然吉辛肯定了狄更斯在描写讽刺人物上的精彩和成功，但他也客观地评价了狄更斯在塑造人物上的缺陷，“米考伯先生，俾克史涅夫先生，尤利亚·希普和狄更斯创造的全部重要人物都翻来覆去用同样的方式说同样的话。审美家望而生厌，文学家微笑摇头”。

但是瑕不掩瑜，尽管存在一些不足，吉辛依然认为狄更斯的讽刺和幽默是一种独特的艺术，这种艺术促成了他的成功。

> 我远远不赞同那些批评家把狄更斯称作运用漫画手法的作家，以为称赞他的幽默，就可以一笔把他打发开。在我看来，在他所有最优秀的作品中，他都追求一个同任何意义上的漫画大异其趣的理想；同时在其他情况下他允许自己运用一种强调，其性质与漫画家的强调相同，但是由于艺术上的高超和目标的真诚，完全脱离了各种卑下的联想。……他最精彩的幽默，最成功的讽刺，属于另一种艺术。要信服这一点，只需想到组成他最脍炙人口的肖像那么多种多样，全部是精心雕琢的细节就行。这种丰富的构思，这种在无数精妙细节上的坚持不懈，恰到好处的用笔，从来没有充分地得到公允评价。漫画是用粗略而简单的方法着手的，用它来形容狄更斯充沛的创作热情，并不比用来形容莎士比亚的散文戏剧更恰当。他们各自都是至高无上的理想

主义者。[1]

在《查尔斯·狄更斯批评研究》中，吉辛采用宏观与微观结合的研究方法，把狄更斯的小说看作一个有机整体，从创作思想和技巧等方面进行系统分析，显示出整体性、系统性的特点。在具体的论证中，他并未停留在一般的泛泛而论，而是深入到狄更斯小说的世界中，对小说进行具体入微的分析，在具体分析中形成自己独特的观点。吉辛的研究方法也标志着对小说家研究的一个重大转向，即将小说从看作公开演出的艺术形式转变为个人经验的艺术活动来进行研究。

《查尔斯·狄更斯批评研究》奠定了吉辛在狄更斯研究领域的地位。狄更斯研究者们对该书拍手叫好，并将吉辛与基特并列为两位最重要和最具影响力的狄更斯研究专家。克莱门特·肖特（Clement Shorter）在1903年则将吉辛选入排名第一的狄更斯研究专家。美国知名文学批评家埃德蒙·威尔逊在其论文集《创伤与神弓》（*The Wound and The Bow*, 1941）中称吉辛是“令人敬重的批评家”，他的“《查尔斯·狄更斯批评研究》不仅是狄更斯研究领域内的佳作，而且是19世纪末为数不多的一流文学批评研究著作”[2]。迈克尔·克罗宁（Michael Cronin）在《论吉辛对狄更斯的批评》一文中高度赞美吉辛在他的青年时代能对狄更斯作出如此切中肯綮的批评，指出吉辛将狄更斯研究往前推进了一大步。克罗宁认为吉辛的重要贡献还在于他将狄更斯定义为“一个政治上保守的中产阶级激进分子和道德家的集合体”[3]。

吉·基·切斯特顿是20世纪初狄更斯批评领域内一颗冉冉升起的新星，他于1906年出版的《查尔斯·狄更斯研究》掀起了狄更斯研究又一高潮。和吉辛一样，切斯特顿本人也是极具文学气质的诗人，有很高的文

① George Gissing. *Charles Dickens: A Critical Study*. London: Blackie, 1898, Chapter VI. 译文参考了黄佩铨译文，载罗经国《狄更斯评论集》。

② Edmund Wilson, *The Wound and The Bow: Seven Studies in Literature*. Boston: Houghton, Mifflin, 1941, p. 2.

③ Michael Cronin, “Gissing's Criticism of Dickens.” In *A Garland for Gissing*, ed. by Bouwe Postmus, p. 26. Amsterdam, Netherlands: Rodopi, 2001.

学素养，因此他的批评文章不仅生动活泼，笔力强劲，而且观点鲜明。切斯特顿一开始就认为自己卷入了一场与否定狄更斯伟大性的现实主义、自然主义和现代主义的战争，他认为"即使最挑剔的读者也应该认识到狄更斯是一位伟大的作家，哪怕他不是个好作家"。[①]

在《查尔斯·狄更斯研究》中，切斯特顿认为自己得益于吉辛，并认为吉辛是"最彻底的狄更斯批评家"。然而对于吉辛将狄更斯看作是激进分子和道德家，切斯特顿持保留意见，他认为狄更斯是一个永恒的乐观主义者，他的力量和乐观体现在他的人物和信念上。

> 衡量狄更斯的作品从来就是看人物，有时是看各类人物，更多的时候是看故事片段，但从来不用小说标准。人们不能讨论《尼古拉斯·尼克尔贝》算不算一部好小说，或者《我们共同的朋友》算不算一部好小说。严格地说，并不存在《尼古拉斯·尼克尔贝》这类小说。它们不过是从那种叫作狄更斯的流动不息的混合物质中分割出来的段落。这种物质中任何一个特定段落必然同时包括一部分特别出色和一部分特别糟糕的东西。你尽可以按照你的意见说："克伦姆兰斯这部分写得好极了"，或者"写波芬夫妇是个错误"。这种情况正像一个人望着河水从身边流过，时而看到漂过水面的花朵，时而看到浮现的片片渣滓，但是你却不能按艺术的标准把狄更斯的产品分成一部部的书。即使在他最差的著作中也能见到他最好的文笔。《双城记》是一部好小说，《小杜丽》不是一部好小说，但是《小杜丽》中的"兜三绕四部"那段描写却可以同《双城记》中的"台尔生银行"那段描写媲美。《老古玩店》比不上《大卫·科波菲尔》，但是斯威夫勒却可以和米考伯相提并论。一般来说，没有任何理由可以认为这些卓越的人物应该在这一部小说而不是在另一部小说中出现；没有任何理由可以认为山姆·维勒在漫游中不应该信步走进《尼古拉斯·尼克尔贝》一书中去；也没有任何理由认为巴格斯托克少校不会从《董贝父子》

---

① G. K. Chesterton, *Charles Dickens*. London: Methuen, 1906, p. 2.

> 中出来，一下子走进《马丁·朱述尔维特》。对于这个概括的看法要来点修正。《匹克威克外传》别具一格，甚至还有一种不强求统一的统一性；《大卫·科波菲尔》也别具一格，尽管稍逊一筹，因为写他自己的只有这一部书；《双城记》之所以别具一格是由于它是狄更斯稍稍改头换面的结果。整个看来，应该牢牢掌握住这一点：狄更斯的作品——基本组成元素——并不是故事，而是那些影响故事的人物，或者说，更常见的是那些不影响故事的人物。

因此，切斯特顿对那些斥责狄更斯人物夸张、情节失败，贬低狄更斯小说不真实的批评家说：“狄更斯并没有创作一种文学；他创作的是一种神话。……与其说狄更斯是一位小说家，不如说他是一位神话家。他并不总能把他笔下的人物写成人，但他至少能把他笔下的人物写成神，他们是笨趣或圣诞老人一类的人物。他们过着不变的生活，永远过着自己的盛夏季节。狄更斯的目的不在于显示时间和环境对人物所产生的影响，甚至不在于显示人物对时间和环境所产生的影响。顺便说一下，值得注意的是：只要他想写人物的变化，准会弄得一团糟，例如写董贝的忏悔或波芬的明显堕落。他的目的乃是把人物悬在快乐的真空当中，悬在一个脱离时间的世界当中，也就是悬在一个基本上脱离环境的世界当中。”

> ……狄更斯接近通俗的宗教，这种宗教是最后的可靠的宗教。他设想出一种永无止境的快乐，他设想出像喜欢恶作剧的妖精和半人半羊的牧神一样永远存在的人物，这类人物世世代代活下去的愿望是无止境的。作为作家，狄更斯的出现不是为了让他的人物模仿生活或模仿生活的狭小圈子，他的出现是为了让他的人物享受丰富的生活。因为基督教徒想让生活永不停息就说基督教徒是生活的仇敌，这固然荒谬；因为旧的喜剧作家希望他们那些不变的人物永远存在而说这些作家呆板，那就更荒谬了。通俗的宗教给人无穷的快乐而旧的喜剧故事则给人无穷的笑谈，这两者在我们这个时代都销声匿迹了。我们已经软弱到不再需要那种永不衰竭活力的程度，我们相信人们享受好事情

会过了头，这种不敬的信念一下子把人们向往的天堂都化成泡影。古代敢于蔑视上帝的大人物并不惧怕永世的折磨，我们却变得害怕永世的快乐。我并不想在那些喜欢生活和长篇小说的人同那些喜欢死亡和短篇小说的人之间做出选择。我只想指出，有些人认为狄更斯的永不改变的人物以及反复出现的口头语僵硬不化和停滞不前，那是因为他们完全不理解他作品的立意和性质。狄更斯的传统是另一个传统，他的目标也是另一个目标，完全不同于现代小说家的传统和目标，现代小说家追求的是经验的变幻和人物的成熟。狄更斯站在那里创造神，像所有时代的平民一样；他站在那里，像我说过的那样，夸大生活中的生活面。他内心所赞扬的乃是两位朋友之间通宵对饮畅谈时的那种精神。然而对他来说，他们就是两位永生的朋友，从取之不尽的酒瓶中不断倾酒对饮，彻夜不停地交谈着。①

在切斯特顿看来，匹克威克世界里的乐观主义和理想主义是狄更斯所独有的，也正是狄更斯的这种“永恒的乐观精神”奠定了他无论在过去、现在还是将来作为伟大小说家的地位。《查尔斯·狄更斯研究》在1913年再版，并在切斯特顿逝世后更名为《查尔斯·狄更斯：最后一个伟大的人》(*Charles Dickens*: *The Last of Great Men*，1942）重新出版。除了出版《查尔斯·狄更斯研究》外，在两次世界大战期间切斯特顿还出版了多本杂文集。在这些杂文集中，狄更斯也是他讨论的对象。切斯特顿还在各种著名杂志上频频亮相，对狄更斯及其小说发表许多颇有独创见地的批评文章。

近半个世纪来，切斯特顿一直受到狄更斯崇拜者们的拥护。然而在《查尔斯·狄更斯研究》发表之初，切斯特顿也遭受了不少质疑。如切斯特顿的编辑之一亚历山大·伍尔科特（Alexander Woolcott）就指出切斯特顿的研究不是一种行之有效的批评而是“高唱赞歌”。美国学者保罗·埃尔默·莫尔（Paul Elmer More）则更为尖锐地指出：“狄更斯受欢迎的程度在20世纪丝毫未受损，切斯特顿和某些狄更斯研究者们只是在建立假想敌

① G. K. Chesterton, *Charles Dickens*. London: Methuen, 1906, pp. 34—38. 译文参考了张金言译文，载罗经国《狄更斯评论集》。

进行实战演习，他们与自己意识中的反狄更斯主义们进行斗争。”[1] 经验告诉我们，任何事物在诞生之初都可能面临毁誉；但事实证明切斯特顿的《查尔斯·狄更斯研究》不仅对当时的小说创作和研究有一定的指导意义，对今天的读者依然具有一定的参考价值，许多观点今天仍经得起推敲。

在众多的狄更斯研究者中，阿尔伯特·肯尼（Albert S. Canning）也是成果较为突出的一位，他在 1911 年至 1912 年分别出版了《狄更斯与萨克雷三部小说研究》（*Dickens and Thackeray Studied in Three Novels*）和《狄更斯六部小说研究》（*Dickens Studied in Six Novels*）。在前部著作中，他亲切地称狄更斯为“社会批评家”，他认为狄更斯的创作目的“不是为了诱使压迫最深和遭遇最惨的下层人民发动革命”，而是“促使英国的议会和上层阶级纠正现存的错误、缓解下层人民的痛苦”。[2] 在后部著作中，他选取了狄更斯不同阶段创作的六部小说：《奥列佛·退斯特》《老古玩店》《巴纳比·拉奇》《马丁·朱述尔维特》《大卫·科波菲尔》《埃德温·德鲁德疑案》作为研究对象，采用传统的文本分析、人物形象解读等研究方法进行。我们从他对《奥列佛·退斯特》一书的研究中可窥一斑。

肯尼首先对《奥列佛·退斯特》进行了细读，介绍故事的梗概，并对小说的次要人物群像进行了分析。他认为狄克是第二个奥列佛，是奥列佛的影子，从他的身上展现了贫民习艺所对儿童的极端虐待。狄更斯安排了狄克的死亡旨在警示读者，许多像奥列佛一样处境的贫儿终将面临死亡；狄更斯安排奥列佛机智地脱离危险，是通过释放读者的情感来让读者对未来充满希望。狄更斯在小说中没有细述狄克的死，这种写作技巧类似于司各特在《艾凡赫》中轻描淡写为挽救女主人公丽贝卡而被烧死的犹太夫人所用的写法。他认为这种欲扬实抑的写作技巧更有感染力。

肯尼对《奥列佛·退斯特》中的坏人形象和司各特塑造的坏人形象进行了比较。认为两者在塑造此类人物形象上有两点不同：一是人物产生的真实性不同。司各特小说中的抢劫犯、小偷、海盗、亡命之徒等真实展现

---

① Paul Elmer More, “The Praise of Dickens.” *Shelburne Essays.* 5th series, p. 22, New York: Putnam, 1908.

② Albert S. Canning, *Dickens Studied in Six Novels.* London: T. Fisher Unwin, 1912, p. 21.

了人的本质，作者在塑造人物形象时辅以历史的、经典的典故，所以阅读司各特的小说，读者需要有良好的文学修养方能理解小说的思想和人物的内涵。而狄更斯塑造的小偷、盗贼则相对夸张，如赛克斯的邪恶就超出了人类本性，《奥列佛·退斯特》中的坏人几乎都到了无法救赎的地步。二是作者对待人物的态度不同。狄更斯情感丰富，他在《奥列佛·退斯特》的前言里表达了自己对南希的深深同情。司各特塑造人物有非常完美的自我控制能力，他可以让读者对他的人物或憎恨，或同情，而他自己则岿然不动，冷眼旁观。司各特冷静的创作特点也让他避免了人物的夸张和前后矛盾。

肯尼在《狄更斯六部小说研究》中对其他五部小说的批评方法与此类似。综观肯尼的研究，我们大致可以总结出他的研究特点：首先，在分析每部小说之前，肯尼通常介绍小说的情节和人物，然后，对一些前人研究的薄弱点进行补充研究，如对小说中被忽视的牧师群像、坏人群像、爵士群像等的研究，通过对人物的细致分析，将狄更斯与司各特、菲尔丁、萨克雷等作家进行横向比较，得出自己的比较研究结果。肯尼的研究专著由一些赏析性的文章组成，这些文章并非面面俱到地谈论作品的思想内容、艺术特色，而是侧重于人物，同时将自己阅读狄更斯小说的感受传递给读者，所以语言生动活泼、浅显易懂。不过，这些优点同时也是他专著的缺点，因为肯尼只选取狄更斯的部分小说来论述，而且对论述的每部小说也只是谈论自己感受较深的某些方面，因而他的专著从整体性和系统性上略显不足。

20世纪初，埃德温·皮尤（Edwin Pugh）首次提出"狄更斯是社会主义者"的观点。他的专著《查尔斯·狄更斯：人民的使者》（*Charles Dickens: The Apostle of the People*）从一开始就颇具争议。在书中，皮尤声称"狄更斯毫无疑问是社会主义者，只是他不自知罢了"①。皮尤认为狄更斯一生热衷于政治，提倡社会正义，且他的小说具有民主精神，偶尔还有激进的理念。皮尤在书中也颇为详细地论述了狄更斯的小说，但旨在维护他的"狄更斯是社会主义者"论。他写道："在所有狄更斯的小说中，《远大

① Edwin Pugh, *Charles Dickens: The Apostle of the People*. London: New Age Press, 1908, p. 315.

前程》是最受现代作家喜爱的，在我看来，也是最好的一部。无论从哪个方面和视角来欣赏，它都是最好的——除了从社会主义角度来看。"① 他自信满满得出结论："狄更斯是可敬可爱的穷人们的拥护者，他的最终目标是为了建立一个更好的社会。"②

皮尤对狄更斯小说的肯定和对狄更斯的定义基于两种原因，一是埃德温·皮尤本人也是一位小说家，且自称为"感伤主义道德家"，他一直认为自己是与狄更斯同类的小说家；二是埃德温·皮尤本人一直以"社会主义者"自居，他很明确地表示，对狄更斯小说的批评"是为了服务于当下的目的"。

皮尤的"狄更斯是社会主义者"论很快在批评界引起了反响。吉·基·切斯特顿随后在《伦敦新闻画报》撰文评价皮尤的观点，他认为皮尤先生并未真正理解"社会主义"的根本内涵。切斯特顿指出：

> 将狄更斯作为社会主义者（他可能是也可能还不是）的皮尤理论，的确并无特殊之处，一点也不比将狄更斯作为民主主义者（他肯定是）的皮尤理论更加特别。在读了皮尤先生所有对狄更斯的民主主义的大力颂扬之后，我心中产生了另一种疑问，我完全相信狄更斯是一个民主主义者，我唯一怀疑的是皮尤先生是不是。如果民主主义建立在与人民大众的友谊和需求统一之上的话，那么皮尤先生反而是个反民主主义者。比如（不得不写下这些有点骇人听闻的话），他没有真正喜欢过《匹克威克外传》，他抱怨此书"油嘴滑舌、轻松愉快地忽视重大问题"，"公然以客观的态度处理题材"，因此，乍看起来十分奇怪，一个不喜欢《匹克威克外传》的人竟然会喜欢狄更斯。这个世界上有数以百计技巧精致、内容同情、结构匀称的小说，但只有一部《匹克威克外传》。然而看起来更为奇怪的是，一个觉得《匹克威克外传》这种葡萄酒和白兰地过于粗糙不对他胃口之人，却既能将其创作者视为自己心目中的英雄，又能把他作为大众的代表……至于社会主义的问题，本来是非常简单的；但正是诸如皮尤先生这样的爱挑

① Edwin Pugh, *Charles Dickens*: *The Apostle of the People*. London: New Age Press, 1908, p. 250.
② Ibid., p. 281.

剔的现代人士不能将自己也弄得简单一些，以至于无法理解它。狄更斯讨厌的不是个人主义，不是商业主义，不是世袭的规则，也不是自由竞争，他不喜欢的是专制暴政。他不局限于帮助普通民众抵抗领主，帮助国家抵抗资产者，帮助工人阶级抵抗托拉斯，甚至也不局限于帮助穷人抵抗富人，他帮助的是弱势群体，抵抗的是强权阶层。掌权的人可能是一位个人主义的商人或者一位社会主义的官员，狄更斯的任务是提醒他，他是一个人，因此，他也可能是一个邪恶的人。①

埃德温·皮尤的狄更斯批评是一种典型的将文学批评作为功用的做法，这种做法在两次世界大战期间非常普遍。后来部分研究者为了某种利益或目的，给狄更斯冠以不同的称号，如"公众慈善家""人民信徒"等。基于这些现象，1910 年《学者》（*Bookman*）的主编马茨（Bertram Waldrom Matz）曾呼吁"对狄更斯小说的巨大影响力决不能盲目地过高评价"②。

除了上述综合性研究专著外，该阶段两部比较研究专著也产生了不小的影响。塞缪尔·达韦（Samuel Davey）1876 年出版的专著《达尔文、卡莱尔与狄更斯》（*Darwin, Carlyle, and Dickens, With Other Essays*）和詹姆斯·克拉伯·瓦特（James Crabbe Watt）1880 年出版的《伟大的小说家们：司各特、萨克雷、狄更斯与李顿》（*Great Novelists: Scott, Thackeray, Dickens, Lytton*）分别将狄更斯与同时代的名人、作家进行了深入的比较研究。

塞缪尔·达韦在专著《达尔文、卡莱尔和狄更斯》中按照自己的取向分别选取在科学、散文和小说三个方面最具时代意义的三位人物来著书立说是有一定依据的。在他看来，随着科学技术的加快发展，达尔文划时代的进化论给了传统信仰以猛烈冲击，这些冲击促使维多利亚时代散文与小说的快速发展。散文文学有卡莱尔的《法国大革命》和《过去和现在》、麦考莱的《英国史》、罗斯金的《威尼斯之石》、穆勒的《论自由》等。小说更是成果累累，狄更斯采取逐期连载长篇作品的方式发表了十多部家喻户晓的小说，司各特从 1814 年起写了 27 部长篇历史小说，用雄迈的文

① G. K. Chesterton. "Dickens as a Socialist." *The Illustrated London News*, 2 January, 1909.

② *Bookman*. Extra Number, *Charles Dickens*. London: Hodder & Stoughton, 1912, p. 70.

笔再现了苏格兰、英格兰和欧洲历史上的一些有突出意义的事件，萨克雷的《名利场》用文雅的笔法讽刺了上层社会的贪婪和欺诈，盖斯凯尔夫人用同情的笔调写工人斗争等。依照达韦的观点：文学的繁荣与科学的进步是相互促进、相互影响的。

在论及狄更斯时，达韦花了颇多篇幅来为狄更斯“定位”，他认为狄更斯不仅是维多利亚时代最受欢迎的小说家，也是英国文学史上优秀的作家之一。达韦尤为赞赏狄更斯不惧揭露“社会黑暗”的气概和其小说所体现的“道德思想”。在他看来，狄更斯真实生动地揭露了维多利亚时代富丽堂皇的表面下黑暗的英国社会生活，他用生动而热情的笔触描绘了下层阶级及他们的悲惨生活。他把贫民窟、小客栈、贫民收容所、债务监狱等悲惨的生活景象写入了文学作品，对那些穷人与正直的劳动者给予了最大的同情。另外，他以讽刺的笔法，对新兴的工厂主、银行家等资产阶级以及资产阶级社会、资产阶级虚伪的“民主政治”和“党派活动”、资本主义制度下的不平等和不合理现象、资产阶级法律的非人道本质都作了无情的揭露和抨击。这些揭露反映了狄更斯道德思想的核心即人道主义，他主张人与人之间不管身份、地位、财富如何悬殊，在人格上应该一律平等；他呼吁富人与穷人克服各自的偏见，互相谅解，通过互爱共同建立美好社会。

此外，达韦也直言不讳指出狄更斯虽是最受大众喜爱的小说家，却并不是最伟大的小说家。他认为狄更斯的小说一方面具有深刻而有力的批判、揭发力量，另一方面也含有不少的消极因素。由于他对资产阶级存在幻想，致使他的思想和艺术都受到了很大限制。[①]

与达韦同类型的比较研究专著还有詹姆斯·克拉伯·瓦特的《伟大的小说家们：司各特、萨克雷、狄更斯和李顿》。和达韦不同的是，瓦特把研究的重点集中在狄更斯的性格而非他的小说上。他把狄更斯等同于卡莱尔《英雄与英雄崇拜》中的文人英雄[②]。瓦特采取心理分析的方法，得出

---

① Samuel Davey, *Darwin, Carlyle, and Dickens, With Other Essays*. London: James Clark, 1876, pp. 121—156.

② 卡莱尔在《英雄与英雄崇拜》中列举了六类英雄：神灵英雄、先知英雄、诗人英雄、教士英雄、文人英雄和君王英雄。卡莱尔坚信历史的运动、潮流和趋势都是由英雄们的个性和行为所左右的。他认为文人英雄是万物的灵魂，他们教导的东西，整个世界都将仿照和创造出来。

结论：任何天才都是由他童年的经历造就的。童年经验包蕴着丰富的人生真味和深厚的人性内涵，是一种深刻的生命体验，具有普遍的人生意义，直接影响着作家对现实生活的感知方式、情感态度、选择取向、审美倾向、艺术追求和作品的基调、风格。作家童年时代体验过的刻骨铭心的东西一般难以消磨，并影响其创作。瓦特由此得出狄更斯性格的形成与他的童年经历至为相关，狄更斯坚强而敏感，自信中隐含自卑的性格源于他苦涩和不幸的童年；他的创作时常对自己的童年、青年体验投去深情的一瞥，从某种意义上说狄更斯的作品是对其童年经验的重塑和变形。[①] 瓦特在专著中再现了“历经艰辛，于逆境中大获成功的”狄更斯。遗憾的是，在整部专著中瓦特只评述了《匹克威克外传》《奥列佛·退斯特》《尼古拉斯·尼克尔贝》和《老古玩店》四部早期创作的小说，对于其他十部长篇小说仅用了两页纸一笔带过。

二 文学史中的狄更斯研究

除了研究专著外，文学史中有关狄更斯的部分也是这一时期狄更斯研究的重要组成部分。如莱斯利·斯蒂芬（Leslie Stephen）的《国民传记词典》（*Dictionary of National Biography*, 1885）、玛格丽特·奥利芬特夫人的《维多利亚时期的英国文学》（*The Victorian Age of English Literature*, 1892）、乔治·圣茨伯里（George Saintsbury）《十九世纪文学史（1780—1895）》（1896）和《剑桥英国文学史》（1907）、查尔斯·达德利·沃纳（Charles Dudley Warner）的《世界最佳文学》（1897）、威廉·道森（William Dawson）的《英国小说的缔造者们》（*The Makers of English Fiction*, 1905）、霍尔布鲁克·杰克逊（Holbrook Jackson）的《伟大的英国小说家们》（*Great English Novelists*, 1908）、理查德·伯顿（Richard Burton）的《英国小说的大师们》（1909）和休·沃克（Hugh Walker）的《维多利亚时期文学史》（*The Literature of Victorian Era*, 1910）等。这些文学史论述狄更斯主要涉及其生平、创作及影响等方面。

---

① James Crabbe Watt, *Great Novelists*: *Scott*, *Thackeray*, *Dickens*, *Lytton*. Edinburgh: Macniver and Wallace, 1880, pp. 163—218.

莱斯利·斯蒂芬在《国民传记词典》一书中辟有相当篇幅对狄更斯进行专题评论。在评述中，他首先扼要勾画了狄更斯的一生，肯定了狄更斯作为编辑的职业生涯，认为狄更斯在创办《一年四季》和《家常话》两刊物中既体现了作家的创作才能和独特审美眼光，又展现了成功商人的一面。斯蒂芬用事实向读者证明狄更斯是一名出色的编辑，他认为狄更斯极擅交际，如他在确定《家常话》后就雷厉风行，四处奔波，走访当时最优秀的批评家、社论作家和记者，提供他们优于在其他地方所得到的报酬；他编辑在杂志上的每篇文章都妙趣横生，引人入胜；他申明办杂志的宗旨是"要求杂志办得活泼、活泼、再活泼"！斯蒂芬认为严肃的办刊态度和别具一格的创刊宗旨成就狄更斯为一名出色的编辑和商人。

然而，斯蒂芬的这一肯定与福斯特在其传记中对狄更斯的描述大相径庭。福斯特在《查尔斯·狄更斯传》中说"再也找不出比狄更斯更糟糕的编辑了"。史蒂芬和福斯特相悖的评价孰是孰非，我们从当时反谷物法联盟的主要演说家 W. J. 福克斯那里可以找到对证。据福克斯所言，福斯特时任狄更斯杂志的编辑，他性格好强，经常与狄更斯意见相左，在编辑部常制造矛盾。由此，我们对福斯特的评价就得抱持怀疑的态度了。

此外，斯蒂芬在评述中也谈及了狄更斯的创作，他认为狄更斯的创作展现了两个特点：兴高采烈的动物精神和丰富多彩的喜剧色彩。对于狄更斯出版的长篇小说，他也认为早期作品优于后期，因为在早期作品中"狄更斯既是成功的讽刺家也是高超的幽默家"。斯蒂芬在肯定狄更斯的同时，也直言不讳地指出："狄更斯的缺点也是显而易见的，并体现在他的创作中。"① 他认为狄更斯的小说是通俗文学，情感和思想缺乏深度，适合没有受过教育的普通大众。

玛格丽特·奥利芬特的《维多利亚时期的英国文学》对19世纪的英国文学作了整体概述和评价。狄更斯作为维多利亚时代重要的小说家之一，自然成为奥利芬特夫人讨论的重点。遗憾的是，奥利芬特夫人对狄更斯的评价三十年如一日，不曾发生改变。她曾于1862年在《黑木杂志》上以"感伤小说"为题将狄更斯的《远大前程》与柯林斯的《白衣女人》

---

① Lesilie Stephen, ed., "Charles Dickens." In *Dictionary of National Biography*. 1885, Vol. 5, pp. 925—937. London: Smith, Elder.

进行对比，她不光认为前者远逊于后者，更严厉批评狄更斯任意浪费自己的艺术才华，称他是“不堪忍受创作劳苦的耍点小聪明但粗心的孩子”。在这部著作中，奥利芬特夫人再次重申之前对狄更斯的判断，并给狄更斯的小说贴上“感伤主义小说”的标签，指出狄更斯小说的首要特征是情感泛滥，无论在内容还是形式上都着重情感的表现。她认为在狄更斯作品中情节和人物塑造始终臣属于情感。相对而言，对于狄更斯早期的创作，奥利芬特夫人褒多于贬，她说：“虽然狄更斯从未因为其讲述的故事而获得赞誉，他的故事也从未特别成功，但是至少他在早期创作中创造了一些让人难忘的人物。”① 她对狄更斯后期创作极为反感，认为作家脱离现实，完全放任个人感情，沉迷于多愁善感之中，带有浓厚的悲观绝望情绪。

乔治·圣茨伯里是20世纪英国颇具影响力的文学史家、批评家。他著述颇丰，先后在其出版的《十九世纪文学史（1780—1895）》《剑桥英国文学史》《英国小说史》《英国文学论文集》《英国文学简史》中开辟专门章节介绍并评论狄更斯及其创作。他在《更正印象：维多利亚作家评论集》（*Corrected Impressions: Essays on Victorian Writers*, 1895）一书中指出：“当前学术界的狄更斯研究似乎已处于一种混乱状态。”② 这种混乱状态导致了狄更斯的声誉在19世纪末逐渐下降。作为19世纪末20世纪初最具影响力的学院派批评家，圣茨伯里的批评在学界中产生了巨大影响。圣茨伯里在他的许多专著中对狄更斯及其作品进行了较为猛烈的攻击：“狄更斯是一个优秀的幽默家，但绝不是一个伟大的小说家”，“他的特长是幻想，他的行为主义和夸张的创作方式局限了他的创作技巧”，“他不会构思情节，他不了解上层阶级，他也缺乏自我批评和反省的能力”。③ 在《英国文学简史》中，他还细列了狄更斯创作艺术上的种种缺陷，他认为“狄更斯最大的缺陷就是缺乏深刻的思想，总喜欢凭着自己半吊子的了解和认识高谈阔论”④。在圣茨伯里看来，狄更斯不是社会理论家，且对当时社会问题的看法模糊不清，甚至相对偏

① Margaret Oliphant, *The Victorian Age of English Literature*. London: Tait, 1892, p. 252.

② George Saintsbury, *Corrected Impressions: Essays on Victorian Writers*. London: Heinemann, 1895, p. 117.

③ Ibid., p. 130.

④ George Saintsbury, *A Short History of English Literature*. London: Routledge, 1898, p. 743.

激，但他总是凭借自己的想象力和夸张手段创作出具有新闻报道效果的小说。圣茨伯里认为虽然狄更斯满口激进派的话语，但其实他未必能真正理解其中的内涵；狄更斯不断对社会问题发起攻击的行为，圣茨伯里表示无法理解更不能原谅。

对于狄更斯早期具有乐观精神的小说，圣茨伯里也并未吝啬赞美之词。在20世纪初期肯定狄更斯早期作品的观点很多，狄更斯在19世纪末大洋彼岸的美国也拥有广泛的读者，这些作家、学者、艺术家都坦言钟情于狄更斯的小说，感谢狄更斯小说给他们童年生活带来的美好记忆。但相反的声音依然存在，只不过较生前已大为减少。而且所谓反向声音也只是不痛不痒的批评或“夸张、不真实”之类的泛泛而论，本质上并没有超越此前的批评。

美国小说家、评论家查尔斯·达德利·沃纳在其主编的八卷本作《世界最佳文学》（1897）中就明确指出虽然狄更斯在全世界仍然拥有广泛读者且享有很高的知名度，但是他在学术批评界的声誉却不断下降。《世界最佳文学》中收录了世界各国具有一定影响力的作家及他们的文学作品，包括与狄更斯同时代的司各特、萨克雷、乔治·艾略特等知名小说家。有关狄更斯的部分由劳伦斯·赫顿（Laurence Hutton）撰写，他仅用了较短的篇幅勾勒了狄更斯的生平和创作，惜墨如金般地肯定了狄更斯创造了许多让人难忘的角色。1897年，美国评论家克莱蒙特·肖特在《维多利亚时代的作家及作品》中论及狄更斯时如此写道：“毫无疑问他是我们时代广受欢迎的小说家”，然而19世纪末大量的否定性批评已让他觉得“无法在英国文学界准确定位狄更斯”。[①] 在《英国小说发展史》（1899）中，耶鲁大学威尔伯·克劳斯教授（Wilbur Cross）详细阐述了英国小说的产生、发展和兴盛。在现实主义和理想主义之争中，克劳斯教授毅然把狄更斯列入理想主义小说家的行列。

威廉·道森在《英国小说的缔造者们》中对狄更斯的评价是积极乐观的。道森认为狄更斯是天生的艺术创作人才，他没有接受过正统的大学教育，没有学院派的陈规陋习、陈词滥调的束缚，加上不愿循规蹈矩、刻意

① Clement Shorter, *In Victorian Literature: Sixty Years of Books and Bookmen*. New York: Dodd, Mead, 1897, pp. 42—43.

求新和率性而为的性格以及敏锐的观察能力和丰富的想象力，这些铸就了他成为英国小说最伟大的缔造者。道森指出狄更斯虽然偶尔“有幻想、浪漫和哥特的倾向”,[①]（这些是道森所否定的艺术特点）但就总体的艺术成就而言，狄更斯的小过失是可以忽略不计的。对此，道森肯定地说：“虽然人们的审美品位会不断发生改变，作家们的声誉也起起伏伏，但无论怎样，狄更斯作为伟大的具有创造性艺术家的地位不会改变，他也不会被读者遗忘。”[②] 道森对狄更斯的评述是站在文学发展史的角度看的，他充分肯定了狄更斯的成就和影响。

美国批评家霍尔布鲁克·杰克逊在《伟大的英国小说家们》中用一章对狄更斯作了评述。杰克逊称赞狄更斯为19世纪30年代英国濒临死亡的创作文风带来了新的生命力。他认为《奥列佛·退斯特》是第一部完整意义上的描写童年生活的小说，这是在1837年之前还无人尝试的一种写法。许多18世纪的小说家通常在小说的前几章交代主人公的出生和童年经历，但不会用整部小说来讲述童年。同时，该小说还首次采用了儿童视角，通过儿童认知和成年人认知之间的差距来表现儿童的纯洁懵懂。杰克逊在肯定狄更斯文风的同时，也承认狄更斯存在不可回避的缺陷，如结构散乱、情感泛滥等。但他认为狄更斯“是给大家带来笑声和哭声的大师，他的天才像一盏明灯将永远照亮我们前行的道路”[③]。

理查德·伯顿则不像道森和杰克逊那般乐观，他的《英国小说的大师们》仅有很小的一部分是关于狄更斯的。他指出狄更斯尽管具有独特和旺盛的创造力，而且著述颇丰，但他早期的作品实在过于粗糙，根本不能称之为小说。

在文学史中，也有将狄更斯与其他小说家并举来介绍的。如休·沃克在《维多利亚时期文学史》中就单用一章将狄更斯与萨克雷一起介绍。毫无疑问，这种平行介绍常易于比较，突出彼此的优缺点。沃克在对狄更斯和萨克雷创作进行比较后，指出就社会讽刺家的身份而言，狄更斯远逊于萨克雷。

---

① William J. Dawson, *The Makers of English Fiction*. London: Hodder & Stoughton. Toronto: F. H. Revell, 1905, p. 109.

② Ibid., p. 122.

③ Holbrook Jackson, "Charles Dickens." In *Great English Novelists*, London: Grant Richards, 1908, p. 243.

他认为萨克雷正视现实问题，反对粉饰，对人物冷眼旁观，用犀利、尖锐的议论表达自己批判的态度；而狄更斯喜用浪漫主义的夸大手法，因此在社会批评的高度和力度上狄更斯与萨克雷存在差距。和切斯特顿一样，沃克在书中称“《匹克威克外传》是狄更斯最优秀的小说”[①]，而且认为狄更斯将创作题材转向社会问题是个重大的错误，因此在他看来，狄更斯在《小杜丽》后创作的作品，包括《远大前程》在内，都无法跻身于“一流文学作品的行列”[②]。沃克对于狄更斯批评的前景颇为悲观，他认为狄更斯在20世纪的声誉将会不断下降，且永远不可能恢复到其在19世纪的受欢迎程度。

安东尼·特罗洛普是维多利亚时代对狄更斯较为关注并在小说批评方面表现活跃的一位小说家。他在自己的《自传》里就对狄更斯表现出较为友好和宽容的态度。安东尼·特罗洛普开宗明义：“查尔斯·狄更斯是我们这个时代最受大众欢迎的小说家。也许他也是所有时代最受大众欢迎的英国小说家，这一点应该是毋庸置疑的了。狄更斯已经死了六年，他的书的销路却仍然像他生前一样。毫无疑问，家家户户都可以找到狄更斯的作品。所有说英语的国家都熟悉他的名字。大家喜爱甘普太太、米考伯、俾克斯涅夫和其他许多人物（这些人物的名字已经收进英语词典，变成大众熟悉的词汇）。他去世的时候，全国为他举哀；他下葬的时候，人们对他致敬。这一切都说明狄更斯已经深入人心。除了他本人所写的最后一部著作外，迄今为止，我说不出还有哪一本书比约翰·福斯特所写的狄更斯传记更得到大众的欢迎。这些都是无可争辩的事实。如果要对一个小说家的著作进行评论，像狄更斯那样受到大众爱戴就很能说明问题，几乎可以说明一切问题。一个小说家的首要任务是唤起读者兴趣。狄更斯的作品比任何作家的小说更为有趣。当然也有人不同意这种观点。他们认为有的书虽然有趣，但是有害，因为书中有不道德的趋向，它们教人犯罪，可是人们从来没有这样指控过狄更斯。他的教诲一直是有益的。”[③]

---

① Hugh Walker, "Dickens and Thackeray." In *The Literature of Victorian Era*, Cambridge: Cambridge UP, 1913, p. 665.

② Ibid., p. 677.

③ Anthony Trollope, *Autobiography*, 1905, pp. 74—76.

小说家威廉·豪威尔斯（William Dean Howells）也充分肯定了狄更斯小说所具有的教诲意义。他在自己的传记《我的文学情》（*My Literary Passion*，1895）中就这样写道："在我孩提时，狄更斯就深深吸引了我。每当我阅读他的小说，我就能明辨正义在何方，我就清楚人应该具备怎样的品格才能走向成功。"①

总而言之，文学史中的狄更斯研究通常具备两个特点：一是篇幅不长。通常简要介绍作家生平与创作特征，有时附以某些作品的选段，旨在帮助文学爱好者或高校学生了解文学发展的轮廓与历程，因此理论性不强。二是影响较大。由于编写者通常是文学研究领域内的专家或大学教授，他们在文学史中对作家的选择具有一定的权威性和代表性，加上许多高校倾向选择这样的文学史作教材，因此书的读者群较为广泛。从某种意义上说，这种文学史中的狄更斯研究能在读者中产生更大的影响。

第四节 狄更斯协会与《狄更斯研究者》

该阶段狄更斯研究最为重要的事莫过于 1902 年成立的狄更斯协会（Dickens Fellowship）了。在成立之初共有 20 位狄更斯的崇拜者加入，协会成员均在表达对狄更斯的怀念、维护狄更斯的声誉及促进狄更斯研究方面作出了一定的贡献。毫无疑问，狄更斯协会的总部设在作家最为熟悉并终生为之书写的城市——伦敦。协会另一重要目标旨在创办一个专门的杂志或刊物，通过它，成员们能交流自己的看法和研究信息。然而，成员们深知创办一个刊物必须有一定的经费，缺乏一定数额且定期支持的资金，刊物肯定无法规范、正常地运行。于是协会领导们决定暂缓刊物发行时间，视协会的影响力和知名度而定。幸运的是，他们等待的时间并不长，两年后狄更斯协会已发展成一个在全世界范围内拥有 6500 名成员、30 个分会的大型研究协会了。狄更斯协会的成员们相信一份以狄更斯为中心的研究刊物应该会有广泛的读者群了，于是在 1905 年 1 月 1 日，以《狄更斯

① William Dean Howells, *My Literary Passion*. New York: Harper, 1895, p. 75.

研究者》（*The Dickensian*）为名的刊物应运而生，刊物名称下赫然印着：“一份为狄更斯爱好者所创立的杂志，由狄更斯协会按月发行。”

在协会成员的热情呼唤和普通读者的热切期待下，刊物终于面世了。然而主编的人选却引起了争议。原本呼声最高的费·杰·基顿是当之无愧的主编人选，他被认为是19世纪末最有影响力的狄更斯研究者。基顿曾先后出版了《狄更斯及其作品的参考文献集》《作为小说家的狄更斯》《狄更斯小说：参考文献与札记》《狄更斯和他的插画者》《狄更斯的部分创作》《查尔斯·狄更斯：他的生活、创作和性格》《查尔斯·狄更斯的诗歌与散文》等著述。遗憾的是，在刊物出版的前两个月，基顿辞世。在争议中，伯特仑·沃德罗姆·马茨走马上任《狄更斯研究者》的第一位主编。马茨在1902年由狄更斯研究协会资助出版了《查尔斯·狄更斯的生活与创作》，该著作产生了一定影响，得到了协会成员的肯定。

《狄更斯研究者》是一本有绿色封面的32页的小册子，内容包括原创性的文章，如对狄更斯小说的续写、改编等，有关于狄更斯小说的插图，狄更斯本人及家人、朋友的照片，狄更斯生前作品的复印件，对狄更斯的评论以及狄更斯协会和支部成立、举行活动等的相关信息。在最初的几年里，《狄更斯研究者》让很多普通的狄更斯爱好者睹物思人，成为他们怀念狄更斯的最佳方式。同时，由于稿源丰富、协会成员的坚持和努力，刊物不断走向正规化，销量持续增加，影响力也不断增大。值得一提的是，在刊物创办的前65年中，只历经了3位主编。马茨为《狄更斯研究者》奉献终生，直到1925年离世；第二位主编由沃尔特·德科斯特（Walter Dexter）执任，德科斯特也是一位狄更斯喜爱者、藏书家，后来编辑出版过狄更斯的信件。和马茨一样，德科斯特也在主编岗位上待了20年，从1925年至1945年。从1945年到1968年，莱斯利·斯泰普尔斯（Leslie Staples）接过接力棒。斯泰普尔斯是资深撰稿人，深谙维多利亚时代的小说与创作。

和狄更斯的小说一样，《狄更斯研究者》在成立之初也遭受到学术界的质疑和蔑视。主要原因有二：一是主编的教育问题。20世纪初最有影响力的英美新批评家们无论是奠基者T. S. 艾略特、瑞恰兹，还是后期核心人物韦勒克·沃伦都是理论功底深厚、视野颇为开阔的学者、大学教授，因此，20 世纪初普遍认为学历、正规教育对文学批评极为重要。而《狄更斯研究者》的主编们，无论是马茨还是他的几位继任者都没有受过正规的大学教育。二是刊物所载文章的研究方法遭到质疑。在学院派批评家看来，部分信息类的文章仅关乎一些无足轻重的细枝末节，不能登大雅之堂。一些批评文章依旧沿用传统的社会——历史批评方法，部分研究依然在探究狄更斯小说中的创作原型、求证狄更斯小说中的场景在现实中的发生地、讨论狄更斯创作的社会批评作用和艺术技巧，很多评述甚至没有突破 19 世纪的读后感式的、散乱的、粗浅的研究，价值不大。在英美新批评家看来，文学批评应凸显对文学文本的本体研究，反对在狄更斯研究领域内依然兴盛的传记式研究，指责传统的狄更斯研究者不立足狄更斯小说自身，而左顾右盼企图发掘作家的生平、思想情感来阐释作品，批评狄更斯研究者根据作品的受欢迎程度和读者的感受来解释和判断狄更斯小说的价值和意义，认为他们陷入了“意图迷误”和“情感迷误”。

新批评派对《狄更斯研究者》的批评也并非毫无道理，20 世纪无论是读者大众还是学术研究都不再盲目推崇维多利亚时代的批判现实主义小说和英雄崇拜，所有那些依然大发讴歌和赞颂的文字已经唤不起读者的共鸣了。《狄更斯研究者》也意识到了刊物存在的问题，于是在 1930 年，协会成员、著名的狄更斯研究家杰·卡明·沃尔特斯（J. Cumming Walters）在《狄更斯研究者》上发表《刻薄的评论者们》（“‘Biting’ Critics”）一文，痛斥那些不假思索，盲目唱颂歌的评论文章，认为那些文章是对狄更斯研究的一种破坏。他认为“对狄更斯小说最佳形式的赞美就是不带偏见地细读他的小说和进行有洞察力的思考。那些大声叫嚷着‘精彩’‘美极了’‘太棒了’‘完美无缺’之人不是在欣赏、评论，而是在制造噪音”。对于那些真正的狄更斯爱好者，沃尔特斯建议：“不要过分盲目地颂扬，不要让狄更斯永远伪装在那些陈旧的饰品之下，不要给他的作品贴上一致的标签，不要把他所有的小说都与《大卫·科波菲尔》与《奥列佛·退斯特》相媲美——不，我们需要的是明智的、有判断力的、理性的学生。”① 沃尔

① J. Cuming Walters, “‘Biting’ Critics.” *Dickensian* 26, Autumn 1930, p. 285.

特斯的评论一出，引起了当时新兴学术派和保守的狄更斯研究者们的不同态度，一方拍手叫好，一方嗤之以鼻。无论怎样，《狄更斯研究者》虽没有改弦易辙，但在评论文章的选取上有了新的考量。一些有分量的批评文章逐渐占据了杂志的重要位置，批评家安格斯·伊森（Angus Easson）、马尔科姆·安德鲁（Malcolm Andrews）、凯瑟琳·卡罗兰（Katherine Carolan）、威尔弗雷德·P. 德弗拉克（Wilfrid P. Dvorak）也不断为《狄更斯研究者》撰稿。我们从半个世纪后皮特·艾克罗伊德（Peter Ackroyd）的狄更斯传记中对此事的赞赏可见一斑："越来越多中肯的批评和有价值的信息出现在这本绿色封皮的杂志里，它们比很多气势恢宏的研究专著内容还要丰富。"①

对于致力于狄更斯研究的学者来说，狄更斯协会是让成员们分享思想，互相交流的学习阵营；对于那些真正的狄更斯爱好者来说，《狄更斯研究者》是他们发布和了解狄更斯最新信息的园地。虽然在狄更斯协会中，更多的是深入评价、独具慧眼的研究者，但也不乏凭借狄更斯逸闻趣事来哗众取宠之辈，波西·菲茨杰拉德（Percy Fitzgerald）即属于后者，而杰·卡明·沃尔特斯、威廉·格莱德·威尔基斯（William Glyde Wilkins）和吉·基·切斯特顿则是前者的典型代表。

狄更斯协会成员波西·菲茨杰拉德在年轻时曾得以机会结识狄更斯，并与狄更斯结成忘年之交。狄更斯死后，他在许多方面得到约翰·福斯特的提携。菲茨杰拉德还曾成立"博兹俱乐部"，该俱乐部只关注狄更斯的生活而非作家的小说，后来俱乐部无疾而终。狄更斯协会成立后，他成为其中积极的一员，打着为了吸引青年一代了解和喜爱狄更斯的旗号，他于1905年出版《从狄更斯的创作看他的生活》（*The Life of Charles Dickens, as Revealed in his Writings*）。菲茨杰拉德认为此书是对福斯特传记的一个有效补充，根据菲茨杰拉德所言，福斯特"在某些方面惧怕评论，因此传记写得较为隐晦，且隐瞒不少内容"②。然而，综观菲茨杰拉德的传记，依旧关乎狄更斯的童年、青年、爱情、婚姻、家庭、创作，并未在福斯特传记上

---

① Peter Ackroyd, *Dickens*. London: Minerva, 1990.

② Percy Fitzgerald, *The Life of Charles Dickens, as Revealed in his Writings*. London: Chatto & Windus, 1905, p. x.

增加任何有意义的新内容，且语言也没有福斯特传记的美感和流畅，反倒被评论认为"支离破碎，毫无新意"。菲茨杰拉德在 1913 年推出自己的第二本专著《回忆查尔斯·狄更斯》（*Memories of Charles Dickens*）。这本回忆集记载了菲茨杰拉德与狄更斯交往的点点滴滴，也包括狄更斯与其他一些小说家交往的细琐小事，是典型的后维多利亚和爱德华式出版物，这类出版物旨在通过提供一些枯燥乏味的家长里短和逸闻趣事来满足读者对名人的好奇心，从而增加发售量。显然，菲茨杰拉德的著述无助于提升狄更斯的学术研究。

其他的狄更斯协会成员也毫不懈怠，他们或忙于搜集狄更斯生平和创作的最新发现，或忙于整理近段时间的狄更斯研究成果，把他们的发现和成果一一公布在《狄更斯研究》上，以慰狄更斯爱好者和研究者们。毫无疑问，部分研究是单调、一维，且远离艺术本质的，但其中也有些研究是具有一定价值的。沃尔特斯的《狄更斯的不同阶段：其人，其作，其使命》（*Phases of Dickens*：*The Man*，*His Message*，*and His Mission*）就是值得一提的例子。沃尔特斯曾担任狄更斯协会的会长，这本书是他将在协会的数次演讲结集而成的。在这些演讲内容中，沃尔特斯对狄更斯的评价可概括为："狄更斯不仅是一流的小说家，而且是伟大的道德福音的传播者。"① 他热情赞美狄更斯在促进人与人之间的情谊，倡导正义，发扬爱国主义精神和抨击伪善等方面作出的努力，肯定狄更斯为"团结分裂的各阶级"作出的尝试。沃尔特斯也清楚地认识到了狄更斯的局限性，他认为："狄更斯的功绩在于揭露社会弊端，而在改变社会现状上他并未提出什么有效的建议"，因此，他认为狄更斯"不是维多利亚时代的代言人"，相反，"狄更斯与那个时代并不兼容，他认为维多利亚时代是一个充满伪善和假象的时代"。② 由于受到第一次世界大战的宣传影响，沃尔特斯的研究还带有沙文主义的特点，比如他称狄更斯为"十字军战士""圣殿骑士"等。沃尔特斯对狄更斯的研究依然沿用 19 世纪的社会—历史方法论，虽然在批评方法和研究结论上都未有重大的突破，但他对狄更斯的认识还是比较全面和准

① J. Cuming Walters，*Phases of Dickens*：*The Man*，*His Message*，*and His Mission*. London：Chapman & Hall，1911，p. ix.

② Ibid.，p. 271.

确的。成员威廉·格莱德·威尔基斯（Wilkins W. Glyde）的《查尔斯·狄更斯在美国》（*Charles Dickens in America*，1911）是视角较为新颖的一部著作。在该书中，威尔基斯搜集了很多珍贵的文献资料，包括发表在美国的新闻报道，狄更斯访美期间与友人的通信以及狄更斯与美国小说家华盛顿·欧文、詹姆斯·菲尔德斯（James Fields）[①]、出版商威廉·詹·汉姆斯利（William James Hammersly）[②] 和读者等人来往的一些记录。威尔基斯仅将这些珍贵的报道、信件与记录材料归纳，很少加入个人评论，旨在客观再现狄更斯在当时美国人心目中的形象以及美国人对狄更斯的真实评价。这本书对于某些材料的挖掘极大地丰富了英美狄更斯研究。

协会成员吉·基·切斯特顿是20世纪初狄更斯研究的集大成者。切斯特顿对狄更斯研究作出的成绩在本章第三节已有概述，此处不再赘述。

狄更斯协会除了培养一代又一代年轻的狄更斯研究者外，在保护狄更斯的文物上也做了不少工作。狄更斯在伦敦不少地方住过，但只有伦敦的道提街（Doughty Street）保留至今，狄更斯与妻子凯瑟琳以及儿子查理在1837年搬到此处后在此度过了极具关键性的3年。在此，狄更斯完成了生平第一部伟大的小说。狄更斯居住的房子仍完好地位于泰晤士塞得街（Thameside Street）附近，紧邻都市的优良住宅区内。狄更斯曾在这里从事研究工作，女儿玛莉和凯特也在此出世。更值得一提的是，这时期的狄更斯正以博兹为笔名，活跃于文坛。这栋房子后来不但成为狄更斯图书馆，还存有他最完整的文学著作，也是狄更斯爱好者的朝拜圣地。从1922年起，狄更斯协会便展开保存故居的行动，至今仍未停歇。

第五节　纪念狄更斯一百周年诞辰

1912年，为纪念狄更斯诞辰一百周年，英美文学界的小说家、剧作家、诗人和文学批评家们纷纷撰文探讨狄更斯的作品及其狄更斯对他们的影

---

① 詹姆斯·菲尔德（1817—1881），著名美国小说家、诗人。主要代表作有《与作家们相处在昨日》《诗歌集》《为友人所作之诗》《歌谣及诗》等。

② 威廉·詹·汉姆斯利（1808—1877），美国活动家，曾先后任哈特福德市长和康州议员。

响，品味狄更斯丰富的人生哲理。狄更斯协会的第一任主编伯特仑·沃德罗姆·马茨重新编印了福斯特为狄更斯所作的传记进行出版；刊物《学者》在二月——狄更斯出生之月出版了一辑纪念狄更斯专刊，专刊包含了26位知名作家和学者的纪念文章，他们有狄更斯研究专家切斯特顿、小说家兼诗人托马斯·哈代、批评家安德鲁·朗、科学家阿弗雷德·华莱士（Alfred Wallace）、剧作家萧伯纳等。在这些纪念文章中，既有充满殷殷怀念之情的抒情散文，也不乏切中肯綮的批评文字。论文集由马茨作序。马茨在序言中肯定了狄更斯给英国文学乃至世界文学作出的贡献及产生的影响，赞美了狄更斯小说创作的技巧，对那些质疑和蔑视狄更斯创作艺术的批评致以猛烈一击。

英国戏剧家萧伯纳是维多利亚小说的忠实拥护者，他尤其推崇狄更斯的小说。萧伯纳对狄更斯及其作品的研究始于1887年，曾在许多演讲、报告中谈及狄更斯对他创作产生的影响，自称是狄更斯的信徒。在《学者》上发表的纪念文章中，他再次表明自己受惠于狄更斯，并指出“狄更斯是这个时代伟大的小说家之一；他关注他所处时代的野蛮和无知的行为令人震惊”。对于狄更斯的创作，萧伯纳也有自己独特的见解。与当时大部分评论家的意见相左，萧伯纳更为推崇狄更斯后期创作的小说。他认为《匹克威克外传》之所以受到大家欢迎是因为小说给大家带来真诚的欢乐，未让人产生一丝的不快；《老古玩店》也是写来让人娱乐的，令人开心和感动。所以当读者适应了早期著作中轻松愉快的狄更斯时，就对晚期愤怒反抗的狄更斯感到失望。而在萧伯纳看来，狄更斯早期著作中的人物角色除了供我们娱乐外，与我们毫无关联。因为“对这些角色我们既不憎恨也不畏惧。我们从来没有想到会遇到他们，即使遇到也一点不感到畏惧”。而狄更斯晚期作品中出现的人物则在英国现实中处处皆是，他们可恶可憎，可大家却都受到他们权力的支配。因此，萧伯纳认为狄更斯晚期的作品才针砭时弊，它们可能不像早期的小说那样给大家带来浓烈的兴趣，却能给人留下“更深的伤痕”①。

对于一些不遗余力吹捧狄更斯早期故事而贬抑或无视晚期杰作的评论

① *Bookman*. Extra Number, *Charles Dickens*. London: Hodder & Stoughton, 1912, p. 29.

文章，萧伯纳进行了有力的辩护。他说："狄更斯晚期的作品深深表达了对现代工业社会持续的激烈反抗，你应该从这里得到一种享受。在后期的这些作品中，你所看到的不再是恶棍和英雄，而是压迫者和被压迫者。""这些杰作无情地、忠实地、深刻地揭露了英国社会、工业和政治生活；我们从中看到了狄更斯是怎样有力地痛击了统治阶级的良知。"①

哈代也在纪念文章中坦陈狄更斯对他创作产生的潜移默化的影响，他虽不像萧伯纳那样高唱赞歌，但也对狄更斯表达了感激之情。他在文中写道："我无法确知狄更斯对我创作产生了多大影响。毫无疑问我在不自觉地接受他的影响，就像他对每个人所产生的影响那样。"然而，哈代十分自信，这位在19世纪末已经发表了《远离尘嚣》《还乡》《卡斯特桥市长》《德伯家的苔丝》《无名的裘德》等重要小说，被称为是"二十世纪初伟大的文学巨擘"的作家认为自己已超越了狄更斯，他言之凿凿："我的作品都在狄更斯作品之上，只有现代批评的无知者才会忽视我熠熠生辉的创作方法。"②

马克思主义历史学家弗兰茨·梅林（Franz Mehring）也发表了深情款款的颂文。他的评价基于对狄更斯创作的深刻理解，有一定代表性，并被翻译至几个国家，成为狄更斯研究者的重要参考文献之一。他认为狄更斯是不折不扣的"伦敦佬"，伦敦这座大都市纷繁复杂的生活是狄更斯创作的动力之源。"狄更斯深知城市的底细。他善于以极其敏锐的目光去理解城市的各种社会典型并使之体现于栩栩如生的人物形象之中，其中许多形象直至今天仍受到各国人民的喜爱。在世界声誉上，匹克威克先生和他的仆人山姆·维勒可以与堂吉诃德和桑丘·潘相媲美。"对于那些谴责狄更斯作品因伦理倾向而丧失艺术性的批评，梅林为此进行辩护，他认为狄更斯是按照自己创立的美学原则来选择创作手法的。"虽然美学原则坚持严格划清伦理判断和艺术审美的界限，但这些界限在艺术创作的实践中又常常是模糊不清的。历代著名的艺术作品均证明了这一点。'使人弃恶从善、改过自新'是文艺作品中不可根除的创作动机。"因此，在梅林看来，狄更斯没有回避这种动机，在

① George Bernard Shaw, "Introduction." *Hard Times*. Waverley edition. London: Waverley Book Co., 1912.

② *Bookman*. Extra Number. *Charles Dickens*. London: Hodder & Stoughton, 1912, p. 247.

其艺术创作中体现了这种道德倾向。

文章中，梅林高度讴歌了狄更斯艺术创作的热情，他认为狄更斯以粗糙的手触动了统治阶级皮上最敏感的部位。但是梅林也看到了狄更斯的缺陷，他说："他虽然密切关注社会生活中最重大的问题，虽然有激进的民主思想，却远离现实的政治生活。""当他缺乏艺术感受的时候，他的民主信念就开始默不作声。他对英国议会和政府的指责就变得尖酸刻薄缺乏公道。"梅林看到了狄更斯内心的矛盾，狄更斯一面不倦地与资产阶级厚颜无耻的伪善、自私进行斗争，一面向基督社会主义者们呼喊寻求帮助。但是，"我们不能因此称狄更斯是一个社会主义诗人，他在这方面尚缺乏思辨的天赋和爱好，没有这种天赋和爱好，就不可能产生推翻资产阶级社会并使之建立在新的基础之上的想法。狄更斯由于极端贫困，没有受过系统的正规教育，他要奋发向上。他在经过多年不知疲倦的奋斗之后，资产阶级把能提供的一股脑儿都给了他。然而，他并没像许多如他一类的人那样，常常为一点小小的奖赏便充当了资产阶级社会的阿谀奉承者。他善良的心灵和健康的理智使他密切注视资产阶级社会的种种弊端。"因此，梅林认为狄更斯的矛盾性决定了狄更斯的政治信念是改善英国政府的不良状况，而不是以无产阶级取而代之。

对于狄更斯的英年早逝，梅林表示深深的遗憾。他认为狄更斯在生命的最后10年不幸被对金钱的渴望抓住了，他强烈渴望拥有尽可能多的收入来确保家人和自己将来过上挥金如土的生活，从而挥霍了自己超群出众的、作为演员和演说家的表演才能，用来在各种公开场合和舞台上朗诵自己的作品。这种挥霍如同"把自己出卖给了魔鬼，它们追逐且鞭打着他，在一八七零年夺走了他的生命"。

在颂文的最后，梅林饱含深情地写道："阴影就这样落在作家的垂暮之年，但它不能驱散他那曾经拥有的旭日东升的早晨和光芒四射的正午。二月七日，在他一百周岁生日的时候，他的坟墓前理应得到工人阶级的一个表示最高敬意的花圈。"①

① Franz Mehring, *Aufsatze zur auslandischen Literatur. Vermischte Schriften*. 1963, pp. 45—50. 译文参考了陈恕林译文，载罗经国《狄更斯评论集》。

现代主义的杰出代表詹姆斯·乔伊斯也在1913年撰写了纪念狄更斯一百周年诞辰的文章，但该作却在60年后才得以发表。乔伊斯开门见山指出狄更斯至今仍大受欢迎，只是源于他小说中为人熟知的人物角色，而非狄更斯的艺术审美和创作技巧。在艺术上，乔伊斯认为狄更斯比起托尔斯泰、左拉、陀思妥耶夫斯基等严肃现实主义作家来要相形见绌，因此乔伊斯极为理解几十余年来对狄更斯褒贬不一的评论。

要准确评价狄更斯，乔伊斯内心也充满矛盾。他认为没有比用“了不起的伦敦佬”来形容狄更斯更为全面和妥帖的了。他认为伦敦是狄更斯生存所依之所，是他的王国和力量的集聚之地。这个伟大都市里的颜色、熟悉的噪音和独特的气味都凝结在他的作品里，形成一曲强劲的交响乐。一旦狄更斯离开伦敦，去美国（如《美国札记》）或意大利（如《意大利风光》），狄更斯的魔力就立即消失，他那攥笔之手也不再灵巧。

> 没有什么比《马丁·朱述尔维特》中的美国章节更为乏味，因而更缺乏狄更斯特色了。如果要狄更斯感动你，可千万别让他离开伦敦到听不见玛丽·勒·博教堂钟声的地方去。在伦敦，他处于故国的心脏地带，这里是他的王国与力量的根据地。伦敦生活是他的命根子，他对这种生活的感受，比他之前和之后的任何作家的感受都要深刻。这个大都市的颜色、熟悉的噪音和独特的气味都汇集在他的作品里，就像一曲浩瀚的交响乐，其中交织着剪不断理还乱的幽默与悲伤、生存与死亡、希冀与绝望。可如今我们却很难欣赏这一切了，因为我们离他描绘的景色太近了，对他的有趣而感人的角色太熟悉了。但是，他最后站稳脚跟还是倒下去，凭借的肯定是有关他那个时代的伦敦的故事。《巴纳比·拉奇》，尽管故事的背景设在伦敦，尽管其中部分章节甚至可以与笛福（我可以顺便提一下，笛福是比人们通常所想象的更为重要的作家）的《瘟疫年记事》相媲美，但是并未体现狄更斯最擅长的本领。他擅长的领域不是描写乔治·戈登勋爵时代的伦敦，而是改革法案时期的伦敦。诚然，地方郡县，即“长满雏菊的斑驳草地”的英国乡村，也出现于他的作品中，但总是作为故事的背景或铺

垫而已。狄更斯本来可以更真实更贴切地把帕默斯顿勋爵的“我是罗马公民”应用于自己身上。老实说，这个尊贵的勋爵能在那个难忘的时刻成功地把心里所想与嘴上所说完全颠倒过来（格拉斯顿着意指出了这一点，除非我的记忆有误）。帕默斯顿勋爵心里想说自己是个罗马帝国拥护者，可嘴上却说自己是个小英格兰人。事实上，狄更斯是不折不扣的伦敦人。伦敦教堂的钟声伴随他度过悲惨沮丧的童年，度过艰苦奋斗的青年，度过积极向上又卓有成就的成年，每当他手拿股票凭证和钱包打算离开这个城市时，这教堂钟声似乎又像召唤另一个惠廷顿一样，把他召唤回来。由于这个原因，他在他的市民同胞心目中永远占有一席之地，也由于这个原因，他的作品的评论都抹上了这座城市对他理所当然的喜爱的浓墨重彩。要做到客观公正地鉴赏狄更斯的作品，要准确估量他在英国全国文坛的地位，我们不仅要读读土生土长的伦敦人对他的颂扬文字，也要看看苏格兰、爱尔兰殖民地有代表性的批评家的评价，听听与他同类型的作家和地位不相上下（也许略逊于他）的作家写的、关注焦点与原作保持适当距离的鉴赏；这些作家在创作意图、创作形式和语言风格上与他相近，足以理解他，精神与血统方面又与他相去甚远，远到能客观地批评他，这是很有趣的。人们很好奇地想知道罗伯特·路易斯·史蒂文森、吉卜林和乔治·摩尔是怎样评价这位伟大的伦敦佬的。

面对莫衷一是的狄更斯评论，乔伊斯认为我们至少应该把他归入伟大的文学创作者之中，因为狄更斯创作的数量和分量无可争辩地表明他拥有旺盛的创造力。就狄更斯创作的性质而言，乔伊斯称他为伟大的讽刺画家和感伤主义者。“说他是伟大的讽刺画家，与说荷加斯是伟大的讽刺画家意义相同；说他是感伤主义者，是按哥尔斯密给予这个词的诠释。”乔伊斯十分肯定地指出在塑造人物方面很少有人可以与狄更斯媲美。虽然评论界一直以来质疑狄更斯小说中的部分角色夸张、怪异，要么性格反复异常，要么身体畸形。

然而，文学史上又有哪些形象比米考伯、潘波趣、西蒙·台波提、

> 辟果提、山姆·韦勒（更别提他父亲)、赛莉·甘普、乔·葛吉瑞这些人物更具人性和热情呢？我们看待这些人物和狄更斯人物画廊中的其他人物的方式，与看待（比如说）莎士比亚作品中的人物方式不同，不会把他们视为悲剧人物或喜剧人物，全国性人物或地方性人物。我们甚至不想通过其创作者的眼睛，以精密细腻观察的古怪心态去看待他们，而我们就是以这种古怪的心态看待乔叟笔下的泰拜德客栈的朝圣者们的，(微笑而宽容地）观察他们穿着、说话和走路的最难以觉察的细节。不，我们看待狄更斯的小说中的人物，只注意一个显著特征甚至是某些夸张的精神和身体上的特征，如贪睡、异想天开而一意孤行、出奇的肥胖、轻率鲁莽、卑躬屈膝的奴性、以泪洗面的荒唐的愁绪。有些纯朴的读者不禁抱怨，他们虽然非常喜欢狄更斯的小说，为小耐儿的悲惨命运和可怜的十字街头清洁工乔之死而哭泣，为匹克威克先生和他火枪手同伴心血来潮的冒险而欢笑，像其他所有的善良的人们一样讨厌尤赖亚·希普和犹太人费金，但是狄更斯的确有些夸张。

在乔伊斯看来，要正确解读狄更斯小说中的人物，就应该理解狄更斯的“夸张”。“正是他这些许的夸张把他的作品牢牢地铆在了大众口味之上，把他的人物形象牢牢地固定在读者的记忆之中。正是由于他这些许的夸张，狄更斯才对大英帝国居民的口语产生了自莎士比亚以来无人能及的影响，为他在同胞内心深处赢得了一席之地，赢得了一种未曾给予他的竞争对手萨克雷的荣誉。”

尽管并不推崇狄更斯的创作技巧，这位现代主义精神化身的意识流作家还是充分肯定了狄更斯对英国文学所作出的贡献。在文章最后，乔伊斯写道：“英国人民已赋予了狄更斯至高无上的地位，无人可以与他并肩同坐。”①

与此同时，英美评论界还在各种知名刊物上频频发表纪念文章：英国小说家、诗人、评论家 A. C. 本逊（Arthur Christopher Benson）三月在《北美评论》发表评论，英国女诗人艾丽丝·梅内尔（Alice Meynell）四月

① James Joyce, “The Centenary of Charles Dickens.” 1913. In *James Joyce in Padua*, ed. by Louis Berrone, 1977, pp. 33—37.

在《都柏林评论》上撰文，拜隆（H. C. Biron）五月在《国家评论》上发表纪念文章，美国作家、教育家亨利·凡·戴克（Henry Van Dyke）六月在《斯克里布纳杂志》上表达思念……值得一提的是美国教育家韦尔布·克洛斯（Wilbur Cross）十月在《耶鲁评论》上发表的题为《重返狄更斯》的纪念文章。克洛斯认为对于现代作家而言，很多人在创作上仍然是狄更斯间接的继承者，应在文学上认同狄更斯。该文详细地阐释了狄更斯至今仍大受读者欢迎的原因。克洛斯认为狄更斯的声誉虽然几经沉浮，但像狄更斯这样为人民写作的经典作家是经得起历史与时间的检验的。文中，克洛斯指出如今对狄更斯的种种贬低和负面评价正在慢慢淡出批评界，已基本奠定了狄更斯作为"伟大艺术家"的地位。[①] 爱尔兰批评家达雷尔·菲吉斯（Darrell Figgis）也在《十九世纪》和《生存时代》上发表纪念文章，表达自己对狄更斯持续不断的欣赏。指出狄更斯研究现在"应当达到了澄清一切困惑的时刻"[②]，因此，对狄更斯及其地位应有一致的认识。随后他在自己的著作《研究与欣赏》上单辟一章论述狄更斯。在该书中，他一一回应狄更斯研究中的一些否定性评价，并重申早期为狄更斯辩护的批评家的话语："我们不能像19世纪末的批评家那样用严格的定义来评判狄更斯的创作，我们要超越条条框框，狄更斯应该放在与塞万提斯、拉伯雷、班扬同等的位置上。"[③]

由于这些纪念文章均出自各个领域内的重要人物之手，他们对狄更斯的纪念与肯定无疑证明了狄更斯在20世纪仍是具有生命力与影响力的作家。如果说1912年纪念狄更斯诞辰一百周年还仅仅是英国文学界的盛事，那么2012年纪念狄更斯诞辰两百周年则已成为英国乃至全球的盛事。英国与其他国家在2012年发起了一系列的纪念活动：威斯敏斯特大教堂的纪念仪式、朴次茅斯的狄更斯纪念日、伦敦举办"全城读书会"、伦敦城市档案馆举办的以"狄更斯作品中的女性"为主题的谈话和演讲活动、苏黎世施特劳霍夫博物馆举办名为"狄更斯的秘密"的主题展览、全美国的高中发起了一场狄更

---

① Wilbur L. Cross, "The Return to Dickens." *Yale Review* 2, October 1912, p. 143.

② Darrell Figgis, "Praise of Dickens." *Ninteenth Century* February 1912, p. 275.

③ Ibid., p. 284.

斯主题演讲比赛、希腊塞萨洛尼基亚里士多德大学英语学院演出《双城记》舞台剧、我国《东方早报》用了两版篇幅发表纪念狄更斯两百周年诞辰的文字……这些纪念文字与活动再次证明狄更斯作为经典作家在世界文坛上的地位，也意味着对于狄更斯的研究会随着时间的推移不断地往前推进，因为每一代人都能在狄更斯的作品中发现新的有价值的东西。

本章小结

毫无疑问，用“狄更斯产业的形成”来形容狄更斯去世至第一次世界大战前的英美批评是恰如其分的。这一阶段可以说是英美狄更斯批评领域内出现的第一次研究高潮：传记、专著分别出现了十余部，专业性的学术论文有一百多篇，以狄更斯命名的专门性研究机构和刊物也诞生了。这一时期狄更斯批评的主旋律出现了一些变奏，小说的真实性与道德教诲功能已不再是批评的唯一标准。英国小说批评界关于小说的批评还引入了一些其他的理论，如小说的风格、叙述视点、想象的作用、小说的统一性问题。这些理论无疑推动了对狄更斯小说艺术性的深入研究，阐释的自由让英美成为百花盛开的狄更斯批评园地。与前一阶段的研究相比，该阶段的狄更斯研究呈现出一些新的特点：

1. 从研究内容上看，随着狄更斯小说的单行本全部出版，研究者们不再像初期一样，每次只能对连载的部分进行评价，现在他们可以对狄更斯的整个创作进行整体把握。在这种情况下，研究者们不再囿于对狄更斯单篇作品的分析，而是以狄更斯的整个创作作为自己的研究对象，以便更好地把握狄更斯的创作，找出某些更本质、更具普遍性的东西。如 19 世纪末 20 世纪初最重要的狄更斯研究者乔治·吉辛和 G. K. 切斯特顿，他们的专著均从整体上对狄更斯的小说进行了探讨，从创作思想、创作内容和创作技巧等多个方面进行系统分析，显示出整体性、系统性的特点。诸如此类的研究论文也不在少数，如威尔汉姆·狄尔泰的《查尔斯·狄更斯与叙述天赋》、R. A. 普克特的《一个小说家钟爱的主题》、蒙塔古·格里芬的《对作为艺术家的狄更斯的评价》就分别从整体上探讨了狄更斯的叙述技巧、创作主题和创作艺术。这些整体性的研究促进了狄更斯批评的深入和发展。

2. 从研究方法上看，这一时期的研究者们主要采用的还是社会—历史批评方法，新方法如马克思主义批评、心理批评等虽有人运用，但还很不够。一些传记作品主要从狄更斯的生平与社会环境入手，对狄更斯的爱情、家庭、生活加以考察，认为狄更斯成长的社会环境、童年经历、爱情婚姻生活对他的创作产生了极大的影响。部分批评者则运用心理批评方法，认为狄更斯性格的形成与他的童年经历至为相关，如詹姆斯·克拉伯·瓦特在《伟大的小说家们：司各特、萨克雷、狄更斯和李顿》中就指出狄更斯不幸的童年对他的创作影响巨大，他认为从某种意义上说狄更斯的作品是对其童年经验的重塑和变形。此外，部分研究者开始看到狄更斯的创作思想与社会主义思想之间具备某种联系。总的来说，这些方法突破了狄更斯生前单一的社会—历史批评方法，取得了一些新的研究成果。

3. 从接受狄更斯的价值取向来看，社会政治诉求层面的接受逐渐减弱，学术学理层面的探究开始占了上风。更多的研究从学术批评的视角来探讨狄更斯小说的人物、思想、叙事风格以及狄更斯与批评的关系：威尔汉姆·狄尔泰的《查尔斯·狄更斯与叙述天赋》考察了狄更斯小说叙事的技巧；R. A. 普克特的《一个小说家钟爱的主题》从学理层面指出狄更斯热衷表现的主题是"一个行坏事之人总被一个他丝毫不怀疑的对象所监视，并且这个监视他的人通常是他瞧不起的人"。蒙塔古·格里芬在《对作为艺术家的狄更斯的评价》一文中将狄更斯称为画家……乔治·吉辛、G. K. 切斯特顿等重要的狄更斯研究专家通过对狄更斯小说文本进行细致入微的分析，采用宏观与微观结合的研究方法，把狄更斯的小说看作一个有机的整体，从创作思想和技巧等方面进行全面分析，显示出整体性、系统性的研究特点。这些研究都不再一味关注狄更斯小说对社会黑暗现实的揭露，狄更斯小说的道德和政治意义也不再是批评者阐释的唯一标准。他们的研究在学术学理探究方面无疑具有引导、启蒙的意义，对今天的狄更斯研究者仍有较大的影响。

4. 从研究成果上来看，相比第一阶段，该阶段的研究传记和专著实现了零的突破。约翰·福斯特的《查尔斯·狄更斯传》甚至成为狄更斯传记研究领域内的集大成之作，而乔治·吉辛和吉·基·切斯特顿分别凭借《查尔斯·狄更斯批评研究》和《查尔斯·狄更斯研究》被誉为19世纪末20世纪初最有影响力的狄更斯研究者。专业性的学术论文更是层出不穷，G. H. 刘易斯、安德鲁·朗和詹姆斯·乔伊斯等人的论文至今在狄更斯研究领域内仍颇具影响。

综观该阶段的英美狄更斯研究，研究范围不断扩大，研究方法有了突破，研究成果不断丰富，然而方法的运用对研究的成果起了制约的作用，要想狄更斯研究继续深入，新方法的采用是势在必行的。随着俄国形式主义、新批评、马克思主义、心理批评等文学批评思潮的风起云涌，下一阶段的狄更斯研究出现了一个新的高潮。

第三章　1914—1939年：多元批评视野下的文本与作家阐释

20世纪是英国文学批评变化最大、样式最多和发展最快的时代，各种小说批评著作相压、学说纷呈和理论更迭。随着俄国形式主义、新批评、马克思主义等文学思潮的风起云涌，英美小说批评空前繁荣，狄更斯的批评也呈现多元化发展的倾向。如果说19世纪的狄更斯批评好像是偶发、分散和零星的游击战，那么20世纪的狄更斯批评则发展为由集团军参战的大规模战役。

该阶段的狄更斯研究除了传统的现实主义批评、传记研究外，多种文学批评方法均在狄更斯研究领域大显身手：英美新批评家与形式主义者们强调对狄更斯文本的研究，以珀西·勒伯克（Percy Lubbock）、佩勒姆·埃德加（Pelham Edgar）等为代表的批评家强调小说的形式与结构，从艺术技巧上否定了狄更斯小说；对狄更斯小说研究作出特殊贡献的评论家埃德蒙·威尔逊首次对狄更斯的《荒凉山庄》和《我们共同的朋友》等小说中的象征主义手法进行了详细的分析，并将他同卡夫卡等现代派作家进行了比较，从而使狄更斯成为象征主义运动中一位令人尊敬的艺术前辈；以T. A. 杰克逊（T. A. Jackson）为代表的批评家运用马克思主义观点研究狄更斯，认为狄更斯之所以能长远地打动各国读者，在于他对社会黑暗的揭露与抗议，他用一种卓越的艺术形式写出了人们共同具有强烈感受的人生处境；茨威格（Stefan Zweig）等批评家则运用精神分析方法展示了狄更斯创作的心理动势以及作家的心理世界。

第一节　战争期间的传记研究

在狄更斯批评中，传记一直是值得我们重视的一个重要部分。两次世界大战期间十余部具有开拓性质的传记发表引起了英美学术界的关注。人们也许会对这种传记现象感到奇怪：狄更斯传记研究的数量甚至超过了他本人小说创作的数量。纵观已经出版的传记，我们也许能为这种现象寻找到答案。其实，只要对第一次世界大战前发表的十几种狄更斯传记作个粗略的评论便可发现，关于狄更斯的传记研究并不完整。当然，也有个别相对比较完整的、价值较高的狄更斯研究传记，其中较突出的便是福斯特的《查尔斯·狄更斯传》，其他的传记各有各的目的和兴趣。有的是个人回忆录，有的是不真实的报道，有的是草率的研究，有的甚至将狄更斯的生活经历和情感生活弄得更模糊了。

第一次世界大战之后，文学创作空前繁荣，传记文学也随之迅速发展。对狄更斯传记的研究范围日益扩大，从回忆录到编辑作家本人保留的素材如书信集，从美化作家的神话传记到将艺术构思重于史实的小说传记，从侧重作者某一方面如童年、情感等的传记到将作家置身于社会语境下的传记等。因此，要想全面而准确地反映传主的一生是个艰巨的任务，这也是狄更斯传记层出不穷的原因之一。该阶段出现的主要传记有：悉尼·达克（Sidney Dark）的《查尔斯·狄更斯》（*Charles Dickens*, 1919）、莱依（J. W. T. Ley）的《狄更斯圈：关于狄更斯友谊的故事》（*The Dickens Circle: A Narrative of the Novelist's Friendships*, 1919）、威廉·沃尔特·克罗齐（William Walter Crotch）的《狄更斯的秘密》（*The Secret of Dickens*, 1919）、理查德·伯顿（Richard Burton）的《查尔斯·狄更斯：怎样认识他》（*Charles Dickens: How to Know Him*, 1919）、拉尔夫·斯特劳斯（Ralph Straus）的《狄更斯传记的新线索》（*Charles Dickens: A Biography from New Sources*, 1928）、伯纳德·达尔文（Bernard Darwin）的《狄更斯》（*Dickens*, 1933）、斯蒂芬·利科克（Stephen Leacock）的《查尔斯·狄更斯：他的生活和作品》（*Charles Dickens: His life and Work*, 1933）、托马斯·赖特（Thomas Wright）的《查尔斯·狄更斯传》（*The Life of Charles Dickens*，1935）及休·金斯米尔·伦恩（Hugh Kingsmill Lunn）的《感伤的旅程：狄更斯的一生》（*The Sentimental Journey*：*A Life of Charles Dickens*，1934）等。

在这些传记中，首先出现的一类是用于战争宣传的狄更斯传记研究。美国学者哈罗德·D. 拉斯维尔在他1926年出版的名著《第一次世界大战中的宣传技巧》（*Propaganda Technique in World War One*）中指出：第一次世界大战中的宣传信息所使用的符号包括交战双方所使用的报纸、宣传手册、传单、书籍、海报、电影、图片等，宣传的目的主要是激起人们对敌人的仇恨，瓦解敌方斗志，加强与盟国的友谊。英国在这方面可谓绞尽脑汁，运用一切资源加强宣传力度，企图打败德国、奥匈帝国及它们的盟国。在作家方面，政府则鼓励树立狄更斯新的形象，将他宣传成一位爱国者来鼓舞年轻人奔赴战场。J. W. T. 莱依在1915年申明，“受主编之托撰写狄更斯的相关内容，要反映他与那些为自由而战的士兵们的关联”。因此，他这篇应景文章《狄更斯与我们的盟军》（“*Dickens and Our Allies*”）的目的便是将狄更斯塑造成一名爱国主义作家。文章写道：“狄更斯直言不讳写出英国存在的问题，清楚认识到英国社会的弊端，呼唤英国政府加以改良，这些毫无疑问体现了作家以国家大事为己任的精神。同时，狄更斯的作品充满人文关怀，他不仅同情和关怀英国下层人民，而且将自己的福音撒播世界各地。”① 文章还指出，狄更斯也关心法国和意大利（因作家曾写过《双城记》和《意大利风光》）。莱依的写作目的十分明确：将狄更斯塑造成一个爱国者和伟大的人文主义者，既呼吁本国人民热爱自己的国土，保卫家园，又将盟国的人民团结起来。然而，这类文章早已背离了文学批评的宗旨，只为服务于特定目的而存在。

同样肩负此类批评重任的还有悉尼·达克的《查尔斯·狄更斯》和威廉·沃尔特·克罗齐的《狄更斯的秘密》。在《查尔斯·狄更斯》中，达克始终呼吁：“渴望自由的人们，请阅读狄更斯，你可以在他作品的每一

① J. W. T. Ley, “Dickens and Our Allies.” *Dickensian*11, November 1915, p. 286.

页中呼吸到自由的气息。狄更斯是最伟大的英语作家，是比莎士比亚更为伟大的作家。"① 在达克的评价中，狄更斯坚信"生活是幸福美好、充满惊喜的，自由是一切快乐之源；使用暴力不仅罪恶，而且愚蠢至极；思想单纯、生活贫穷的人比学识渊博、富甲一方的人更为可爱；善良是最为可贵的美德，而欺骗是罪恶之首"②。达克在字里行间不时透露狄更斯的自由意识，以此来鼓励读者学习狄更斯追求自由的精神，并将这次世界大战看作为"守卫世界自由的战争"。

在传记中，达克以狄更斯的"自由精神"为主线，穿插了一些关于狄更斯婚姻和创作思想的内容。如他对狄更斯在 19 世纪 50 年代的爱情和婚姻生活着墨颇多，他支持狄更斯与妻子分居的做法，认为作家有权选择结束不幸的婚姻，这样才能身心自由地创作。他还认为夫妻感情不和却丝毫不影响狄更斯成为一位"充满深情的父亲"③。关于狄更斯的创作思想，传记中也略有提及。达克高度评价狄更斯是圣诞福音的传播者，也是带给世界和平与秩序的善人。狄更斯倡导人与人之间平等仁爱，反对宗教偏见，渴望一种超越教派直达心灵的宗教。通过这些辅线，达克传递了这样的思想：那些奔赴前线为人民争取自由的战士是大家的拯救者，是值得歌颂和赞美的，而后方的人民也应精诚团结，互相友爱。尽管从文学批评角度而言，达克的传记在某些问题的记述和看法上还需缜密地推敲，如他对狄更斯作为慈父形象的理解全凭个人推断，缺乏文献佐证，但是他对狄更斯作品中的"圣诞精神"的理解还是引起了当时成千上万读者的共鸣，也鼓舞大家形成一股合力为争取世界自由而奋斗。

克罗齐是位忠实的狄更斯支持者。同样由于战争宣传需要，他在《狄更斯的秘密》中声称狄更斯不仅是杰出的艺术家，还是伟大的爱国者。在这部传记中，克罗齐主要从狄更斯碰触英国社会现实方面来验证作家是爱国主义者的论断。如他认为《奥列佛·退斯特》是作者早期创作中最重要的一部社会小说，狄更斯在这里第一次把读者带进了贫困与痛苦的世界，

① Sidney Dark, *Charles Dickens.* London: T. Nelson, 1919, p. 37.

② Ibid., p. 45.

③ Ibid., p. 26.

展现了社会底层可怕的生活画面；《圣诞故事集》真实地描写了广大人民的困苦生活，鞭挞了除了钱柜、账簿和发票以外没有任何人类感情的资产者；狄更斯晚期的小说显示他的创作思想发生了变化，他开始认识到资本主义社会的罪恶不是由某个坏人的恶劣品质造成的，而是植根于整个社会制度。归根结底，克罗齐认为狄更斯在许多社会问题上的态度反映了他“国家兴亡、匹夫有责”的爱国精神。因此，克罗齐将自己的狄更斯传记研究定位为“呼吁国民重新寻根”之作，“在现代时期唤起大家重新认识这位伟大的小说家，用我们的西方文明抵抗德国的反动，我认为我正在做一项有特殊意义的工作”。“任何有关狄更斯的研究都将为人民的民主和自由提供精神武器。”①

克罗齐对德国的仇视态度还体现在他对德国文学的认识上，他说：“我们只需匆匆一瞥病态的现代德国文学就能看到它们对于国民灵魂的腐蚀是多么严重，这些业已充分得到证明。”② 基于此，他对英国文学的发展也表示深深的担忧，他认为以康普顿·麦肯齐（Compton Mackenzie）和劳伦斯（D. H. Lawrence）为代表的现代作家已完全偏离英国文学的轨道，他们的作品反映同性恋、两性等话题，无法与具有爱国主义精神和人道主义关怀的狄更斯相提并论。因此，克罗齐呼吁：“对于狄更斯的研究不仅是有益的、鼓舞人心的，而且提醒现代英国文学切不可失去英国文学的本质特征。”③

不可否认，作为批评家，克罗齐对狄更斯小说创作思想的理解是深刻的，但是他无法正确理解以悖逆传统文学为特征的现代主义文学，更无法理解现代主义文学是社会历史发展的必然产物。这些体现了克罗齐思想上的局限性。

第一次世界大战结束后出现了好几本颇有研究分量的狄更斯传记作品。单是1919年就有四部传记问世，形成了一股前所未有的传记研究热潮。除了前文提到的达克、克罗齐的狄更斯研究传记，1919年狄更斯协会

---

① W. Walter Crotch, *The Secret of Dickens*. London: Chapman & Hall, 1919, pp. xiv—xv.

② Ibid., p. 5.

③ Ibid., p. 8.

成员莱依出版的《狄更斯圈：关于狄更斯友谊的故事》与理查德·伯顿的《查尔斯·狄更斯：怎样认识他》也产生了较大的影响。

莱依将他的《狄更斯圈：关于狄更斯友谊的故事》定位为福斯特所作传记的补充。他认为福斯特的《查尔斯·狄更斯传》只聚焦在福斯特与狄更斯二人的友谊上，是让人“深感失望的”。在莱依看来，狄更斯与福斯特二人的友情的确十分重要，而且也是狄更斯“所有友情中最为伟大的”①，但是狄更斯的崇拜者们期待了解其他与狄更斯有共同兴趣和爱好的朋友，通过狄更斯与他们的交往来折射狄更斯本人性格的全貌。因此，在这本传记中，莱依没有死扣狄更斯一条主线，他用了相当的笔墨描写狄更斯的朋友们，如弗朗西斯·杰弗里（Francis Jeffrey）、利·亨特（Leigh Hunt）、塞缪尔·罗杰斯（Samuel Rogers）、托马斯·卡莱尔等，详细叙述了狄更斯与他们的交往、友谊和龃龉。这样，作者笔下的狄更斯形象就富有立体感，传记也显得跌宕多姿、色彩斑斓。

美国学者伯顿在传记《查尔斯·狄更斯：怎样认识他》中首先表明自己的创作意图：“狄更斯毫无疑问是他所处时代最具代表性的作家，他的作品也是那个时代的缩影。”“狄更斯为英语文学界作出的贡献是永久的、不可磨灭的。”② 但是，伯顿在简要综述了狄更斯批评史后，深感评论界对狄更斯作品在 20 世纪的接受明显回落。很多批评家将他与萨克雷进行比较，贬斥狄更斯的创作技巧，称狄更斯是“粗心的匠人”，他的“训诲精神严重损害了他的创作技巧”。③ 对此，伯顿声称部分批评家根本无法理解“既然艺术来源于生活，那么生活就是艺术之本，是比艺术更为重要的东西”④。伯顿充分肯定狄更斯在小说中刻意刻画道德榜样，通过塑造道德榜样来立体地、全方位地对读者进行道德训诲。他还认为正是狄更斯作品中彰显的教诲精神才给了读者深刻而久远的影响，提升世人对善的向往和对美的追求。伯顿的传记并未将狄更斯的小说与他的生平分开，相反他常常

① J. W. T. Ley, *The Dickens Circle: A Narrative of the Novelist's Friendships*. London: Chapman & Hall; New York: Dutton, 1919, p. 336.

② Richard Burton, *Charles Dickens: How to Know Him*. Indianapolis: Bobbs-Merrill, 1919, p. 2.

③ Ibid., p. 4.

④ Ibid., p. 5.

利用后者去说明前者，或利用前者去阐释后者。当然，这本身也由于狄更斯的生平和他的小说之间保持了某种平衡，使得它们彼此发生交集。因为肯定作家作品的训诲精神，伯顿因此认为狄更斯本人也是一个道德健全、品格高尚的人。尽管20世纪狄更斯的读者有所减少，但他坚信“未来的一代会再次欣赏狄更斯”①。

1928年，拉尔夫·斯特劳斯出版《狄更斯传记的新线索》一书。顾名思义，这本传记挖掘出了有关狄更斯的新材料、新线索。按照斯特劳斯在前言中所说：“本书的重点不是对狄更斯小说的研究，在这方面，吉辛和切斯特顿已言尽我想要表达的观点。但自从福斯特传记问世以来，距今已有半个世纪，狄更斯的研究者们又挖掘出更多新材料，这些新线索才是我这本书所关注的。”② 斯特劳斯肯定了福斯特的传记在狄更斯批评史上的重要地位，认为这部传记无论从真实性还是文学性上都是一部上乘之作；但对于狄更斯研究专家F. G. 基顿的研究，斯特劳斯则公然指责其1902年的《查尔斯·狄更斯：他的生活、创作与个性》有抄袭之嫌，它无非是“过滤福斯特”与“筛选狄更斯信件中的内容，甚至把他们作品中的某些句子整个抄写下来”。③ 因此在这部传记中，斯特劳斯表明不愿重复前人已有的相关资料，采用了许多独特的访谈和信件，引用了图书馆所存的各种大家熟悉的（如福斯特的《狄更斯传》）和不熟悉的档案资料，搜集了已经出版的和未出版的一些资料，特别是狄更斯研究者查尔斯·J. 索耶（Charles J. Sawyer）搜集到的一些有趣的狄更斯家庭信件。通过对这些生活中大量平凡情况的挖掘来显示它们与狄更斯创作的关联。遗憾的是，斯特劳斯的这本传记既不标明新材料的来源，也不注明参考文献，读者无法知道哪些是他挖掘出的新线索，哪些是他借鉴别人的研究成果。但斯特劳斯非常自信地指出自己的确拥有大量有关狄更斯个人生活的新信息，他说：“狄更斯尚有大量的生活事件不为人所知，而我在使用这些相关信息时是慎之又

① Richard Burton, *Charles Dickens: How to Know Him*. Indianapolis: Bobbs-Merrill, 1919, p. 293.

② Ralph Straus, *Charles Dickens: A Biography from New Sources*. New York: Cosmopolitan Books, 1928, p. xiv.

③ Ibid., p. xii.

慎的。”[①] 也许是过于慎重，斯特劳斯并未在他未来的研究道路上公布他掌握到的更多的狄更斯信息。此外，他在1936年出版了另一部著述《狄更斯其人其作》(*Dickens: The Man and the Book*)，这部著作以狄更斯小说出版时间为顺序，精选了作品中的经典片段进行分析，对未细读过狄更斯小说的文学爱好者们起到了抛砖引玉的作用。

该阶段传记的另一重要特点是热烈讨论狄更斯与爱伦·特南的关系。事实上，狄更斯同这位年轻女演员关系的谣传，从他与妻子凯瑟琳分居之日起便已开始。在现实生活中他们究竟有着怎样惊天动地的故事？在狄更斯最后的十二年生活中，他们的关系是如何变化和发展的？在第一次世界大战之前，研究者们依然缺少狄更斯同特南直接往来信件的事实铁证，在现存的狄更斯给他人的信件中涉及特南的少数几处也多是模棱两可的。部分狄更斯研究者们也仅仅凭借这些信件和传闻将他们的轶事编印成书刊印刷出版，在回忆录中抄来传去。狄更斯逝世后，这个主题一直是狄更斯研究者们关注的重点，然而鉴于特南尚在人世，批评者们终归有所避讳，有的言语隐晦，有的刻意回避。直到特南于1914年离开人世，许多传记作家才开始公开在著述中书写这位对狄更斯的感情和创作产生过重大影响的女性。

1928年托马斯·惠芬夫人在著作《避开暗礁》中叙述了狄更斯送首饰给特南的故事，并且声言狄更斯称特南为“教女”。惠芬夫人讲述了一次狄更斯陪同特南和特南母亲一道乘火车旅行，途中在斯泰普尔赫斯特遇上铁路事故的经历。这段小插曲也曾被后来的知名狄更斯研究者赫·皮尔逊在传记中引用。然而，惠芬夫人的叙述被J. W. T. 莱依全面否定，莱依引用狄更斯儿子亨利·狄更斯爵士的断言：他并不知道特南是他父亲的教女一说，亨利还表示，铁路车祸事件纯属惠芬夫人杜撰。

同年，C. B. 贝克霍夫·罗伯茨出版了《狄更斯生平传略》，以小说体裁描写，一直写到狄更斯与凯瑟琳离异。这部作品的发行引起了许多狄更斯迷的强烈愤慨，因为他在著作结尾叙述了狄更斯对特南的迷恋日渐加深，神魂颠倒，故此，凯瑟琳醋意大发，甚至命令狄更斯：“找你的那个

---

① Ralph Straus, *Charles Dickens: A Biography from New Sources*. New York: Cosmopolitan Books, 1928, p. xiii.

戏子去！”然而罗伯茨丝毫不为读者的愤怒所动，他在 1946 年再版的前言中再次断言：他的论证是经受住了时间考验的，历史将证明他所说的都是正确的。

在评论狄更斯与特南的关系方面，托马斯·赖特是最有影响、最具争议的传记作家。赖特是知名的文学传记作家，曾出版过诗人威廉·布莱克，小说家爱德华·菲兹杰拉德、丹尼尔·笛福等人的传记。赖特在出版《查尔斯·狄更斯传》之前，于 1934 年 4 月 1 日在《每日邮报》上刊登过一篇题为《九十八年前的今日，查尔斯·狄更斯开始了他的蜜月》的文章。文章宣布他有确凿的证据表明特南的确是狄更斯的情妇，并称消息来源于特南的好友卡农·贝纳姆。文章发表后反响极为强烈，因为赖特在文章中首次旗帜鲜明地指出狄更斯与爱伦·特南保持情人关系。翌年，赖特在他出版的《查尔斯·狄更斯传》中大肆宣扬两人私通之事，并指出狄更斯在安普特希尔广场为特南购置过一所房子（借用的是特南母亲的名字），并每周两三次前去探望。按照赖特的说法，狄更斯同凯瑟琳分居后不久便“劝说”特南成为他的情妇，特南受“虚荣心夹杂着过富裕优越生活的欲望”的影响，勉强同意“以身相许”。尽管狄更斯在物质方面甚是慷慨，但特南做情妇却十分勉强，因而狄更斯心情极为沮丧。赖特认为狄更斯的这种抑郁情绪在其后期创作中得到了充分反映。

据赖特说，狄更斯逝世后，特南再婚并与马加特教区的牧师卡农·贝纳姆成为好友，两人曾一道举行过狄更斯的朗诵会。赖特在书中再次表明基于卡农·贝纳姆所提供的事实材料，特南曾对贝纳姆表示一直为与狄更斯的桃色事件深感痛苦和悔恨，并称狄更斯死后，她的精神负担才得以解除。赖特书中的观点受到了狄更斯研究者与公众人士的强烈挑战。众多贬低该传记的批评家认为，赖特的狄更斯传记发表在 1934 年足以显示其可疑之处：卡农·贝纳姆 1910 年故去，爱伦·特南 1914 年离世，狄更斯最后一位在世的子女亨利·狄更斯爵士 1933 年逝世。在这些相关人士一一作古后，赖特才出版狄更斯的这桩风流韵事，足以体现作者的圆滑老练。

对于这些贬低，赖特并未作罢，他在未写完的自传《奥尼尔的托马斯·赖特》（逝世后 1936 年出版）中搜集了关于这桩艳事的更多证据。书中叙述了他首次在1893年会见卡农·贝纳姆的情形，还随书附了一封贝纳姆致他书信的复制品，信中还提及他拥有狄更斯写《埃德温·德鲁德疑案》时所用的钢笔。赖特还声称自己记录下了每次与贝纳姆的谈话内容，但这些赖特所言的记录稿似乎业已失散，在伦敦的狄更斯故居博物馆中无法找到。赖特在自传的最后一章提供了更多证据：自1867年以来狄更斯便使用特林厄姆这个名字同特南秘而不宣地同居，住在佩卡姆的温泽·洛奇旅馆。这一断言的依据基本上是第二手或第三手的当地传闻及佩卡姆地方纳税名册。纳税名册显示，1867年7月温泽·洛奇旅馆地方税的交付者是"弗朗西斯·特林厄姆"，翌年交付税款者是"托马斯·特林厄姆"，1869年至1870年间则由"查尔斯·特林厄姆"经手交付。然而，这些信息依然无法得到确证，因为佩卡姆这个时期的税款名单在第二次世界大战中被送去捣成了纸浆。此外，赖特还在致狄更斯协会会员J. W. T. 莱依的私人书信中提及"这个家中有个孩子"（这封信现存伦敦狄更斯故居博物馆）。遗憾的是，赖特也未能将他研究题目的全部材料和信息充分公布便弃世西行，至今尚无证据证实这一论断。不过赖特早已申明，事实上已有诸多证据表明狄更斯与特南的特殊关系，狄更斯的家人和亲密朋友也可以从狄更斯的遗嘱中读懂二者的联系（狄更斯的遗嘱第一款宣布赠给爱伦·特南小姐一千镑不含遗产税的赠款）。鉴于多年来狄更斯的崇拜者们和研究者们不愿损害这位伟大的维多利亚小说家"慈父贤夫"的形象，因此，赖特声称他的任务就是揭开狄更斯神话的面纱。

在《查尔斯·狄更斯传》中，赖特还将狄更斯的后期创作与特南之间的关系做了很有意思的分析。赖特认为狄更斯早中期小说的女性角色是缺乏深度的，而后期小说则是发人深省的，因为这些作品中的女性形象生动真切。这与福斯特的评价完全相悖，福斯特曾在其《查尔斯·狄更斯传》中表示狄更斯与凯瑟琳分居后才思枯竭，晚期创作质量不断下降。对此，赖特说福斯特的观点是"极为荒诞的"。他说："爱伦·特南是狄更斯后期诸多小说女主人公塑造的灵感之源，如《远大前程》中的艾斯黛拉、《德鲁德疑案》中的海伦娜和《我们共同的朋友》中的贝拉·韦尔弗。直到爱伦·特南走进狄更斯的生活中，狄更斯小说中的爱情故事才有了真正的热度。在此之前，狄更斯小说中的爱情故事多是不温不火、色彩黯淡的。”①

托马斯·赖特对于狄更斯与特南关系的揭秘是否真实可靠，评论界一直争论不休，狄更斯研究者们对于二者关系的讨论也愈演愈烈。格拉迪斯·斯托里的《狄更斯父女》（1939）和艾达·尼斯比特的《狄更斯与爱伦·特南》（1959）的出版为赖特的发现提供了有力的旁证。格拉迪斯·斯托里曾是凯蒂（狄更斯的二女儿）晚年的亲密伙伴（凯蒂1929年故去），他记录了凯蒂对父亲的回忆。回忆录中记载了她父亲狄更斯与特南的恋情。凯蒂叙述说狄更斯在佩卡姆曾将特南安置在一所住宅里，还提到他们爱情的结晶在婴儿期便夭折了。艾达·尼斯比特则凭借红外线照相术的帮助出版了狄更斯书信中曾被涂抹删除的段落，这些狄更斯的手迹包含了狄更斯对特南的私情。第二次世界大战后，仍然不断有研究者提供新的发现为狄更斯的这段恋情增添真实内容。

如果说托马斯·赖特的研究撕破了狄更斯的面纱，那么休·金斯米尔·伦恩的《感伤的旅程：狄更斯的一生》则是彻底地解构了狄更斯的神话。金斯米尔是现代主义文艺思潮的拥护者，对于维多利亚时代的小说家他一直持贬斥态度。他在书中开宗明义：“这位维多利亚时代的偶像一直到今天还声誉不减归功于一些盲目崇拜者的吹捧，而这些盲目的赞誉却让生活在现代的我们很难保持一种超然的态度来评价其人其作。”② 金斯米尔甚为谨慎地肯定了作家的创作天赋，认为作家在描写荒诞和怪异上有独特的禀赋，作家的早期小说也不乏优点。他说：“他善于协调他的戏剧天赋和个人情感，如果不是因为他的讽刺，他本可以成为一流的作家，因为讽刺与天赋、情感是天生对立与不可调和的。”③ 至于怎样不可调和，金斯米尔并未细说，他的重心并不是阐释作家的创作，而是聚焦于作家的个人生活。

在金斯米尔写的传记中，狄更斯是一个狂妄自大、以自我为中心的文人，狄更斯的自我不仅支配了他自己的一生，而且伤害了他身边的人。金

① Thomas Wright, *The Life of Charles Dickens*. London: H. Jenkins, 1935, p. 255.

② Hugh Kingsmill Lunn, *The Sentimental Journey: A Life of Charles Dickens*. London: Wishart, 1934, p. 3.

③ Ibid., p. 7.

斯米尔指证狄更斯对于罗伯特·西蒙之死负有不可推卸的责任。西蒙是出版商安排为狄更斯的第一部小说《匹克威克外传》画插图的画家，此时的狄更斯尚是初出茅庐的文学青年，而年长他十二岁的西蒙已是英国颇有名气的画家。狄更斯在收到西蒙为《匹克威克外传》第二期中一章设计的草图时很不满意，认为西蒙没有很好地表现故事中的人物。于是狄更斯邀请西蒙进行了一次面谈，面谈次日西蒙便在作画时开枪自杀。对于狄更斯与西蒙之间谈话内容的真相，无人知晓。但金斯米尔坚信是狄更斯倨傲的态度让这位享有盛名的画家自尊心大受伤害，从而选择自杀来结束羞辱受挫之感。在对待初恋情人玛利亚·比德奈尔上，金斯米尔认为狄更斯唯我独尊与睚眦必报的性格得到了充分的展现。玛利亚曾是狄更斯青年时爱慕的对象，但她拒绝了狄更斯的追求。1856年，狄更斯收到一位名叫温特夫人的读者的来信，她正是青年狄更斯曾爱慕的玛利亚。狄更斯异常高兴，并回复了她几封激情洋溢的信，倾诉自己对往昔感情的怀念之情，并将自己早期的成功归功于她。然而，当彼此再次相约见面时，狄更斯为她的“肥胖、苍老和丑陋”深感失望。在狄更斯接下来的《小杜丽》中，温特夫人成为弗洛拉·芬琴的原型。小说中这样描写主人公克南林姆再次遇见年轻时拒绝自己的初恋情人：“克南林姆的目光一接触到他往昔的爱人，他的往日爱情便立刻荡然无存了……他离开弗洛拉时，她是一朵娇艳欲滴的百合花，现在却变成了一支芍药。不过这倒也罢了，糟糕的是这位曾经在言谈和思想中似乎有一股迷人魅力的弗洛拉现在已变得傻里傻气，说起话来啰里啰唆。以前她那种受到溺爱而撒娇的忸怩作态的样子尚有几分可爱，此刻她竟依然故我，搔首弄姿，这就是致命伤了。”对于狄更斯这种讽刺和丑化的描写，金斯米尔为玛利亚深感不平，他写道：“狄更斯只忠实于自己的内心情感，对于那些不再适合他情感需要的人不存丝毫同情和喜爱。”①

像托马斯·赖特和金斯米尔这样贬损狄更斯个人形象的研究者只是少数人，更多的研究者认为狄更斯在对待爱情与生活上是个具有浪漫主义情怀的人。伯纳德·达尔文便是后者中的一例。伯纳德是伟大的英国生物学

① Hugh Kingsmill Lunn, *The Sentimental Journey*: *A Life of Charles Dickens*. London: Wishart, 1934, p. 172.

家、进化论的奠基人达尔文之孙，他的《狄更斯》纯属个人兴趣之作。该书新内容、新信息并不多，值得一提的是他对狄更斯、凯瑟琳与特南关系的某些独到见解。如他质疑："当狄更斯分居的消息传来，万人震惊。我们知道狄更斯夫妻不和由来已久，但我们惊讶的是一个男人和女人生活在一起如此不快乐，居然还屡屡产子？"[①] 对此，伯纳德的解释也是颇有意思的，他理解狄更斯，并坚定地站在狄更斯的一边。他认为狄更斯是性情中人，他是绝不会在云雨之欢时还谨慎考虑的。针对某些研究者对特南的批评，他则表明："狄更斯在信中说特南小姐是'单纯无邪的'，我认为没有任何证据显示出狄更斯的这个评价是错误的。"[②] 伯纳德与赖特截然相反的评价自然引起了读者不同的接受态度。

该阶段最具综合性特征的狄更斯研究传记莫过于斯蒂芬·利科克的《查尔斯·狄更斯：他的生活和作品》了。利科克的传记与福斯特等人所写的传记一脉相承，采用传统的社会—历史批评方法，内容包罗万象，涉及狄更斯的创作、思想、政治态度和个人感情等。对于狄更斯曾生活过的维多利亚时代，利科克十分追忆，他说："狄更斯生活的时代已远离我们，我们生活的世界已遭到严重破坏。"[③] 利科克的怀旧情结弥散在整个书中，也体现在他对狄更斯小说的批评上，他认为狄更斯早期作品具有很高的价值，而后期小说，"哪怕是狄更斯的忠实崇拜者们也不愿接受他后期创作中的观点，认为它们是狄更斯小说中的次品"[④]。利科克排斥《大卫·科波菲尔》后的狄更斯小说，认为《大卫·科波菲尔》是"狄更斯创作的巅峰之作"[⑤]，此后狄更斯的天才便走向衰竭，《艰难时世》是彻底失败的，《小杜丽》复杂晦涩，让人困惑，"鲜有读者能通篇阅读下去，即使阅读完毕，也难以在脑海中留下深刻印象"，[⑥]《我们共同的朋友》"是永远、绝不可能让人读下去的"。[⑦]

① Bernard Darwin, *Dickens*. London: Duckworth; New York: Macmillan, 1933, p. 110.

② Ibid., p. 114.

③ Stephen Leacock. *Charles Dickens: His Life and Work*. London: Davies, 1933. p. 2.

④ Ibid., p. 237.

⑤ Ibid., p. 121.

⑥ Ibid., p. 190.

⑦ Ibid., p. 239.

与福斯特持相同观点，他认为狄更斯后期创作力衰竭的主要原因在于他与妻子凯瑟琳分居。

对于作者的创作观，利科克是充分肯定的，他对狄更斯的感伤主义深表同情，认为狄更斯对下层人民的情感、对儿童的关怀体现了作家的怜悯之心。对于狄更斯小说中的人物，利科克也继承了前人研究的结论，认为狄更斯的人物不具备现实主义的特点，是夸张变形的。在评价狄更斯的政治观时，利科克指出狄更斯在某些方面存在片面和偏激的态度。如狄更斯对美国的认识就存在误解，"他没有真正认识这片土地。他是带着偏见和局限性来看待这个民族的"①。

利科克的传记具有百科全书式的特点，他深入到了狄更斯的各个方面。但由于受福斯特传记研究影响颇深，他的某些观点显得过于保守。如在对于狄更斯与特南关系上他刻意采取回避态度，甚至将狄更斯遗嘱中第一条拨出一千镑遗赠给爱伦·特南也刻意省略。这是该书美中不足之处。

总而言之，这一阶段的狄更斯传记研究成果卓著，研究思路和方法也各具特色，不少具有一定的学术价值。这些传记为后来的狄更斯研究学者提供了新的信息和新的思路。狄更斯的研究仍在发展，新的狄更斯传记也会不断涌现。

第二节　对狄更斯小说的传统批评

传统批评方法依然在第二次世界大战前的狄更斯研究领域占据主导地位。这里所指的传统批评方法包括现实主义批评、比较研究等。现实主义批评家们依然强调狄更斯小说的道德意义与社会教育功能，他们着重分析狄更斯小说的主题，探究作家在写作技巧上是否真实反映出生活中典型的东西。部分研究者则依然沿袭比较研究的方法，只不过在比较的维度上不断扩大。值得提出的是，由于现代主义文学在20世纪上半叶开始兴起，部分研究者们看到了狄更斯小说中的现代主义因子，并探讨狄更斯是否对

① Stephen Leacock. *Charles Dickens: His Life and Work*. London: Davies, 1933, p. 132.

现代主义文学产生影响。

奥利佛·埃尔顿（Oliver Elton）在《英国文学简史》中花了不少篇幅论述狄更斯，尤其费墨颇多地概述狄更斯小说的社会意义与道德意义。他认为要想真正理解狄更斯小说的社会改革意义必须读他的新闻作品。埃尔顿认为狄更斯曾经的记者经历对他的创作产生了深远影响。埃尔顿指出：狄更斯在从事议会报道期间，目睹了英国议会、政府的种种闹剧，这些闹剧给他提供了观察社会、了解政治的机会，这种经历让狄更斯在小说创作中对社会问题尤为关注。狄更斯深谙新闻的特点是真实与新鲜，他在创作中体现了对当时社会问题的敏感性，如1836年英国刚通过《贫民法案》，狄更斯就在1838年的《奥列佛·退斯特》中反映贫民习艺所的种种弊端。

莫洛亚（Andre Maurois）在《论坛》上发表《狄更斯的哲学》（"*The Philosophy of Dickens*"）一文，文章系统阐述了狄更斯的人生观、政治观、宗教观。他认为狄更斯对人生、宗教、政治的态度都体现在他的博爱精神与单纯的乐观主义当中。文章写道：

> 他厌恶所有的旧制度，痛恨部分新制度，但是如何以最好的办法取而代之，他却一筹莫展。他政治上的人生观体现在一种真诚然而消极的博爱精神中。债务人的监狱必须废除，贫民院必须废除，恶劣的学校必须废除。但是拿什么东西去代替它们呢？怎样养活平民百姓呢？又如何开办良好的学校呢？狄更斯一无所知。他认为只要好就够了。从根本上来说，他痛恨所有的立法，信仰狄更斯式的个人博爱。有人说过，在他看来，社会的救星是一个心地善良的人，他拥有一大笔财产，并且在街坊邻里竭尽所能地济贫扶危。一位上了年纪的、脸膛通红的老人把金币分发给穷人，把甘美的水果与可爱的玩具堆在穷人的房间里——这就是狄更斯的乌托邦。……无论是科学思想还是科学与宗教（狄更斯是达尔文同时代的人）之间的早期论战，似乎都跟他无关。在这方面将他和他同时代的人作一番比较是很有意思的。人们一旦想到他所生活的时代是庇尔、迪斯累利、格莱斯顿这些以英国前所未有的力量和智慧阐述英国各党派学说的杰出人物的政治时代，

> 一旦想到这些思想上的巨大论战几乎没有在他思想上留下任何痕迹，而且尽管有这些论战，他依然没有使他笔下的人物发表一通连贯的政治学说，不禁感到惊讶，因为他经历了这个伟大的时代，竟仍然保持着天真纯朴的思想，就像一个小孩在听了博学者的辩论之后，又去玩自己的了，把刚才听见的一切忘得一干二净。

因此，狄更斯的理想是“一群善良的人，只想在一起干活，而且只想在舒适的气氛中干得越快越好，同时大家一起有说有笑——这就是狄更斯的理想。他把这种理想奉献给社会各个阶级的人们……狄更斯心目中的人生要比大多数小说家心目中的人生简单得多。一边是一群心地善良、仁慈温和的人；另一边是凶相毕露的可怕恶棍；对待后者别无他法，只有打倒他们，或者把他们吊起来。……狄更斯相信人类进步这一自然规律，他认为只要劝说人们积德行善，消灭贫穷，人类就能达到一种永久的圣诞节境界，那时所有的善良的英国人就能在几百年的时间里吃葡萄干布丁，喝潘趣酒，开一些善意的玩笑。正如有一个穆罕默德的天堂，也有一个狄更斯的天堂”①。

O. F. 克里斯蒂（O. F. Christie）在《狄更斯与他的时代》（*Dickens and His Age*, 1939）中表达了与莫洛亚相近似的观点。他在关注狄更斯反映和重塑他所生活的时代的同时，看到了狄更斯小说中所彰显出来的道德意义。他赞成切斯特顿将狄更斯称作“永恒的乐观主义者”，他认为狄更斯对待英国整体上是乐观的，是满意的。虽然狄更斯也抱怨英国的生活制度，不满阶级之间的不平等，但狄更斯毫不怀疑道德的胜利，他相信只要劝说人们积善从德，改变恶习，消灭贫困，英国乃至整个人类就能达到一种永久的圣诞节境界——一个所有英国人能喝潘趣酒、吃布丁、开玩笑的狄更斯天堂。

美国批判实在论的倡导者乔治·桑塔亚那（George Santayana）非常推崇狄更斯小说中所彰显的圣诞精神。他认为剥离狄更斯小说中的情节，留在读者心中的便是一个欢乐的世界，那里有火鸡、潘趣酒、葡萄干布丁、冬青树枝，人们在跳舞打牌、喝酒作乐，人人乐天知命，享受愉快的贫

① André Maurois, “The Philosophy of Dickens.” *Forum*, January 1929, pp. 54—59. 译文参考了王人力译的《狄更斯评传》。

穷。因此桑塔亚那称狄更斯为“完美的戏剧家”，他尤其推崇《匹克威克外传》，他说：“像这样的作品只能向历史上最伟大的喜剧诗人去找，向莎士比亚或阿里斯托芬去找。”[①]

这一阶段的比较研究不光包含了将狄更斯与其他艺术家的横向比较，还有对狄更斯前后期作品进行的纵向比较。事实上，在第一次世界大战以前，评论界对狄更斯的后期作品一直贬胜于褒，以菲茨詹姆斯和特罗洛普等为代表的批评家们普遍认为狄更斯的后期作品过于关注政治，脱离了创作的艺术性。这种评价在第一次世界大战后发生了很大的变化。奥利佛·埃尔顿指出：“那些坚信狄更斯自《大卫·科波菲尔》之后的小说就一落千丈的评价是错误的。他的后期小说一样值得我们细细品读，也值得批评家们深入研究。”[②] 美国的众多学者也开始重视狄更斯后期的创作，宾夕法尼亚大学的科尼利厄斯教授（Cornelius Weygandt）的观点就颇具代表性。他十分肯定地指出狄更斯的后期作品在美国的受欢迎程度已经远远超出他的前期作品了。科尼利厄斯教授认为狄更斯思想上的深度体现在后期创作上。在后期小说里，他不再单纯地认为资本主义社会的罪恶是由某个坏人的恶劣品质造成的，而是植根于整个社会制度。他的这种思想认识反映在创作上，使其后期的作品对资产阶级的政府、议会、法院、法律、监狱、伦理道德、劳资关系进行了全面而又深入的揭露批判，风格也由早期的乐观幽默转为严肃阴沉。由于科尼利厄斯是大学教授，他的观点易于被学生广泛接受，因此其评价在美国狄更斯研究领域较有影响力。

此外，科尼利厄斯教授还在《百年英国小说史》（*A Century of the English Novel*, 1925）中将狄更斯与英国版画家荷加斯就创作艺术进行了比较。对于他们在艺术上的最初比较始于汤玛斯·亨利·李斯特在狄更斯生前发表的评论，但科尼利厄斯教授的比较更为深入。他认为荷加斯擅长用笔来捕捉伦敦的世俗百态，他的版画并不遵循古典派严谨的、一丝不苟的表现

---

① George Santayana, “Dickens.” *Dial*71, November 1921, Reprinted in *Solioquies in England and Later Solioquies*. New York: Scribner, 1922, p. 65.

② Quoted in W. Mazzeno Laurence, *The Dickens Industry*. Rochester: Camden House, 2008, p. 66.

手法，也并不把现实生活原封不动地搬到画作中，反而像一幅幅漫画。他对出现在他画中的形形色色的人物都进行了一定程度上的夸张，充分体现了画家的主观色彩。而作为现实主义小说家的狄更斯同样在创作中对生活中的人物进行变形，他笔下的人物也都经过了变形、夸张，成为别具一格、富有生气的漫画式人物。作为小说家的狄更斯与作为艺术家的荷加斯相同之处在于两者都能感知广大人民本质上的千差万别，都注重反映平凡人们对日常生活的感受。

W. C. 菲利普斯（Walter C. Philips）在《狄更斯、里德和柯林斯：感伤主义小说家》（*Dickens, Reade and Collins: Sensation Novelists*, 1919）一书中将狄更斯、查尔斯·里德和威尔基·柯林斯称作为 19 世纪英国最重要的感伤主义小说家。感伤主义文学是 18 世纪 60 年代至 80 年代末发生在英国的一股文学潮流。产业革命以后，现实矛盾加剧，人们开始对理性社会产生怀疑，但又无可奈何，只得寄希望于艺术和情感来表达对现实的不满和逃避。尽管菲利普斯将三位小说家均称为感伤主义作家，但认为他们的创作在具体表现手法上不尽相同。他认为狄更斯对社会的矛盾与现实不满，但无力改变现实，只能在小说中夸大感情的作用，表现在艺术技巧上则侧重描写单纯的人物、赞美过去美好的时光，彰显一种乐观主义精神；里德注重人物内心的情感，擅长细致刻画人物的心理活动和不幸的生活遭遇，以唤起读者的同情和共鸣；柯林斯则擅长编织曲折复杂的情节，描绘神秘而惊险的场景，以书中人物的离奇遭遇和故事进程中扑朔迷离的线索牢牢抓住读者的注意力。此外，柯林斯善于用浪漫主义的笔触描画自然环境，渲染紧张气氛，从而大大增强了故事在读者心中唤起的神秘感。

诸如此类的比较研究还有阿瑟爵士（Sir Arthur Quiller-Couch）的《狄更斯与其他维多利亚小说家》(*Charles Dickens and Other Victorians*, 1925)、G. K. 切斯特顿的《伟大的维多利亚小说家们》(*The Great Victorians*, 1932)、厄尼斯特·A. 贝克（Earnest A. Baker）的《狄更斯与萨克雷的时代》(*The Age of Dickens and Thackeray*, 1936)、詹姆斯·S. 派克（James S. Pike）的《狄更斯、卡莱尔与丁尼生》（“Dickens, Carlyle and Tennyson”, 1939）等。这些研究多数属于文学类中的纵向比较，可以划入文学

史的研究范畴，在比较的范围和方法运用上虽然比第一次世界大战前已有所突破，但纵观第二次世界大战后的比较研究则可发现：第二次世界大战后比较研究在此基础上取得了更大的进步，不仅突破了英国内部的比较，而且将狄更斯与欧洲文学中同一类型的作家比较，如将狄更斯与卡夫卡、左拉等作家的比较；更有将西方文论运用至比较研究，从而产生大量研究成果。如《狄更斯与卡夫卡：相互阐释》是互文性理论的产物，《星光灿烂的伊甸园：狄更斯、王尔德、特罗洛普、哈里斯及其他英国旅行者眼中的 19 世纪美国》则是形象学理论的产物。

某些批评家在驳斥“狄更斯是社会改革家”的论断的同时，指出狄更斯是“娱乐家”，这一称谓颇有新意。诺曼·柯林斯（Norman Collins）在《小说的事实》（*The Facts of Fiction*, 1932）一书中称狄更斯是“现代文学时代的第一个旅行者”，他说：“很多批评家将社会改革家的帽子随便扣在狄更斯的头上，事实上狄更斯所做的仅仅是为了娱乐。”[①] 他认为狄更斯以幽默的创作技巧、感伤的情节和情节剧使读者在阅读小说文本时产生一种愉悦感，再以公众朗诵为手段俘获和取悦读者。柯林斯的评价得到了罗伯特·洛维特（Robert Lovett）和海伦·S. 休斯（Robert S. Hughes）的响应。他们在合作的著作《英国小说史》（*The History of the Novel in England*, 1932）中讨论了狄更斯与读者的关系，认为狄更斯有意回避创造“圆形人物”和复杂情节，因为狄更斯的小说是为读者大众而作，他是“英国读者大众心目中最受欢迎的娱乐家”[②]。且不说他们的批评是否恰当，但毫无疑问这些批评家看到了狄更斯小说所彰显的大众性与娱乐性的特点。

第三节 对狄更斯小说的形式主义与新批评研究

形式主义与英美新批评是 20 世纪初最重要的、最具影响的文学理论流

---

① Norman Collins, “Charles Dickens.” In *The Facts of Fiction*, New York: Dutton, 1933, p. 155.

② Robert Lovett & Robert S. Hughes, *The History of the Novel in England*. Boston: Houghton Mifflin, 1932, p. 236.

派。这两个批评流派中的诸多批评家及追随者都自觉运用相关批评方法对狄更斯作品进行研究。之所以将它们并列起来概述其在狄更斯研究领域内的运用，主要基于两者在某些批评方法上的相似之处：第一，俄国形式主义与英美新批评都在文学批评中排除或缩减社会的、历史的、政治的和意识形态的因素；第二，两者均将作品、文体乃至整体的文学观视为一个相对封闭的系统，形式主义常常更为注重文学的形式与技巧，忽视文学作品的意义与主题，新批评同样凸显文学文体的本体研究。奉形式与技巧为尊的批评家们如珀西·勒伯克（Percy Lubbock）、佩勒姆·埃德加（Pelham Edgar）、爱德温·缪尔（Edwin Muir）等均在他们关于文学理论的研究专著中将狄更斯纳入研究范畴，通过对狄更斯及其他作家的批评来探索小说的创作技巧和规则。

1921年出版的《小说的技巧》（*The Craft of Fiction*）在文艺批评界掀起了轩然大波。作者珀西·勒伯克被评论认为是继亨利·詹姆斯后最重要的文艺美学批评家，他的《小说的技巧》也被认为是“第一部把小说当成艺术的专著”①。勒伯克建议文学批评应该采取更为科学与客观的方法。他认为小说批评不应讨论作家的生活背景，新批评者应该关注的是小说的“形式、设计、结构”，批评家的批评方法就是“阅读文本”。②

在文本阅读的过程中，视角是勒伯克极为关注的一个方面，他认为在整个复杂的小说写作技巧中，视角至关重要，以至于视角选择是否得当将决定小说的成败。对此，勒伯克指出像《大卫·科波菲尔》那样诉诸读者浏览漫长岁月的第一人称叙事作品不是刻意戏剧化的，而是极为自然的。狄更斯既没有像萨克雷那样在小说中有刹不住的指手画脚的身影，也没有像屠格涅夫那样犯滔滔不绝的白描的毛病。狄更斯以一种抽身事外的方式，将过去的一切人物、环境、故事用一种图片式的方法拼贴起来，以一种平静的态度去回忆。通过第一人称的叙述既清楚生动地再现了科波菲尔的成长过程，又使作者、小说与小说中各个人物的关系得到平衡。

在《小说的技巧》中，勒伯克以富于创造性的洞察力逐一检查了各种

① Mark Schorer, “Foreword to *The Craft of Fiction.*” New York: the Viking Press, 1957, p. 2.

② Percy Lubbock, *The Craft of Fiction*. London: J. Cape, 1921, p. 10.

不同的叙事角度。他说，小说家可以作为一个不偏不倚的，或者带有个人成见的旁观者，从外部来描写小说里的那些人物；也可以站在无所不知者的立场上，从人物的内心世界来描绘他们；或者把自己置于人物之一的地位，并且对别的人物的思想和动机装作毫无所知的样子；或者采取介乎这些态度之间的某种态度。

勒伯克较为推崇狄更斯在《荒凉山庄》中采用的复杂的叙事方式。《荒凉山庄》的第一章是从无所不知的叙事角度写的。“狄更斯把读者带到大法官的法庭上，麻利地将在场的人物一一交代清楚。在第二章里，他改从部分全知叙事角度进行叙述，读者仍旧通过他的眼睛来观察，但是由于某些未经作者说明的原因，他的视力开始变得比以前衰弱，开始有选择性地介绍相关情况：他解释雷斯特·戴德洛克爵士的全部情况，解释戴德洛克夫人的部分情况。但是对于图金霍尔先生，作者什么也没有解释。到了第三章，狄更斯采用戏剧独白的手法，将自己依附在一个年轻妇女埃丝特·萨默森的身上说起话来。但狄更斯并不总是闲着，他偶尔会从她的手里把那只笔夺走，然后跑来跑去，记点笔记。”① 勒伯克将狄更斯的此种叙事方式称作“图画法”———一种将各种有趣人物与事件填充起来的社会全景画法。

“图画”（picture）和“戏剧”（drama）就是人们如今常说的诉说和展示两种叙事方式。按照勒伯克所下的定义，“图画即事件在某人接收意识屏幕上的反映”，而如果“作者把读者直接放在可见可听的事实面前，让事实自己讲述故事，这时候的场景就接受了戏剧化的处理”②。图画能对戏剧起支撑作用，在这方面勒伯克认为狄更斯较为高明，他指出《大卫·科波菲尔》和《荒凉山庄》就是以宽阔的图景做铺垫，然后将读者带入浪漫的戏剧场景中。

珀西·勒伯克的追随者佩勒姆·埃德加在1933年出版了《论1700年至现在的小说艺术》，该书自认追述了“英语小说结构的变迁史”③。该著作在体例、构思上均受到了勒伯克的影响。与勒伯克一样，埃德加也强调

① Percy Lubbock, *The Craft of Fiction*. London: J. Cape, 1921, p. 191.

② Ibid., pp. 69—71.

③ Pelham Edgar, *The Art of the Novel from 1700 to the Present Time*. New York: Macmillan, 1933, p. 3.

小说的形式。与勒伯克对狄更斯温和的赞美不同，埃德加对狄更斯并不欣赏，他认为“就结构而言，狄更斯是他自己最大的敌人”，“如果他能多一分自我批评，他也许能成为一个较优秀的小说家”。[①] 埃德加坦承自己喜欢阅读狄更斯的小说，但不能容忍狄更斯丝毫不关注小说形式与结构的做法。他列举了好几例来加以说明：为了提高小说的销售量，狄更斯将《马丁·朱述尔维特》中的小马丁在第五期送至美国，这部分完全破坏了小说的整体性；《大卫·科波菲尔》中的毛奇小姐本是一位性格恶毒、居心叵测，且身材畸形的人物，她的外貌是狄更斯从一个他熟悉的可怜小姑娘那里借来的，而且模样几乎差不多，这位真正的毛奇小姐读到这部小说后，给狄更斯寄去了一封十分悲痛的信，狄更斯得知自己引起一位小姐此种痛苦之后大为不安，于是立即在小说的结尾部分对毛奇小姐的形象加以矫正，将这个原本令人恶心的形象骤然转变成一个十分可爱的人物；《远大前程》的结局也因为狄更斯的好友、小说家李顿勋爵的建议而改变初衷，狄更斯原本打算写一个悲伤的结尾，但李顿劝他保持广大读者所期望的圆满结局，他听从了劝告。

对于狄更斯的种种做法，埃德加无法谅解。他认为一个优秀的作家绝不能根据读者的需要随时变更主人公及小说人物的性格。在他看来，狄更斯最为关心的是在任何情况下都让他的读者满足，而不是小说的形式与结构。

小说家、批评家爱德温·缪尔在《小说的结构》（*The Structure of the Novel*，1928）一书中也用了一定篇幅论述了狄更斯的小说。《小说的结构》同样是一部深受亨利·詹姆斯、爱·摩·福斯特（E. M. Forster）、珀西·勒伯克影响的美学理论著作。在论述中，缪尔对狄更斯小说的结构基本持否定态度，认为狄更斯只擅长塑造让人难忘的人物角色，他的小说结构则相对松散。让人意外的是，四十年后，缪尔的《狄更斯黑暗的喜悦》一文（“*The Dark Felicities of Charles Dickens*”，1965）对此前在《小说的结构》一书中对狄更斯的评价有所纠正，他指出：“狄更斯早期小说中的即席性

① Pelham Edgar, *The Art of the Novel from 1700 to the Present Time*. New York: Macmillan, 1933, p. 11.

与随意性逐渐发生改变，他后期的创作结构相对严谨，体现在以各种形式对监狱的关注上。"[1] 缪尔认为狄更斯在《小杜丽》《双城记》《荒凉山庄》等作品中直接以监狱作为最主要的活动场所来展开故事情节，构思缜密。缪尔对监狱这一场所的分析对后来的研究者 D. A. 米勒（D. A. Miller）和杰瑞米·坦布林（Jeremy Tambling）运用米歇尔·福柯的相关理论来阐释狄更斯是如何着迷于塑造监狱这一场所产生了启发性的作用。

1927年出版的《小说面面观》（*Aspects of the Novel*）对小说理论和创作实践产生了普遍而富于指导意义的作用，被20世纪的文学界和评论界奉为圭臬。该著作的作者爱·摩·福斯特是20世纪知名的小说家和批评家，他不光在小说界享有盛誉，而且因其独到的批评被誉为20世纪不可多得的哲人。此书谈及小说的七个方面：故事、人物、情节、幻想、语言、模式和节奏，论及许多知名小说家及其作品。在分析人物的章节，福斯特以狄更斯的小说人物为例来讨论不同类型的人物是如何与读者的期待视野发生共鸣的。福斯特将狄更斯小说中的大部分人物贴上"扁形人物"的标签，这一论断在东西方的狄更斯研究领域得到了广泛的认同。

福斯特将小说人物分为扁形人物和圆形人物两类。他认为就塑造人物的成就而言，扁形人物或许没有圆形人物那般巨大，但扁形人物被塑造成戏剧性角色的时候有着圆形人物不可比拟的优点。扁形人物也可被叫作"类型性人物"和"漫画式人物"。扁形人物具有两个优点：一是人们容易辨认，二是读者容易记住他们。真正的扁形人物可以用一句话加以概括。福斯特认为狄更斯的小说人物基本上都是扁形的，但狄更斯塑造的这些扁形人物在读者心中留下了不可磨灭的印象。如读者只要一想起米考伯太太就会想起她的"我永远不抛弃米考伯先生"。

福斯特认为任何一部复杂小说既需要圆形人物，也需要扁形人物，他们之间相互撞击才能使作品和生活相似。如福斯特所言：

> 狄更斯作品中的许多人物都可以用一句话概括，但他们却又给人

---

① Edwin Muir, "The Dark Felicities of Charles Dickens." In *Essays on Literature and Society*, Cambridge, MA: Harvard UP, 1965, p. 208.

> 以具有奇妙的人性深度之感。可能是狄更斯所具有的那种巨大的生命力使他的人物也变得生动活泼起来，以至于他们借助狄更斯的生命，好像他们自己也有了生命一样。这好像是玩魔术戏法。我们可以在任何时候从一侧去观察匹克威克先生，并发现他的形象薄如一张唱片。可是我们从来没有看过他的侧面。匹克威克先生太机灵、太训练有素了。他老是带着一副正在权衡利弊得失的表情。当他被人家塞进女子学校的那个衣柜里去的时候，他的分量仿佛和在温莎被人家装到洗衣篓里去的福斯塔夫一样沉得厉害。狄更斯天才的一部分在于：尽管他采用了类型性和漫画式的人物，他们一旦重新登场，我们就认出了他们；然而达到的效果并不呆板，还显示出具有深度的人性。那些不喜欢狄更斯的人理由极其充分——他是个蹩脚的作家。事实上他却是我们所拥有的伟大的作家之一。他在塑造类型性人物方面取得的辉煌成就表明：扁平人物形象包含的内容也许要比那些严苛的批评家们所乐于承认的更为丰富。①

在福斯特看来，也许狄更斯在写作的技巧上逊于理查逊、笛福与简·奥斯丁，但狄更斯小说中那些生机勃勃、让人读起来觉得异常生动的人物带动了那些并不生动的部分。他用简洁、夸张的描写，让读者很容易就记住了人物的外貌、了解了人物的性格特征，给人留下深刻印象。他的许多人物也因为其鲜明的性格特征而成为某类人物的代名词，被收入了普通英语词典。

在讨论“叙事角度”时，福斯特与《小说的技巧》作者珀西·勒伯克进行辩论，勒伯克强调小说的美学理论，企图将复杂的叙事方法归结为某些公式，而福斯特则认为叙事的力量体现在作者个人的能力，看他能否让读者对他小说里所写的事情都信以为真。与勒伯克对《荒凉山庄》叙述技巧的肯定相反，福斯特认为《荒凉山庄》就逻辑性而言，七零八落，毫无章法，狄更斯任意将叙事角度变来变去，却把读者哄得迷迷糊糊，让大家对他小说的内容深信不疑。福斯特发问：我们读者何以不甚挑剔，丝毫不介意狄更斯叙

---

① E. M. Forster, *Aspects of the Novel*. London: E. Arnold, 1927, pp. 97—98. 译文参考了朱乃长所译的《小说面面观》。

事的混乱，依然相信狄更斯叙事的真实性？对此，福斯特认为叙事角度固然重要，但是批评家不宜过分强调它的重要性，它远没有人物的适当搭配重要。此外，小说家妙笔生花，哄得读者信以为真才是绝对必要的。

尽管福斯特在《小说面面观》中的不少观点引起了不同程度的争论，但它逐渐成为反对过于重视艺术形式和写作技巧，反对否定个性化创作活动的所谓“技巧之上论”的先驱。他为小说美学理论翻开了崭新的一页，也在狄更斯研究领域产生了持久的影响。

新批评派的奠基者T. S. 艾略特（T. S. Eliot）对狄更斯的小说文本颇有研究。他在一篇评论文章中对狄更斯与其同时代的知名小说家威尔基·柯林斯进行了比较，肯定了狄更斯小说的人物塑造。他说：“狄更斯塑造的人物特别出色，他所塑造的人物比人们本身更为深刻。”艾略特通过对柯林斯和狄更斯进行对比，得出结论：“柯林斯笔下最成功的人物，是作家用最高超的才艺创造出来的。而在狄更斯塑造的最杰出的人物身上，我们却丝毫看不出作家斧凿的痕迹。狄更斯的人物与但丁和莎士比亚的人物一样，都属于诗的范畴。只要用一句话，不管是这些人物说的，还是别人对他们的议论，就能使他们完整地再现在我们眼前。”

“狄更斯的人物逼真，因为他们独一无二。柯林斯的人物逼真，因为作者煞费苦心地把他们写得前后一致，使他们近似生活。”艾略特赞赏并佩服狄更斯创作人物的天分，认为他“在描写一个巨大的形象的时候，常常是随随便便地信手拈来”。所以，读者对狄更斯小说中的各类人物能如数家珍，而即使是柯林斯最忠实的读者也“不大想得起他作品中的其他人物。他们至多只能想起半打左右的名字”。①

奥尔德斯·赫胥黎（Aldous Huxley）是20世纪上半期英国重要的小说家，他的创作思想深受新批评派影响，反对浪漫主义文学崇尚情感的自我表现，认为作者不可将作品当作表现个性与抒发感情的工具。他在一篇评价狄更斯小说《老古玩店》的文章中对狄更斯的创作提出了质疑，认为狄更斯在创作时淹没于充沛的情感之中，从而失去判断力。文中写道：

① T. S. Eliot, “Wilkie Collins and Charles Dickens.” In *Times and Literary Supplement.* 4 August 1927, pp. 151—152.

“狄更斯最突出的特点之一就是，当他写作感情激动时便立刻不再运用自己的理智。洋溢在他心里的感情淹没了他的头脑，甚至模糊了他的眼睛，因为，他一旦感到哀伤就无法看到、甚至不希望再看到现实。他在这种场合下唯一的愿望只是感情洋溢，没有其他。他真正彻底地这样做了；他原意是想写无韵的散文诗，结果写成的却是一篇浮夸而毫无价值的文章……狄更斯淹没在充沛的感情之中，失去了判断力。他在感动之中无法用艺术重新创造使他深受感动的那个现实，甚至他好像已无力认识那个现实。”

赫胥黎将《老古玩店》与陀思妥耶夫斯基的《卡拉马佐夫兄弟》进行比较，与前者塑造了可怜孩子小耐儿一样，后者塑造了一个叫依柳霞的孩子在遭受许多苦难后死去的故事。然而，在赫胥黎看来，依柳霞之死沉痛感人，小耐儿之死却庸俗幼稚。赫胥黎认为之所以产生如此效果在于两位小说家不同的创作技巧。陀思妥耶夫斯基注重小说创作的细节，他准确地观察到了依柳霞死时床榻周围发生的一切，文章充满无可比拟的、丰富的事实细节。而狄更斯则被激情蒙蔽了双眼，对于小耐儿临终前几天在她周围发生的事情，他几乎一点都没有注意到，读者除了了解到小耐儿的苦难及她的美德之外，一无所知。赫胥黎认为狄更斯犯了艺术创作的大忌：任由情感泛滥。赫胥黎认为这种做法在美学领域是应该遭到谴责的。他指出：“艺术是哲学，也是科学。在其他条件相等的情况下，以自己的方式‘谈论’宇宙较多的艺术作品比那些谈论得较少的艺术作品要好一些。”赫胥黎认为“其他条件”指的是美的各种形式，即小说家创作的技巧与策略，根据哲学形式，艺术家必须表达他的哲学与科学的真理，而切不可描写一些矫揉造作的贫困、具有感伤情绪的病态。因为“这些描写以不仅令人吃惊而且令人发笑的剧烈而花哨的语言表明了它们的作者缺乏才智”①。

许多布鲁姆斯伯里文学团体（Bloomsbury Group）的成员也对狄更斯的创作艺术进行批评。布鲁姆斯伯里文学团体是在英国20世纪初号称

① Aldous Huxley, “The Vulgarity of Little Nell.” In *Vulgarity in Literature*, London: Chatto & Windus, 1930, pp. 54—59. 译文参考了吴柱存译文，载罗经国《狄更斯评论集》。

“无限灵感，无限激情，无限才华”知识分子的小团体，成员是包括约翰·高尔斯华绥（John Galsworthy）、弗吉尼亚·伍尔夫（Virginia Woolf）和前文提及的爱·摩·福斯特、T. S. 艾略特等在内的众多才子文人。这个小团体以其自成体系的审美在当时的英国独树一帜，影响巨大。然而这个团体的大部分成员对狄更斯及其创作技巧持毁誉参半态度。知名小说家高尔斯华绥在 1927 年一篇题为《六位小说家侧影》（“*Six Novelists in Profile*”）的文章中这样评价狄更斯，他说：“狄更斯是天生的说故事的人，他在人性与人类方面拥有让人叹为观止的知识。但他也是最没有艺术性的作家。”“如果你企图在狄更斯那儿学习到小说创作技巧，那你定会大失所望。”尽管高尔斯华绥如此否定狄更斯的创作技巧，但他依然将狄更斯视作“英国最伟大的小说家，在英国小说史上，他是因其旺盛的创作天赋而获取胜利的最伟大的例子”①。

英国著名的意识流小说家伍尔夫对狄更斯小说的批评发展同样作出了重要的贡献。她不仅是 20 世纪英国最杰出的女作家，而且也是最卓越的女评论家。伍尔夫一生共发表了三百多篇随笔、书评和论文，对英国小说做了较为全面的阐述。像詹姆斯一样，她也与传统作家展开了激烈的论战，对他们的保守、刻板和陈旧的创作方式提出了猛烈的挑战。她认为像狄更斯之类的现实主义小说家的作品只塑造了一些人物形象和生活表象，而无法揭示人物的精神世界和心理结构。她在《瞬间及其他随笔》（*The Moment and Other Essays*）中记录了她阅读《大卫·科波菲尔》的感受。文章写道：“可能没有人会记得第一次阅读《大卫·科波菲尔》的具体时间了。因为像《鲁滨逊漂流记》和《格林童话》一样，《匹克威克外传》与《大卫·科波菲尔》不是小说，而是口口相传的故事，这些故事曾给我们的生活带来记忆。然而一旦你要将它看成小说，用艺术创作的规则来衡量与评价它，那么《大卫·科波菲尔》能给你产生何种印象？”

伍尔夫对此作出了自己的回答：“事实上，狄更斯的感伤是令人讨厌的，风格也是极为普通的；阅读他的作品，我们必须将对艺术的要求和感

① John Galsworthy, “Six Novelists in Profile.” In *Castles in Spain and Other Screeds*. New York: Scribner, 1927, pp. 133—135.

悟深藏起来。”对于许多人将狄更斯与莎士比亚、司各特、巴尔扎克相提并论，认为狄更斯像前两者一样是天生的创作家，与后者一样多产，伍尔夫不以为然，她认为一旦阅读狄更斯的文本，读者的阅读感受决不能与读这几位作家作品的感受相媲美。在伍尔夫看来，狄更斯缺乏个人风格，对上层人物毫不了解，也不理解成熟的感情，如对爱弥丽的私奔、斯提福兹夫人的绝望、汉姆的痛苦（汉姆深爱着爱弥丽，然而爱弥丽与斯提福兹私奔）等人物心理的描写既不真实也不到位。

然而，与众多布鲁姆斯伯里文学团体成员一样，伍尔夫对狄更斯也是爱恨交织。虽然她并不欣赏狄更斯的创作风格和艺术技巧，但她仍然被他的小说所迷住。文章开门见山指出：“我们应当至少读上两遍《大卫·科波菲尔》。”伍尔夫说：“我们无法忘记狄更斯给我们带来的热情、兴奋和他的幽默，以及他小说中各式各样怪异的人物；我们无法忘记伦敦的气味和烟尘；我们无法忘记这座城市、大法庭、这个人的鼻子、那个人的瘸腿；我们无法忘记那些将相隔甚远的人连接在一起的不可思议的巧合事件；我们无法忘记拱门与道路两旁的景色……温暖的房间里，灯光明亮，里面有米考伯太太、她的双胞胎孩子、德拉德尔一家、贝西姨婆在热热闹闹地说着、笑着。”① 伍尔夫认为狄更斯的这种感染力是无法分析与阐释的，这种力量是与生俱来的。伍尔夫对狄更斯的复杂态度可以在许多批评家身上得到印证，莉莲·雷琳（Lillian Rainey）在《现代的狄更斯》一文中写道：“我喜欢狄更斯，虽然我意识到这是一件挺丢人的事儿。”② 将这句话用来表达伍尔夫对狄更斯的态度或许也并不为过。

第四节　对狄更斯的马克思主义批评

20世纪的马克思主义理论依然在全世界发挥着巨大的影响力，但随着西方进入“后工业化”时期，各国在政治、经济、社会与文化领域不断发

① Virginia Woolf, “David Copperfield.” *Nation and Athenaeum*, August, 1925. Reprinted in *The Moment and Other Essays*. London: Hogarth, 1947, pp. 76—78.

② Lillian F Rainey, “Dickens Up To Date.” *Century*, February 1926, p. 304.

展，文学批评对于马克思主义也产生了与19世纪不同的理解与阐释。新马克思主义文论主张将文学作品放到社会历史文化的大背景下进行研究，反对将文学与社会和历史割裂开来，这与俄国形式主义、英美新批评派和结构主义文论大异其趣。他们从马克思主义理论中经济基础与上层建筑的关系出发，考察文艺的社会功能，特别强调文艺与意识形态的关系。对狄更斯的马克思主义批评由来已久：与狄更斯生活在同一时代、同一城市的马克思、恩格斯就对狄更斯的创作显示了不同寻常的关注，他们称狄更斯为“英国现实主义创作的伟大代表”；19世纪的奥利芬特夫人将狄更斯定位为“中产阶级小说家”；埃德温·皮尤称狄更斯为“人民的使者”；萧伯纳大叹《小杜丽》让自己成为“一名革命者”；20世纪的T.A.杰克逊认为“狄更斯的立场与马克思和恩格斯没有什么区别”……这些批评家运用马克思主义批评方法对狄更斯及其作品进行解读，他们的研究在很大程度上丰富和深化了狄更斯研究。

马克思主义创始人马克思与恩格斯对狄更斯及他同时代的现实主义作家给予了充分的肯定。马克思说：“现代英国的一批杰出的小说家，他们在自己卓越的、描写生动的书籍中向世界揭示的政治和社会真理，比一切职业政客、政论家和道德家加在一起所揭示的还要多。他们对资产阶级的各个阶层，从‘最高尚的’食利者和认为从事任何工作都是庸俗不堪的资本家到小商贩和律师事务所的小职员，都进行了剖析。狄更斯、沙克莱、白朗特女士和加斯克耳夫人把他们描绘成怎样的人呢？把他们描绘成一些骄傲自负、口是心非、横行霸道和粗鲁无知的人；而文明世界用一针见血的讽刺诗印证了这一判决。这首诗就是：上司跟前，奴性活现；对待下属，暴君一般。”①

恩格斯认为这批作家创作了一个新的流派，他们是这个时代的旗帜：“近十年来，在小说的性质方面发生了一个彻底的革命，先前在这类著作中充当主人公的是国王和王子，现在却是穷人和受轻视的阶级了，而构成小说内容的，则是这些人的生活和命运、欢乐和痛苦。最后，他们发现，

① 《马克思恩格斯全集》第10卷，人民出版社1962年版，第686页。

作家当中的这个新流派——乔治·桑、欧仁·苏和查·狄更斯就属于这一派——无疑的是时代的旗帜。”①

自1855年奥利芬特夫人首次提出狄更斯是一位“阶级”作家后，文学史家卡扎明（Louis Cazamian）在自己编著的《英国文学史》中再次详述了狄更斯是一位“宽宏大量和真诚对待下层中产阶级”的作家。他在书中写道：“他（狄更斯）在考察他们的时候，并不采取疏远的、高踞于他们之上的旁观者的姿态，而是把自己看作他们中间的一员。因此，他对他们总是怀着一种同情，一种脉息相通的共同的感觉，一种出于本性的兄弟情谊。狄更斯总是把他自己的注意力，也把读者的注意力，集中在平凡的生活上面。不管作品的基调是悲怆还是幽默，这种平凡的生活似乎天生就具有艺术的真正价值。这就是狄更斯现实主义的永久基础。”

这里，卡扎明也和奥利芬特夫人一样界定了“什么是中产阶级”，相比奥利芬特夫人当初含混不清的定义，卡扎明则按照自己的理解作出了准确而清晰的界定，他说：“这里说的中产阶级是指伦敦的，或者是古老城市里的，或者是南方农业区的中产阶级。他对中部和北部地区工人阶级的动荡生活一无所知。如果有所了解，他的知识也是不完全的。他的全部小说创作所触及的问题并不涉及最近发展起来的工业群众；它们所描写的是一个历史悠久的、有着某种固定的、传统特性的阶级。他把我们带回到过去，不让我们和一个机器时代，一个新的世界直接接触。虽然他的本意并非如此，但是他的本能却要历史开倒车。他最得心应手地描写带有古老风尚的风俗和习惯。只有在罕有的情况下，他才敢于鼓足勇气，跳出他青年时代所观察到的那一个天地。他所描绘的和主张的那种欢乐和热情是属于宗法社会的。人们能够感觉到这个宗法社会已经起了变化，但是现代生活还没有侵入它的内部，把它打乱。在狄更斯看来，铁路永远是一件耸人听闻的奇妙事物，只有在驿站马车的铃铛声中，他的想象力才自然而然地驰骋起来。”

卡扎明认为狄更斯对事物的反应是理想主义的，而狄更斯所取得的成就也充分说明他的生活和思想完全符合当时中产阶级的要求。

① 《马克思恩格斯全集》第1卷，人民出版社1960年版，第594页。

他的主要成就是：他使得在功利主义时代干枯的气氛中日益衰退下去的国民的敏感性重新振作了起来，并且按照和人们生活主旨相称的价值，重新建立起了一种平衡而更加健康的秩序。当他猛烈抨击那种支持经济学家个人主义理论的精神状态时，这种心理活动达到了最精确、最奏效的程度，这时，狄更斯的抨击成功地动摇了一种教条的道德基础。他为削弱（这种削弱是有益的）武断的利己主义作出了贡献。在这一方面，他的教诲和卡莱尔、罗斯金是一致的。他和感情的先知者们站在同一立场，反对理性主义顽固的鼓吹者。在别的方面，他的气质与卡莱尔和罗斯金的神秘激情保持着一定距离。他一直紧紧抓住现实，从来不忘掉人们一切有用的活动都必须为了实现正常的生活而努力。他笃信进步，观点温和，生性乐观。他的生活和思想完全符合当时中产阶级的要求。①

对狄更斯及其创作进行了马克思主义批评的一位重要代表人物卢那察尔斯基是个很好的例子。他在其专著《论文学》中揭示了狄更斯的小说艺术与意识形态之间的复杂矛盾关系。文章开门见山指出：“伟大作家往往出现在本国生活发生转折的紧要关头。”卢那察尔斯基认为狄更斯从事创作的年代并非一个人人称颂的升平和井然有序的安定时代，而是爆发过惊天动地、雷霆万钧的宪章运动的时代，这个时代带有剧烈的阶级斗争的标志，是一个向大规模资本主义道路急剧转变的时期。在这个时期中，小资产阶级虽然遭受了资本主义成长带来的沉重打击，但由于小资产阶级分子毕竟是私有者，头脑里容纳不了社会主义，他们苟且偷安，没有绝对革命的决心。小资产阶级的代表即狄更斯之类的知识分子神经构造缜密，他们最为敏感，因此痛苦也最深重。这个阶层常常看到，他们为改善境况所作的任何努力都毫无意义。可是同时，资本主义的辉煌进展却在个别人心里燃起了希望，让他们抱着——用狄更斯的话来说——“伟大的期望”。况且，凡是拥有充分生命力的人，很少会听任社会的苦难完全支配自己，把

① Louis Cazamian, *A History of English Literature*, 1927，译文参考吴柱存译文，载罗经国的《狄更斯评论集》。

自己弄到忍辱含垢、发疯或自杀的地步。如果不能醉心于过分渺茫的希望，那就应该设法缓和一下自己的苦难。这个缓和人生灾祸、缓和阶级矛盾的尖锐方法便是幽默。小资产阶级及其知识界的表现者或竭力用笑来武装自己，或将强烈的感受化为戏谑，或将世界观中的悲观因素同这种温和亲切的戏谑糅合在一起安抚人，使他的阶级能对沉重的噩梦似的现实加以容忍。

卢那察尔斯基认为这个社会的总的特征决定了狄更斯的创作手法，也决定了狄更斯在社会思想史、包括社会小说在内的一般文学史上的地位。他评价狄更斯“是英国小资产阶级的痛苦、爱好和仇恨的伟大表现者，是安抚自己，设法使觉悟最高和最敏锐的小资产阶级人物的周围与内心所发生的风暴得以缓和的伟大表现者”。诚如马克思主义批评家卢卡奇所言：“意识形态的东西是由世界向人类提出的问题构成的，而哲学家和艺术家则都在寻找这些问题的答案，他们各自用自己独特的手段，力求尽量完善、尽量恰当地描绘一幅人的合类型的世界图像，并且探明和获得存在的本质。”[①] 文学成为狄更斯攀登社会顶峰的阶梯，但在攀登的同时，他将自己的思想公之于世，为人类、为祖国、为被压迫者做好事。

卢那察尔斯基分析了狄更斯的阶级意识是如何在各个阶段的创作中不断体现的。他认为狄更斯在1836年出版的第一部记述风土人情的特写集《博兹札记》是一篇有利于破落小资产阶级的小说式的宣言，它的精神完全符合狄更斯的社会地位。《匹克威克外传》从各个方面描写了古老的英国，时而赞美它的厚重，时而称道它拥有许多可爱的有生力量，正是这股力量使小资产阶级的优秀儿女不能不眷念祖国。而在《奥列佛·退斯特》和《尼古拉斯·尼克尔贝》中，狄更斯头一回描写了如地狱般的贫困的社会底层，给为穷人设立的学校以狠狠的打击。这些早期作品让狄更斯声誉渐长。“自由派由于他维护自由，保守派由于他指出新的社会关系的残酷性，小资产阶级由于认为狄更斯定能表现出他们阶级的伟大特征，都将他看作自己的盟友。”在《董贝父子》中，狄更斯怀着深厚的感情塑造了小资产阶级和穷人的典型，他以雷霆似的威力针对如董贝般的压迫者与卡克尔之流的恶棍，展现了

① ［匈］卢卡奇：《关于社会存在的本体论》（下），白锡坤译，重庆出版社1993年版，第593页。

革命般的激情。卢那察尔斯基认为遗憾的是，狄更斯的革命激情在《艰难时世》中发生了逆转，狄更斯的小资产阶级局限性便充分显示出来了。小说虽然对资本主义给予了最有力的抨击，对庞得贝这个资本主义者，狄更斯是带着真正的憎恨写出来的。但狄更斯同时又连忙与先进的工人阶级划清界限，他用否定的笔触描述宪章运动，他的全部同情集中在工人中一个软弱的基督徒、烦琐道德的体现者身上。狄更斯在后期的作品尽管达到了创作的高峰，但却刻意摆脱了社会题材。《我们共同的朋友》经过作者的缜密思考，充满最奇特的典型，自始至终都闪耀着智慧；未竟之作《埃德温·德鲁德疑案》以高度的技巧起笔。这些作品集聚了狄更斯全部的幽默力量，用绝妙的、快乐的、可爱的形象遮盖了弥漫在他内心的忧郁情绪。卢那察尔斯基说："对于这类小说，我们当然应该对它们抱以各式各样的批判态度。我们明白他的小资产阶级立场的不彻底性。我们可以拿他做例子，拿他的作品做例子，以此来清楚地证明这不彻底的立场是没有出路的。"

尽管对狄更斯的小说有褒有贬，卢那察尔斯基在《论文学》一著中着墨颇多地论述狄更斯，其目的在于探讨文学艺术作为意识形态的社会功用。对于狄更斯文学的社会功用，卢那察尔斯基如是说："狄更斯应该为我们现代广大读者极普遍地、批判地接受。他可以成为我们文学建设事业中一个有用的助手。"①

1937年出版的《查尔斯·狄更斯：一个激进人物的进程》（*Charles Dickens: The Progress of a Radical*）是运用马克思主义观点研究狄更斯的一部力作，在西方狄更斯研究领域中有较大的影响。该著的作者T.A.杰克逊是英国一位"老资格"的马克思主义者、评论家和社会活动家。该书的特点之一在于将狄更斯的创作分期，点明狄更斯的思想在各个时期的变化，从而使读者看到"一个激进人物的进程"。

与传统的分期有所不同，杰克逊以"写作手法在总的世界观上是乐观主义还是悲观主义占相对优势，以及每部小说字里行间的阶级同情"② 为依据，

① 转引自罗经国编《狄更斯评论集》，上海译文出版社1981年版，第117—129页。

② ［英］T.A.杰克逊：《查尔斯·狄更斯：一个激进人物的进程》，范德一译，上海译文出版社1993年版，第107页。

将《匹克威克外传》《奥列佛·退斯特》《尼古拉斯·尼克尔贝》《老古玩店》《巴纳比·拉奇》《马丁·朱述尔维特》划入狄更斯的第一时期创作中，将《董贝父子》与《大卫·科波菲尔》纳入狄更斯的第二时期创作中，第三时期创作则包括《荒凉山庄》《艰难时世》《小杜丽》《双城记》《远大前程》《我们共同的朋友》等。杰克逊尤其对狄更斯的后期创作费墨颇多。

在杰克逊看来，狄更斯第一时期的作品充满天真的乐观主义，“狄更斯与同时代的大多数人道主义激进分子一样，相信只要每一个大大小小的雇主都以契里布尔兄弟、匹克威克、加兰德为榜样，整个社会问题就能得到解决”[①]。但是，狄更斯的乐观主义很快就受到了震动，杰克逊认为《董贝父子》虽然没有明确地承认阶级斗争，没有指出政治斗争的作用，但已经承认了阶级存在的事实。他说：“《董贝父子》的阶级含义与早期的那几部小说不同。狄更斯更愿意看到存在于世袭贵族和商业金融贵族之间的真正区别，而不仅仅是传统的区别。在狄更斯笔下，后者由于财富而失去人性，前者则由于冷漠、闲散和惯常的轻浮而失去人性。所有普通人——小资产阶级下层和无产者——与这两种贵族以及他们的奴才相的模仿者和食客威尔金森和匹普钦之流形成了鲜明的对照。……大体来说，所有拥有财富和社会地位的人物结果都证明是坏蛋；另一方面，同样大体说来，所有来自底层的人物结果证明都是好人。”[②] 在《大卫·科波菲尔》中，狄更斯对待阶级的态度更加明确了。“作品中唯一类似贵族阶级的那些人物——斯提福兹一家以及斯特朗太太的某些亲戚——肯定是属于坏人一类。……占据舞台中央并获得全部荣誉的是像米考伯和特拉德尔那样的中产阶级下层人物，以及像皮果提全家那样的无产者。”[③]

对于第三时期的作品，19 世纪的大部分批评家并不喜欢，这些批评家认为狄更斯在这些作品中着手处理愈来愈重大的社会问题，而这类问题通常不属于小说这种艺术形式的处理范围。与这些批评家相反，杰克逊运用

---

① ［英］T. A. 杰克逊：《查尔斯·狄更斯：一个激进人物的进程》，范德一译，上海译文出版社 1993 年版，第 117 页。

② 同上书，第 124 页。

③ 同上书，第 130 页。

了大量的篇幅来论述狄更斯后期创作的这些小说，他着力通过这些小说来阐明狄更斯的思想是如何越来越激进的，狄更斯是怎样从一个充满幽默和乐观精神的青年记者演变成一个愤世嫉俗的控诉作家的，狄更斯攻击的目标是怎样从个别现象——如孤儿院管理、学校教育、监狱制度——进而把整个资本主义社会写成一个大垃圾堆的。

杰克逊说："在《荒凉山庄》中，不仅那现存的社会秩序，它的统治阶级、它的寄生虫和它的意识形态辩护士们全都被写成了不可救药的'反面角色'，而且，除了彻底推翻这罪恶的社会制度外，在任何地方都不存在找到任何补救办法的希望，至多只能每个人采取一种纯粹临时性的补救办法：尽力在最糟糕的环境中活下去。某些以实际身份在书中出现的无产者——例如那些烧砖工人——确实是被描写成一些野蛮化的人物。但作者把他们的野蛮化明确归因于资本主义社会，而且，尽管他们野蛮化了，就他们中的妇女而言，也被描写为具有优良品质和有做出最好事情的潜力。"① 在《艰难时世》中，杰克逊认为狄更斯已经预示了革命的主题，他意识到需要一场像法国大革命那样激烈而深刻的革命来改变遭受苦难剥削的无产者的现状。就《双城记》这部描写法国大革命的小说，杰克逊指出："《双城记》和它以前的那几部小说一样，明显地站在普通人民一边，反对特权阶级，但它比以前的任何一部小说都更明白地发出警告：要注意复仇的命运之神。出于对复仇的命运之神的恐惧，所有的特权阶级成员和掌握权力的人物，都得好好重新考虑他们的行为。"② 狄更斯最后一部完整小说《我们共同的朋友》是杰克逊在其著述中分析最为详细的一部作品，杰克逊此举意味深长。他说："把这最后一部完整小说与狄更斯的第一部小说相比，就可以清楚地看出他的发展的性质。末尾的一部是有意识地冷酷、嘲弄和严厉，而开头的一部则是不负责任地欢乐、轻浮和轻松愉快。这种情况包含着深刻的意义——从精力充沛的青年进入冷静严肃的成年。……拿匹克威克社全体会议上美妙的荒唐与维尼林家中宴会上奸诈可憎的假理性相对比，一下子就能看出狄更

① ［英］T. A. 杰克逊：《查尔斯·狄更斯：一个激进人物的进程》，范德一译，上海译文出版社1993年版，第147页。

② 同上书，第190—191页。

斯对资产阶级社会的态度发生了彻底的革命性的转变。”①

通过对狄更斯三个时期作品的细致深入分析，杰克逊将狄更斯作为一个激进人物的进程勾画出来：从《匹克威克外传》到《我们共同的朋友》，狄更斯的激进思想在不断发生变化，从最初反映资产阶级雇主与雇员的和谐关系到揭露资产阶级自私本质与资本主义社会的罪恶，再到赞美无产阶级的宝贵品质，直至承认群众起义的必要，这些作品中的进程反衬了作家本人思想的进程。《查尔斯·狄更斯：一个激进人物的进程》之所以在狄更斯研究领域产生深远的影响，使它经历了半个多世纪至今依然读之有益，在于杰克逊对于狄更斯的社会背景的叙述体现了一个英国马克思主义者的历史眼光，他不是靠论断，而是用事实来说明的。且杰克逊在具体论证的过程中，不是停留在一般的泛泛而论上，而是深入到狄更斯小说的世界中，对小说进行具体入微的分析，在具体分析中抓住实质问题，他对狄更斯每部小说都作了严密有力的具有说服力的论证，显示了作者的独具慧眼和深厚的学术功底。

第五节　对狄更斯的精神分析批评

精神分析批评的创始人是奥地利精神病理学家、心理学家弗洛伊德。它形成于19世纪末，在20世纪30年代至40年代流行于欧洲，并成为20世纪西方文学批评中影响最大、延续时间最长的批评方法之一。精神分析批评的基本特征是通过分析文本中的各种“症候”与象征来揭示文学活动中潜伏的无意识动机，或试图发现作家受到压抑的那些无意识趋向来增加我们对作品本意的理解，甚至对作品作出新的解释。对狄更斯作品的心理批评最早始于弗洛伊德不太多的评论以及一些传记作家在叙述狄更斯的童年与感情生活时简要论及了这些经历对狄更斯创作产生的影响。对狄更斯的精神分析批评广泛流行还是在第一次世界大战后，奥洛·威廉姆斯（Orlo Williams）、爱德华·沃根尼切特（Edward Wagenknecht）、斯蒂芬·茨威

① ［英］T. A. 杰克逊：《查尔斯·狄更斯：一个激进人物的进程》，范德一译，上海译文出版社1993年版，第245—246页。

格（Stefan Zweig）以及埃德蒙·威尔逊（Edmund Wilson）等重要的狄更斯研究者和批评家们重视对作家各种资料的搜集与分析，包括已出版的传记、未发表的私人信件、讲稿及其他文稿，特别是作家童年生活的记载，通过分析和整理这些资料，结合小说文本分析，揭示狄更斯进行创作的无意识动机和真正原因。他们的研究极大地影响了后来的狄更斯研究者们，如第二次世界大战后多数传记作者以心理方法思考狄更斯独特的精神创伤等。

奥洛·威廉姆斯在1926年的著述中略带惋惜地说："当我们坐下来想对狄更斯进行一番研究时，会产生一种强烈的挫败感。从丹纳到切斯特顿，狄更斯已经被批评、谴责、欣赏完了。"① 威廉姆斯言外之意必须另辟蹊径才能不重复前人的研究。精神分析批评方法给他提供了武器，他以《马丁·朱述尔维特》为例，总结了促使狄更斯创作的三大动力"爱、幽默和道德感"②。威廉姆斯认为狄更斯是个博爱主义者，无论在现实生活还是文学创作中，他都对不幸的人们表示深切的同情，并在实践和文学想象中尽力帮助他们。而幽默是狄更斯与生俱来的一种能力，它让狄更斯的内心闪耀着光辉。道德感则是狄更斯本人与其小说主人公安身立命的依据。

年轻学者爱德华·沃根尼切特在1929年将自己的博士论文整理出版，他称自己的专著《狄更斯这个人》（*The Man Dickens*）是一部心理传记。在这部著述中，沃根尼切特并未像传统传记一样采用线性叙事方法再现狄更斯从出生至死亡的种种细节，他从狄更斯的小说出发，旨在穿透小说的表层意义，通过作品揭示作家深层的性格特征。他认为小说是反映作家个性的窗口，通过对作品的深入分析，他从五个方面剖析了狄更斯：怜悯的性格、对儿童的态度、与仆人的关系、对待动物的方式和与朋友相处的方式。沃根尼切特指出：狄更斯的小说反复关注儿童的教育和成长，反映了狄更斯童年幸福生活的缺失。他曾遭受痛苦的童年，所以总以小孩的眼光来观察世界。狄更斯体验过穷人的生活，所以他一生保持对穷人的同情心，不断向残忍之人、伪君子和黑暗社会开战。狄更斯小说中常存在一些

① Orlo Williams, *Some Great English Novels: Studies in the Art of Fiction*. London: Macmillan, 1926, p. 26.

② Ibid., p. 37.

朋友圈，反映了狄更斯希望被人所爱，渴望与人交往的心态，他带着强烈的感情去追求友情，希望弥补曾经缺失的爱。《狄更斯这个人》奠定了沃根尼切特在狄更斯研究领域内的地位，该书在1966年再次出版。

茨威格对狄更斯的研究始于1919年，最初他以德文写作，在德语的刊物上发表批评文章，他对狄更斯创作的批评在德语国家产生了强烈的反响。四年后他的部分文章经由翻译，开始为英美狄更斯学界所了解。直至1930年他的《三大师》（*Three Masters*）被艾登（Eden）与塞萨尔·保罗（Cesar Paul）翻译为英语后，茨威格对狄更斯的批评研究才被英美批评界广泛了解，而他作为重要的狄更斯研究者在英美学界的地位开始得到确立。他对狄更斯的精神分析批评更是成为狄更斯研究领域内的方法论典范。他在文中详细分析了童年是怎样无意识地影响作家的创作的：

> 岛国的大雾没法渗入的宁静祥和的领域，就是童年的国度。英国式的伪善瞧着充满肉欲的人生不顺眼，如果不列颠的成年男女没有美德，就逼着他们假装有美德。但是孩子们依然能像他们伊甸园中最初的父母那样，用最简单的方式表达他们的情感；他们还不是‘英国人’，而是娇小美丽的人类之花；英国伪善的烟雾花环还没有遮暗他们的天空。在这个领域里，狄更斯还能自由地随心所欲地行动，不受英国式良心的指令的阻碍，写出了不朽之作。在他的小说里，凡是描写童年时代的章节无不美丽。我相信，这些人物永远都不会湮没，那些关于童年时代欢乐而真诚的插曲永远不会被人遗忘。有谁能忘记小耐儿和她的老祖父抖落双脚在伦敦沾上的尘土，离开由砖头和砂浆构成的大军，动身去寻找碧绿的原野？她天真温和，天使般的笑容伴她越过艰难险阻，直到死亡带来了解脱。我们被这个孩子的故事深深打动，我们的感动远远超越了感伤，因为它唤醒了人类最真实、最生动的情感。还有特拉德尔，一个淘气的胖小子，一身天蓝色的紧身套装将胳膊和大腿包裹得紧紧的，就像卷布丁，每次挨打就在石板上画满骷髅图案来安慰自己；吉特，老实人中最老实的人；还有小尼克尔贝；以及后来不时出现的一个漂亮、常受虐待的小男孩，那不是别

人，正是查尔斯·狄更斯自己，就是将自己童年的悲伤和欢乐无与伦比地写得永存不朽的诗人。他不厌其烦地给我们讲述这个幼年就成了孤儿、受人羞辱、遭到遗弃、惊恐不安、耽于梦想的孩子，每当讲到这一幕，抒发悲怆之情时，他便语气饱满，声如洪钟，让我们感动得热泪盈眶。狄更斯小说中这些大费笔墨写就的童年场景永远也不会被人遗忘。这些篇章由笑声与痛苦、庄严与荒唐交织而成，形成一道照亮天空的彩虹。崇高与感伤，悲剧与喜剧，真实与虚构结合在一起，形成一种新颖奇特的东西。在这里狄更斯超越了英国性和世俗气；在这里他的伟大不受任何限制；在这里他无与伦比。如果要给狄更斯竖立纪念碑，我们应当在他的青铜雕像周围放置他曾塑造过的儿童的大理石像，这些孩子围着他，有的唱歌跳舞，有的欢呼雀跃，有的暗自垂泪。他既是他们大家的捍卫者，又是父亲与兄长，因为他是把孩子作为人类本质最纯美的化身来钟爱的。每当他想让他的人物形象特别打动我们的心，他便将这些形象塑造成孩子般单纯。因为孩子们的缘故，他甚至喜欢那些不再天真，而是幼稚、弱智、有精神障碍的人。在他的许多小说中，他还引入纯粹的傻子形象，这些人智力低下，远离普通人的忧愁与困苦，对他们而言，生活没有问题、辛劳与困苦，生活不是别的，而是快乐的、无法理解但很美丽的游戏。看到狄更斯对这些头脑简单的人的细腻描写，令人感动。他牵着他们的手，仿佛他们是病人，在他们的头上编织一串善的花环，就像头上的一圈晕轮。对他而言，他们是神圣的，因为他们永远停留在童年的天堂里。

对狄更斯而言，童年就是天堂。每逢我读狄更斯的一部小说，我总是怀着对他的孩子们长大时的不祥预感，因为我知道那时最美好的东西也就一去不复返了，很快，他想象的热情将被陈规陋习所冷却，朴实的真理也将铺上一层英国式的虚伪。更甚的是，狄更斯本人似乎也和我一样担心。因为他不情愿让他的小宝贝步入人生，从不进一步引导他们进入成年，怕他们到了成年之后，再变成平庸、身心俱疲的老者。当他们排除所有的艰难险阻，进入宁静舒适的安全之地，步入

> 婚姻的殿堂，他便与他们告别了。在所有的孩子当中，他最爱的是小耐儿，对于他来说，她是被过早地从他身边夺走的孩子的化身，狄更斯从未忘却失去她的痛苦。他没有让小耐儿进入这个充满失望与谎言的世界。他让她停留在童年的天堂里，很早就让她闭上那双美丽的蓝眼睛，让她突然从明媚的春光走进死亡的黑暗，脸上还挂着天使般的笑容。他爱她爱得太深，不愿把她抛弃到现实的世界。①

茨威格用诗一般的语言探索了狄更斯创作的心理动势，让读者体会到作家是如何将自己的童年升华到文学当中去，并通过作品中的人物来使自己得到宣泄。劳伦斯·W. 马泽诺（Lawrence W. Mazzeno）在《狄更斯工业》（*The Dickens Industry*，2008）一书中就明确指出茨威格对英美狄更斯研究者所产生的影响。他说："我们可以看到茨威格在《三大师》中的某些观点在四十年后西方最具影响力的狄更斯研究者 J. 希利斯·米勒的《查尔斯·狄更斯：他的小说世界》一书中再次出现。"② 茨威格的精神分析批评也深深影响了美国知名批评家埃德蒙·威尔逊。他对狄更斯的小说作了深入的探讨，对进一步提高这位现实主义大师在20世纪的声誉具有重要的作用。威尔逊在《狄更斯：两个斯克鲁奇》（"Dickens：The Two Scrooges"）中简要讨论了狄更斯最后的恋情是怎样隐晦地反映在他晚年的小说创作中的："狄更斯和爱伦·特南的恋爱事件保密工作做得极为成功，有关它的材料至今很少，我们很难对爱伦产生什么看法。不过狄更斯最后几部作品里的女主人公都是以她为模特儿的，从她们身上，我们的确可以了解到狄更斯对她的看法。艾斯黛拉无情无义，一味折磨匹普，尽管他爱她，'违反理智，违反诺言，违反心地平静，不顾幸福，不顾一切可能的挫折和障碍'，而她为了钱财嫁给一个她并不爱的男人。蓓拉·维尔弗在被波芬先生感化以前，也一味追求金钱——当然钱财是爱伦从跟狄

① Stefan Zweig, "Dickens", *Three Masters*. Translated by Eden and Cesar Paul. New York: Viking, 1931. pp. 87—89.

② Laurence W. Mazzeno, *The Dickens Industry*: *Critical Perspectives* 1836—2005. Camden House, 2009, p. 80.

更斯私通中得到的一种好处。艾斯黛拉和蓓拉都爱闹别扭，十分任性，极为傲慢。她们好像是艾迪丝·董贝——达德洛克夫人一种类型的人，还要加上朵拉的反复无常——她们具备狄更斯笔下各种女人的特点，不过以新的方式重新组合而已。《小杜丽》的结局调子还比较平和忍让。相比之下，狄更斯影射爱伦的几部小说，可能更真实地反映了他的绝望情绪。"①

本章小结

回顾该阶段的英美狄更斯研究，可以发现学者们不满足于仅仅从简单的社会——历史角度进行研究，而是注重运用新理论、新方法和新视角来研读狄更斯。纵观该阶段的狄更斯研究，除了研究范围不断扩大、研究主体不断增多、研究成果不断丰富之外，还体现了一些新的特点：

1. 研究方法取得了突破。20世纪上半叶最令人兴奋的应该是接二连三的理论性突破。其中影响最大的要数勒伯克的贡献：他是把"图画"和"戏剧"作为小说理论基本框架的第一人（在他之前，詹姆斯只将"图画"和"戏剧"局限于视点说），他运用此概念分析了狄更斯的《大卫·科波菲尔》和《荒凉山庄》，得出了一些新的认识。与勒伯克相辉映的是爱·摩·福斯特：他的小说美学阶梯论体系严密，他的原创性观点包括对扁形和圆形人物的界定，更是为分析狄更斯小说的人物提供了武器。

综观20世纪上半叶的狄更斯小说批评，有两条主线隐约可见：一条以詹姆斯、勒伯克等为代表，倾向于视艺术本身为目的，更多地强调文学自主原则；一条则以T. A. 杰克逊等人为代表，更多地倾向于把文学看作手段，主张文学为生活服务。不过两者最终殊途同归，都强调了小说的重要性。以珀西·勒伯克、佩勒姆·埃德加、T. S. 艾略特、爱·摩·福斯特为代表的批评家们均在他们的文学理论专著中将狄更斯纳入研究范畴，探索狄更斯小说的创作技巧和规则，但他们从总体上对狄更斯的创作技巧持否

---

① Edmund Wilson, "Dickens: The Two Scrooges." *The New Republic*, March 1940, p. 298. 译文参考了罗经国编的《狄更斯评论集》。

定的态度，认为狄更斯对小说的“形式与结构”重视不够。资深马克思主义者 T. A. 杰克逊将狄更斯的创作分期，点明狄更斯的思想在各个时期的变化，为读者再现了“一个激进人物的进程”。对狄更斯精神分析批评在该阶段广泛流行，奥洛·威廉姆斯、爱德华·沃根尼切特、斯蒂芬·茨威格以及埃德蒙·威尔逊等重要的狄更斯研究者和批评家们，通过搜集作家童年生活和爱情婚姻的各种资料，结合小说文本分析，揭示狄更斯进行创作的无意识动机和真正原因。他们认为狄更斯童年的创伤促使作家在创作中不断关注儿童的成长和教育，而狄更斯最后的恋情也隐晦地反映在他晚年的小说创作中。总而言之，这些新方法的运用扩大了狄更斯研究在英美学术界的影响。

2. 英美狄更斯研究注重全球化视野，将各国重要的狄更斯研究著述翻译成英文，如将奥地利批评家茨威格的《三大师》、法国文艺批评批评家莫洛亚的《狄更斯评传》等研究著述进行引进和翻译。这些翻译一方面有助于让英美学者了解其他国家的狄更斯研究情况，充实了英美的狄更斯研究，另一方面也有效地增强了狄更斯在世界文学领域内的影响。

3. 从接受狄更斯的价值取向来看，在学术学理层面研究不断发展的同时，社会政治诉求层面的接受又开始回归。对狄更斯及其创作的接受正是在这两种不同的价值取向中从研究表面走向内在，从质疑走向神圣，从通俗走向经典。

由于战争原因，社会政治诉求的价值取向开始抬头，一度出现了使文学服从于现实需要的局面，部分文学批评沦为政治的附庸，失去了相对独立的文学批评品格。部分狄更斯研究为了服从战争宣传需要，给狄更斯贴上“爱国者”“人民的使者”“守卫世界自由的斗士”等标签，其目的是为了将狄更斯塑造成一个爱国者和伟大的人文主义者，达到既呼吁本国人民热爱自己的国土，保卫家园，又将盟国的人民团结起来的目的。然而，这类文章使文学自身的独立价值和艺术魅力受到损伤，也造成对狄更斯及其作品认识上的某种偏差。与之相对应的是，学术学理层面的狄更斯研究也蓬勃发展。原因在于 20 世纪上半叶俄国形式主义、新批评、马克思主义、心理批评等各种文学思潮风起云涌，极大地促进了狄更斯批评的多元化发展。

总而言之，两次世界大战期间的英美狄更斯研究可谓“百花齐放，百家争鸣”，涌现了一大批狄更斯的研究专家，如托马斯·赖特、T. A. 杰克逊、斯蒂芬·茨威格、爱·摩·福斯特等。他们的研究代表了狄更斯批评走向了成熟之路，也为第二次世界大战后狄更斯研究的繁荣之路奠定了坚实的基础。

第四章　狄更斯学术史的反思与研究

对狄更斯最初的评论是褒贬并存，赞美来自同时代的普通读者，而贬低大体来自同时代的文人学者。普通读者在狄更斯的作品中看到了他们真实生活的写照，他们深感狄更斯小说的人物与他们同命运共呼吸；部分文人学者则站在统治阶级的立场上，认为狄更斯诋毁了他们身处的时代，暴露了社会的黑暗。狄更斯去世后，这种状况持续升温，学界在对立的接受和评价中最终肯定了狄更斯在英国文坛的地位。两次世界大战期间，随着英美新批评、马克思主义、心理批评的兴起，狄更斯作为文学批评的重要一隅，变得越发五彩斑斓，对他的研究无论是观点还是方法都取得了巨大的突破。这些学术史显示，英美学界对狄更斯的批评或肯定或否定，许多批评观点呈现对立状态。

本章分为两部分，前四节拟攫取浩瀚的狄更斯学术史中部分重要的评判立场、观点和方法管窥蠡测，从批评家所处的时代背景、批评家的人生观与批评方法来加以理解，同时对狄更斯何以在这些褒贬不一的批评中奠定其在文学史上的地位发表一家之言。后三节是笔者针对狄更斯研究中的部分核心问题提出自己的看法。

第一节　传统与激进

——论茨威格与杰克逊的狄更斯批评

狄更斯成全了不少批评家，反之，因为批评家的研究，狄更斯的形象也得以不断丰富。古人云：一千个读者眼中有一千个哈姆雷特。这话从读者反应批评理论说明了不同读者有不同的认识观点，同时也表明了莎士比亚作品流传之广。将此话运用到狄更斯身上同样也可成立，不同的批评家在研究狄更斯作品时也都能各有发现，并构建不同的狄更斯形象。批评家茨威格与T. A. 杰克逊就是一对显著的例子。前者不无遗憾地称狄更斯是“小人国里的一个现代格列佛”，后者则洋洋洒洒地写下了自己研究狄更斯的扛鼎之作：《查尔斯·狄更斯：一个激进人物的进程》，表达与茨威格截然相反的观点。

一

茨威格在研究狄更斯时紧紧把握住狄更斯生活的维多利亚时代，探究维多利亚时代传统与狄更斯创作之间的关系。他在《三大师》的“狄更斯篇”中开门见山指出：

> 一个作家的作品要想在广度和深度上均产生惊人的影响，只有当两种常常互相抵触的成分聚合到一起才能实现。简言之，就是指一个作家的天才与他所处时代的传统达成一致方可实现。①
>
> 狄更斯是他那个世纪里作家天才与时代传统完全相符的唯一的作家。他的小说反映了维多利亚时代的传统。②
>
> 他的作品是英国传统的具体化。他不是写出一部作品，而是写出了英国的传统。③

在这三处引文中，茨威格反复提及传统，那么英国的传统究竟是什么？茨威格没有明确定义，他如此写道：“英国的传统是世界上最强有力的传统，但对于艺术而言却是最危险的传统。”“传统像血管一样根植于身体的土壤之中，任何人想要去掉英国传统，就会流血而死。历史上的拜伦、雪莱、王尔德都曾试图消灭自己身上的传统，但他们撕碎的却是自己的生命。”④

---

① Stefan Zweig, “Dickens”, *Three Masters*. Translated by Eden and Cesar Paul. New York: Viking, 1930, p. 54.

② Ibid., p. 55.

③ Ibid..

④ Ibid., p. 56.

这里我们有必要厘清“传统”一词的丰富内涵，何为英国传统？罗素曾在《西方哲学史》中明确指出：“十九世纪的精神生活比以往任何时代的精神生活都要复杂。”① 19世纪的英国不但缔造了经济霸权、世界帝国和民主政治，而且也产生了英国人独有的传统——英国人对待世界和生活的独特眼光。英国人将他们的传统用“维多利亚主义”（Victorianism）一词加以概括。维多利亚主义体现在英国人生活的各个方面。在哲学上，他们奉行边沁和穆勒的功利主义，主张以道德追求为目的，以追逐个人利益为手段，以效果评价为依据，以最大多数人的幸福为基本原则和最高理想；在宗教信仰上，他们提出“宗教不可知论”，表现出对传统宗教的怀疑，于是自由基督教派应运而生并逐渐浸透到英国生活的方方面面；在人生观上，他们坚信“改善自己的社会地位是每一个人的本分义务；不理会那些低于自己的人，稳稳地以社会阶梯的最高层为目标”。② 在道德观上，王尔德曾借作品人物之口说：“在英国，一个人如果不能每周两次向一大群缺乏道德的群众宣讲道德的话，是不称其为一个严肃的政治家的。”道德观已成为维多利亚主义的核心。在家庭观上，维多利亚人认为家庭是神圣的地方。安宁恬静的火炉、藏量丰富的图书室、努力工作的父亲、天使般的母亲和叽叽喳喳的孩子是许多小说家歌颂的地方，这些在狄更斯的创作中也随处可见。

由此可以总结茨威格的论点：1. 维多利亚时代的传统深深影响当时英国人生活的方方面面，但传统是艺术的敌人，遵循英国传统就意味着无法突破创新；2. 狄更斯与拜伦、王尔德等人不同，狄更斯没有试图消灭传统给自己带来的影响，相反他将自己的天才与传统统一起来。

于是，茨威格不无遗憾地称“狄更斯不是个革命者”，③ “狄更斯本人从未与他所处的英国进行过斗争，虽然在他的潜意识深处也经常进行着艺术家与英国人的搏斗。他本来是坚定自信迈开大步向前走的，可是慢慢地

① ［英］罗素：《西方哲学史》（下），何兆武、李约瑟译，商务印书馆2001年版，第263页。

② 梁实秋编著：《英国文学史》（第三卷），台北：台北协志工业丛书出版股份有限公司1985年版，第1472页。

③ Stefan Zweig, “Dickens”, *Three Masters*. Translated by Eden and Cesar Paul. New York: Viking, 1930, p. 57.

陷入了传统的松软的沙地，他逐渐变得疲倦，并心满意足地沿着这条小径漫步下去了，以至于忘却了那条被传统抛弃的宽广大道。英国的传统也正是这样将籍籍无名的沉睡中的狄更斯用木钉钉住；他的成功更是将他紧紧压在英国的土壤上。成功给他带来了声誉，然而声誉借机束缚了他的双手。"[①] 因此，在茨威格看来，狄更斯在小说中既不挺身反对国家的规则，也不向资产阶级与一切习俗惯例的虚伪欺骗伸出愤慨的拳头，狄更斯仅仅是偶尔地、小心翼翼地用手指指一处公开的创伤，他从不想进行彻底的变革，只想稍做修正与改良，只想将社会上不公正的荆棘稍稍磨平，绝不会去挖掉或捣毁它们的根，狄更斯是保守党派人士，是"小人国里的现代格列佛"[②]。

由于受传统所控，茨威格认为狄更斯小说的主人公与巴尔扎克和陀思妥耶夫斯基所塑造的人物大为不同。茨威格认为巴尔扎克笔下的主人公都是野心勃勃、贪得无厌的，是世界的征服者，是彻底的变革者，都具有拿破仑式的英雄气质；陀思妥耶夫斯基的主人公都是性格刚强、热情兴奋的，他们意在抛弃旧世界，追求新世界，绝不甘于做普通人，有着要成为救世主的骄傲。狄更斯笔下的人物都很谦卑，他们的理想是有一个漂亮可爱的妻子，十多个孩子，能为好朋友摆上令人愉快的餐桌，在伦敦附近的乡间别墅里有个小花园……因此，"市民气是狄更斯所有长篇小说的氛围"。

二

无独有偶，当茨威格为狄更斯因受传统束缚而无法成为革命者扼腕叹息之时，T. A. 杰克逊在《查尔斯·狄更斯：一个激进人物的进程》一书中则为狄更斯的激进态度拍手叫好。与茨威格相似的是，杰克逊也关注了维多利亚时代，并将狄更斯的创作与他所生活的时代联系起来解释狄更斯创作的魅力所在。他认为狄更斯之所以能长远地打动各国读者，在于他用一种卓越的艺术形式揭露了社会的黑暗，表达了他对社会的抗议，点明了

---

① Stefan Zweig, "Dickens", *Three Masters*. Translated by Eden and Cesar Paul. New York: Viking, 1930, p. 63.

② Ibid..

他身处各个时期的变化，使我们看到了“一个激进人物的进程”。

杰克逊费墨颇多地论述了维多利亚时代的社会现状以及它对狄更斯创作所产生的影响。他指出：随着铁路的出现和成功应用，工业资产阶级由于 1832 年通过选举改革法案的政治胜利而建立的统治日益巩固。日益强大的自由主义—激进主义浪潮因这一胜利而达至顶峰，然后就分成两股相反的潮流。一股愈益走向保守主义，另一股则走向反叛的共和激进主义和宪章主义。杰克逊认为，此时狄更斯作为一个热情奔放、面临人生光明前景的青年是坚决与激进派站在一起的，因为狄更斯热情奔放开朗乐观的性格最能与激进派产生共鸣。但杰克逊认为狄更斯无意参加或支持更左的宪章派，至少在创作初期如此。

如果从性格上来论证狄更斯与激进派的亲缘之处颇嫌主观，那么杰克逊从狄更斯的创作来阐释其逐渐成为激进人物的历程就变得有说服力了。下面从几个方面概述杰克逊在《查尔斯·狄更斯：一个激进人物的进程》中是如何论证狄更斯成为一个激进人物的进程的。

1. 从乐观主义到悲观主义。杰克逊认为狄更斯三个阶段的创作映照了他本人性格的进程。狄更斯的早期创作体现了他的乐观主义精神，中期作家既有现实主义和浪漫主义色彩的兴奋，也有挫折和消沉，到了晚期，作家陷入了严重的悲观主义。在第一部长篇小说《匹克威克外传》中，狄更斯塑造了 19 世纪的堂吉诃德——匹克威克先生，充分展现了狄更斯的乐观主义人生哲学，而到了晚期由于对资本主义社会法律、政治、教育体制、监狱制度等不断失望，他的乐观精神由明显的悲观所代替。但杰克逊认为狄更斯的悲观仍是一个激进人物的悲观，他更为坚定地认为激进派将在政治上获胜。

2. 从温和的批评到激进的抨击。杰克逊认为狄更斯在早期小说中的批评是温和的，他只倾向于攻击那些偶然性的弊端，如《匹克威克外传》中描写弗利特监狱和法律系统中敲诈勒索、诡计多端的种种现象，《尼古拉斯·尼克尔贝》中“约克郡”教师们的无德，《奥列佛·退斯特》中小吏的恶习等，而不提出对政治和社会制度本身进行总的改革。在这些作品中，作家似乎刻意回避了政治问题，而去描写人与人之间密切的社会关系，这种关系只要有关的人们全部“改换心肠”，就可能变好。但到了中后期作品，如在《艰难时世》中，狄更斯则以相当严厉、憎恨的笔触刻画了庞得贝和葛擂硬，这与他在早期作品中对荒唐可笑的班布尔、昏庸无能的纳普金斯或愚蠢无知的蒂格略带几分感情的嘲笑大不相同。在早期作品中，他的责骂也是慈祥的，而在《艰难时世》《荒凉山庄》等作品中，他的同情也是严厉的。如果说狄更斯在早期还只是把一些恶习、陋习作为偶然现象加以批评，并对资本主义抱有希望，那么晚期他则怀着一种决不妥协的心情来正面猛攻资本主义了。

3. 对革命态度的转变。杰克逊以狄更斯的两部历史小说为例证，探讨了狄更斯对群众武装暴乱和革命内战态度的转变过程。早期创作的《巴纳比·拉奇》是以1780 年伦敦的戈登暴动为历史背景的。它写于狄更斯创作活动的第一时期。在这部小说中，狄更斯把一次剧烈的民众暴乱写成一次由疯狂和贪欲所引发的纯粹罪恶行为的爆发，暴乱由偏执狂乔治·戈登勋爵、天生精神错乱的巴纳比、残酷野蛮的休和狂热的绞刑吏丹尼斯领导。杰克逊认为狄更斯是在不自觉暗示当时宪章运动及其领导人的情况也多少如此。但在《双城记》中，作家在描写攻打圣安东尼区、攻占巴士底狱以及后来的“九月屠杀”和革命法庭所用的调子和氛围就截然不同。在这部作品中，群众的造反行动不是被描写成由贪欲和疯狂所引起的单纯的暴动，而是人民迫不得已而进行的正当起义。对此，杰克逊认为狄更斯虽然把戈登暴动与法国大革命都写成对政府和统治阶级暴虐统治的正当惩罚，但对前一事件中的暴动者没有表现出丝毫的同情，而对后一事件中的革命者表达了全心全意的同情，并在一定程度上对他们采取的革命手段给予了肯定和赞美。

如此一来，杰克逊通过对狄更斯的发展道路和作品的具体分析以及狄更斯总的世界观的研究，十分自信地得出结论：狄更斯从一个充满幽默和乐观精神的青年记者逐渐成为一个思想越来越激进的控诉作家。

三

那么茨威格与 T. A. 杰克逊的论点究竟孰是孰非呢？狄更斯究竟是受

传统所控的“现代格列佛”还是一个思想激进的作家呢？事实上，对于文学批评，我们无法用对与错来进行论断，只能从批评家所处的时代背景、批评家的人生观与批评方法来加以理解。

首先，两位批评家对传统理解的维度不同。茨威格将狄更斯置身于维多利亚的时代传统中，这种传统指的是维多利亚主义，即 19 世纪英国人的世界观。茨威格看到的是这种深入英国人精神之中的传统对狄更斯潜意识的影响，而杰克逊所关注的维多利亚传统侧重指时代的社会和政治状态。维多利亚时代也被视作政治昌明的时代，统治阶级为了缓和社会矛盾，巩固自己的统治，从而颁布了一系列新的法令，如《济贫法》《工厂法》《工会法案》《教育法案》等，这种“政治昌明”的背景赋予了狄更斯更敏锐的观察力，他看到了当时存在的许多政治问题，如党派之争、选举制度、政府和司法机关的腐败等。

其次，两位批评家所处时代背景不同。茨威格的狄更斯研究是在第一次世界大战期间，战争对茨威格产生了巨大影响。在战争爆发的前一年，他还觉得世界美丽而合乎情理。战争爆发后，他所生活的奥地利被一种歇斯底里的民族主义所左右，整个欧洲陷入一场民族间的仇杀之中。于是，他怀着对那个时代最强烈的对抗情绪写下了《三大师》，身为奥地利作家，选择为敌对国的三位作家（巴尔扎克、狄更斯、陀思妥耶夫斯基）树碑立传，茨威格的写作意图和目的是不言自明的。茨威格是个极具反抗精神的作家，这一点从他的死亡便可看出。第二次世界大战期间，他的祖国奥地利与德国同流合污，他不愿向法西斯势力妥协，又不愿背叛祖国与敌国进步势力站在一起。当他感到没有力量改变客观世界时便和妻子一起选择自杀。在茨威格看来，当无法改变现实时，自杀是一种对时代最为激进的抗争方式，而在狄更斯身上，茨威格没有看到他所期待的抗争，因此他对狄更斯怀着“深深的失望之情”[①]。而 T. A. 杰克逊是英国一位“老资格”的马克思主义者、评论家和社会活动家。在出版狄更斯研究论著之前，就凭借著作《大英帝国》（*The British Empire*，1922）和《辩证法：马克思主义

① Laurence W. Mazzeno, *The Dickens Industry: Critical Perspectives* 1836—2005. Camden House, 2009, p. 80.

的逻辑及其批评者》（*Dialectics*：*The Logic of Marxism and Its Critics*，1936）在英国批评界名声大振。《查尔斯·狄更斯：一个激进人物的进程》于第二次世界大战前先后在英国和美国出版，影响极大。第二次世界大战前的英国政府鼓励加强宣传力度，在作家挑选方面，他们鼓励批评家为狄更斯树立新的形象，既希望将他宣传成一位爱国者来鼓舞年轻人奔赴战场，又希望通过批评家发现他作品的国际视域来加强与盟国的友谊。我们很难明确地说杰克逊抱有此目的来进行狄更斯研究，但从他对《游美札记》的分析可窥端倪，他为狄更斯在该书中抨击美国人的行为举止辩解，他认为原因有二：一是狄更斯作为时代的激进分子对美国怀着一种乌托邦式的幻想；二是狄更斯对美国肮脏、杂乱和不文明现象的抱怨是出于狄更斯太太的缘故，她爱唠叨埋怨的性格一定程度上对狄更斯产生了影响。此外杰克逊还提醒读者应该看到狄更斯对在美国人民身上和美国宪法中发现一切好的地方都真心地热情赞赏。杰克逊的这种开解无疑有利于美国人民的心理接受。

再次，两位批评家采取的批评方法也不同。茨威格在思想观念、小说创作与传记写作等各方面均深受弗洛伊德影响，对狄更斯研究采取的是精神分析方法。茨威格在进行研究时，走进的是狄更斯的心灵世界，探究狄更斯在潜意识底层作为英国人与艺术家之间的关系。作为英国人，狄更斯对英国的现状是满意的，他从内心深处发誓不超越祖国的美学法则和道德法则；作为艺术家，他拥有绝妙的幻想，希望像雄鹰那样飞出一个狭隘的世界，但他在飞翔中被镣铐所伤，成为“戴着镣铐的雄鹰”。茨威格认为“镣铐”就是英国的传统。在整个批评过程中，茨威格用诗一样的语言分析了狄更斯的灵魂在与传统搏斗和对理想追求中所表现出来的无奈。而杰克逊采取的是马克思主义批评方法，他对狄更斯的社会政治、历史背景与创作发展道路的叙述以及对狄更斯每部小说的具体分析体现了一个英国马克思主义的眼光，诚如我国知名英国文学研究专家王佐良先生评价杰克逊的这部批评论著时说：“（杰克逊）对于（狄更斯）重要作品的具体分析则是一个英国工人作家挑灯夜读的心得。……使它有别于一般的泛泛而言，使它经历了半个世纪而至今仍然读之有益。”

四

事实上，茨威格与杰克逊从不同的角度建构了狄更斯的形象。狄更斯确实如茨威格所言，不以描写十分平凡的下层人民为耻，反而对平凡的事物和家庭表现出极大的热情，他将英国人的家和市民世界变成了一种颇有诗意的神话。但狄更斯也不像茨威格所说的那样从来不反对、抗争和批评英国的现存制度。事实上，狄更斯对社会制度下新的社会问题的感受是十分敏锐的，如他在《奥列佛·退斯特》中揭露了 1834 年颁布的“济贫法”，在《小杜丽》中抨击了把贫穷负债当作犯罪的法律条文，在《荒凉山庄》中批判了大法官庭和它的烦琐程序，在《艰难时世》中反映了当时日益尖锐的劳资矛盾等，这些都说明了狄更斯反映社会问题的广度和对国家制度批判的深度。借用狄更斯传记作家福斯特在《查尔斯·狄更斯传》中所说的：“他渴望矫正谬误，他认为一切的弊端都可以纠正，他对发现的一切罪恶都大张挞伐，而有好几件有益的变革都是在他的作品的影响下实现的，这些变革是他生活时代的标志。”由此可见，和狄更斯同时代的人及好友也是充分肯定狄更斯对社会问题的反映与批判的。

T. A. 杰克逊充分看到了狄更斯在作品中对社会弊端的揭露，他认为狄更斯日益激进的根源在于他越来越强烈的社会主义倾向，狄更斯认为要清除资本主义社会的邪恶唯一可能的方式便是进行彻底的变革。但将狄更斯归入马克思主义者、社会革命家之类还是有待商榷的，狄更斯只能说是一位反映社会现象的报道文体的大师，他既不像茨威格所言的那样回避社会问题，也不像杰克逊所说的那样对社会问题进行彻底变革，而只是对社会问题进行暴露和批判，希望政府当局能有所改善。笔者赞同传记作家福斯特对狄更斯的认识，福斯特认为狄更斯生活在英国资本主义社会里，是从自己贫困而艰苦的亲身经历出发，通过对英美社会现象的深刻观察来进行创作的。狄更斯思想的核心是资产阶级人道主义，他的作品始终保持对人民的忠诚和对资本主义的悲观。他专注于抨击社会邪恶、贫穷、不公、拜金、腐化、虚伪等丑恶现象。尽管他不能找到解决社会问题的根本办法，但他以尖锐的社会批判、敏锐的观察力对真实或虚构的人或事做出精彩的描述，呈现出对被压迫者的同情和对社会黑暗的讥讽。

第二节　夸张与真实

——从亨利·詹姆斯与乔治·吉辛的狄更斯批评说起

对于文学家而言，夸张是一个巨大的权力，他们可以用这个权力来处理自己的世界。作家是可以夸大事实的，甚至说谎，他们可以运用这个权力说出比我们表面上看到的更为重要的东西。对于一切优秀的文艺作品，夸张与真实更是犹如鸟之双翼、人之双腿，彼此不可或缺。这两个方面也几乎贯穿狄更斯小说创作的始终。

一

翻开狄更斯的学术史，“夸张”无疑是出现频率最高的一个词。众多批评家对狄更斯的夸张持不同的态度，或褒或贬。褒者肯定狄更斯无论在塑造人物上还是描写事件上都以夸张为创作手段，只不过他们认为狄更斯的夸张仍然有一种真实感，这种真实感能为我们所理解。贬者则认为狄更斯塑造的人物扁平以及描写的事情夸大，他们认为，狄更斯笔下的“每个人物只不过是一大堆怪癖的体现”，“狄更斯严重夸大社会弊端的危害性，产生极不好的影响”。

美国批评家亨利·詹姆斯在1865年一篇题为《狄更斯的局限性》的文章中就指责狄更斯在后期创作中尤其喜爱运用夸张的技巧，这种夸张让狄更斯小说的人物没有人性。他说：“在狄更斯的一切作品中，奇异的想象是他伟大才智的来源，在他的幻想还栩栩如生和坚定有力的时候，就能完成伟大的事情，可是当幻想衰竭以后，奇异的夸张就变得毫无意义了。狄更斯先生的幻想在维尔弗先生、波芬先生、蒂平太太、赖墨尔夫妇、雷恩小姐，甚至尤金·雷朋这些人身上的变化是一种毫无生命的、勉强的机械运动。这里有他以前那种幽默的词句，却没有当时的那种精神。出现在我们眼前的每个人物只不过是一大堆怪癖的体现，没有任何自然规律使他们生机盎然，这样说丝毫不为过。夸张手法在狄更斯以前的作品中还比较具有一致性，那些夸张的典型也确实存在。也许我们从来不认识一位纽曼·诺格斯，不认识俾克斯涅夫，也不认识米考伯，但是我们倒认识那么一些人：小说中那些根据严格逻辑发展的人物。可是在我们眼前的这本书中，充满着性格怪诞的人物，没有一个是我们认为现实存在的一种人物类型。”①

19世纪末最重要的狄更斯研究者乔治·吉辛在其论著《狄更斯批评研究》的第六章中也论及了狄更斯的夸张艺术，与詹姆斯一样，他也认为狄更斯“几乎每一页都夸张”。所不同的是他认为狄更斯的夸张有两个特点：一是前后一贯，二是能产生强烈的真实感。

> 虽然他的同胞对他爱戴有加，颂扬备至，但是被他讽刺性描写的力量刺伤了的时候，绝不会不提抗议的。他们叫喊的口号是“夸大”。可想而知，当《马丁·朱述尔维特》一书发表，把英国最突出的恶习加以谴责时，这种抗议尤其强烈。狄更斯借撰写序言的机会回答批评他的人，他颇有感触地说，性格上的种种特点除非被人直接指出，一般是观察不到的，并且反问他们，指责他夸大是否可以说，他这样一个专事研究人生的人，比平常人看到的要多一些。这种辩解无疑是有道理的，布朗宁曾经将同样的意思——作为对艺术的变化——通过利波·利皮之口道出。狄更斯一生中每天所看到的，很有可能要比他的读者活到七十高龄看到的还要多。但是，在他想要贬斥一种特点的时候，这位讽刺作家是否把这种特点误认为等于整个人，这仍是个问题。毋庸置疑，像俾克斯涅夫这样一个形象是有所夸张的，因为没有人能够如此一贯地体现一种邪恶的思想习惯，整个形象缺乏比例，不称其为匀称的人，正如在该书中美国生活的图景失之于片面一样。狄更斯写出了讽刺作品，而且跟文学上任何优秀的作品一样尖锐，一样有力。让那种被刺痛了的废物龇牙咧嘴去吧，当时有一阵众口交集的呼声，要求公断呢。值得注意的是，当争论之点仅仅在于艺术方面的时候，同是这般敏感的批评者从不反对“夸张”，只有涉及道德或者

---

① Henry James, “The Limitations of Dickens.” The Nation 21 December 1865, p. 786. 译文参考了罗经国译文，载罗经国《狄更斯评论集》。

民族性问题时，他们才觉察到他们最喜爱的作家的缺陷。

至于指责他夸张，事实上狄更斯在运用讽刺时一点也不比他善意描写的人物更夸张，这是一种毫无根据的反对。当然他也夸张，几乎每一页都夸张。在上一章里我点出了一些毫无虚饰的或有所克制的真实写法，这些事例外，他不是靠这些来取胜的；它们藏而不露，让那些好奇的人物发现。假如承认他的写作方法是理想主义的，那么那样的指责就是毫不相干的。当一个人物表现为出奇的奸诈和残忍，我们的感受要比人物显得是善良的化身时来得更为强烈，如此而已。我们唯一有理由着重提出的问题是，他的人物描写是否前后一贯。在大多数的情况，我相信答案是肯定的。若非如此，现在狄更斯的声名只会在那些无知之徒，那些以一笑为满足而不问笑从何来的人中残存下来了。①

从亨利·詹姆斯和乔治·吉辛的评论可以看出，他们关注的焦点是狄更斯夸张的艺术手法所产生的效果。詹姆斯否定狄更斯是因为他认为狄更斯在人物上的夸张使“每个人物只不过是一大堆怪癖的体现”，让读者产生了不真实感，人物已缺乏了“人性”。而吉辛之所以肯定狄更斯的夸张艺术是因为他认为狄更斯虽然“每一页都夸张”，但当他描写一个奸诈残忍之人的时候，“我们的感受要比人物显得是善良的化身时来得更为强烈”，就是说狄更斯的夸张艺术给读者带来了强烈的真实感和震撼感。这样一来，争论的焦点就集中在文学的夸张艺术与真实性之间的关系上了。

二

毫无疑问，夸张与真实是一对矛盾体。作为一种艺术，文学天然地存在着突破现实、自由表现等要求，这样一来就必然形成这一对矛盾，即文学作为一种以有现实指称对象的、携带丰富意义内涵的文字来构造的艺术，既要求其内容具有真实感，又要求其具有超越具体现实意义的艺术性，尤其真实性的原则又像一件随身携带的宝物，始终在人们的心中享受着至高的尊崇。

① George Gissing, *Charles Dickens: A Critical Study*. London: Blackie, 1898: Chapter VI. 译文参考了黄佩铨译文，载罗经国《狄更斯评论集》，第53—69页。

因此，能否协调好这一对矛盾便是验证优秀文学作品的一大标尺。

对于文学的夸张艺术与真实性的关注有着悠长的历史。最早正视这一关系的是柏拉图，他完全否定文学的夸张艺术，认为艺术是摹仿的摹仿，与真实隔了三层，因此是一门撒谎的艺术，于是，他决意将诗人逐出他的理想国。随后，他的弟子亚里士多德探讨了这一辩证关系。亚里士多德在《诗学》中多处谈及文学的艺术性和真实性问题。他说文学起源于模仿现实行为，但这种模仿要按照“可然律和必然律”来进行，即必须有一种真实的依据。他在第9章中说：“诗所描述的事带有普遍性……所谓‘有普遍性的事’指某一种人，按照可然律或必然律，会说的话，会行的事，诗要首先追求这目的，然后才给人物起名字……”① 在第24章，他的表述是：“一桩不可能发生而可能成为可信的事，比一桩可能发生而不可能成为可信的事更为可取，但情节不应由不近情理的事组成，情节中最好不要有不近情理的事……”② 从亚里士多德的观点来看，他依然强调文学的真实性，即文学要描述带有普遍性的事情，情节也要合乎情理，但他不再像柏拉图那样完全排斥夸张甚至是虚构，因为他承认了在文学中“不可能发生而可信的事”比“可能发生而不可信的事”更为可取。亚里士多德用一种辩证而不失原则的说法讨论了文学的艺术性和真实性，即文学既要想象夸张，但是又不要违背真实性原则。

到了浪漫主义时期，在文学的夸张艺术与真实性上，前者似乎占了上风。浪漫主义者反对古典主义泥古倾向和理性教条的束缚，强调创作的自由，强调情感和想象在创作中的作用，喜爱用夸张的手法以期达到形象鲜明、给人以强烈印象的效果。然而到了狄更斯生活的19世纪，现实主义开始抬头，坚持现实主义创作的作家们注意观察生活，分析社会，选择典型的事件，透过真实的情节展示广阔的社会生活，他们在真实反映现实关系和时代特征的同时，以严肃的态度力求精确地表现细节的艺术真实，很多作家还亲自到所描述的地方进行实地考察。以至于恩格斯这样概括现实主义：“除

① 伍蠡甫、胡经之：《西方文艺理论名著选编》（上卷），北京大学出版社1985年版，第60—61页。

② 同上书，第86页。

细节的真实外，还要真实地再现典型环境中的典型人物。”①

就这样，文学如同钟摆一般，始终摇摆在夸张艺术与真实性之间。换言之，各个时代，各个流派乃至于各个作家对两者常常有所侧重，有所偏废。

三

在这两者之间，狄更斯也有自己的取舍。T. A. 杰克逊就曾指出：“狄更斯总是不断地提醒自己：必须控制自己的幻想；想象脱离了现实只会带来痛苦和灾难；一个人的头脑不管多么优哉游哉地待在星星之间，他一双脚必须永远牢牢地站立在坚实的地面之上。”② 杰克逊的评价是有一定道理的，他认为狄更斯始终将真实性作为自己创作的要义，事实上也的确如此。无论在人物塑造还是在事件的描写上，狄更斯总是尽可能地克制自己的夸张，从而给读者带来真实的感受，将二者协调统一起来。

1. 人物的夸张与真实。对于那些一味抨击狄更斯人物夸张，像木头，不像活生生的现实中人的批评家，我们有必要稍加回顾一下狄更斯每部小说出版后所产生的反响。《尼古拉斯·尼克尔贝》发表后，一个满腔热情的狄更斯迷 J. W. T. 莱依就相当反感：“如此挖苦他的母亲真是无聊至极”，许多读者在尼克尔贝夫人身上看到了狄更斯母亲的影子；《大卫·科波菲尔》出版后，毛奇小姐给狄更斯寄去了一封信，表达自己的悲痛心情，因为她看到自己在书中被描写成了一个邪恶的畸形人；《荒凉山庄》发表后，狄更斯的朋友、诗人利·亨特宣布与其断交，因为他清楚地认出了自己就是好逸恶劳、贪图享乐、不负责任的斯金波的原型……由此可见，狄更斯小说人物的夸张总是建立在对真实人物的观察与了解之上。

在传记《狄更斯与女性》中，米歇尔·斯莱特甚至认为狄更斯身边的九位女性不断成为狄更斯不同阶段小说创作的人物原型：在小耐儿、小杜丽、爱尼斯的身上我们可以找到狄更斯心爱的妻妹玛丽的影子，而“娃娃妻”朵拉则是狄更斯妻子凯瑟琳的真实写照。狄更斯另一传记作家赫·皮

---

① 《马克思恩格斯选集》第 4 卷，人民出版社 1972 年版，第 462 页。

② ［英］T. A. 杰克逊：《查尔斯·狄更斯：一个激进人物的进程》，范德一译，上海译文出版社 1993 年版，第 207 页。

尔逊甚至认为艾斯黛拉和蓓拉·维尔弗是狄更斯为晚年情人特南量身定做的。《远大前程》出版后，那些对狄更斯私生活知之甚多的人恍然大悟：和玛丽、凯瑟琳一样，又有一位女子对狄更斯的作品产生了深刻的影响。艾斯黛拉与其说是爱伦·特南的肖像，不如说是狄更斯对特南的印象。在创作《远大前程》时，狄更斯对特南的痴情正处在毫无希望的阶段，艾斯黛拉“骄傲而任性”，有一种“高不可攀的神气”。从《远大前程》的最后结局可以理解：在该书完稿后，狄更斯仍未战胜特南的抵抗。在《我们共同的朋友》中，女主人公蓓拉·维尔弗从金钱至上到认识爱情可贵的转变，也恰好对应了特南对狄更斯态度的转变。在《我们共同的朋友》出版前，狄更斯已成功地俘获了特南的心。诚如 H. G. 威尔斯所说：“一部小说中的每个‘活的’人物都直截了当地或偷偷摸摸地取材于生活——或全部或零星地偷自传记，或是一幅肖像，或是一幅拼补的画。”狄更斯的人物创作亦是如此，他的人物绝非凭空捏造，无端夸张，都是来源于生活。尼克尔贝夫人、毛奇小姐、斯金波先生和狄更斯小说中其他的逼真人物一样，是某个他所熟识的人的一部分，加上他有意夸张这些人物中的某个零星部分，因此既能产生艺术效果，又能产生真实之感。

2. 事件的夸张与真实。许多评论批评狄更斯在描写事件、反映社会问题上严重夸大事实。理查德·福特就指出《奥列佛·退斯特》对现实的描写和刻画不真实：“《奥列佛·退斯特》矛头直指当时的贫民法及贫民习艺所制度，我们看来博兹的描述有失公允。他所指摘的不仅夸大，而且十之八九压根儿不存在。”① 狄更斯描写的是否夸大到失实呢？看看《马克思恩格斯全集》中所记载的便可证明：1834 年，英国议会讨论并通过“济贫法修正案”，决定取消一切金钱和实物救济，把贫民驱赶到生活条件极为恶劣、劳动强度极其繁重的贫民习艺所里去。在贫民习艺所里，家庭离散，夫妇被迫分居，以避免繁殖过剩人口。因此，贫民习艺所被穷人视若畏途，称之为“穷人的巴士底狱”，非人的生活条件使穷人大量非正常死亡。孤儿院里的孤儿和流落街头的孩子们的处境就更

① Richard Ford, “An Unsigned Review.” *Quarterly Review*, June 1839, lxiv, p. 90.

加悲惨，当时英国工人平均寿命短得惊人，曼彻斯特工人阶级的孩子有57%的都死于五岁以下。[①] 这样一比较，狄更斯在《奥列佛·退斯特》中对贫民习艺所的描写绝没有夸张到失实的地步，他只是将焦点集聚在小奥列佛身上，通过描写奥列佛在贫民习艺所的种种遭遇再现了当时的情况。毫无疑问，尽管奥列佛的形象通过聚焦是有所夸张的，但奥列佛所代表的贫儿及其所生活的贫民习艺所却给读者带来了强烈的真实之感。

在对《双城记》的评价中，詹姆斯·菲茨詹姆斯·斯蒂芬爵士也批评了狄更斯在描写事件上的刻意夸张，他说："这个国家有着当时世界上存在的、最好的组织机构和典章制度，而这些组织和制度，除了其他作用之外，还是我们今天所享有的许多利益的来源，尽管这些组织和制度还有很多不完善之处。弊端肯定是非常多的，可是狄更斯先生并不以公正地描述这些弊病为满足。他严重地夸大了这些弊病的危害性。"事实上，为了了解18世纪法国和英国的背景，狄更斯请教了当时著名历史学家卡莱尔，并经他推荐，阅读了大量历史文本。

小说用翔实的实例分析了法国大革命爆发的主要原因：贵族阶级享有特权，厄弗里蒙底侯爵大人的马车轧死了平民的小孩，扔下一个金币就扬长而去；宫廷里的大人吃顿巧克力，除了厨师外，需要四个壮汉伺候；侯爵掠夺穷人的妻子并置其于死地；穷人要缴纳政府税、教会税、给地主的税、地方税、综合税等；老百姓死后连墓碑都无法立起……狄更斯惜墨如金地以一个文献家的姿态不偏不倚地揭露法国的"旧制度"。对1789年法国大革命爆发的真正原因有不同学者进行了分析，19世纪法国思想家托克维尔的《旧制度与大革命》被公认是研究法国大革命的一部经典之作。在这部著作中，托克维尔对法国大革命的起因和后果提出自己的思考。他认为使法国社会成为一点即炸的火药桶有三个原因：首先是三个等级会议的停开；其次是贵族享有各种特权；再次是农民担负各种捐税徭役，且承受严酷的司法。由此可见，狄更斯对法国大革命爆发原因的分析是有一定道理的，他只是根据自己的理解来选择重构法国大革命历史的素材，并非像

① 《马克思恩格斯全集》第2卷，人民出版社1965年版，第392页。

斯蒂芬爵士所说的“严重地夸大了这些弊病的危害性”。当然，在这个重构的过程中，狄更斯进行了艺术的加工，绝非像历史学家和文献家们一样再现历史原貌，诚然，历史的原貌即使在历史学家们的笔下也是难以再现的，因为他们一样会无可避免地加入自己的主观意识。狄更斯以阅读大量有关法国大革命的历史文本作为创作的基础，就足以说明他对创作真实性的重视。

四

尽管狄更斯一再表明自己对创作真实性的重视，遗憾的是，狄更斯在每部连载小说发表后，几乎都面临了“夸张”“不真实”的批评论调，以至于他常不得不在随后出版的单行本序言中再三证明他创作的真实性。如在《荒凉山庄》的“序言”中，他便写道：“我要在这里说明，本书所述的每一件有关大法官庭的事情，大体上都是真实的，没有越出事实的范围。格里德利那桩案子是根据真人真事写成的，基本上没有更改。”在《马丁·朱述尔维特》的“卷首语”中，狄更斯如此写道：“本书初问世时，某些批评家曾指出我描写‘清水吐司协会’与那班人的雄辩高论实在太夸张，太难以置信了。所以我在这里不得不提一笔：马丁·朱述尔维特的经历的那一部分，完全是根据合众国某些公开会议的记录，逐字逐句敷衍成文的；这些记录曾经刊载在1840年六、七月份的《时报》上。”对于《巴纳比·拉奇》中那只神奇的渡鸦、《尼古拉斯·尼克尔贝》中的“宠儿学堂”等，狄更斯都列举了大量的例证来证明他创作的真实性。

为何狄更斯始终强调自己遵循创作真实性的原则，却屡屡遭受“夸张”的诟病？归根结底还是取决于狄更斯独特的创作方法。乔治·桑曾将作家的创作与现实生活的关系分为两种：一种是按照事物实际有的样子写作，另一种是按照事物应该有的样子写作。狄更斯研究者T. A. 杰克逊就指出狄更斯是“富于想象的现实主义者”，“在（狄更斯）这种具有想象力的人眼中，事物不仅可能是怎么样，而且是应该使之成为的那样。”按照杰克逊的说法，狄更斯具有惊人的想象力，在创作中还运用了夸张、甚至虚构的艺术手段。这样一来，狄更斯就应该属于浪漫主义小说家，而非现实主义小说家了。接下来杰克逊的论述又与自己的观点存在矛盾之处。他说："在我们眼前出现的整个场景，无论是从视觉、听觉、触觉、味觉、嗅觉方面来说都和现实生活中的场景完全一样，而且生动得简直不可思议。对于不如狄更斯敏感的读者来说，他在显示平凡的日常生活里的平凡事物中表现出的生动性看起来像是'夸张'，但情况并非如此。事实是，狄更斯总是一下子就能看清整个事物的全部最细微精妙之处；而天分较差的一般人只能看到它的一部分，有时还是很不重要的一部分。"① 由此看来，狄更斯并非将事物描写成"应该使之成为的那样"，狄更斯依然是按照事物实际样子来写作的，只不过他烛幽洞微，能看到事物真实的本质，并将其描写得"生动得不可思议"，反而让读者看来像是"夸张"。

关于狄更斯的创作方法，我国学者赵炎秋曾在《狄更斯长篇小说研究》一书中提出狄更斯是"按照事物感觉有的样子"来进行创作的。笔者认为比杰克逊的观点更为妥当。赵炎秋认为狄更斯感受性现实主义创作方法的一个基本特征就是将生活的奇异方面与生活的本来面貌有机结合。他说："人们一般认为，狄更斯确立了19世纪英国文学新的现实主义美学原则，把文学创作引向现实的日常生活，引向普通的人民大众。但却一定程度地忽略了，他虽然把文学引向了现实生活，但他笔下的生活，却不是平庸的、琐碎的、乏味的，而是罕见的、特殊的、充满戏剧性的，一句话，是奇异的。"② 狄更斯无论是描写英格兰的现实生活，如匹克威克先生在各地旅行奇遇；还是再现历史事件，如《巴纳比·拉奇》里描写英国史上的宗教动乱，狄更斯所侧重的都是生活中奇异的一面，这种奇异就常常受到人们"夸张""不真实"的指责。

对于狄更斯创作方法的研究可谓不胜枚举，不少批评家给狄更斯冠上"感受主义小说家""浪漫的现实主义小说家""批判现实主义小说家"等帽子。由于狄更斯本人并未公开论述自己的创作理念，加上狄更斯自成一派的创作方法，自然引起评论的热议。事实上，狄更斯在《大

① ［英］T. A. 杰克逊：《查尔斯·狄更斯：一个激进人物的进程》，范德一译，上海译文出版社1993年版，第299页。

② 赵炎秋：《狄更斯长篇小说研究》，社会科学文献出版社1996年版，第252页。

卫·科波菲尔》中，借大卫之口讲述了自己在创作中逐渐形成的一种艺术方法。他说："我把从前读过的故事书里面的形象和情节，糅合到我现在不同于早年的生活经历里，再利用市井上的见闻和普通的男女，组成新的故事。"[1] 从中我们可以看到狄更斯是把早年的文学积累、个人的生活经历以及现实生活中所观察的东西这三种成分糅合起来，创作新故事的。在小说的另一处，大卫将自己的创作方法概括为："经验想象，糅合为一"(the blending of experience and imagination)。[2] 因此，不管将狄更斯归属于哪一种主义，这种在创作中始终将目光投注在普通人民生活上的作家，他的"双脚"是不可能脱离坚实的地面的。而亨利·詹姆斯们称狄更斯的小说"人物没有人性""描写严重夸大事实"只能表明他们还没有深入理解狄更斯的创作方法。

第三节 "主义"之争

理论家们通常从文学理论层面来总结浪漫主义、现实主义、现代主义等各种思潮，文学批评家们与文学史家们则习惯于将小说家、诗人等归入这些主义的范畴，以期系统探讨作家们的创作特点。诚然，对文学理论与作家的总结是应该的，但这种总结决不能制造各种框框，成为阻碍文学与作家研究的壁垒。纵览狄更斯的学术史，不少批评家们给狄更斯套上各种"主义"的帽子，有的是一家之言，有的则得到了批评界的认可，这些概念背后虽然包含了批评家对狄更斯小说的认识，但也在某种程度上具有一定的局限性，缺乏全面认识狄更斯的整体观。梳理并反思狄更斯这些"主义"形成的历史、社会原因，有助于全面认识狄更斯的创作。

一 狄更斯——"感伤主义小说家"

将狄更斯纳入感伤主义小说家范畴的有维多利亚时代知名的批评家奥

---

① ［英］狄更斯·查尔斯：《大卫·考坡菲》，张若谷译，上海译文出版社 1989 年版，第 249 页。

② 同上书，第 977 页。

利芬特夫人、20世纪英国小说家奥尔德斯·赫胥黎等人。他们给狄更斯的小说贴上“感伤主义小说”的标签，以此来表达对狄更斯小说的否定态度。奥利芬特夫人在1862年的《黑木杂志》上以“感伤小说”为题将狄更斯的《远大前程》与柯林斯的《白衣女人》进行对比，称前者“毫无疑问是一部感伤小说，文本充溢着一些不可思议的、古怪的、惊悚的事件；它是狄更斯的又一部让人读来深感无力、乏味的小说。”① “狄更斯是他那个时代带给人笑声最多的作家，但同时也是唤起读者最多眼泪的作家。”②

奥利芬特夫人的批评奠定了狄更斯生前英美评论的一个基调，这种基调虽然在后来批评家们的反驳中慢慢淡化，但并未消失，赫胥黎在1930年出版的《文学的庸俗》一书中就再次抨击狄更斯小说中的感伤。他在该书中用了一章讨论《老古玩店》，运用具体的文本来阐述狄更斯小说的感伤与庸俗。

> 狄更斯最突出的一大特点是，当他写作激动之时便立刻不再运用理智。洋溢在他心里的感情淹没了他的头脑，甚至模糊了他的眼睛，因此，他一旦感到悲伤就无法甚至不愿看到现实。③
>
> 狄更斯淹没在充沛的感情之中，失去了判断力。他在感动中无法用艺术来重新创造使他深受感动的那个现实，甚至他好像已无力认识那个现实。小耐儿的苦恼和死亡使他痛苦，正如在现实生活中会使精神正常的人感到痛苦一样；因为儿童的苦恼和死亡提出了无法回答的有关邪恶的问题。用他的艺术重新创造这一现实，是狄更斯作为小说家的职责所在。然而他失败了。小耐儿的经历的确是令人苦恼的，然而并没有像狄更斯预期的那样苦恼；它是一种在愚昧无能与庸俗感伤之中的苦恼。④

对于什么是感伤主义小说，奥利芬特与赫胥黎等人并未给出一个具体

---

① Margaret Oliphant, “Sensational Novels.” *Blackwood's Magazine*, May 1862, p. 574.

② Ibid., p. 578.

③ Aldous Huxley, “The Vulgarity of Little Nell.” *Vulgarity in Literature*, London: Chatto & Windus, 1930, p. 55.

④ Ibid., p. 56.

的定义，按照他们对狄更斯小说的分析，我们大致可以理解为：感伤主义小说过于渲染情感，以期换来读者的眼泪与同情。基于此，他们对感伤主义小说以及狄更斯是持否定意见的。

简奈特·托德（Jannet Todd）在《情感概论》（*Sensibility*：*An Introduction*）一书中对感伤主义文学如此定义："感伤主义文学的标志是通过俗定的情景、常见的家庭人物形象和修辞手法来激发怜悯的情感。"[①] 她认为感伤主义文学无论在内容还是形式上都着重情感的表现。

事实上，感伤主义文学要追溯到 18 世纪 40 年代的英国，它是当时英国文坛涌现的一股文学热潮，遍及小说、诗歌和戏剧等各个文学领域，其中尤以小说影响最为广泛、深远。当时盛极一时的包括塞缪尔·理查生的《帕米拉》和《克拉丽莎》、亨利·麦肯兹的《多情男子》、劳伦斯·斯特恩的《感伤的旅行》、哥尔德斯密斯的《威克菲尔德牧师传》等。这些作品风靡 18 世纪中后期的英国，上至国王下至普通老百姓都非常喜爱。不过，到了 18 世纪末期，人们对感伤主义文学的热情逐渐褪去，到了 19 世纪它甚至成为嘲讽的对象。此时，奥利芬特们将狄更斯的小说纳入感伤主义文学的范畴，无疑也是一种对狄更斯创作的嘲讽。然而，感伤主义文学之所以成为一种文学现象，不仅仅体现在对情感的彰显上，更在于它所体现出来的伦理价值。[②] 关于感伤主义文学的教诲作用已不断地被狄德罗、约翰逊等小说家和研究者们验证。

那么奥利芬特们用"感伤主义"来定义狄更斯的小说是否言之有理呢？诚然，狄更斯小说中不乏一些感伤人物与情景，《老古玩店》中的小耐儿跟随祖父漂泊流浪，最终饥贫而死，她的死让许多读者伤心落泪；《董贝父子》中的小保罗，由于父亲对他实施拔苗助长式的教育，在缺乏母爱，备受压力的情况下，小保罗最终夭折，小保罗之死同样让万千读者悲伤不已，杰弗里勋爵在给狄更斯的信中就表示，小保罗的死让他"泪如

---

① Jannet Todd, Sensibility: An Introduction. London & New York: Methuen, 1986, p. 2.

② 约翰逊和狄德罗都十分推崇理查生的作品，认为他的小说具有道德教诲作用。约翰逊曾说："理查生一封信中所包含的道德知识比《汤姆·琼斯》的一整部作品中的还多。"（见 Russell A. Hunt, "Johnson on Fielding and Richardson: A Problem in Literary Moralism." 26 December, 2004. 〈http: //www. stthomasu. ca/llunt/johnson. htm〉）

泉涌，哭泣不止”。但如果因为狄更斯创造了几个令人感伤的场景，塑造了一些令人深感同情的人物形象，就因此认定狄更斯是“感伤主义小说家”还是有些片面的。因为狄更斯的作品塑造了更多具有乐观主义精神的人物，如匹克威克先生、米考伯先生、契里布尔兄弟等，而且狄更斯小说中激起人们愤怒的人物也不少，如俾克斯涅夫、董贝先生、葛擂硬等，因此仅仅从某一方面的特点来概括狄更斯的全部创作特征，无疑是经不起历史考验的。更何况奥利芬特们用感伤来概括狄更斯的小说也仅仅看到了狄更斯小说在情感上的着重表现，忽视了狄更斯小说体现出来的“行善与爱”的伦理价值。

事实证明，将狄更斯称为“感伤主义小说家”的说法在第二次世界大战后已渐渐式微。

二　狄更斯——“浪漫现实主义者”

狄更斯去世后，一些批评家认为综观狄更斯创作方法，狄更斯无论在描写事件还是塑造人物上体现出一种夸张的真实，他们将这种创作方法概括为“浪漫的现实主义”。持这种观点的代表人物主要有乔治·吉辛、T. A. 杰克逊等。

吉辛早在1898年出版的《狄更斯批评研究》中通过论述狄更斯的单部小说主题和创作特征时就指出“狄更斯对英国比较美好的特征常予以诗意的刻画”；在1925年出版的《不朽的狄更斯》一书中，他明确表示：“综观他的小说，我们认为狄更斯创造了一种可以称之为浪漫现实主义的写作方法。”[①] 吉辛的这种观点在T. A. 杰克逊那里得到了呼应。杰克逊在《查尔斯·狄更斯：一个激进人物的进程》中的最后一节以“狄更斯富于想象的现实主义”为小标题，论述了狄更斯的创作方法，表达了与吉辛相类似的观点。文中如此写道：“狄更斯在为想象的权利进行十分有力的辩护时，认为有必要用一个人物来说明：作为想象的奴隶，结果可能和由于缺乏想象而受到束缚一样可悲。幻想事物可能会怎么样的浪漫主义想象力，

① George Gissing, *The Immortal Dickens*. London: Palmer, 1925, p. 10.

必须与按照实际面目认识事物的现实主义认识能力紧密结合起来。”“狄更斯总是一下子就能看清眼前整个事物的全部最微细精妙之处;而天分较差的一般人只能看到它的一部分,有时还是很不重要的一部分。……正是狄更斯的这种烛幽洞微的才能——使他受到同时代工人阶级喜爱,并使他成为带有浪漫色彩的现实主义成就最高的作家——使他在所有作家中成为唯一真正知道工人们的生活状况,理解他们的希望、恐惧和企求的作家。”①

我国学者薛鸿时在借鉴英美狄更斯研究的基础上,也指出狄更斯是采用浪漫现实主义创作方法进行创作的。他的《浪漫的现实主义——狄更斯评传》一书就是以狄更斯的各部长篇小说为经线,论证狄更斯的浪漫现实主义创作特征是如何体现在所有的小说创作中的。我们攫取书中的一些要点,看看薛鸿时是如何进行论述的:“狄更斯的艺术特征并不在于毫发不差地再现生活,而在于他那充满浪漫主义精神的想象力和创造力。”“浪漫主义精神不仅表现在小说的道德理想上,而且贯彻到小说的一切方面。个性化的语言是狄更斯在人物塑造上运用得十分出色的一个重要手段。书中的流氓、盗贼、妓女的语言都切合其身份,甚至还有行业的黑话。然而,即使对他们,狄更斯也不作自然主义的再现,而是进行加工、提炼和选择。避免使用污秽、下流的话语。”“狄更斯写作时,始终充满激情,他有一种‘感同身受的想象力’(sympathetic imagination),即使对十恶不赦的人物也一样。书中贼首、犹太人非勤受审的一场是始终从非勤的视角和心理出发的。”②

在狄更斯批评史中,不少研究者都表达了与上述批评家相近的观点。法国文史学家卡扎明认为狄更斯本质上是一个浪漫主义者,他将狄更斯与勃朗特姐妹归入浪漫主义作家一列,将萨克雷看作现实主义小说家;G. K. 切斯特顿表示狄更斯不是创作人的小说家,而是“神话家”,因为他认为狄更斯所塑造的人物不是“人”,而是“神”;英国现代诗人T. S. 艾略特

① [英] T. A. 杰克逊:《查尔斯·狄更斯:一个激进人物的进程》,范德一译,上海译文出版社1993年版,第298—299页。译文笔者根据原文作了一定的修改。

② 薛鸿时:《浪漫的现实主义——狄更斯评传》,社会科学文献出版社1996年版,第45—49页。

认为“狄更斯的人物与但丁和莎士比亚一样，都属于诗的范畴”。事实上，他们都是在强调狄更斯创作中的强烈的浪漫主义因素。

如果说奥利芬特夫人和赫胥黎等批评家从读者的感受出发，认为狄更斯小说激发了读者的怜悯之情，催生了读者的眼泪，就将狄更斯纳入“感伤主义小说家”之列具有片面性的话，那么从狄更斯的创作特征出发，认为狄更斯在人物塑造、语言表达上都并非真实再现生活，而是充满诗意的描写，就给狄更斯冠以“浪漫主义小说家”的头衔则同样对狄更斯的创作缺乏整体的认识。就人物的塑造而言，狄更斯笔下的许多人物形象的确具有强烈的夸张性，他们或在外貌形态上，或在思想行为上，或在情感性格上，都表现出独特的、与常人不同的存在方式，如《尼古拉斯·尼克尔贝》中向尼克尔贝太太求婚的疯老头，《大卫·科波菲尔》中大智若愚的狄克和性情古怪的贝西姨妈，《老古玩店》中长相丑陋，能吃带壳鸡蛋喝滚烫茶的奎尔普，《艰难时世》中有个罗马人似的大鼻子且从楼顶飞奔到楼下不喘气的斯巴塞夫人，《小杜丽》中为惩罚自己十二年不迈出房门一步的克林南姆夫人，《艰难时世》中只讲事实不讲情感和想象的葛擂硬，《荒凉山庄》中一心关注自己鞭长莫及的非洲事务却把家庭孩子弄得一团糟的杰利比太太等等。狄更斯的创作目的则是通过对这些边缘人物的诗意描写表达自己对现实的忧虑、对社会的思考和对丑恶人性的批判。就语言表达而言，狄更斯运用了独特的幽默风格，如比喻：《荒凉山庄》被引用率最高的一段文字就是开头处对伦敦浓雾的描写：“伦敦。无情的十一月天气。满街泥泞，好像洪水刚从大地退去，如果这时遇到一条四十来英尺长的斑龙，像一只庞大的蜥蜴似的，摇摇摆摆爬上荷尔蓬山，那也不足为奇。煤烟从烟囱顶上纷纷飘落，化作一阵黑色的毛毛雨，其中夹杂着一片片煤屑，像鹅毛大雪似的，人们也许会认为这是为死去的太阳致哀哩。……到处是雾。”狄更斯描写这些具有夸张特征的人物，运用诗意特征的语言，其根本目的还是为了揶揄讽刺维多利亚时代的社会现实，艺术地展现当时社会的阴暗面。

于是乎，狄更斯“浪漫现实主义小说家”的称号很快就被“批判现实主义小说家”取代了。

三　狄更斯——“批判现实主义小说家”

“批判现实主义”一词是后人总结出来的。最早提及这一观点的是法国的蒲鲁东，他在《艺术的社会使命》一书中作出了“现实主义是批判的”论断。正式提出批判现实主义并给它下定义的是高尔基，他在《高尔基论文学》一书中如此写道：“批判现实主义的伟大创造者都是本阶级的叛逆，‘浪子’，被资产阶级毁灭了的贵族，或者是从本阶级的窒息的人突破出来的小资产阶级的子弟。”① “批判的现实主义揭发了社会的恶习，描写了个人在家庭传统、宗教教条和法规压制下的‘生活和冒险’，却不能够给人指出一条出路。”② 高尔基之所以将19世纪的现实主义文学称为“批判现实主义文学”，主要是基于他对该阶段现实主义文学创作特点的认识，他认为该阶段文学最主要的特征便是唯理主义和批判精神。按照高尔基的定义，许多苏联的狄更斯研究者对号入座，认为狄更斯是英国批判现实主义文学的奠基人。

由于受政治思潮与意识形态的影响，我国研究界基本认同苏联学者对狄更斯的定位，也将狄更斯立于“批判现实主义小说家”之尊，这个称谓一直沿袭至今。只要打开百度、谷歌，输入“狄更斯”，你就会发现几乎所有的词条上都显示“狄更斯是批判现实主义小说家”的判断语。百度百科的“狄更斯”词条这样介绍：狄更斯，19世纪英国批判现实主义小说家。狄更斯特别注意描写生活在英国社会底层的“小人物”的生活遭遇，深刻地反映了当时英国复杂的社会现实，为英国批判现实主义文学的开拓和发展作出了卓越的贡献。其他的《外国文学史》和《西方文论史》中只要论及狄更斯也都大体如此。

请看朱维之等主编的《外国文学史》中对狄更斯的介绍：“在英国众多的批判现实主义作家中，狄更斯的作品题材广泛、批判深刻，从人道主义思想出发揭露讽刺了资本主义社会的弊病，但改良主义思想突出，幻想

① ［苏］高尔基：《论文学》，人民文学出版社1978年版，第111页。
② 同上书，第377—378页。

通过道德感化来改革社会。”① “总的来说，狄更斯从资产阶级人道主义出发，同情资本主义社会中受迫害、受剥削的广大中下层人民。他对资本主义的揭露是多方面的。从人与人之间赤裸裸的金钱关系，到政治、经济、法律、道德、教育诸方面，他无不予以深刻的揭露和批判。他的作品广泛地反映了维多利亚盛世时期英国社会的画面，从城市到农村，从法院到监狱，从豪华的官邸到阴暗的贫民窟。他成功地刻画了许多资产者的形象，指出他们贪婪、寄生、腐朽的特性，揭露他们的财富是建立在剥削的基础上的。他的创作生动地反映了19世纪英国资本主义的发展过程，为我们认识资本主义社会提供了丰富的材料。”②

朱志荣在《西方文论史》中的第九章“现实主义”中讨论英国批判现实主义文学时如此写道：“英国批判现实主义文学开始出现于30年代，40年代、50年代达到创作的高峰。狄更斯是英国批判现实主义文学的奠基人，他的笔触几乎触及英国社会各个领域。”朱志荣也对批判现实主义下了定义：批判现实主义作家大多出身中小资产阶级，处于大资产阶级和无产阶级的夹层之间，批判现实主义与现实主义最大的区别在于“他们在真实地反映现实关系和时代特征的同时，还以严肃的态度力求精确地表现细节的真实。塑造典型环境中的典型性格是批判现实主义作家的基本理论主张”。③

总结高尔基和国内学者对批判现实主义文学的认识，大致包括以下几点：1. 批判现实主义文学的创作者是中小资产阶级或落魄贵族；2. 描写的内容往往揭露社会恶习；3. 创作者在描写社会现实后却无法找到出路；4. 创作特征体现在精确地表现细节。

对照上面的特征再来看狄更斯的小说，狄更斯是否可以纳入批判现实主义小说家的范畴呢？首先看看狄更斯的身份。按照相关传记和杂志的披露，狄更斯的祖父威廉·狄更斯和祖母伊丽莎白·波尔都是当用人的，而

① 朱维之、赵澧、崔宝衡主编：《外国文学史》（欧美卷　第三版），南开大学出版社2004年版，第230页。

② 同上书，第290—291页。

③ 朱志荣：《西方文论史》，北京大学出版社2007年版，第216—217页。

狄更斯由于父母破产，几乎没有接受正规的教育，在鞋油作坊里度过一段让他痛苦的难以言表的童年。按照狄更斯的出身和经历，将他认作小资产阶级还有待商榷，事实上，他一直将自己看作是下层人民中的一员。他在1842年波士顿的欢迎宴会上提及他创作的宗旨："我写作的宗旨和目标非常普通和简单，因此很容易告诉你们。我一直并永远抱着一个真诚的愿望，即尽可能地为普通大众增添健康的娱乐。"[①] 这些表述流露了狄更斯的创作倾向：他主要是为普通大众从事创作。至于第二点，批判现实主义注重揭露社会恶习，这在狄更斯的创作中倒是充分体现了的。关于第三点，狄更斯是否在揭露社会的黑暗后无法找寻到出路，一直是狄更斯研究者争议的话题。一些批评家认为狄更斯攻击和暴露了某些偶然性弊端，并使它们得到了纠正，例如在《奥列佛·退斯特》中揭露的贫民习艺所的罪恶、在《荒凉山庄》中暴露的大法官庭的丑闻、在《艰难时世》中以极大力量暴露的关于婚姻法的丑闻、在《匹克威克外传》《大卫·科波菲尔》和《小杜丽》中暴露的监禁负债者的丑行、在《巴纳比·拉奇》和《远大前程》中所攻击和暴露的关于实施野蛮镇压的惩罚制度等等，所有这些都被普遍认为是狄更斯揭露并使之得到纠正的社会性弊端，认为他应因此受到称赞。但另一部分研究者则认为狄更斯只是改良主义者，他所纠正的只不过是弊端的表面现象，只要资本主义制度存在，狄更斯就无法解决社会的根本问题。如果按照高尔基给"批判现实主义文学"所下的定义，认为它是一种不能够指明社会出路的文学，以此标准来认识狄更斯的创作，显然是有失公允的。就第四点而言，狄更斯的小说是否精确地表现了细节呢？根据笔者前一节所述，尽管狄更斯遵循创作真实性原则，但由于狄更斯融合其敏锐的观察力和丰富的想象力，往往使其小说体现了一种夸张的真实，这种夸张与真实的二元对立使其小说彰显了一种独特的艺术魅力。

因此，近年来已经有学者建议去掉"批判的"这个前缀词，直接用"现实主义"来认识狄更斯的创作。

许多作家都表示不喜欢评论者给自己扣上帽子，他们认为这种"扣帽

① ［英］狄更斯：《狄更斯演讲集》，丁建民、殷企平、徐伟彬译，浙江文艺出版社2006年版，第19页。

子”的做法局限了他们的创作方法，框定了他们想要表现的思想。托尼·莫里森、玛格丽特·德拉布尔就曾表示十分讨厌批评家称她们为“女性主义者”，她们认为其创作不仅仅是为女性写作、反映女性的生存状态，她们要揭示的是人类的普遍真理；福克纳也不喜欢别人称他为“南方作家”，他认为他笔下的南方仅仅是美国的一个缩影，许多批评家将他纳入现代主义小说家的范畴来予以考察，却发现他的创作方法与后现代主义表现方法不谋而合。如此种种，不一而足。狄更斯生前也曾对批评家将他归纳入“新门派”小说家表达了强烈的愤慨，对于奥列芬特夫人将他看作“感伤主义小说家”，狄更斯也在部分书信和小说前言中予以了反驳。可见，狄更斯本人也不喜欢将自己囿于某个“主义”之中，因为一个真正优秀的小说家，我们是无法用一个简单的概念或定义来显示他创作的全部特征的。

就狄更斯而言，他的小说不仅揭露和批判了维多利亚时代的社会现实，而且还彰显了一定的历史意识。如狄更斯在早期作品中就表现了对历史和文化传统的崇仰和敬重。在《马丁·朱述尔维特》中，他把小说的场景设置在一个具有浓厚历史文化的英格兰西南区域的威尔特郡，因为狄更斯认为“威尔特郡复杂的历史沿革对于论证英格兰价值观的衰落具有十分重要的意义”。[1] 此外，狄更斯在1951年还创作了一部并不出名的作品——《儿童英格兰史》(*A Child's History of England*)，他把这本书献给自己的长子查理，以期让他的后辈熟悉并了解英国的历史传统。狄更斯小说的历史意识还体现在他以历史题材来进行创作。在《巴纳比·拉奇》和《双城记》中，作者直接取材于历史。前者描写的是1780年的“戈登叛变”，后者反映的是法国大革命。由此可见，狄更斯绝非仅仅是将目光投注在维多利亚社会现实，他对英国和欧洲历史，甚至东方历史均表现出了较大的关注。

就创作特征而言，狄更斯小说还具有哥特式的创作特点。且不说狄更斯最后一部未竟之作《德鲁德疑案》直接以一场谋杀案为线索，他其他许多作品都或多或少体现了侦探小说的某些特征。如《荒凉山庄》围绕一个遗产案为中心，在这个遗产案中出现了侦探。《远大前程》和《我们共同

---

① Jane H. Berard, *Dickens and Landscape Discourse*. New York: Peter Lang Publishing Inc., 2007, p. 76.

的朋友》也是如此，前者中的匹普很长一段时间不知道自己何以从一名铁匠成为上流绅士，谁是资助人。后者中的主人公哈蒙假装死亡，易名后来考察已逝祖父给自己订下的未婚妻。这些作品中都包含了许多悬念，但毫无疑问，我们不能因此而将狄更斯纳入侦探主义小说家的范畴之内，因为制造悬念仅仅是狄更斯创作的一种表现方法和手段而已。

由此可见，狄更斯的创作无论从内容还是方法上都体现了巨大的张力，而究竟将狄更斯纳入哪个“主义”的范畴实属不易，批评家和读者终究会作出自己的选择的。

第四节　否定之否定
——狄更斯作为经典作家的形成过程

纵观百余年的英美狄更斯批评史，我们看到评论界对狄更斯有褒有贬，有赞美，有非难，有肯定，有否定。尤其在 19 世纪，评论界对狄更斯的贬低甚至超出了对他的褒扬，许多上层人士、知名的文艺批评家对狄更斯极尽贬抑之能事。如美国小说家、批评家亨利·詹姆斯称狄更斯是“肤浅小说家中最伟大的一个”，“把狄更斯列入最伟大的小说家之中是违反人性的”；英国小说家安东尼·特罗洛普呼吁“年青的小说家们千万不要冒险去模仿狄更斯的文体。他的文体简直令人难以夸奖”；英国文艺批评家詹姆斯·菲茨詹姆斯·斯蒂芬爵士则用尖酸刻薄的话语形容狄更斯的小说“不是富于营养而调味不佳的食品，却是烹饪并不能掩盖其质量的一盘又一盘菜肴”。

从本书第一章中的部分数据也可证明，狄更斯生前就拥有大量的读者。那么缘何狄更斯在大受读者欢迎之时却不断遭到评论的攻击呢？为什么一部分有影响力的上层人士、知识分子与批评家们总是对狄更斯提出这样那样的非议呢？这恐怕得从西方美学传统里寻找根由。

一

我们先看看这些对狄更斯贬低的原文，再来分析个中原委。

维多利亚女王在读完《奥列佛·退斯特》之后建议自己的大臣墨尔本勋爵阅读此书。墨尔本勋爵读完此书后对女王说："我只读了一半，小说全是关于贫民院、棺材铺、贼窟的。我不喜小说里展现的这些内容，它无助于提升道德观念；我也不乐见对人类的贬低。我希望能避免这些，在现实中我不希望看到如此情况发生，所以我也不希望它们在小说中被再现出来。我们要读的文学应当是纯洁的、催人上进的，我想即使是席勒和歌德读到这样的小说也会感到震惊的。"①

卡利斯尔女士在读完《奥列佛·退斯特》之后也说了这样一段话："我知道有像扒手和流浪汉之类的不幸人，我对他们的遭遇和生活方式感到非常遗憾和震惊，但是我不希望这些事实通过文字被宣扬出去。"②

詹姆斯·菲茨詹姆斯·斯蒂芬爵士在读完《双城记》后，发表如此感慨：

> 不仅法国，而且英国也受到狄更斯的青睐。他有种喜爱，这种喜爱在我们看来是极为蛮横、极不得体的。他总爱把读者的注意力完全吸引到他们祖先的历史和性格方面的缺点和弱点上来。我们这一代人的祖父辈，在他看来就是一群野蛮人，或者绝不比野蛮人好多少。那种人从各个方面看来都是残酷、固执、不公平的，都处于拙劣的管理之下，遭受压迫和忽视。狄更斯先生以儿童的喜悦心情扮演杰克·霍纳，并且说他跟那些愚昧无知的祖先比起来是个多么好的孩子啊。这种喜悦心情是十分卑鄙的。多年前的英国自然不是今天的英国，可是它是个非常出色的国家。这个国家里居住着一些当时活着的最伟大的人物，他们热切地爱戴着这个国家。这个国家有着当时世界上最好的组织机构和典章制度，而这些组织和制度，除了其他作用之外，还是我们今天所享有的许多利益的来源，尽管这些组织和制度还有很多不完善之处。弊端肯定是非常多的，可是狄更斯先生并不以公正地描述

① Viscount Esher, ed. *The Girlhood of Queen Vitoria*: *a Selection from her Diaries* 1832—1840, 1912, ii, p. 144.

② 转引自 *Chronicles Holland House* 1820—1900, ed. Earl of Ilchester, 1937, p. 245。

这些弊病为满足，他严重地夸大了这些弊病的危害性。①

这里提及《奥列佛·退斯特》与《双城记》两部小说，事实上狄更斯的每部小说都受到类似的批评。我们先简要回顾一下这两部小说的大致内容。《奥列佛·退斯特》的主人公奥列佛是一名出生在贫民习艺所的孤儿，在那里他忍饥挨饿、备受欺凌。由于吃不饱要求再要一点食物，被贫民习艺所的管事们认为他是个胆大包天的孩子，因此奥列佛被卖至棺材店。由于不堪棺材店老板娘的虐待，他独自逃亡伦敦，不幸误入贼窟。后在好心人罗斯小姐和布朗罗先生等解救和帮助下，奥列佛查明身世并得到大笔遗产。如墨尔本勋爵和卡利斯尔女士所言，这部小说刻画了扒手、流浪汉、孤儿等人物群像，描绘了贫民院、棺材铺、贼窟等生活环境。

《双城记》中的双城指的是巴黎与伦敦。故事讲述了在法国大革命时期，名医曼内特偶然目睹了封建贵族埃弗瑞蒙德兄弟草菅人命的暴行，因为打抱不平，反被投入巴士底狱，被监禁了十八年。出狱后，曼内特之女露茜却与仇家的儿子代尔纳堕入情网。1789年法国大革命的风暴终于袭来，巴黎人民攻占了巴士底狱，把贵族一个个送上断头台。代尔纳因是埃弗瑞蒙德的后代也无法幸免。就在这时，一直暗暗爱慕露茜的律师助手卡尔顿买通狱卒，混进监狱，顶替了代尔纳。卡尔顿为了爱情，从容献身。狄更斯本人坦言他对法国大革命的浓厚兴趣发端于对当时英国潜伏着的严重社会危机的担忧，因此创作《双城记》这部历史小说的动机在于借古讽今，以法国大革命的历史经验为借鉴，给英国统治阶级敲响警钟。

当然，除了这两部作品外，狄更斯几乎每一部小说都蕴含特定的创作动机：在《尼古拉斯·尼克尔贝》中，狄更斯通过教员尼古拉斯·尼克尔贝的经历，揭露了英国教育制度的黑暗。当时所谓为穷人兴办的学校，成了牟利的场所，学生只能吃半饱，鞭笞成了主要的教育手段。在《董贝父子》中，狄更斯塑造了英国资产阶级的典型形象。主人公董贝认为自己是统治全世界的社会力量的代表，妻子的全部效能是给公司生个继承人，妻

---

① Sir James Fitzjames Stephen, "A Tale of Two Cities." *Saturday Review*, December 17, 1859. 译文参考吴柱存译文，载罗经国所编的《狄更斯评论集》，第30—31页。

子的死只等于他丢失了一件小日用品。他教育儿子金钱可以买到一切，他冷酷、骄傲、睥睨一切的态度体现了资产阶级金钱万能的法则。《荒凉山庄》描写了一件争夺遗产的诉讼案，由于司法人员从中营私，竟拖延20年，仅诉讼费就把一对青年男女所应继承的遗产全部花光。这场官司的结果是有关的人死的死，疯的疯。这部小说揭发了贵族和资产阶级的道德败坏，嘲讽了英国资产阶级的议会政治、政府制度以及保守党和自由党争权夺利的斗争。在《艰难时世》中，狄更斯描绘资本主义社会的丑恶现象，提出了劳资对立的社会问题。纱厂厂主庞得贝最喜欢他的工厂冒的烟，说那是世界上最健康的东西，是他幸福的源泉。任何穷人若有同样聪明才智和事业心都会像他一样平步青云，因此，工人本身应对自己的贫困负责。在《小杜丽》中，狄更斯描写了马夏尔西监狱，概括了整个英国社会的本质。小杜丽全家老小因无力偿还债务而先后被处终身监禁的情节，揭露了政府机关的官僚制度。作者塑造了朴实、善良、富于自我牺牲精神的小杜丽形象，同时也对残酷无情利己主义者的化身克伦南姆夫人、贪财成性的主教加斯贝、用漂亮的外衣掩盖肮脏灵魂的银行家莫多尔以及盘剥有方的房东等人作了淋漓尽致的描绘。

在简要回顾狄更斯主要小说的内容和思想之后，现在反过来看看墨尔本勋爵们对狄更斯的批判，他们之所以否定甚至抨击狄更斯的创作，主要认为狄更斯在文学作品中再现“伟大”的英国社会的弊病是不应该的，他们认为文学应该是“纯洁的、催人上进的”。要分析他们这种文学观产生的根源，我们有必要追溯至西方文化中伟大的思想家柏拉图。柏拉图曾在《理想国》中明白地表达了他的文学观，他写道：“你心里要有把握，除掉颂神的和赞美好人的诗歌以外，不准一切诗歌闯入国境。如果你让步，准许甜言蜜语的抒情诗或史诗进来，你的国家的皇帝就是快感和痛感，而不是法律和古今公认的最好的道理了。”经过柏拉图对文艺的大加“清洗”之后，理想国里还剩下什么样的文艺呢？主要是歌颂神和英雄的颂诗，且这种颂诗在内容上只准说国家的好，不准说坏。到了朗吉弩斯，他提出将“崇高”作为一个审美范畴，意即文学应当歌颂、描写一些“不平凡的，伟大的”事物。近代知名的美学家康德则进一步强调美的文学作品应当不涉及利害计较，不涉及欲念而给人带来愉悦的情感。总而言之，西方文学从古至今都注重美，体现在文学观上即文学应当反映美的事物，应当给人带来美感，而不应反映和揭露丑恶之事。

事实上，西方文学的美学观在中国儒家思想中也可找到对应。《论语》里说：“子为父隐，父为子隐，直在其中矣。”“子为父隐，臣为君讳。”这些话通俗来讲就是家丑不可外扬。将它运用到文学批评中，就出现这样一种情况：凡揭露国家、社会和体制疮疤或短处的文学作品就让上层阶级和国家当权人士看不惯，便不符合他们的审美要求。

由此看来，墨尔本勋爵、斯蒂芬爵士等人之所以抨击狄更斯的作品，是因为狄更斯的小说非但没有为当时的英国政府高唱赞歌，反而揭露和批判了当时维多利亚社会的各个方面，英国的国家制度、官僚阶层、封建贵族、资产阶级、法律体制、教育体系、拜金主义、功利主义、贫富悬殊、统治阶级对穷人的歧视和漠不关心、社会上不劳而获的现象都是狄更斯批判的对象。这些批判撕开了维多利亚时代的面纱，解构了维多利亚的神话，让社会统治阶层大为不安。于是才有了他们对狄更斯的口诛笔伐，詹姆斯·菲茨詹姆斯·斯蒂芬爵士更是在狄更斯的每部小说发表之后均在重要刊物上对狄更斯进行猛烈抨击。

二

上层阶级不满狄更斯小说表现的内容和思想，文学家与批评家们则否定狄更斯创作的艺术。从狄更斯创作伊始至 20 世纪初，他们便不断指责狄更斯小说的艺术。如福楼拜愤然地说：“狄更斯根本不考虑艺术！他一次都没有提起过艺术。”甚至说狄更斯是“一个不学无术之徒！属于二流水平的小说家”。纵观他们对狄更斯在艺术创作上的批评，主要体现在以下三个方面：

（一）指责狄更斯的小说没有结构。对狄更斯小说结构的批评几乎贯穿了狄更斯批评史的始终，不论是狄更斯生前的评论家还是第二次世界大战前的形式主义批评家都否定狄更斯小说的结构。他们认为狄更斯对自己从事的文学创作的结构整一性极为漠视，随时变更小说的线索以迎合读者的需要。如在《马丁·朱述尔维特》中为了提高小说的销售量，作者将小马丁在第五期时送到美国。马丁的美国之行一直被评论认为是插入小说的一个赘生物，破坏了小说的整体结构。《老古玩店》中小耐儿之死也不是狄更斯原计划的，而是根据福斯特的建议而改变的，目的也是为了赚取读者的眼泪以便赢得更大的销售量，评论曾抨击“狄更斯的小耐儿是被市场扼杀的”。《大卫·科波菲尔》中的毛奇小姐也一直遭到评论的诟病，小说中的毛奇小姐本是一长相丑陋、心地恶毒的瘸子，但由于她的外貌是狄更斯借用了现实生活中的一位可怜女孩的，真正的毛奇小姐读后大为伤心，便给狄更斯去了一封信，狄更斯大为不安随即在接下来的章节中将一个恶毒的毛奇小姐改变为可爱善良的形象。《荒凉山庄》中的“假孩子”斯金波也因为形象颇似狄更斯的朋友利·亨特而最终改变了；《远大前程》的结局也根据李顿勋爵的意见改变了，狄更斯原本打算写一个悲伤的结尾，但李顿劝其给广大读者一个圆满的结尾，于是就有了这样的结局：“匹普和艾斯黛拉手牵手离开了那花园，匹普知道没有什么能把他俩分开了。”

此外，评论界认为狄更斯常贪图便利运用巧合来破坏小说的结构。他们认为狄更斯每逢遇到难以处理的情节便依靠巧合来加以解决。正如著名狄更斯研究者吉辛所指出的那样，奥列佛·退斯特在伦敦街上遇到一位老人，这位老人碰巧是奥列佛寻访多年的亲戚；坏蛋斯提福兹带着爱弥丽私奔，他们返回英国坐的那艘船恰巧经历暴风雨，斯提福兹就这样遭到了惩罚，而他的尸体正好飘到了大卫的脚下。如此种种，狄更斯总会想尽办法让他的小说人物得到公正的回报：善良的人最终得到幸福，坏人最终被惩罚。

（二）不满狄更斯小说中人物的刻画方式。对狄更斯小说人物的不满有两种，一种以爱·摩·福斯特为代表，称狄更斯创作的都是扁形人物，就是说狄更斯小说中的人物从第一页到最后一页其性格都是一成不变的。如米考伯先生不管现实境遇多糟，总是乐观地调着潘趣酒，等待时来运转；文克尔先生老是声称自己对体育活动无所不通，但是没有哪一样体育活动他不失败；狄克先生只要一开口就是查尔斯·斯图亚特国王……另一种认为狄更斯的人物都是两极化的，要么尽善尽美，要么十恶不赦。在狄更斯的作品中，一个人不是圣人便是魔鬼，环境、教育、事态的发展丝毫不起作用。事实上，在真实人物的身上常体现一种内心的复杂性，哪怕高尚人物的头脑中也会闪过邪恶的念头，而真正的罪犯心中也会闪现纯真的感情。如奥利芬特夫人、乔治·艾略特、G. H. 刘易斯等评论家就持这种观点，他们指责狄更斯不擅长刻画人物的内心。

（三）抨击狄更斯过于追求道德目标。部分批评家不满狄更斯总在小说中追求一种道德目标，总想揭露一些问题，批判某种社会现象或者鞭笞社会、个人的罪恶。如在《奥列佛·退斯特》中反映济贫法弊病，在《尼古拉斯·尼克尔贝》中揭露儿童教育问题，在《董贝父子》中指责傲慢，在《马丁·朱述尔维特》中揭露虚伪和美国的种种恶习，在《小杜丽》中痛斥贪婪和债务人监狱，在《艰难时世》中反映劳资矛盾……批评家们认为这种道德上的惩戒是舞台剧的重要内容，因为人在集体中所感受到的道德情感比一个人读书时所感到的要强烈得多，小说的根本精神并非如此。对作家而言，最好是通过作品中的情节和人物将自己的人生哲理表达出来，直接标榜道德目的则不堪容忍。

针对种种指责与批评，我们可以辩解与反思。就结构而言，亚里士多德曾在《诗学》中有过详细论述。他认为悲剧主要由情节、性格、思想、言辞、形象和歌曲六个方面的内容组成。情节指事件的安排，即结构，是这六方面中最为重要的。到了文艺复兴时期，意大利文艺理论家钦齐奥发展了亚里士多德的“情节中心说”，他提出了情节、结局和时间一律问题。这种理论到了古典主义时期又演变成了“三一律”，即要求时间、地点和情节三者之间保持一致性。由于“三一律”要求结构过于绝对化，束缚了文学创作的发展，后来被逐步摈弃，但西方文学对结构整一性的要求却是始终如一的。狄更斯的小说由于受到当时连载发行的限制，必须保持在每期结尾留有一定的悬念，且不断介绍些新的人物、事件登场，以此来吸引读者持续购买下期内容；同时，狄更斯坚持小说创作的中心不是情节，而是人物。因此，就结构而言，他的小说的确没有福楼拜、托尔斯泰、陀思妥耶夫斯基作品中的构思严密。关于对狄更斯人物的指责，法国批评家莫洛亚曾做过很有说服力的辩解，莫洛亚认为狄更斯所生活的 19 世纪不是一个内心生活非常强烈的时代，人们关注的是行动，这点尤其体现在狄更斯喜欢描写的中产阶级和下层人士之间。于是将人物漫画化、简单化便更易于得到读者的认同。至于批评狄更斯总是没完没了地考虑道德问题，我们倒是可以见仁见智，因为文学无论从柏拉图时代还是现在都是“一种富有特点和不可替代的道德思考形式”①。文学作为一种艺术形式，总是典型而集中地反映人类社会道德现象，描写社会存在的道德矛盾与冲突的。

三

从以上各个阶层对狄更斯的否定可以看出，尽管狄更斯生前拥有大量读者，但并未得到其同时代人的充分肯定和认可。事实上，狄更斯作为伟大小说家的地位是在经过半个多世纪以后才真正得到确立的。对狄更斯的批评过程体现了从否定到肯定，从贬低到赞美的二元关系。这个过程也印证了文学中一系列的二元关系：从作品的产生与读者阅读的角度看，文学作为作家的个人产物，它具有明显的偶然性，而产生于这个或那个时代的文学作品又具有某种历史的必然性；当文学作品一旦走进读者，又因读者不同的个性化取向而产生或褒或贬的评价。从文学自身的特征看也呈现一系列二元关系，文学既来源于现实，又指向现实，文学既耽于想象，又超乎想象。下面透过一系列二元对立或统一的关系来分析狄更斯成为经典作家的过程。

（一）传统与激进

传统与激进是狄更斯批评家对他作品内容与思想的一个重要发现。以 T. A. 杰克逊为代表的批评家们看到了狄更斯批判英国社会的广泛性与激进性，他们认为狄更斯从早年一个充满乐观精神的青年记者逐渐变成了一个愤世嫉俗的作家，从早期以幽默的口吻讽刺英国个别现象——如孤儿院管理、学校教育、监狱制度，到晚期以愤怒的笔触攻击整个维多利亚英国社会和资本主义制度。这个过程体现了狄更斯作为一个小说家对资本主义社会的敏锐的洞察力和强烈的批判性。而茨威格、莫洛亚等批评家们则看到

① S. L. Goldberg, *Agents and Lives*: *Moral Thinking in Literature*. Cambridge: Cambridge UP, 1993, p. 63.

了狄更斯作品内容与思想的另一侧面，他们认为尽管狄更斯在小说中揭示了英美社会的种种弊端，但狄更斯并不想进行彻底变革，而只想加以修正与改良，因为狄更斯秉承着英国小说的传统，对英国社会基本上是满足的，对英国的艺术也是满足的。

事实上，狄更斯小说创作充分体现了传统内容与激进思想的碰撞，这种碰撞是狄更斯的作品在经历一个多世纪后依然在全世界不乏读者的原因之一。狄更斯小说除了关注社会事件、历史事件外，还关注传统的家庭、爱情、儿童教育等方面，小说的主人公通常都是十分平凡的下层人士。狄更斯的激进思想不仅体现在对社会问题的揭露上，也体现在反映普通人的生活之中。如果说他对维多利亚时代社会问题的关注让他的作品备受争议，那么他在小说中对家庭、爱情和儿童等内容的书写却让他的小说至今仍引起广泛的共鸣。试以狄更斯对儿童的书写为例，狄更斯在运用儿童题材时充分彰显了他对维多利亚时代儿童教育观念激进的反对态度：推翻贫民习艺所之类的教育场所，反对禁锢想象力的事实教育，呼吁社会建立健康的儿童教育体制。他在《奥列佛·退斯特》中塑造了在贫民习艺所饥饿交加的奥列佛；《老古玩店》中遭遇家庭变故而一贫如洗、饱尝逃亡流浪之苦而死的小耐儿；《董贝父子》中不堪繁重严厉的拔苗助长式的教育而夭折的小保罗；半自传体小说《大卫·科波菲尔》中在鞋油厂当童工遭受屈辱的大卫；《艰难时世》中在葛擂硬事实哲学教育下成长的西丝……值得一提的是，《奥列佛·退斯特》是第一部完整意义上的描写童年生活的小说，这是在 1837 年之前还无人尝试的一种写法，许多 18 世纪的小说家通常在小说的前几章交代主人公的出生和童年经历，但不会用整部小说来讲述童年。同时，该小说还首次采用了儿童视角，通过儿童认知和成年人认知之间的差距来表现儿童的纯洁懵懂。这些不仅反映了狄更斯运用传统题材来表现他的激进思想，也体现了他在创作技巧上对传统创作手法的突破。

（二）扁形人物与圆形人物

人物是狄更斯小说一个极为重要的组成部分，也是历年来狄更斯评论界关注的焦点之一。由于 20 世纪知名的文学批评家、小说家 E. M. 福斯特曾下论断“狄更斯笔下的人物几乎全是扁形的”，致使后来的许多批评家深受其影响，一谈及狄更斯的人物大多嗤之以鼻，认为狄更斯的人物都缺乏人性的深度。事实上，福斯特也并未全盘否定狄更斯的扁形人物，他说："我们必须承认，就塑造人物的成就来说，扁形人物本身并不和圆形人物一样地巨大。而且我们也得承认，扁形人物被塑造成戏剧性角色的时候最为出色。……尽管狄更斯在小说里用的是类型性的、漫画式的人物，他取得的效果却并不呆板。"① 尽管读者从任何角度看匹克威克先生，他的形象总是薄得像一张唱片，他的性格永远保持简单不变，但试问有哪个文学爱好者不知道狄更斯所塑造的匹克威克形象？又如一想到《大卫·科波菲尔》中米考伯先生，大家就会想到他的乐观精神，他的那就名言就在我们耳畔回响："一个人如果收入二十镑，花十九镑六便士，他就很快乐；如果花二十镑一便士，他就很苦恼。"如今翻查英语字典，米考伯（Micawber）已成为一个专有名词，意思是乐天派，有乐观精神的人；在字典里输入 Pickwick，也可得到两层意思：1. 狄更斯小说中的一个人物；2. 指宽厚憨直之人。狄更斯小说中许多诸如此类的类型化的扁形人物都进入了英语字典，如《马丁·朱述尔维特》中为谋取财产曲意奉承、欺骗老马丁的俾克斯涅夫（Pecksniff）指伪君子，《奥列佛·退斯特》中教唆孩子们行窃的犹太人非勤（Fagin）意思是教唆犯等。诚如 T. S. 艾略特曾说："读者能如数家珍狄更斯小说中的各类人物，而即使是柯林斯最忠实的读者也不大想得起他作品中的其他人物。他们至多只能想起半打左右的名字。"② 由此看来，狄更斯恰如其分地将扁形人物运用在创作中取得了比许多创作圆形人物的作家更为辉煌的成就，这些扁形人物产生的影响也更为巨大。

此外，狄更斯小说的人物也不像 E. M. 福斯特所言"几乎都是扁平的"，狄更斯也塑造了一定数量的"圆形人物"。根据福斯特的定义，圆形人物指的是变幻莫测，很难用一句话把他的为人宗旨概括殆尽的人物形象。按照此标准，狄更斯笔下的小马丁、匹普便属于圆形人物。《马丁·

① E. M. Forster, *Aspects of the Novel*. London: E. Arnold, 1927, pp. 97—98. 译文参考了朱乃长所译的《小说面面观》。

② T. S. Eliot, "Wilkie Collins and Charles Dickens." In *Times and Literary Supplement*. 4 August, 1927, pp. 151—152.

朱述尔维特》中的小马丁性格较为复杂，他的本质是好的：诚实、正直、善良，但他也有很严重的缺点：自私、任性、骄傲。两者互相渗透，构成了他复杂的性格。在小说中，他先与祖父老马丁闹翻，后出走美国，在经历种种磨难后，终于克服自身缺点，与祖父重归于好。《远大前程》中匹普的性格在小说中也是较为复杂且不断发展的。童年时期的匹普质朴、善良、纯真，后来结识了艾斯黛拉，为了博得她的爱，虚荣心渐长，内心逐渐起了变化，羞于再当一名铁匠，特别是当一名匿名的恩主突然惠顾他使他脱离贫困，成为上流绅士后，他过去的质朴便消失了，变得趋炎附势、忘恩负义。最后得知恩主居然是他童年时搭救过的一个囚犯时，他大病一场，重新反思自己的过去，并最终获得精神上的再生。所以要想用一句话来概括小马丁、匹普等人物的性格恐怕是极为困难的，他们的性格在经历了生活之后，不断发生改变，绝不是“扁平”二字可以总结的。

总的说来，狄更斯小说中的扁形人物占了较多的比例，但狄更斯塑造的为数不多的圆形人物也十分出色。评论界对狄更斯人物的批评同样经历了一个从否定到再认识的过程。

（三）夸张与真实

夸张与真实似乎是文学创作中一对永恒的矛盾，因为文学既来源于生活，又高于生活。狄更斯的作品之所以成为经典，与他成功处理这对矛盾不无关系。狄更斯小说的夸张主要体现在人物的夸张与事件的夸张两个方面。

评论界一直以来质疑狄更斯小说中的部分角色夸张、怪异，要么性格反复异常，要么身体畸形。如无论在何种情况下都保持乐观精神，调着潘趣酒的米考伯先生；终日爱缅怀往日顺境、爱慕虚荣的尼克尔贝太太；自称纯真得纤尘不染，但为了五英镑而做出出卖朋友的受贿丑事的“假孩子”斯金波先生；长相奇丑、身材矮小但心肠歹毒的毛奇小姐；能吃带壳的鸡蛋，喝滚烫的茶的奎尔普先生……但是狄更斯的小说每每一发表，评论家们又都能发现狄更斯塑造这些人物的原型。譬如评论一般认为米考伯先生的原型就是狄更斯的父亲，而尼克尔贝太太的原型则是狄更斯的母亲，斯金波先生是狄更斯同时代的诗人利·亨特，毛奇小姐本人甚至致信狄更斯要求改变自己在书中的形象……由此可见狄更斯小说人物的夸张总是建立在对真实人物细致观察的基础之上。面对一个世纪以来的质疑，詹姆斯·乔伊斯就曾在纪念狄更斯诞辰一百周年的文字中如此写道："文学史上又有哪些形象比米考伯、潘波趣、西蒙·台波提、皮果提、山姆·维勒（更别提他父亲）、萨拉·甘普、乔·戈格里这些略带夸张的人物更具人性和血性呢？""正是由于他这些许的夸张，他的小说才吸引了读者，且小说中的人物深深地烙在读者的记忆中；正是由于他这些许的夸张，狄更斯才对英国人民的口语表达产生如此深远的影响，这种影响除了莎士比亚无人能及；正是由于他这些许的夸张，狄更斯赢得了英国同胞的喜爱和尊重，这种尊重让他在与萨克雷的竞争中立于不败之地。"① 因此，在乔伊斯看来，要正确解读狄更斯小说中的人物，就应该理解狄更斯的"夸张"。

狄更斯对事件描写的夸张同样遭到评论的诟病。文章开端就引用了詹姆斯·菲茨詹姆斯·斯蒂芬爵士在读完《双城记》后对狄更斯的严厉批评，称"狄更斯先生并不以公正地描述这些弊病为满足。他严重地夸大了这些弊病的危害性"。事实上，为了创作这部反映法国大革命的小说，了解18世纪法国和英国的背景，狄更斯请教了当时著名的历史学家卡莱尔，并经他推荐，阅读了大量历史文本。《艰难时世》也是狄更斯生前颇受评论攻击的小说之一，他们认为狄更斯在作品中反映的焦煤镇以及事实教育哲学是夸张变形的。对于这种指责，萧伯纳在给《艰难时世》写读书札记时作了一个较为公正的评价，他说："尽管狄更斯的漫画简陋粗俗，但却是明白无误的；尽管狄更斯的表述方法夸张，但告诉我们的事实却总是真实的。"②

毫无疑问，夸张与真实这组对立的关系并非不能和谐统一，没有真实性的天马行空的夸张是神话，而完全遵循真实的文学作品通常也失去了艺术的美感。只有真正将夸张与真实和谐统一起来才能创作出经典的文学作品。T. A. 杰克逊就曾指出狄更斯将二者统一起来的办法："狄更斯总是不

---

① James Joyce, "The Centenary of Charles Dickens." 1913, In *James Joyce in Padua*, ed. by Louis Berrone, 1977, p. 37.

② George Bernard Shaw, "A Note on Hard Times." *Cornhill Magazine*, II, 1860.

断地提醒自己：必须控制自己的幻想；想象脱离了现实只会带来痛苦和灾难；一个人的头脑不管多么优哉游哉地待在星星之间，他一双脚必须永远牢牢地站立在坚实的地面之上。”①

（四）幽默与讽刺

严格地说，幽默与讽刺属于不同的美学范畴，讽刺是人们对所生存的社会及自身进行的尖锐批判和深刻自省，是射向否定的人与事的冷静之箭；幽默则是一种灵性，一种睿智，它体现出一种从容不迫的达观态度。然而，作为一种特殊的审美形态和表现方法，讽刺与幽默又常常联系在一起，讽刺中渗透着幽默，幽默中蕴藏着讽刺。因此，讽刺与幽默又有“孪生兄弟”“同胞姐妹”之称。狄更斯是为数不多的能将幽默与讽刺两者恰到好处地运用的小说家之一。苏联高尔基世界文学研究所编的《英国文学史》就充分肯定：“狄更斯是个了不起的幽默和愤怒辛辣讽刺的巨匠。”狄更斯小说中的幽默不少是针对某些社会罪恶和道德缺陷的，往往渗透着强烈的讽刺意味。

为了表达对《奥列佛·退斯特》中看管贫民习艺所孤儿的老婆子克扣份额的愤怒，狄更斯在小说中这样写道：“一位实验哲学家的伟大理论是马儿无草亦能活，他直接做了实践，以身作则，把自己一匹马的口粮逐渐减少到一天一根干草，不用问，他能把它驯成一匹不用吃草的烈性骏马，但可惜的是，在第一次享用全由空气构成的美食之前的二十四小时，马儿就一命呜呼了。”② 作者幽默夸张的铺陈针对贫民习艺所对孤儿的残酷表现，带有深刻的讽刺意味。在《双城记》中也有类似的描写，狄更斯夸张幽默的笔触包含严肃的讽刺。在写到大革命时期那沾满血迹、让人胆寒的断头台时，狄更斯发表这样的评论：“它是治疗头痛的特效药，它防止头发变白绝对有效，它能使面色特别白嫩，它是国家牌剃刀，能把一切剃得一干二净。”狄更斯的幽默讽刺往往产生这样的效果：幽默带给读者欢乐，蕴含的讽刺则常常震撼人们的心灵。狄更斯的幽默讽刺就像防腐剂，“使

① ［英］T. A. 杰克逊：《查尔斯·狄更斯：一个激进人物的进程》，范德一译，上海译文出版社1993年版，第207页。

② Charles Dickens, *Oliver Twist*. London: Bantam Books, 1981, pp. 4—5.

他的作品穿越了他的时代，得以永世长存”。[①]

陈众议认为文学与科学、历史的不同之处在于文学“经典的产生往往建立在对以往经典的传承、翻新，甚至反动（或几者兼有之）的基础之上。传承和翻新不必说，但奇怪的是，即使反动，也每每无损以往作品的生命力，反而能使它们获得某种新生”[②]。对狄更斯的批评似乎也印证了这个道理。斯蒂芬爵士、亨利·詹姆斯、福楼拜等人对狄更斯的否定并未让狄更斯的作品淹没在历史的长河中，相反，却给其他的批评家提供了研究的切入点和解构的目标。诚如狄更斯作品中所彰显出来的一系列二元对立或统一的关系，它们常常相辅相成，难以割裂。正是这些二元关系展现了狄更斯作品所体现出来的张力和深度，相反，狄更斯的伟大及其小说的经典性也是在这些二元关系中显现出来的。

第五节　狄更斯小说的历史意识

英美学者一般都将查尔斯·狄更斯置于现实主义的视野来评价，认为作者的创作生动地反映了 19 世纪英国资本主义的发展过程，为我们认识资本主义社会提供了丰富的材料。然而鲜少有学者探讨狄更斯小说中的历史意识，随着各种批评理论的演进和经典著作的不断重读，狄更斯的形象也不断丰满。事实上，狄更斯在进行现实主义创作的同时也参与了一定的历史“书写”。作为英国维多利亚时期最受欢迎的小说家，狄更斯通过小说对下层人物命运的考察，思考关于历史、社会、人性、生命和婚姻等方面的问题，并用生动的笔触描绘了 19 世纪英国社会的人生百态与时代风貌。其复杂的叙述方式涉及历史文化、历史事件与社会现实之间的种种关系，揭示了小说通过历史、现实与虚构来表现人类生活经验的本质。无论是早期的《匹克威克外传》《雾都孤儿》《巴纳比·拉奇》，中期的《马丁·朱述尔维特》《大卫·科波菲尔》，还是晚期的《双城记》《远大前程》都是

---

① Stefan Zweig, “Dickens”, *Three Masters*. Translated by Eden and Cesar Paul. New York: Viking, 1931, p. 90.

② 陈众议：《塞万提斯学术史研究》，译林出版社 2011 年版，第 246 页。

英国特定历史时期政治文化和社会生活面貌的写照。文本与历史语境在狄更斯的小说中相互交织，密切结合，共同建构了一种独特的历史意识。因此，阅读狄更斯的小说离不开对其产生的历史语境进行观照，需要将它们放在特定的历史时期和文化场域加以考察。

一

评论界普遍把狄更斯早期的短篇小说集《博兹特写集》和《匹克威克外传》看作是戏剧性的作品，认为小说中展现的生动活泼、五光十色的画面与作者所处的19世纪30年代的严峻现实相去甚远。小说家阿瑟·洛克在1870年对《匹克威克外传》进行评论时就指出：“《匹克威克外传》唤起了我们幼时对英格兰和伦敦的记忆，让我们联想到很多美好的过去。”[①]事实上，作者幼年时期参阅的相当数量的历史著作和欧洲民间传说故事对其产生了深远的影响，菲尔丁、斯摩莱特、哥尔斯密的小说，塞万提斯的《堂吉诃德》、勒萨日的《吉尔·布拉斯》、民间故事《一千零一夜》、莎士比亚的喜剧都是作者创作灵感的来源。狄更斯书中展示的“美好的、古老的历史时代”是根据作者青年时期的乐观主义哲学法则而存在的。《匹克威克外传》作为狄更斯青年时代的一部作品，作家在其中渗入了对人生和世界的理想主义态度，人物生活在一个快乐单纯、令人悠然神往的世界之中：人性都是善良的，恶行受到鞭挞，好人战胜坏人，就连骗子金格尔最后也在匹克威克的感化下幡然悔悟，洗心革面。作品虽然也触及了英国的议会制度、法律、司法和监狱等的黑暗面，但这些在全书中并不占重要地位。从艺术上看，该作是狄更斯天才的第一次真正显露。他幽默讽刺的语言风格、流浪汉小说的结构方式、对古老历史文化的向往、对现实重大问题的关注、对人道主义理想的热烈追求等，几乎都在这部小说中第一次绽放出艺术的光彩。可以说，《匹克威克外传》是一部社会习俗的历史画卷，同时也是进入狄更斯文本世界的一把钥匙。

狄更斯在早期作品中表现了对历史和文化传统的崇仰和敬重，他认为

① Arthur Locker, “Charles Dickens.” *Graphic*, 18 June 1870, p. 687.

历史与个人命运紧密相连，对过去的回顾使时间成为历史和现实之间的纽带。对狄更斯而言，这种历史意识表现为对过去文化与传统的留恋，通过了解历史找到了救赎自己和社会的力量。

在1844年发表的《马丁·朱述尔维特》中，狄更斯同样对英国的历史进行了别具匠心的关注。纵观英美批评史，几乎大多数评论都关注了小说对美国社会、体制和生活的讽刺性态度，加上狄更斯本人在发表小说后曾高调表示“要想讽刺和丑化那个民族（美国）是不可能的。当我阅读自己所写出的文字时，我有时绝望地搁下手中之笔，感到它们没有表达出我记忆中的感受。”[①] 因此，鲜有学者考察狄更斯在这部小说中体现了何种历史意识。事实上，狄更斯在《马丁·朱述尔维特》中将小说的场景设置在一个具有浓厚历史文化的英格兰西南区域的威尔特郡是有特定历史意义的。19世纪以来，无数的画家和艺术家迷恋于该郡浪漫的哥特式建筑和文化遗产，尤其神往索尔兹伯里平原的老塞勒姆和相传用来献祭太阳神的巨石阵等。威尔特郡的山堡更是象征着抵抗欧洲大陆殖民的军事纪念碑。霍斯金（W. G. Hoskin）曾指出威尔特郡的山堡是“英国最重要的历史记录”[②]。维多利亚时代艺术家在自己作品中不断美化这片土地，抹杀其复杂的遭受侵略的历史。面对19世纪40年代英国的极度贫困，狄更斯意图批评同代作家对历史的误读和刻意忽视。他希望选择一个“令人沮丧的、压抑的大熔炉”[③] 来作为创作《马丁·朱述尔维特》的背景。创作之前，作者曾对如何安排小说的主要场景犹豫过，起初他选择康沃尔，因为作者对当时英国的采矿业以及它们所带来的问题尤为关注，考察之后，作者认为威尔特郡更符合自己的创作意图。威尔特郡在历史上被奴役、被剥削和被驱逐的痛苦经历，以及下层人民在这片土地上的痛苦挣扎所展示的充满复杂矛盾的价值观和信念引起了作者的共鸣。博拉德（Jane H. Berard）指出：“狄更斯认为威尔特郡复杂的历史沿革对于论证英格兰价值观的衰落

① 转引自［英］赫·皮尔逊《狄更斯传》，谢天振等译，浙江文艺出版社1985年版，第153—157页。

② Aston Michael, *Interpreting the Landscape Archeology in Local Studies*. London: Batsford, 1985, p. 12.

③ Charles Dickens, *The Letters of Charles Dickens*. The Pilgrim Edition. Vols. I—VI 1838—1852. Ed. Kathleen Tilltson, et al. Oxford: Clarendon, 1965—1998, pp. 325—326.

具有十分重要的意义。"①

康沃尔之行虽然让作者排除了用它作《马丁·朱述尔维特》的创作背景，但却激发了狄更斯对探索历史根源的兴趣。曾经神秘的历史和现今采矿业导致的堕落腐化让作者愈发怀念过去美好的时光。基于这种思想，狄更斯在1851年创作了《儿童英格兰史》。作者在书中思考：过去是怎样影响现在的，腓尼基人作为康沃尔的第一个掠夺者可喻指当今英国人作为自然资源的掠夺者，腓尼基人在古代以擅长贸易闻名，并"同化""改善"康沃尔人，而维多利亚时代的功利主义和商业资本主义也如出一辙。在《马丁·朱述尔维特》和《儿童英格兰史》两部作品中，狄更斯通过对地域历史文化的关注，解神秘化了威尔特郡和康沃尔郡的复杂历史，并激进地指出它们与英国作为一个"巨大的坟墓"的关联性：历史上伴随威尔特郡和康沃尔郡的是剥削和死亡，不是自由和光荣；而伴随1851年英国的是人民生存的危机和社会的腐败。②

狄更斯的创作吸收了英格兰特有的历史文化因素，小说中各种社会力量的互动，各种话语之间的交锋，使他的作品表现出丰富的层次，回荡着多种声音。诚如狄更斯所言，回忆过去并非是为了逃避或拒绝，而是再现一段历史。这种历史意识的产生与维多利亚时代的社会文化语境有密切的关系。从新历史主义的角度出发，文学作品是经过话语协商以后的产物，"谈判的一方是一个作者或一群创作者，他们掌握了一套复杂的、人所公认的创作成规，另一方则是社会机制和实践。为使谈判达成协议，艺术家需要创造出一种在有意义的、互利的交易中得到承认的通货"③。19世纪中期的英国是一个追求物质功利、话语喧嚣的年代，浪漫主义与政治意识的结合产生了一系列"田园、伊甸园似的风光"④ 话语。

---

① Jane H. Berard, *Dickens and Landscape Discourse.* New York: Peter Lang Publishing Inc., 2007, p. 76.

② Ibid., p. 85.

③ [美] 斯蒂芬·葛林伯雷：《通向一种文化诗学》，张京媛编：《新历史主义与文学批评》，北京大学出版社1993年版，第14页。

④ Jane H. Berard, *Dickens and Landscape Discourse.* New York: Peter Lang Publishing Inc., 2007, p. 82.

对狄更斯而言，现在是过去的重复，理解过去才能活在当下。通过对历史的理解产生一种新的历史话语，这种历史话语既要恢复过去的荣誉，也要救赎当今社会正在丧失的价值观。

二

如果说在前几部作品中，狄更斯只是通过对历史文化的怀念来表达自己对维多利亚时代的忧患意识，那么在狄更斯两部重要的历史小说《巴纳比·拉奇》和《双城记》中，作者直接取材于历史。《巴纳比·拉奇》于1841年问世，它描写的是1780年的“戈登叛变”，当时根据乔治·萨维利爵士在议会所提出的议案，天主教徒享有一些特权，在乔治·戈登勋爵的领导下爆发了反对政权的起义，但最终失败。这是个几乎被人遗忘了的历史事件。狄更斯为什么选择这样一个意义不大的历史事件来作为创作的基础呢？作者在与友人通信中表示，他发现1780年事件与当代生活有相似的地方，他把戈登勋爵的“反天主教”起义不仅解释为生动的现代生活现象，而且还企图阐明一般的“人民起义哲学”。作家把起义描写成“盲目群众”的狂妄行为，它的自发性必然会造成浩劫并以失败告终。

1841年狄更斯在《巴纳比·拉奇》的序言中这样概述自己对于作品的构思：“我之所以向自己提出写作这部小说的任务，因为戈登叛乱者的事件，就我所知，还没有被用作小说的题材。同时，我对这个主题具有特殊的兴趣。应当承认，这些可耻的叛乱玷辱了时代，玷辱了那些在叛乱起来后偶尔失足参加的人们。”① 由此可见，狄更斯旨在通过再现这段被人遗忘的历史来表达自己对待革命的态度，即用革命手段来解决社会矛盾是行不通的，人民起义是盲目的。

继1841年创作的关于英国戈登起义的历史小说《巴纳比·拉奇》以后，19世纪50年代末作者对历史材料再度表示了青睐。按狄更斯自己的说法，他是在1857年就立意要写一部历史小说，尤其是一部描写1789年

① 这篇序言在后来的小说续版中转载并有所补充。狄更斯的幼子查尔斯在小说新版的引言中曾引用过这序言。（见1930年麦克米伦版《巴纳比·拉奇》。）引文见1930年麦克米伦版《巴纳比·拉奇》（《狄更斯全集》第五卷）。

至1794年法国资产阶级革命的小说。[①] 18世纪末发生的那场法国资产阶级革命，在人类历史上规模空前，在世界范围内影响深远。这场革命距今已两个多世纪，然而只要略加回顾就不难发现，无论是法国本国还是其他各国，在严肃文学领域内，类似《双城记》这类涉及这一伟大历史事件的小说并不多见。《双城记》的创作，狄更斯经历了一段时间的构思。1853年克里米亚战争和1857年的新经济危机让作者对英国局势忧心忡忡，他在50年代末和友人的通信中明显表示了自己的忧虑情绪，他的这种担忧与英国的社会政治环境不无关系。正是这种使命感促使作家希望能创造一部小说来表达自己对英国统治集团罪恶政策的愤怒和对国内革命战争爆发的恐惧。

《双城记》真实再现了1789年法国大革命爆发的原因和经过。小说开头用诗意的语言精辟阐述了大革命前的时代背景，“那是最好的时代，那是最坏的时代，那是智慧的年代，那是愚昧的年代，那是信仰的时期，那是怀疑的时期，那是光明的季节，那是黑暗的季节……一千七百七十五年就是像这样表现出了它的伟大，也把成千上万的小人物带上了他们前面的路——我们这部历史中的几位也在其中。”[②] 作者在第一章中反复出现“一千七百七十五年”字样，介绍当时英国和法国的国王和王后，把读者带进大革命前的历史，和小说人物一起经历法国大革命爆发前的骚动。

事实上，为了了解18世纪法国和英国的背景，请教了当时著名历史学家卡莱尔，并经他推荐，狄更斯在创作《双城记》时阅读了大量历史文本，从而根据自己的理解来选择重构法国大革命历史的素材。伊瓦肖娃认为《双城记》是第一部以“无比巨大的历史主义为其特点的”[③] 狄更斯作品。狄更斯认为历史是可以重复的，而文学家亦可以在其作品中再现历史，通过历史材料的提出来解决当代生活的问题。[④] 狄更斯正是从他所处

---

① ［苏］伊瓦肖娃：《狄更斯评传》，蔡文显、廖世健、李筱菊等译，人民出版社1983年版，第378页。

② Charles Dickens, *A Tale Of Two Cities*. Penguin Classics, 1985, p. 1.

③ ［苏］伊瓦肖娃：《狄更斯评传》，蔡文显、廖世健、李筱菊等译，人民出版社1983年版，第384页。

④ Nicholas Rance, “Charles Dickens: A Tale of Two Cities.” In *Critical Essays on Charles Dickens's A Tale of Two Cities*. Ed. Michael A. Cotsell. New York: G. . K. Hall & Co. , 1998, p. 79.

的英国现实出发，为他所担忧的事件披上一件历史的外衣，以警示自己的同代人：目前随时有爆发英国群众运动的可能性。作者在这两部小说中，通过再现历史事件来指出当代生活的问题，同时表达了自己对待革命的态度。

三

历史意识不只是对叙述对象和表现内容的历史形式和意义的自觉，更体现为作家艺术思维和审美判断的历史感。是否具备往来古今、高瞻远瞩的襟怀气度，展示出历史的连贯与宏大；是否通过一己之感传达出有关社会、人类、历史和人生的普遍经验等，都是衡量作家和作品是否具备历史意识的重要尺度。“历史的人”和“人的历史”是小说塑造人的基本原则。“历史的人”的原则，突出了人的历史性和客观性，注重在具体的历史环境和历史事件中展示和塑造人的形象。无论是历史中的人，还是小说中的人，都无法跳出其所处的时代、阶层、民族和现实，这些历史环境的因素共同环绕着人物并促成了人物具体的行动。“人的历史”的原则，突出了人的个体性和主观性，注重借助人物书写历史，通过窥个人命运之一“斑”而知社会历史之“全豹”，强调每一个人都有自我的生命、个性、思想、情感和命运，体现人的主体性作用。

狄更斯小说中历史意识的彰显，不仅体现在以历史发展的眼光看待历史文化、历史事件与社会现实之间的种种关系，深刻体味其中的悲苦与忧患，激发社会与人民担当这些悲苦和忧患的热情和责任感，而且也体现在他对人物主体精神的彰显。何西来曾在《文学中历史的主体意识》一文中提出，历史意识可以从主客观两方面来界定，就主观而言，“人对自身在历史运动中的价值、地位、作用和意义的一种自觉”① 即为历史的主体意识。历史的主体意识，不仅体现在宏大的历史进程中人对自我的能力、价值和意义的审视与确定；而且在于审视与确定之后，人对既有的历史和现实的给定性力求突破和超越的精神。超越性是人的历史主体意识的充分显

① 何西来：《文学中历史的主体意识》，《人民日报》1986 年 10 月 13 日。

现。在狄更斯小说的世界中，活跃着无数永不言弃、不断探索和追求精神自新的人，他们突破桎梏、挑战困厄、追求理想、反思自我，高扬人的主体精神，跋涉在超越自我限定性的征途中。狄更斯小说的历史主体意识主要体现在“人的探求与超越精神，追问自我的反思与忏悔意识”[①] 两方面。

1950 年出版的《大卫·科波菲尔》很大程度上是狄更斯的一部自传体小说。大卫·科波菲尔的形象和性格在许多地方与狄更斯本人相符，小说中的许多其他人物也近似于作者的亲属，如乐天派米考伯先生的原型就是狄更斯的父亲；朵拉的形象也很像作者初次追求的恋人玛丽；大卫求婚和结婚的情节则是狄更斯和凯瑟琳婚姻故事的重演。小说着重塑造了大卫这一光辉灿烂的形象，作为一个自强不息、有上进心、能吃苦而且又心地善良的人，大卫通过自己不屈不挠的努力，克服重重阻碍最终成为一个知名作家。对于一个受过太多生活磨难，心灵有严重创伤和感情郁积的作家来说，狄更斯有意无意地通过描述大卫的爱恋心理、婚姻周折和家庭生活，抒发他对爱情的美好回忆；更通过创作来宣泄童年悲惨经历所带来的痛苦，寻得心灵上的解脱。无怪乎狄更斯曾表示在创作《大卫》的十八个月中差不多总是快乐的，而该小说也是他本人所有作品中他最喜欢的。小说叙述大卫“通过寻求爱情、友谊、安全和智慧来改善自己无家可归的处境的奋斗故事”[②]，表现了普通人的伟大心灵和不断超越自我的精神。

小说《奥列佛·退斯特》是一部通过抨击当时英国的济贫法以反映下层人民悲惨生活的作品。书中主人公孤儿小奥列佛被肮脏、愚昧和冷酷的济贫院“养育”了九年，因饥饿难耐，要求再给点粥而被卖到一个殡葬承办人的棺材店当学徒，因无法忍受棺材店老板娘和伙计的侮辱和虐待，历经艰难逃往伦敦，不料误入贼窟，被迫行窃。无论历经怎样困苦，奥列佛都没有抛弃自己的信念和对美好生活的追求，他出淤泥而不染，始终追求人世间的真善美。

狄更斯小说中所体现的“人的探求与超越精神”不光是小说历史主体

① 王春云：《小说历史意识研究》，博士学位论文，南京师范大学，2006 年，第 71 页。

② ［美］乔治·福特：《评大卫·科波菲尔》，罗经国编：《狄更斯评论集》，上海译文出版社 1981 年版，第 241 页。

意识的一个重要方面，也是西方小说创作的重要渊源之一。就好似歌德创造的浮士德形象：当浮士德感到满足，停止探求时，生命也随之结束。浮士德的身上始终闪耀着勇于实践、不断探求和自强不息的光华，他的一生都是在上天入地，追求真善美，探索人生真理。同样，美国作家海明威塑造的“硬汉精神”也与此相似。他笔下的拳击师、斗牛士、猎人、渔夫等都敢于直面暴力、邪恶、死亡和失败，永不言弃，顽强进击，始终保持了人高贵的尊严和不败的信念。大卫·科波菲尔、奥列佛·退斯特和《老人与海》中的老渔夫桑提亚哥一样都已成为面对危难，勇敢无畏、坚忍不拔、自强不息的杰出代表。

自从叔本华发出“我是谁”的自我内心探索，尼采宣言“上帝已死”之后，小说中也开始了对自我的追问考究，对自我存在和个体价值的探询，对心灵世界的剖露和罪责的忏悔。在物欲横流的喧嚣世界中，人的精神无所归依的飘零感愈加强烈。于是，对人灵魂的守护和安顿便尤为紧要。小说《远大前程》是狄更斯晚期一部优秀的教育小说，它是围绕主人公匹普成长发展的历程进行描写的。匹普自我追求的欲望确定了这部小说的标题，正因为匹普相信人生可以得到改善，所以他才觉得自己的未来有着“远大的前程”。匹普远大前程破灭的根源就是因为他抱有错误的幻想：错误地幻想着成为一个“上等人”，错误地幻想娶艾斯黛拉为妻，错误地期待摆脱贫困生活并拥有大量财产。在走向这些错误幻想的过程中，匹普伤害了最好的朋友乔和毕蒂。最后，匹普终于意识到他所有的幻想都基于不切实际的幻觉，从而摆脱过去所追求的所谓的远大前程。作品描述了匹普由天真到虚荣，最后幻想破灭、内心成熟的过程。西方不少评论家认为，狄更斯在本作品中对人物内心世界的探索比他在其他任何小说中都更坚决、更彻底。

《远大前程》细致全面展示人的心路历程，探讨人进退去留、祸福得失和窘困通达的处境问题，求索人生意义和精神价值，尤其包括了源于自省的忏悔和解剖。小说以批判的眼光对个人的优劣短长、行为品性作了重新思考、认识和评价。忏悔就是对人灵魂的深层剖析和拷问，对自我失责、过错乃至罪过的担当。在这一担当中，人回忆走过的道路，反思错失及其缘由和危害，唤起心灵深处的悔悟，从而寻求救赎，完善灵魂，解脱困境。所以，忏悔不仅是坦陈过错，以求宽恕，而且指向了对自我的重新认识和未来的拯救。小说主人公通过心灵的忏悔及对自我生命价值和意义的探询，实现了行动的自新，充分体现了作品的历史主体意识。

狄更斯以睿智深邃的目光洞察历史的面貌，从丰富的历史文化和历史事件中汲取艺术素材，创作出一系列影响深远的现实主义作品，塑造了各种不同类型的人物，以古鉴今，寄托自己的政治理想和人道关怀。历史作为一个巨大的文本，每一个作家都是它的阅读者和阐释者，历史也因阐释者的不同而丰富多彩、意蕴深广。狄更斯受现实生活的触动与激发，把目光投向遥远的历史。他对历史文本的建构旨在表达干预现实的创作态度，并以作品折射当时的社会状况，以唤起当局对日渐丧失的价值观的救赎，对动荡社会局势的反思及对下层人民悲惨生活的同情。同时，作为一个有着强烈社会责任和历史使命感的作家，狄更斯没有放弃对人生终极价值的探询，他对人生和历史的激情抒写，心系国家的忧患情怀以及他在突破和探求中的反思意识与超越精神，都是其历史意识的充分彰显。

第六节　心理美学视阈下的小说创作

自从 20 世纪 30 年代茨威格在《三大师》中深入剖析了童年是怎样无意识地影响狄更斯的创作后，对狄更斯作品创作心理的研究便成为此后研究的一个热点。如埃德蒙·威尔逊在《狄更斯：两个斯克鲁奇》中讨论了狄更斯最后的恋情是怎样隐晦地反映在他晚年的小说创作中的。第二次世界大战后埃德加约·约翰逊（Edgar Johnson）运用心理批评分析狄更斯悲惨的童年经历及初次求婚的失败对其创作的深远影响。这些研究更多地探讨狄更斯心理成长历程与其创作之间的关系，本节在此基础上从心理美学的角度更为深入地研究狄更斯小说创作发生的心理动势、小说的心理范式，以及作者特有的心理机制与小说文本之间的联系。

一　创作的心理动势

弗洛伊德认为文学想象是用来满足遭到压抑而无法实现的心理愿望。

“有的作家塑造高大英勇的主人公，意在褒扬他、赞美他，但在作者觉察不到的深层心理中，真正的动机或许倒是为他曾经有过的屈辱和卑污作辩解。”[①] 由此可见，潜意识心理对作家的创作影响不小。本节主要探讨狄更斯创作小说的心理动势，就其成长与生活中所形成的某些情感与其创作发生关系的主要方面进行深层阐释。

荀子云：创巨者其日久，痛甚者其愈迟。大致是说一个人的创伤会永久地扰乱这个人一生的心理活动。童庆炳先生在他编著的《现代心理美学》中也曾指出：“创伤既是动力，又直接表露在作品中。”[②] 创伤更易让作家在他的创作心理中潜在地发挥动力作用，迫使他超越此创伤。狄更斯童年的创伤便是他创作的一大动因。狄更斯一直对童年生活讳莫如深，从不和家人谈及那段生活经历，仅在一次偶然的机会中对自己的传记作家福斯特略有提及。因此，我们在福斯特为他所写的传记中大致了解到童年给他带来的创伤：1824 年 2 月，当别的孩子正在求学时，12 岁的狄更斯却被母亲送进了华伦皮鞋油作坊当童工，负责洗刷玻璃瓶和在瓶上粘贴鞋油商标。由于狄更斯操作娴熟，被老板当作活广告，要求他在路人围观的橱窗里表演操作。这段屈辱的日子使他幼小的心灵受到了不可磨灭的创伤，他对儿童的同情就始于这个时候。若干年后他写道：

> 当我沉沦到与此辈为伍时，没有任何语言能表达密藏在我灵魂深处的痛苦。拿这些每天与我一起干活的人同我快乐童年时的伙伴比较，我感到自己早年想成为一个学问渊博、超群出众的人的希望在胸中彻底破灭了。[③]

狄更斯对童年生活保持沉默曾使他的一些传记作家感到惊异，他们认为狄更斯这种痛苦的敏感证明了他有一种很不光彩的虚荣心。事实上，狄

① 钱谷融、鲁枢元：《文学心理学教程》，华东师范大学出版社 1987 年版，第 141 页。

② 童庆炳：《现代心理美学》，中国社会科学出版社 1993 年版，第 237 页。

③ ［美］鲁宾斯坦：《英国文学的伟大传统》（下），陈安全等译，上海译文出版社 1996 年版，第 113 页。

更斯通过扭曲变形的方式将这段灰色的童年在他的小说中进行了反复演绎:《奥列佛·退斯特》中奥列佛在贫民习艺所饥饿交加的童年;《老古玩店》中遭遇家庭变故而一贫如洗、饱尝逃亡流浪之苦而死的小耐儿的童年;《董贝父子》中不堪繁重严厉教育而夭折的小保罗的童年;半自传体小说《大卫·科波菲尔》中大卫在鞋油厂当童工遭受屈辱的童年……这些都反映了狄更斯挥之不去的童年情结。正如美国著名评论家埃德蒙·威尔逊在《创伤与神弓》中所说:艺术天才与心灵创伤联系紧密,优越力量的概念同缺陷密不可分,艺术创作是作者自卑情结过分补偿的结果。我们不能说狄更斯的创作都是自卑情结的产物,但毫无疑问,狄更斯的小说创作及其相关主题的发生,在一定程度上与其童年的这段心灵创伤密不可分,这种创伤让狄更斯不由自主地在自己的创作中得以补偿。

情感经历是狄更斯创作的又一动因。明代戏剧家汤显祖曾言:“世总为情,情生诗歌”,俄国知名小说家托尔斯泰也说:“艺术不过是艺术家把自己心中曾一度体验过的感情借助某种媒介表达出来。”他们谈的都是情感对艺术创作的重要影响。狄更斯丰富的情感经历不仅影响了其感情世界最深层之潮流,形成了他对妇女及女性的态度与信念,更为其文学创作提供了素材。

狄更斯是一位情感丰富的作家,在他的生涯中经历了几段或纯洁、或唯美、或单调、或刺激的爱情。家住奥德南斯台地时邻居的女儿露茜是小查尔斯形影不离的伙伴,也是狄更斯第一次感受懵懂爱情的对象。玛丽亚是狄更斯的初恋情人,然而她是一个十分轻浮的女孩,在当时以金钱和地位为基础的社会里,她以一个养尊处优的中产阶级少女身份高傲自居,玩弄狄更斯的感情,这段爱情给狄更斯留下了十分痛楚的回忆。凯瑟琳是狄更斯的妻子,她美丽善良、性格沉静,但智力平庸、不甚活泼。在与其二十多年的婚姻生活中,热情奔放的狄更斯生活和情感都很枯燥。于是狄更斯很快在妻妹玛丽身上找到了自己情感的归宿。玛丽在狄更斯婚后不久搬来与他们同住,她的活泼甜美深深感染了狄更斯。狄更斯很快发现,他爱的不是凯瑟琳,而是妻妹妹玛丽。可是这个聪明活泼的女孩在十七岁时猝然夭亡,这段情感是狄更斯毕生最为美好的回忆。狄更斯晚年与凯瑟琳分居之后曾与演员爱伦·特南有过一段忘年之恋。特南的美丽性感和傲慢冷酷让狄更斯爱恨交织，这段让狄更斯付出颇多但收获甚少的不均衡爱情伴随狄更斯走完了一生。

情感的作用是附丽在符号或意象活动中实现的，所以任何经过加工、歪曲甚至变形的意象都是情感辐射的产物。狄更斯在这些情感的驱迫之下，创作冲动不断爆发，创作了许多以爱情为主题的小说。很多时候狄更斯创作初衷是为了展现另一主题，而在写作过程中他却不由自主地将小说人物的感情故事融入进来。如在《双城记》创作伊始，狄更斯的意图是为了再现法国大革命，然而该小说最为打动人的却是卡尔登对露茜·梅尼特牺牲自我的爱情；狄更斯在《我们共同的朋友》中旨在通过垃圾堆这一意象来表达对资本主义制度的失望之情，然而该小说最有感染力的却是几对年轻人真挚感人的爱情；《远大前程》中让读者印象深刻的也是小说中的几类爱情：郝薇香小姐扭曲变态的爱情、艾斯黛拉冷酷无情的爱情、比蒂纯洁真诚的爱情……诸如此类，不一而足。无怪乎英国批评家奥丽芬特夫人直呼狄更斯为擅于兜售情感故事的“感伤主义小说家”[①]。

艺术家的生命体验往往表现为某种情感的储备。在狄更斯的创作中，无论是童年难以磨灭的创伤还是成年丰富多彩的爱情都成为他创作冲动的主要原因，也正是他无意识地把创作主旨始终建筑于个人的心理现实基础之上，才使其作品具有强大的感染力和生命力。

二　小说的心理范式

经由一定的辨认方式，任何一部小说都是由两种形态构成的，一种呈现于小说的表面，可察其具体现象形态；另一种则隐藏于现象形态之外，不易在创作和阅读之中发现。两者都是优秀作品不可或缺的，然后者形态由于对组织表面材料起着主导作用，一直是评论家关注的重点。通过研究狄更斯小说的心理范式，可以揭示其小说创作方式与其心理存在的渊源。毫无疑问，狄更斯童年生活的创伤与成长中爱情体验的内心范式决定了他

① Oliphant Margaret, “Sensational Novels.” *Blackwood's Magazine*, 1862, p. 5.

对外象征物范式的选择。狄更斯小说的心理范式特点在儿童的成长范式和女性形象范式上表现得尤为突出。

在狄更斯的长篇小说中，几乎有一半的小说基于儿童成长这一范式。《奥列佛·退斯特》中奥列佛在济贫院、棺材店、贼窟中经历了种种不幸之后，在好心人布朗罗先生和露丝小姐等人的竭力帮助之下，终于获得了应得的遗产和社会地位，过上了幸福的生活。《远大前程》中的匹普无父无母，在坟场邂逅并帮助逃犯马格维奇，后在马格维奇隐秘帮助下跻身上流社会。《大卫·科波菲尔》中的大卫是遗腹子，母亲死后，遭到继父遗弃，在姨妈等人的帮助下最终成为一名作家。《小杜丽》中的小杜丽生在监狱，长在监狱，被称为“监狱之女”，在亚瑟·克莱南的真诚帮助下渡过一个个难关，得到遗产，并最终收获爱情。在这些故事中，我们可以发现一个共同的成长范式，即童年受难—接受帮助—获得幸福这一原型结构。这些主人公们都经历了生活中的种种善与恶，在外界的帮助下获得精神上和道德上的成熟。若仔细观察，狄更斯的这种儿童成长范式无疑与其个人成长历程以及由此形成的不易被人察觉的心理状态有关。

狄更斯的小说中除了情节范式外，形象范式也是一大特点。巴尔扎克曾说：“为了塑造一个美丽的形象，就取这个模特儿的手，取另一个模特儿的脚，取这个的胸，取那个的肩。”① 小说中的人物形象通常是作家通过采集各种人物的特征，将他们拼凑起来，形成一个统一的形象。优秀的创作尽管需要付诸大量的人为操作，但首先是顺应于内心的范式，“由范式去构造与之对应的人物形象，并由之推演出一系列同类形象。只要是遵照范式自发自生的逻辑，一个艺术家就无法避免将自己的作品不断地制作成同一个类型。”②

狄更斯在他的每一部小说中都推出了一些令人难忘的女性人物形象。《老古玩店》中纯洁、美丽、无私的少女小耐儿，《小杜丽》中坚强勇敢的小杜丽，《大卫·科波菲尔》中美丽可爱但头脑简单的“娃娃妻”朵拉和

---

① ［法］巴尔扎克：《古物陈列室》《钢巴拉》初版序，《古典文艺理论译丛》，人民文学出版社1965年版，第120页。

② 童庆炳主编：《现代心理美学》，中国社会科学出版社1993年版，第394页。

亦师亦友的爱妮斯，《远大前程》中朴实善良的比蒂和冷酷无情的艾斯黛拉，《我们共同的朋友》中骄傲任性的蓓拉·维尔弗等。然而仔细比照，我们都可以在小耐儿、小杜丽、爱尼斯的身上找到狄更斯心爱的妻妹玛丽的影子，而“娃娃妻”则是狄更斯妻子凯瑟琳的真实写照，著名的狄更斯传记作家赫·皮尔逊甚至认为艾斯黛拉和蓓拉·维尔弗就是狄更斯为晚年情人特南量身定做的。尽管狄更斯一向抗拒公众探究他的情感生活，也常采用“杂取种种，合成一个”的人物塑造方法，然而《远大前程》出版后，那些对狄更斯私生活知之甚多的人恍然大悟：和玛丽、凯瑟琳一样，又有一位女子对狄更斯的作品产生了深刻的影响。艾斯黛拉与其说是爱伦·特南的肖像，不如说是狄更斯对特南的印象。创作《远大前程》时，狄更斯对特南的痴情仍处在毫无希望的阶段，艾斯黛拉“骄傲而任性”，有一种“高不可攀的神气”。我们从《远大前程》的最后结局可以理解：在该书完稿后，狄更斯仍未战胜特南的抵抗。《我们共同的朋友》中蓓拉·维尔弗从金钱至上到认识爱情可贵的转变，也恰好对应了特南对狄更斯态度的转变。在《我们共同的朋友》出版前，狄更斯已成功地俘获了特南的心。如果狄更斯没有这些至关重要的亲身情感经历而要塑造出这些栩栩如生的人物来，实在是难以想象。这些女性形象范式无疑与滞留在狄更斯无意识深处的情感密切相关，她们的原型深深地沉淀在他的灵魂深处。

一个作家乐此不疲地将自己熟悉的多个情节或形象制成相类的样式并不是偶然的，并非是他不愿寻找别的样式，而是因为一旦他凭借内在的现实去创作时，便自动地陷入了无意识的固结之中，这个固结聚集了他最深切体验的表象及情感，长期地盘踞在他的心底。所以，很多作家在创作小说情节和人物形象时可能根本没有意识到自己所写的故事和人物在不断重复。狄更斯在无意识驱动之下表现的对儿童的关注奠定了他作为“伟大教育家”的身份，狄更斯笔下的女性形象更是丰富了英国文学的人物画廊。

三　结构的心理机制

狄更斯在创作上取得令人瞩目的成就，除了归功于他的创作天赋、个人勤勉和心理动势外，也归因于他所拥有的心理机制。心理机制包括“态度、情调、目的，即大致属读者接受和题材范畴的内部机制”①。狄更斯童年的生活以及他成长的体验让他具备了特殊的心理机制——他对宗教的世俗化认识和对通俗小说创作手法的熟稔。

许多批评家抱怨狄更斯的小说没有结构，将他与福楼拜相比，认为福楼拜小说构思严谨，而狄更斯却对小说的真实性极其漠视，随时变更小说线索以迎合读者趣味。这些批评当然不无道理，但要正确评价狄更斯的创作还需了解狄更斯的宗教观。狄更斯生活在宗教气氛浓郁的维多利亚时代，宗教信仰是当时社会的普遍风气，因此狄更斯的小说也深深地打上了基督教的烙印。狄更斯出生在一个英国国教徒的家庭，但父母对宗教却不太虔诚，狄更斯本人也反感去教堂听长长的布道。由于家庭陷入破产的边缘，狄更斯被迫早早走上社会，历经惨痛的童年，目睹社会上的种种黑暗，他渴望的是人与人之间平等互爱的情感。狄更斯曾说如果没有亲戚朋友的帮助，他定会成为街头的小窃贼或小流浪汉，因此他并不崇拜看不见摸不着的上帝。他说：“我希望拥有更少牧师的基督教，而更多的是基督自己的基督教。更少的信条和教条，更多的活的信仰。”② 由此可见，狄更斯对基督教表现出鲜明的世俗化倾向。

狄更斯从创作伊始就用那双锐敏的眼睛来注视伦敦的真实面目。他抨击上层社会的不公，同情下层人民的悲苦。在《奥列佛·退斯特》中，他抨击贫民习艺所，揭露贫民习艺所里滋生蔓长的罪恶；在《尼古拉斯·尼克尔贝》中，他再现学校的愚昧落后及对儿童的残害；在《艰难时世》中，他揭露资本主义对工人的奴役；在《荒凉山庄》中，他控诉法律的不公正。英国著名的批评家吉·杰·切斯特顿这样评价狄更斯的人道主义精神：“狄更斯对穷人抱有最高尚和最真实意义上的同情。在我们的文学上，他不仅是最低社会阶层的唯一代言人，甚至是他们潜意识的唯一表达者。借他的口，穷人说出了内心的委屈。”③

---

① 孙景尧：《沟通》，广西人民出版社 1991 年版，第 200 页。

② House Humphrey, *The Dickens World*. London: Oxford UP, 1960, p. 109.

③ 章伟纲：《狄更斯》，香港三联书店 2000 年版，第 67 页。

狄更斯看到了社会地位的卑贱和品德的高贵在普通人民身上形成了鲜明的反差；狄更斯更是充分地认识到了地位高贵而精神卑劣的上流人士正是造成下层人民悲惨生活的原因所在。《董贝父子》中董贝只关心金钱和利润，丝毫不重视父女情感；《艰难时世》中葛擂硬窒息情感、压抑人性，强调事实教育；《圣诞欢歌》中的斯克鲁奇是不折不扣的"经济人"的化身。他们用残酷贪婪的行为将不公平的社会现实合理化，从而主宰整个社会。狄更斯挥舞手中的利器撕破他们的伪善面孔，让他们自曝其丑。然而狄更斯并不抛弃他们，他反对以仇恨和对立的态度对待他们，主张相互沟通，以仁爱、宽恕的态度感化他们。所以，在《匹克威克外传》中匹克威克以德报怨，解救了骗子金格尔主仆，使他们得以改邪归正；《董贝父子》中董贝在女儿亲情感化下人性复苏，认识到亲情比金钱更为可贵；《艰难时世》中葛擂硬最终意识到功利主义思想的危害性，重返家庭等。狄更斯特殊的宗教认识让他认为小说的目的在于使人们摆脱真实的世界，减轻生活的痛苦，无怪乎狄更斯批评专家切斯特顿称狄更斯是"神话家""永恒的乐观主义者"①。

狄更斯在创作上还具有明显的通俗意识。这一方面与英国文学传统有关，英国文学的通俗性可追溯至乔叟，他的《坎特伯雷故事集》几乎每一篇都能给人带来欢笑，18 世纪的斯威夫特、菲尔丁、斯摩莱特、斯特恩等作家也体现了通俗意识，对狄更斯创作产生了不小的影响；另一方面与狄更斯个性和成长经历有关，狄更斯生性乐观诙谐，很早表现出幽默的才能。他擅长模仿伦敦街头各色人物的步伐、姿态，能把他们说话的声音、语调模仿得惟妙惟肖；且由于狄更斯家道中落，没有机会接受正规的大学教育，因此他的小说丝毫未受学院派陈词滥调的束缚。这些因素对狄更斯小说模式起到了规划和框定作用。仔细研读狄更斯的小说，我们便可看出这种创作的通俗意识体现在他童话式的小说结构及幽默、夸张的语言表达上。

狄更斯的童话式方法几乎存在于每一部作品。试以《大卫·科波菲尔》为例，小说最后所有人的悲伤都得到了治愈，所有坏人的过错都得到了奇迹

① G. K. Chesterton, *Charles Dickens*. London: Methuen, 1906, p. 38.

般的纠正。私奔的小艾米丽在遭到抛弃后开始了新生活，在农场忙忙碌碌；唠唠叨叨的寡妇格米治太太变得温文尔雅，收获了皮果提先生的爱情；贫困潦倒但乐观豁达的米考伯先生不仅还清了债务，而且成了治安法官，成为米考伯老爷；出场不多的衣衫褴褛的可怜助教麦尔先生成为有名的公立中学校长；大卫丧妻后不光另娶了温柔贤惠的爱妮斯而且成为作家。这种童话式方法在狄更斯小说的所有圆满结局中屡见不鲜。

幽默、夸张也是通俗小说常见的创作方法。赵炎秋先生曾指出："狄更斯小说中的幽默的内在机制是矛盾。狄更斯善于运用矛盾使事物显得不协调，不相称，突出事物的荒谬、滑稽、可笑之处，揭示事物的本质，引起读者的回味与思考，同时打破读者的期待视野，使其发生意外的转折，从而产生强烈的戏剧效果。"① 狄更斯也善于运用夸张，造成一种违反常情但又不使人讨厌的失调。比如《艰难时世》中有个罗马似的大鼻子且从楼顶飞奔到楼下不喘气的斯巴塞夫人，《老古玩店》中长相丑陋，能吃带壳的鸡蛋、喝滚烫的茶的奎尔普等。

狄更斯在创作中吸纳诸多的通俗手法，并不是为了媚俗来提高小说的销售量，而是为了更好地实践自己的创作理想，"一群善良的人，只想在一起干活，而且只想在舒适的氛围中干得越快越好，同时大家有说有笑——这就是狄更斯的理想，他想把这种理想奉献给社会各个阶级。"② 在践行理想的同时，狄更斯将自己的情感与生活体验，通过文字在更深、更高的层次上与读者进行心灵沟通。狄更斯跳出了高雅文学筑就的篱墙，使他的小说拥有了更广泛的读者群，更深层次上满足了人们的审美需求。

小说既是对现实人生的一种超越，也是对于人生意义和生命价值的不倦探索，但归根结底都要表现作者感受和体验过的人生。写作过程也是经验领域的感受过程，每一部小说都是这些感受不断发现、发展、深化的过程。狄更斯的小说不是纪实的、具体的、基于历史的，而是原创的、独立的、表达情感的，是将积淀在自己内心深处的体验加以咀嚼消化、融会贯通后重新整合，以故事的形式加以表述的。狄更斯将其成长与生活中形成

① 赵炎秋：《狄更斯长篇小说研究》，社会科学文献出版社1996年版，第317页。
② ［法］莫洛亚：《狄更斯评传》，王人力译，上海译文出版社1986年版，第112页。

的难以割舍的情感与经验参与到文学创作中，经过自己审美心理的再体验与再创造，结合自己独特的心理机制，再现儿童成长、爱情婚姻、社会体制等，从而产生了大量表现“行善与爱”的主题精神的优秀作品。这些暗藏在作品之中、潜伏在作品之下的情感使得狄更斯的小说在主题上具有深刻的一致性，让他的小说达到了哲学命意的超越与审美追求的统一。这些作品极大地改变了英国文化中儿童的概念和当时人们的爱情婚姻观念，并对同时代与后世的作家如勃朗特姐妹、乔治·艾略特、詹姆斯·乔伊斯、马克·吐温、斯蒂文森等产生了深远的影响。

第七节　论狄更斯小说的狂欢书写

多年来，学术界多关注狄更斯小说对社会的揭露与批判，或者研究其小说对人性的关注和探索，或者研究其作品的人物特点和类型，或者研究作者创作的艺术特点等等。批评方法的多样性，切入角度的多元化凸显了狄更斯小说自身的文本张力和艺术内涵。20世纪兴起的巴赫金狂欢化诗学理论，在西方文论界产生了重大反响，也为我们重新解读狄更斯小说提供了新的研究视角。在狄更斯的文本中也渗透着浓烈的狂欢化色彩，体现出“狂欢式的世界感受”。

美国学者伯高·帕特里奇（Burgo Partridge）认为狂欢在社会生活中普遍存在，是自然性与文化性、兽性与人性之间的彼此消长。弗洛伊德的本能宣泄理论，美国“人本心理学之父”马斯洛的高峰体验理论，都从不同侧面触及狂欢的相关特征，都有助于更好地理解巴赫金的狂欢理论。相对于弗洛伊德、马斯洛和帕特里奇的理论，巴赫金对狂欢发生学的考察视野更开阔，现实性更强。他明确将狂欢作为自己的研究对象，考察社会生活各个方面的狂欢现象与形态。按照巴赫金的理论阐释，文学狂欢化最初应源于西方“狂欢节”之类的民间节庆活动，如圣诞节、复活节、愚人节、万圣节等，也包括我们日常生活中带有狂欢因子的一些活动，如婚丧嫁娶的礼仪或庆典。在西方，狂欢节是一种不同于官方活动的特殊的社会群体活动，它具有打破现实社会一切等级秩序、提倡众生平等喧哗的特点。在

“狂欢中，人与人之间形成了一种新型的相互关系，通过具体感性的、半现实半游戏的形式表现出来。这种关系同非狂欢式生活中强大的社会等级关系恰恰相反。人的行为、姿态、语言从在非狂欢式生活里完全左右人们的种种等级地位（阶层、官衔、年龄、财产状况）中解放出来……”① 巴赫金指出：“狂欢式转为文学语言，这就是我们所谓的狂欢化。”② 他把狂欢节的一整套形式及其所体现的世界感受转化为文学语言。狂欢式节庆活动作为一种世界性的文化现象，促使我们关注狂欢节引发的狂欢精神。借助狂欢化思维对具体文本进行分析，可以看到许多过去没有看到的东西，甚至是深层的、潜藏的东西。狄更斯在创作过程中，不断超越自我，消解精英意识，颠覆既成叙述模式和传统审美原则的创作自觉，使作品具有强烈的狂欢化色彩。狂欢式场景、狂欢化语言风格、狂欢化人物形象等狂欢要素在其作品中屡见不鲜。

一 狂欢式场景

狂欢节演出的基本活动舞台是广场，也进入民房，它只受时间的限制而不受空间的限制，广场是全民性的象征。巴赫金认为，广场具有两重性，一个是随便亲昵交际和表演的狂欢广场，另一个就是作为情节发展的场所，“就连其他活动场所（当然是情节上和现实中都可能出现的场所），只要能成为形形色色相聚和交际的地方，例如大街、小酒馆、道路、澡堂、船上甲板等等，都会增添一种狂欢广场的意味”③。在这种生活中，人们可以尽情放纵自我，宣泄欲望，任由本能驱使，充满了生命的快乐和原始激情。狄更斯笔下的狂欢化场景丰富多彩：有的表现滑稽逗乐，有的反映家庭的温馨，有的体现人最原始的本能和反抗等。

小说《匹克威克外传》中匹克威克社召开全体社员大会，匹克威克就发现宝石一事在大会上发表了演说，并对铭文的意义作了种种天才而博学

---

① ［苏］巴赫金：《陀思妥耶夫斯基诗学问题》，生活·读书·新知三联书店 1992 年版，第 176 页。

② ［苏］巴赫金：《诗学与访谈》，白春仁、顾亚铃译，河北教育出版社 1988 年版，第 161 页。

③ 同上书，第 169 页。

的推测。一位高明的艺术家把刻在石头上的珍物当作了一幅忠实的写生画，送到皇家考古学会和其他学术团体去鉴定，大家围绕石头展开激烈的论争，引发了一场无人不知的科学论战——匹克威克论战。论争的场景让读者忍俊不禁，其实所谓的宝石就是最普通不过的石头而已。小说中无数的充满乐观滑稽的场景也充分体现了作者青年时代的乐观主义哲学法则。

巴赫金指出："狂欢节没有演员和观众之分"，"在狂欢节上，人们不是袖手旁观，而是生活在其中，而且是所有的人都生活在其中，因为从其观念上说，它是全民的。"① 在狂欢节中，人与人之间没有了等级、性别、财产等的距离，从而产生一种乌托邦式的人际关系，相互间显得随和而亲昵。小说《奥列佛·退斯特》中，主人公奥列佛历经波折，在梅里小姐的帮助下，终于与布朗劳先生一家在斯特伦区克雷文街的一间房子里团聚，这个团聚场所就构成了一个狂欢化的广场表演。在这个狂欢化的广场中，他们每一个人都是参与者，都尽情地享受着这一狂欢化广场带给自己的乐趣。布朗劳先生，罗丝小姐称赞着奥列佛的真诚善良，享受着奥列佛带给他们的精神享受，而奥列佛本人也在这个狂欢化的广场中充分享受久违的关爱和家庭的温暖。小说中描写了多个这样具有狂欢意味的场面，如奥列佛生活在梅里小姐的乡村别墅，每晚陪同梅里太太和小姐进行的愉快而平静的散步；奥列佛享受布朗劳先生和贝德温太太的关心，和他们玩一种叫"克立别集"的纸牌等，通过这样一个个狂欢化广场的展示，让读者更深刻地了解到奥列佛在上层社会中的受到的欢迎以及彼此之间的平等。

在狂欢节日里，常常有辱骂、殴打"国王"的仪式，它象征着对权威、王权的蔑视与反抗，体现出一种交替和颠覆的精神。狄更斯在其两部历史小说中就充分渗透了这种狂欢化精神，出现了下层民众反抗"国王"，给王权进行"脱冕"的狂欢场面，如《巴拉比·拉奇》中的戈登起义，《双城记》中的人民攻占巴士底狱等。对于大革命，作者笔锋锐利地描写

① ［苏］巴赫金：《拉伯雷研究》，李兆林、夏忠宪等译，河北教育出版社 1998 年版，第 8 页。

群众疯狂的骚乱、雅各宾党人的恐怖及大革命的残酷和无理性。革命中的“男人们怒气冲冲，恨不得要杀人，妇人们的那股狂劲，最大胆的人见了也会害怕。她们扔下孩子，扔下蜷缩在地上光秃秃的老人、病人，发出最狂野的叫喊，发出最粗野的举动，达到发狂的地步”。小说中得伐石太太成为疯狂的复仇女神，带领几十个妇女把侯爵的府邸烧成灰烬，“在疯狂的火焰中，从地府里径直吹来了一阵炽热的狂风，像要把大厦吹跑。随着火起火落，石头露出备受煎熬的表情。一会儿又从浓烟中显露出来了，就像残忍的侯爵面孔正在受着火刑，在与火抗争着”。[①] “疯癫”是狂欢节日的典型形象，得伐石太太仿佛就是火国里的“皇后”，她那种大仇得报后陶醉的“疯癫”状态，就是节庆性的“疯癫”。

巴赫金认为，狂欢节上“火”的形象带有深刻的两重性：既毁灭世界又更新世界。在小说中，“火”的形象同样具有狂欢的性质。“火”对侯爵府邸的焚烧，既是封建王权旧秩序的颠覆，又是世界新秩序的开始。作恶多端的封建贵族的毁灭就是下层平民过上自由、欢乐生活的开始，因此，城堡刚焚烧坍塌，大众就开始了狂欢庆贺。这帮封建贵族是封建“王权”的代表，围攻侯爵府邸实际上矛头直指“实际”的“国王”，这是下层平民对上层权贵的反抗与“脱冕”。

在狄更斯小说中，还描写了很多具有狂欢化特征的广场，如《荒凉山庄》中埃丝特的法律办事员格皮与他两位法律界朋友的筵席场面；《奥列佛·退斯特》中贼窟头子费金临死的场面等。通过这些狂欢化广场的描写，狄更斯寄托了他对下层人民遭受压迫的同情，表达了人们渴望摆脱束缚，求得政治自由、思想民主，过着“狂欢广场式的自由自在的生活”[②]的愿望。

二　狂欢化的语言风格

在巴赫金看来，语言具有世界观的意义：“语言，这是世界观，它不是抽象的，而是具体的、社会性的，它们决不能脱离生活实际和阶级斗争

① Charles Dickens, *A Tale Of Two Cities*. Penguin Classics, 1985, pp. 251—65.

② ［苏］巴赫金：《诗学与访谈》，白春仁、顾亚铃译，河北教育出版社 1988 年版，第 170 页。

的实际，它渗透着评价的理论体系。因此每一件物品、每一个概念、每一种观点、每一种评价、甚至每一种语调，实际上无不在语言的世界观的交叉点上体现出来，无不参加到紧张的意识形态的斗争中去”。[1] 巴赫金把与官方规范、严肃、单一的语言相对的语言称为广场语言，它包括夸张、反讽、插科打诨、双关语等等。狄更斯是运用语言的天才，其幽默的风格在19世纪英国作家中堪称“极限”，小说语言有着相当明显的狂欢化色彩。其作品词汇量之大，所属关联域之驳杂，语法秩序之杂乱，是语言学家难以用规范、理性的语法规则来进行解析的。赵炎秋曾指出幽默是狄更斯小说魅力的重要源泉。狄更斯的幽默与拉伯雷的嬉笑怒骂、斯威夫特的冷峻嘲讽不同，他的幽默往往“同滑稽与讽刺结伴”。[2]狄更斯小说的语言风格，大致可以从以下几个方面进行分析：

1. 极致的夸张和反讽。

很多作家进入创作的巅峰状态时，语言汪洋恣肆，叙述者沉浸在自我世界中，达到了酒神般的迷狂状态。在《奥列佛·退斯特》中，为了表达对看管贫民习艺所孤儿的老婆子克扣份额的愤怒，狄更斯这样写道：“一位实验哲学家的伟大理论是马儿无草亦能活，他直接做了实践，以身作则，把自己一匹马的口粮逐渐减少到一天一根干草，不用问，他能把它驯成一匹不用吃草的烈性骏马，但可惜的是，在第一次享用全由空气构成的美食之前的二十四小时，马儿就一命呜呼了。”[3] 针对贫民习艺所对孤儿的残酷表现，作者幽默夸张的铺陈带有深刻的讽刺意味。在《双城记》中也有类似的描写，作者貌似夸张的笔触包含辛辣的讽刺。在写到大革命时期那沾满血迹、让人胆寒的断头台时，狄更斯如此评论：“它是治疗头痛的特效药，它防止头发变白绝对有效，它能使面色特别白嫩，它是国家牌剃刀，能把一切剃得一干二净”。作为一种修辞格，反讽是指“说与本意相反的事”，“言在此而意在彼”，“为责备而褒扬，或者为褒扬而责备”和“进行嘲笑和戏弄”。[4] 在狄

① ［苏］巴赫金：《拉伯雷研究》，李兆林、夏忠宪等译，河北教育出版社1998年版，第547页。

② 赵炎秋：《狄更斯长篇小说研究》，社会科学文献出版社1996年版，第319、232—239页。

③ Charles Dickens, *Oliver Twist*. London: Bantam Books, 1981, pp. 4—5.

④ ［英］D. C. 米克：《论反讽》，周发样译，昆仑出版社1992年版，第23页。

更斯作品中这种带着夸张嘲讽意味的语言形式随处可见。

2. 悖反意象的并置和比喻

狄更斯经常把真假、崇高、美丑对立的两种事物强硬地并置进行审美观照，以对语言成规进行有意无意地破坏，颠覆传统的语法规则和审美原则，并将习用的语言符码进行新的组织，重构出语义世界自成逻辑的内在秩序，建立起新的语法和审美准则。

《荒凉山庄》被引用率最高的一段文字就是开头处对伦敦的浓雾的描写："伦敦。无情的十一月天气。满街泥泞，好像洪水刚从大地退去，如果这时遇到一条四十来英尺长的斑龙，像一只庞大的蜥蜴似的，摇摇摆摆爬上荷尔蓬山，那也不足为奇。煤烟从烟囱顶上纷纷飘落，化作一阵黑色的毛毛雨，其中夹杂着一片片煤屑，像鹅毛大雪似的，人们也许会认为这是为死去的太阳致哀哩。……到处是雾"①。在这段文字中，狄更斯这种把粗俗事物与高尚事物并置，使高尚事物降格的方法，就是巴赫金所说的贬低化手法。狄更斯通过粗鄙化叙述斑龙、雾雨、大雪、太阳等美好事物使它们降格到蜥蜴、煤烟、煤屑、死亡等。在秩序化的观念体系中，这种强硬对比有悖于审美规范，但狄更斯却以它们来抵抗理性的异化与束缚，从而转变了读者的审美心理定式和传统阅读期待视野。英国当代批评家约翰·格劳斯这样评论："（他的创作）首先给我们以深刻印象的是精确的观察，惊人的明喻，丰茂的描述，详尽的绣饰，凡此等等洋洋洒洒地堆集起来……"②

此外，狄更斯善于使用大量的比喻形成狂欢化的效果。如《匹克威克外传》中说斯诺德格拉斯"一滴眼泪在他那感伤的眼帘上颤抖，好像一滴雨水挂在窗户框上"。这种不伦不类的比喻一下子便破坏了自比文人骚客的斯诺德格拉斯所制造的感伤气氛，取得喜剧效果。

3. 插科打诨

插科打诨是狂欢式世界感受的一个特殊的范式。在狂欢节中，人们的

① ［英］查尔斯·狄更斯：《荒凉山庄》，黄邦杰等译，上海译文出版社1979年版，第4—5页。

② ［美］哈罗德·布鲁姆：《西方正典——伟大作家和不朽作品》，江宁康译，译林出版社2005年版，第242页。

行为姿态和语言可以完全摆脱阶级、官衔、年龄、财产等形成的一切等级地位的束缚，做着滑稽怪诞的动作、说着傻里傻气而逗人发笑的话语，从非狂欢式的普通生活来看，变得插科打诨而不得体。巴赫金认为，插科打诨，是在人们事业和事件不可动摇的正面（体面）进程中打开了缺口，使人摆脱开既有的规范和成由，说出不得体的话。

《匹克威克外传》中的萨姆大字不识几个，连给心爱的姑娘写信都很为难。可是他说话时却偏要装作妙语连珠，喜用歇后语。他要匹克威克先生干脆地说出雇佣他的条件时，便说："就像儿子吞了铜板，老子对他说——把它吐出来吧。"

这些插科打诨的诙谐语言给小说增添了不少狂欢的气氛。

4. 双关语

狄更斯极爱用双关语，上至王公贵族，下至贩夫走卒，但有机会，一定会抓住双关这个语言游戏好好地玩弄一番。在用双关语的时候，再无所谓阶级的高贵与低贱、用词的典雅与粗俗。

小说《匹克威克外传》中，当匹克威克的三位朋友探监时，山姆对他们说，他已经是个犯人，被监禁了。山姆说："I'm a prisoner, gen'l'm'n. Con-fined, as the lade said." "Confined" 意思是"被监禁了"，可是山姆偏偏又加了"as the lady said"（就像妇女们所说的那样）。这样"con-fined"就变成了"坐月子"了。在魏勒先生和匹克威克的对话中，当谈到各种食物时，魏勒先生提到了长舌头。他说："Tongue; well that is a wery good thing when it an't a woman's."（"是啊！只要不是长舌妇的舌头，舌头倒是挺不错的。"）

《奥列佛·退斯特》中的"board"一语双关，体现了作者高超的语言技巧。原文中"board"有着双重语义：（1）木板；（2）委员会，董事会。初到贫民习艺所，奥列佛搞不清楚究竟"活的理事会"（alive board）是怎么回事，当班布尔说"向理事会（board）鞠躬"，奥列佛抹去了噙在眼眶里的两三颗泪珠，看见前面只有一张桌子，没有木板（board），便向桌子鞠了一躬。赵明指出，使用"board"这一双关语，不仅仅是一种轻松的插科打诨，也不是一种文字游戏，而是通过双关语的妙用来达到讽刺挖苦和鞭挞的效果。①

在狂欢化诗学看来，所有广场式的语言并不是简单的贬低，而具有深刻的世界观意义。狄更斯大量使用了反讽、夸张、插科打诨、双关语等狂欢节语言和体裁，创造了那种欢欣愉悦、无所畏惧、坦白直率的狂欢气氛。这些语言的一切形式和象征都洋溢着交替和更新的激情，充溢着对占统治地位的真理和权威的可笑的相对性意识，对官方正统权威的语言规范产生了强烈的、颠覆性的影响。

三　狂欢化人物形象

在狂欢化文学中，有一群特殊的边缘人物，他们以狂欢的眼光观察世界，以颠倒的视角审视现实人生，在非理性视野的观照下，能窥见他人所未能见的世界，触及中心人物所未能及的新领域，这就是小丑、傻瓜、骗子等形象。狄更斯笔下的人物形象都具有强烈的夸张性，或在外貌形态上，或在思想行为上，或在情感性格上，表现出独异的、与常人不同的存在方式，如《尼古拉斯·尼克尔贝》中向尼克尔贝太太求婚的疯老头、《大卫·科波菲尔》中大智若愚的狄克和性情古怪的贝西姨妈、《艰难时世》中有个罗马似的大鼻子且从楼顶飞到楼下不喘气的斯巴塞夫人、《荒凉山庄》中的斯莫尔维德奶奶、《小杜丽》中的马夏尔西监狱之父等。他们构成了狄更斯人物画廊中的另类存在，成为承担不同文化意义和文本意义的物质载体。赵炎秋对狄更斯小说中的变态人物进行了系统研究，指出狄更斯笔下的怪人可分为“生理上的怪，性格行为上的怪，一般意义上的古怪”。② 笔者认为狄更斯小说中的小丑形象也可分为以下三类：

1. 生理上的小丑形象

《奥列佛·退斯特》中把奥列佛领进贼窟的道金斯先生就是具有狂欢特征的人物。小说这样描述他的出场：“他长着一个狮子鼻，扁额头，其貌不扬。按年龄来说，他个子较矮小，两条罗圈腿弯曲得很，一双鼠目令

① 赵明：《外谐内庄　意韵无穷——〈雾都孤儿〉中 Board 语义双关评析》，《中国矿业大学学报》2008 年第 3 期。

② 赵炎秋：《狄更斯长篇小说研究》，社会科学文献出版社 1996 年版，第 232—239 页。

人讨厌。他的帽子随意戴在头顶，随时都有掉落的可能。他把袖口翻到肘窝里，让一双手露在袖子外面，这终极口的显然是为了把它们插进灯芯绒裤子的口袋。总之，这是一位装腔作势，好拿架子的小绅士。”[①]《大卫·科波菲尔》中的希普，“他那好像被烧掉了睫毛似的红眼睛，随呼吸一下一下抽动的鼻孔里面的那道凹痕，全身从头到脚跟蛇一样蠕动，张大个嘴跟个油桶似的”[②]。朵拉的两个姑母“都生有又亮又圆的闪动的小眼睛，像鸟的眼睛一般。纵观全体，她们也未见得不像鸟；她们都具有锋利的敏捷的突然的态度……，像金丝雀”[③]。再如《老古玩店》中的奎尔普，长相丑陋，像一条伸出舌头的狗，能吃带壳的鸡蛋，喝滚烫的茶。这种把人的世界还原为动物世界，把人的本性和等级森严的人类规则与动物世界进行比拟的写法为作家进行意味深长的主旨言说提供了叙事的便利，并且各种人物都有一种与本性相关联的兽类相对应。兽与人身份地位的恰当搭配，传达了作者对人物所持的态度，达到了反讽的效果。

2. 行为表现上的小丑形象

在早期作品中，最受嘲弄的小丑要数《马丁·朱述尔维特》中的俾克斯涅夫。在作品中，狄更斯以嬉笑怒骂的笔触酣畅淋漓地嘲弄了这个伪君子。《荒凉山庄》中唯一能与俾克斯涅夫相媲美、得到充分表现的丑角，恐怕就是“假孩子”斯金泼先生。这个上了年纪的年轻人自夸保持着俗世间难得的童真，并常不失时机地炫耀自己的两个弱点：既没有时间观念，也没有金钱观念。若遇到需要他履行一个公民义务的场合，他就巧舌如簧，用荒谬得让人无从辩驳的歪理搪塞过去。以他对付债主的本领为例，斯金泼生活享受方面品位很高，常常享用最好的肉类和新鲜的进口水果，由于无所事事，无钱支付账单，当肉店老板来抱怨他为什么一概赊账还要春羔羊肉这样的奢侈品时，他故作天真地答道：“因为我喜欢春羔羊肉呀！”老板无奈，说要是当初卖肉时也学着他这一套就好了。斯金泼却惊

① Charles Dickens, *Oliver Twist*. London: Bantam Books, 1981, p. 74.

② ［英］查尔斯·狄更斯：《大卫·科波菲尔》，庄绎传译，人民文学出版社 2003 年版，第 445 页。

③ 同上书，第 601 页。

讶道："你那样说怎么行呀！那可是办不到！你有羊肉，我可是没有钱。你不能真有给肉的意思却不给，可是我就能，我真有付钱的意思而又没法付给你！"① 后来，这个纯真得纤尘不染的孩子为了五英镑而做出出卖朋友的受贿丑事。在被人责问之时，他坦然道："谁也不能使我受贿呀！我并不认为金钱有什么价值，我对它根本不重视，不理解，不需要，不储存——它一到我手里，就转给了别人。我怎能受贿呢?"② 对这样的人物，狄更斯自然是不吝批评的，但是我们看到，他并没有一脸严肃地叱责，而是竭尽全力把可鄙可耻之事中有趣的一面挖掘再现出来。狄更斯的幽默讽刺来自对人类可笑滑稽之处的捕捉和玩赏。

3. 性格上的小丑形象

狄更斯最擅长也最热衷刻画的形象是性格上有着某种怪癖的人物。《远大前程》中因被人抛弃而终生仇恨男人的郝薇香小姐、《大卫·科波菲尔》中和驴子有着深仇大恨的贝西姨婆、《小杜丽》中为惩罚自己十二年不迈出房门一步的克林南姆夫人、《艰难时世》中只讲事实不讲情感和想象的葛擂硬、《荒凉山庄》中一心关注自己鞭长莫及的非洲事务却把家庭孩子弄得一团糟的杰利比太太等等。这类有着古怪性情的小丑形象几乎存在于狄更斯的每部作品中。

狄更斯塑造的人物形象都具有鲜明的个性，其狂欢特性并非与巴赫金所钟爱的形象完全吻合，如果那样，狄更斯也就失去了自己的独创性。"狄更斯式"狂欢人物具有较深刻的象征意义，他在张扬生命欲望自然属性的同时深刻地揭示了人物更高层次上的社会属性，融入了作者对现实的忧虑、对社会的思考和对人性丑恶的批判。

巴赫金通过"狂欢化诗学"理论对人类的存在拓展了一个审美的生存空间：自由地交往和对话。他对文学的所有言说都展示出交往和对话的精神意蕴。如果说文学在想象中改造现实生活，那么，巴赫金期望文学真正成为人类得以"诗意栖居"的精神家园。在文学的世界里，人类能够平等而自由地交往，让受现实挤压的心灵得以自由地舒展，从而减轻人类的生

① ［英］查尔斯·狄更斯：《荒凉山庄》，黄邦杰等译，上海译文出版社 1979 年版，第 268 页。
② 同上书，第 1058 页。

存压迫，在心灵得到休憩之后，重新面对未来的生活。纵观狄更斯的全部文学作品，可以看出其不断反拨传统，走向狂欢叙事的过程。其内容庞杂丰富，以颠倒常规、严肃的等级生活的狂欢叙事风格来释放生命的激情，宣泄生命的能量，对封建贵族和统治阶级的世界观提出挑战，对他们的权威充满不敬。在早期小说《博兹特写集》和《匹克威克外传》中，作者通过戏谑滑稽的描写来冲淡社会的阴暗面；在《奥列佛·退斯特》中，作者用幽默风趣的语言批评了当时英国贫民法，同时鲜明描绘了犯罪世界的真实图画；在《尼古拉斯·尼克尔贝》中，作者通过对小说正面人物和反面人物的严格区分来体现善与恶的斗争，从而指出正确的教育是反对社会罪恶的最有效方法；在讽刺的光辉典范之作——《艰难时世》中，作者继续以往的幽默诙谐风格揭穿马尔萨斯学说和功利主义者鼓吹的“事实哲学”的虚伪性；在《荒凉山庄》中，作者嘲笑地把大法官法庭表现为一部在破坏力量和冷酷无情方面都是极端可怕的机器。诙谐引领我们通往狂欢之路，诙谐的原则是狂欢节仪式的组织原则，没有诙谐就没有狂欢意识所需要的快感。狄更斯借助诙谐对严肃性进行解构，最大限度地激发了生命的潜能，突破禁忌，进入到一个无拘无束的自由境地。诗性的诙谐蕴含着“人的解放”的精神主旨，它呈现为一种狂欢的姿态。

狄更斯小说打破了等级制度对人们行为、语言、姿态、思维方式等各方面的束缚，这种对既成秩序进行反叛与颠覆的精神是狂欢化文学重要的精神体现。狄更斯以洞察世界的锐利眼光，通过狂欢式的描写和狂欢式的世界感受，全面讽刺、揶揄了维多利亚时代的社会现实，艺术地展现特定历史时期的社会阴暗面。正是通过文学的狂欢节化，狄更斯表现了对当时社会问题的关注，对平等的人与人之间关系的向往，寄托了对自由、平等生活的向往以及对理想社会的追求。

第八节　狄更斯小说的伦理思想

20 世纪早期的文学评论家、狄更斯研究专家切斯特顿因担心随着时代的进步，狄更斯会被追求新潮的出版界遗忘，曾在 1906 年发表于纽约的一篇评论中疾呼："千万不要让那些自以为是的荒谬之论和所谓的知识分子的审慎，将狄更斯珍贵的文学遗产打入冷宫。"实践证明，切斯特顿的担心是多余的，喜欢狄更斯的读者仍然大有人在。在狄更斯生前居住过的卡姆登（Camden）区域的几家书店，例如 Waterstones Booksellers 书店、Primrose Hill 书店和英国图书馆书店，"狄更斯专柜"依然被摆放在最显赫的位置。在专事讨论畅销书的 buzzle 网站上，狄更斯的《双城记》仍保持着惊人的销量——仅次于排在第 1 位的《圣经》，而《哈利·波特》则被排到了第 9 位。

"为什么我们还在读狄更斯?"新一代的英国文学评论家们并没有遗忘狄更斯，他们的评论可以用来回应这个问题。米歇尔·瓦雷塞（Jon Michael Varese）2011 年圣诞前夕在左派报纸《卫报》上发表评论说："狄更斯善于将那些最具有普遍性的主题，融入一丝不苟的、永恒的细节描述之中。"安尼塔·塞西（Anita Sethi）在她为狄更斯诞辰 200 周年撰写的《狄更斯礼赞》中写道："布克奖的主评委斯特拉·里明顿（Stella Rimington）曾提出'文学作品的好坏和其易读性有关'，狄更斯的作品却时刻提醒我们，这只是一个虚幻的分割法，他的作品就非常易读，但是却充满了文学重量，好的作品就应该像他的作品那样跨越这种分割，传达出一种普遍性。"两位评论家均提及了狄更斯作品的"普遍性"，毫无疑问，这种"普遍性"并非指狄更斯的写作技巧，因为现实主义、现代主义、后现代主义的文学创作在写作技巧上还是各具特点，很难体现出一种"普遍性"；这种"普遍性"更多地指向狄更斯小说体现出来的伦理思想，包括家庭伦理思想、社会伦理思想、宗教伦理思想、生态伦理思想等。这种伦理思想的丰富性与现实性让狄更斯的作品具有无限阐释的可能性，在经历时间的荡涤之后没有被人遗忘，而是促使一代一代的研究者们反复地、持续地、多视角地去挖掘。这也是我们今天仍然读狄更斯的主要原因。

一　狄更斯小说的家庭伦理思想

珍妮·卡尔登（Jenni Calder）在《维多利亚小说中的女性和婚姻》一书中指出："婚姻不仅是有教养的年轻女子的正当目标，也是她们唯一的安全避难所。"[①] 在维多利亚时期，婚姻不仅是年轻女子追求的正当目标，也是单身男子努力的方向。有奥斯丁在《傲慢与偏见》的开篇为证："凡是有钱的单身汉都需要一个贤内助，这是一条举世公认的真理。"事实上，在大多数维多利亚时期的小说里，婚姻与家庭都是一个永恒的主题。狄更斯的小说也不例外。他的小说基本上沿袭了"有情人终成眷属"的结局，好人即使历经磨难，终会有"完满的家庭"让他得到补偿。如《我们共同的朋友》中的尤金与丽齐，尤金诚实善良，锲而不舍地追求美丽的姑娘丽齐，却遭到情敌海德斯通的暗害，被抛掷河中，在丽齐的搭救和护理下，最终复原并收获了美满的婚姻。《小杜丽》中的小杜丽与阿瑟·克林南姆也是一例。阿瑟是位正直善良、乐于助人、勇于承担责任的中年男子，起初小杜丽担心自己"生于监狱、长于监狱"的背景配不上阿瑟，后来她家获得意外的遗产，离开监狱成为上流社会的一员，此时阿瑟因投资失败、欠债入狱又不愿因为结婚成为小杜丽财产的共有者。在经历种种误会后，两人互相达成理解，终成眷属。《远大前程》中的匹普与艾斯黛拉亦是如此。匹普历经磨难，仍没有得到艾斯黛拉的爱情，为了报复恋人当初对自己的背叛，艾斯黛拉的资助人郝薇香小姐把艾斯黛拉嫁给了无赖德鲁莫尔。在经历人生的种种变故，匹普克服了对"成为上等人"的盲目追求后，重返曾经生活的地方，发现艾斯黛拉已成为孀妇。小说的结尾他与艾斯黛拉重新相遇，暗示着他们携手走向人生。奥地利历史学家米特罗尔与西德尔指出，狄更斯的家庭伦理思想反映了19世纪公众对家庭的重视，"专制国家对婚姻和家庭的兴趣反映在狄更斯的对家庭'神圣'的主张中。"[②]

在狄更斯看来，在完满的家庭中，女性操持家庭的能力与贤良的品德至关重要。这既与狄更斯本人的成长经历不无关系，也与当时的社会家庭结构相关。狄更斯曾在《博兹札记》中借人物之口将女性分为两类："一名妇女或者是极其肮脏、懒散，或者是极端整洁、令人尊敬"。[③] "整洁"

---

① Jenni Calder. *Women and Marriage in Victorian Fiction*. London: Thames and Hudson, 1976, p. 17.

② ［奥］迈克尔·米特罗尔、雷因哈德·西德尔：《欧洲家庭史》，华夏出版社1987年版，第118页。

③ Charles Dickens, *Sketches by Boz*. London: Oxford UP, 1957, p. 262.

意味着女性个人形象，也暗示了她处理家政的能力；“令人尊敬”则是对女性品德层面的要求。此外，与 18 世纪相比，维多利亚时期家庭格局的变化更促使女性退缩到家庭的私人空间。随着工业革命的推进与工场手工业的发展，社会显著的变化是公共领域（工作场地）与私人领域（家庭）的分离，于是中产阶级的家庭结构由先前重视家庭与外在联系的“外在导向型”转变为注重家庭生活的“封闭核心型”。① 男性成为社会事务的主宰，女性则在家庭这一私人领域里发挥核心作用。狄更斯笔下的家庭格局也基本上是男主外，女主内。因此女子一旦在管理家务上不称职或者品德存在问题，都无法保持完满的家庭。试以《大卫·科波菲尔》中的朵拉与爱尼斯为例，朵拉是大卫的第一位妻子，她对家务一无所知，从食品采购到家务安排，通通不会；她对算学一窍不通，家中账目乱七八糟；在她的操持下，家政一塌糊涂，每月开支常常远超预算。尽管大卫对此心中不满意，还是以宽容的态度接纳了她。但狄更斯安排她在故事中途因病逝世，无疑暗示了狄更斯本人对此类女性的态度。与朵拉对应的是大卫的后任妻子爱尼斯。爱尼斯婚前是父亲的小管家，将父亲的一切打理得井井有条，婚后自然是操持家庭的里手。她品行善良，对大卫的爱也自始至终。和狄更斯小说的所有男女主人公一样，他们幸福地一起生活下去。正如丁尼生（Alfred Tennyson）在他发表的《公主》（*The Princess*，1847）组诗中所指出的，“男人在田间劳作，女人在家中操持；/男人舞刀弄枪，女人缝制衣裳；/男人用脑思考，女人用心体量；/男人发号施令，女人唯命是听；/若非这样，一切混乱。”狄更斯对女性应该在家庭生活中扮演怎样的角色与丁尼生不谋而合。

除了幸福的两性关系外，狄更斯理想的家庭还包括孩子。茨威格曾指出狄更斯理想的中产阶级的体面生活必须包含几个要素：“每年有几百镑的收入，一个贤惠的妻子，十几个儿女。”② 事实上，狄更斯本人一生中就

① Lawrence Stone, *The Family, Sex and Marriage in England* 1500—1800. New York: Haper & Row, 1977, p. 217.

② Stefan Zweig, "Dickens", *Three Masters.* Translated by Eden and Cesar Paul. New York: Viking, 1931, p. 64.

有十个孩子。对于狄更斯而言，儿童的教育至关重要，粗略统计狄更斯的长篇小说中有名有姓的儿童形象不下五十个，而儿童教育始终是他关注的核心问题。概括而言，狄更斯作品从三个方面抨击了维多利亚时期儿童教育存在的问题。一类是以儿童为牟利目标的学堂。如宠儿学堂的校长史奎尔斯夫妇专买便宜的烂菜和死牲畜肉给学生们吃，还定期给学生灌硫黄汤，以败坏他们的胃口，减少伙食的支出。另一类是粗暴的教学方法。如《大卫·科波菲尔》中的萨伦学堂，校长克里克尔先生随身带着鞭子，看谁不顺眼就没头没脑地打下去，不仅伤害孩子们的肉体，还摧毁他们的尊严，扭曲他们的心灵和人格。还有一类是低劣的教学内容。许多学校教学人员素质低劣，根本没有受过专业训练，更谈不上文化素养。如《董贝父子》中一个退休的磨工，因为他什么也不懂，什么也不能做，于是被委派当了学校校长。狄更斯之所以尤其重视儿童的教育问题，或许与他本人悲惨可怜的童年经历有关。[①] 茨威格认为狄更斯在对自己童年时代的痛苦经历进行高尚的报复。“他发誓要将他的小说当成一种工具，来帮助贫苦的、被抛弃的和被人遗忘的孩子们。这些孩子们与过去的自己一样，在教师、管理不善的学校和漠不关心的父母手上受到过不公正的待遇，由于他们的自然保护人和监护人懒惰、无情、自私而憔悴下去。他希望为这些小孩们摘取几朵芳香的童年之花，他自己还没有来得及欣赏就因缺乏新鲜的慈祥之露而枯萎的几朵花。”

作为儿童的捍卫者，他在小说中也呈现了心目中理想的学校。在《大卫·科波菲尔》中，与萨伦学堂相对应的是斯特朗博士的学校。“这所学校的工作十分严肃，得体，有条理，建立于一种健全的制度之上。无论什么，都诉诸学生的荣誉感与自尊心……这种做法产生了奇迹。我们全都觉得，在学校的管理上，我们人人有份，维护学校的校风与尊严，我们人人有责。”[②] 对于狄更斯的儿童教育观，乔治·奥威尔认为他完全不懂教育理论，认为“他仅仅能够想象出一所好学校的道德氛围”。[③] 且不论狄更斯是

① 狄更斯的童年在前面的学术史部分已经提及。如他未接受正规的学校教育，12 岁在鞋油作坊工作等。

② Charles Dickens, *The Personal History of David Copperfield*. London: Chapman & Hall, 1897, Chapter 16.

③ George Orwell, “Charles Dickens”, *Inside the Whale*, London, 1940.

否具备相关的教育理论知识，他的确从伦理道德层面表达了自己的教育观念：即把孩子当作有尊严的人来对待，相信他们能在自己的知识能力范围内承担责任。

二 狄更斯小说的社会伦理思想

狄更斯理想的家庭生活是幸福的两性关系与健康的儿童教育，这种家庭伦理思想也从某种意义上影响了他的社会伦理思想。莫洛亚曾用简单的语言描绘狄更斯追求的理想社会："一群善良的人，只想在一起干活，而且只想在舒适的气氛中干得越快越好，同时大家一起有说有笑——这就是狄更斯的理想。"① 然而当时的社会现实与狄更斯的理想社会相去甚远，从《马克思恩格斯全集》中记载的1834年英国议会通过"济贫法修正案"后的社会境况可窥一斑。政府取消一切金钱和实物救济，把贫民驱至生活条件极为恶劣、劳动强度极其繁重的贫民习艺所，在贫民习艺所里，家庭离散，夫妻分居，以避免繁殖过剩人口。因此，贫民习艺所被穷人视若畏途，称之为"穷人的巴士底狱"。非人的生活条件导致大量穷人非正常死亡。孤儿院里的孤儿和流落街头的孩子们的处境就更加悲惨，当时英国工人平均寿命短得惊人，曼彻斯特工人阶级的孩子有57%的都死于五岁以下。② 面对此种社会现实，小说"作为想象国家的两种最主要的形式之一"③ 便成为狄更斯揭露和攻击现存制度的手段。罗斯金就曾指出："狄更斯所写的每一本书的主旨和目的都是完全正确的；对社会问题感兴趣的人们应该仔细阅读他所有的作品。"④ 毫无疑问，罗斯金敏锐地观察到了狄更斯所有作品中潜在的"主旨和目的"。

就狄更斯的社会伦理思想而言，他所有作品的"主旨和目的"大致都体现在对现存制度与阶级的批判上。狄更斯对英国现存制度的批判涉及诸

---

① André Maurois, "The Philosophy of Dickens." *Forum*, January 1929, p. 59.

② 《马克思恩格斯全集》第2卷，人民出版社1965年版，第392页。

③ Benedict Anderson, *Imagined Communities: Reflections on the Origin and Spread of Nationalism.* London: Verso, p. 25. 作者在书中指出小说和报纸是想象国家的两种主要形式，它们用技术化的手段再现了当时的社区与民族。

④ John Ruskin, "A Note on *Hard Times.*" *Cornhill Magazine*, II, 1860.

多方面，如对英国不合理选举制度的揭露、对不作为政府的攻击、对议会及法律制度的批判等。在《荒凉山庄》中狄更斯批判了选举制度中的陋习与不合理，一些选区早已无人居住，却仍在议会中占有席位，像德洛克爵士这样的有钱人待到选举时派些人到这些选区，将自己选为国会议员，而一些人口稠密、经济发展迅速的新兴工业区在议会中却没有代表。在《小杜丽》里，狄更斯尖锐地批判了英国政府。小说中的"兜三绕四部"可谓英国政府的缩影，这个部门信奉的"管理科学"原则就是"怎么不去做"(How not to do it)，任何一件事只要到了"兜三绕四部"，它便动用烦琐的程序、众多的规则让办事者不胜其烦，最后只能不了了之。部门的官员们在为老百姓办事方面十分拖拉，但是在报业绩、领功劳方面却十分高效。对于英国的议会制度，狄更斯同样不遗余力地抨击。狄更斯笔下鲜少出现具有正面色彩的议员形象，他们或是保守顽固的贵族（《荒凉山庄》的德洛克爵士），或是功利主义的信徒（《艰难时世》的葛擂硬），或是沽名钓誉之流（《我们共同的朋友》的维尼林），或是宗教狂热之徒（《巴纳比·拉奇》的戈登勋爵）。此外，狄更斯对英国法律制度的批判也是不遗余力的，在《匹克威克外传》里，他开始注意英国法律体制存在的问题；在《奥列佛·退斯特》与《我们共同的朋友》里，他抨击"济贫法"；在《小杜丽》中抨击把贫穷负债当作犯罪的法律条文；在《荒凉山庄》中，他批判大法官庭和它的烦琐程序……

狄更斯在其作品中表现出来的阶级批判是其社会伦理思想的另一体现。英国维多利亚时期的阶级群体特征鲜明，生活着贵族阶级、中产阶级、无产阶级。其中中产阶级的概念最难以界定，如奥利芬特夫人、文学史家卡扎明均认为狄更斯是"中产阶级的代言人"，但对于"中产阶级"的定义却语焉不详。笔者以为，中产阶级至少包含两个部分，一部分是有着一定的势利行为和一定程度特权的上层中产阶级，如董贝、墨德尔、朗斯威尔、潘克斯等，他们与贵族之间的区别已经模糊不清，通过利用自己的财富购买地产和与贵族通婚去获得社会地位，从某种意义上导致了阶级融合；另一部分是既不像贵族阶级那样有势，也不像上层中产阶级那样有钱，同时也不像无产阶级那样一无所有的下层中产阶级。其成员主要包括店主、小商人、职员、中小学教师和店员等。狄更斯对贵族阶级与上层中产阶级讽刺有加，将自己的赞美与同情全部倾注给下层中产阶级与无产阶级，因此，准确地说狄更斯应该是“下层中产阶级的代言人”。狄更斯对待贵族阶级的态度，我们在此不再赘述，他的每一部小说都不乏贵族阶级的形象，他把那些属于贵族、准贵族以及他们的维护者塑造成一个个反面角色。而对于《大卫·科波菲尔》中的皮果提、《远大前程》中的铁匠乔·葛吉瑞这类没有文化却慷慨无私的无产阶级人物，他的描写总是充满温情与敬意。有争议的是他对待上层中产阶级与下层中产阶级的不同态度。切斯特顿在给“人人丛书”版《艰难时世》写序言时指出狄更斯对待上层中产阶级的态度：“他相当严厉、憎恨地描写了庞德贝和葛擂硬（上层中产阶级的代表），这与他过去对19世纪早期的暴君和骗子——盛气凌人的德洛克爵士、昏庸的纳普金斯、荒唐可笑的班布尔、愚蠢无比的蒂格——的略带几分感情的嘲笑大不相同。在过去的那些作品里，他的责骂也是慈祥的，而在《艰难时世》里，他的同情也是严厉的。”[①] 而对于下层中产阶级，狄更斯总是用怜悯的笔触来展现他们，如《小杜丽》中的约翰·奇弗利是个典型的“下层中产阶级”，他是烟草店主的儿子，“身材矮小，两条相当羸弱的腿，非常稀疏的浅色头发，有一只眼睛（或许便是那只过去常从锁孔里窥视的眼睛）视力也相当差，而且比另一只稍大一些，仿佛没有眼神”[②]，经常“身穿一套他最好的衣服，胳臂下夹了顶高帽子，象牙手柄的手杖样子文雅却妨碍了他的举止态度，手里还有一捆雪茄”[③]。尽管形象不佳，但他沉稳谦恭的性格，对他者的关心，对小杜丽的深切爱恋，与她讲话时的咬文嚼字，向她求婚时的姿态，在失控人群中表现出来的泰然自若等等都诠释着真正绅士的内涵。狄更斯对于这类人物均赋予了正面的描写。

对于狄更斯作品的社会伦理思想，研究者们一直持不同态度，一些批

① 引自 G. K. Chesterton 给“人人丛书”版《艰难时世》写的序言，括号中的内容是笔者加上去的。

② ［英］查尔斯·狄更斯：《小杜丽》，金绍禹译，上海译文出版社1998年版，第292页。

③ 同上书，第879页。

评家认为狄更斯作为中产阶级的代表，满足于维多利亚时代的社会现状，充其量只是一名改良主义者。“狄更斯本人从未与他的这个英国进行过斗争”，“他希望看到社会秩序能有所改善。但他没有抨击既成的制度，没有对自己的时代挥拳相向，也没有威胁立法者和负有责任的公民；他没有谴责社会常规的虚伪；他所做的只是朝着张着口的伤口伸出警示的指头。”①一些批评家认为狄更斯是革命者，矫正社会弊端是狄更斯攻击的最主要对象，“他渴望矫正谬误，他认为一切的弊端都可以纠正，他对发现的一切罪恶都大张挞伐，而有好几件有益的变革都是在他的作品的影响下实现的，这些变革是他生活的时代的标志。”②

其实改良主义者也好，革命者也罢，狄更斯总是第一时间报道穷街陋巷的新闻，反映社会现实问题的态度是他至今仍不乏读者的重要原因之一。正如《卫报》一篇纪念狄更斯诞辰两百周年的文章写的：“狄更斯的小说和戏剧，在他那个年代，就像今天的报纸和电视一样，总是第一时间报道社会的种种现实与问题，而这些故事在今天仍不断上演。从某种意义上来说，狄更斯不仅生活在维多利亚时代，也生活在我们今天这个时代。”今天的英国经济已进入了一个冰霜期，高福利制度随着政府大力消减福利补贴和公共部门开支而面临着巨大的挑战。英国处于贫困线下的人口依然占有相当比重，据英国会计协会统计，2009—2010 年，英国处于贫困线以下的人口占总人口的 17.1%，比起 19 世纪末的 25% 并没有少多少。无怪乎狄更斯的传记作者西蒙·卡洛（Simon Callow）抱怨道：“如果狄更斯仍活着，他一定正在忙着采集伦敦地铁公司和国民医疗保险机构的丑闻。”

三　狄更斯小说的宗教伦理思想

卡罗林·奥尔坦（Carolyn W. de la L. Oulten）在《维多利亚中期英国的文学与宗教：从狄更斯到艾略特》（*Literature and Religion in Mid-Victorian*

---

① Stefan Zweig, “Dickens”, *Three Masters*, London 1931, p. 66, translated by Cedar and Eden Paul, from *Drei Meister*, Leipzig, 1920.

② 约翰·福斯特语，转引自［英］T. A. 杰克逊《查尔斯·狄更斯：一个激进人物的进程》，范德一译，上海译文出版社 1993 年版，第 251 页。

England: From Dickens to England, 2003）一书中强调文学与宗教的亲密关系。在宗教氛围浓郁的维多利亚时代，宗教信仰是当时社会的普遍风气，因此作家的创作或多或少都留下了宗教的烙印。关于狄更斯的宗教思想，批评家观点不一。19世纪的狄更斯研究者乔治·史密斯指出："狄更斯的宗教信仰是多年来备受关注与争议的一个话题。一些人认为他根本没有信仰，更多的人则认为狄更斯是不拘泥于教义与形式的自由主义者。"[①] 20世纪初知名评论家G. K. 切斯特顿认为"狄更斯接近通俗的宗教，这种宗教是最后的可靠的宗教"。悉尼·达克在他为狄更斯所作的传记中指出，狄更斯倡导人与人之间平等仁爱，渴望一种超越教派而直达心灵的宗教。狄更斯是否有宗教信仰，这点是毋庸置疑的，从他给儿子的一封信中可以得到答案。

> 切莫在任何事情上以卑劣手段利用他人，切莫对手下人过于苛刻。你想别人怎样对待你，就应以同样的方式对待别人，如果他们有时没有做到，切莫灰心失望。宁愿他们没有遵守我们救世主所定下的最神圣的准则，也不要自己不遵守。
>
> 你小时候我为你写过一本《新约》浅释，现在因为同样的原因，怀着同样的希望，我在你的书籍中放入了一本《新约》原本；因为《新约》是世界上已经为人所知或将会为人所知的最好的书，因为它给予我们最佳的教诲，任何一个想成为忠诚可信的人都将从此书中得到指引。
>
> 你大概记得，你在家中从来没有受到宗教训诫或宗教仪式的烦扰。我一向不愿在子女尚幼，还无法对这些东西形成自己的见解之时用这些东西去烦扰他们。你会因此而更能理解我此刻为何如此郑重其事地告知你基督教的真谛和美好，这种真谛和美好来自基督耶稣本人，如果你谦卑而真诚地尊重基督教，你便不会误入歧途。[②]

---

① George Barnett Smith, "Charles Dickens." *The Gentleman's Magazine*, n. s., XII. March 1874, p. 313.

② André Maurois, "The Philosophy of Dickens", *Dickens*, Paris, 1927 and London, 1934, pp. 150—151, translated by John Lane.

可以说，狄更斯的宗教伦理思想在这封信中展露无遗。他所信仰的是不受教条与仪式规约的基督教，而是一种广义的教会信仰（Broad Church Belief），即一种“活”的信仰。细查他的小说，可以发现这种“活”的宗教信仰贯穿始终：即人的自我完善（human perfectibility）与救赎（forgiveness）。

以《远大前程》为例。从宗教伦理思想看，这部小说主线是这样的：犯错—惩罚—救赎。小说开始时，小说主人公匹普是父母双亡的孩子，由姐姐、姐夫抚养成人。后来他受到一个匿名恩人的资助，成为“上等人”，于是他开始嫌弃他那头脑简单、没有文化却慷慨无私的姐夫乔·葛吉瑞。就这样，匹普由最初那个讨人喜欢、热爱劳动的小伙子变成了一个令人讨厌的势利小人。但成年以后，他的“梦想”破灭了，原来资助他成为“上等人”的是他小时候帮助过的一个逃犯，而非他心目中的“大企业继承人”郝薇香小姐。小说的最后，逃犯的财产被政府没收，匹普不得不靠工作谋生，此时他以秘书而非合伙人的身份来到曾经的朋友赫伯特的公司工作。由此看出，狄更斯暗示了匹普真正的远大前程在于精神方面而不是物质方面。他对底层工作（lowly position）的认同体现了对姐夫乔的认同，也是他自我救赎的方式。正如卡罗林·奥尔坦所理解的：“匹普以谦卑与坚持的态度对过去的轻率进行赎罪，这种在工作与情感上的自我约束与福音主义的教义相去不远。”①

小说中的另一人物艾斯黛拉亦是如此。艾斯黛拉是郝薇香小姐收养的孤女，郝薇香小姐收留她的目的是想把她培养成她的复仇工具。她让艾斯黛拉受到良好的教育，将她培养成冷若冰霜、傲慢自大的“上流小姐”，最后让她用自己的美貌使神魂颠倒的男人伤心断肠，从而为她年轻时被男人抛弃的经历报仇雪恨。于是，艾斯黛拉一方面挑逗匹普，激起他的爱慕之心，另一方面又不断伤害他。毫无疑问，艾斯黛拉让匹普伤透了心，但艾斯黛拉的结局是这样的：她嫁给了一个有钱的专横男子，备受虐待；后来这个男子被一匹马意外踢死，这样艾斯黛拉重新获得自由，也反思了自己的过去。这场痛苦的婚姻显然治好了她憎恨男人的冷

---

① Carolyn W. de la L. Oulten, *Literature and Religion in Mid-Victorian England: From Dickens to England*. New York: Palgrave Macmillan, 2003, p. 31.

酷性格。小说的结尾匹普与艾斯黛拉重逢，他“再也看不到再次分离的幽影了”。

匹普和艾斯黛拉各自的人生轨迹均体现了基督教的犯错——惩罚——救赎这一模式。尽管基督教倡导“原罪说”，认为人性本恶，但狄更斯塑造的人物从整体上看大多是趋向性善论的，恶人往往也是为环境所逼，因此狄更斯为他们提供了救赎的可能。如《我们共同的朋友》中的贝拉讨厌贫穷，是爱财的势利之人，为了让她认清并了解自己的内心，有钱人鲍芬故意当着她的面严厉刻薄地对待他的秘书“洛克史密斯”，结果贝拉对“守财奴”鲍芬大发脾气，也认识到金钱至上观念的罪恶。《匹克威克外传》中的金格尔在入狱之前到处招摇撞骗，《董贝父子》中的董贝冷酷傲慢，但最终他们都能去恶从善，认识到自己的错误，重新做人。《圣诞欢歌》中的雇主斯克鲁奇吝啬自私，对待工人严苛无情，最后受到感化成为仁爱的化身。由此看来，狄更斯并非一味抨击笔下的从恶者，而是更多地重视宗教的教化功能，给他们提供被救赎的可能。这种救赎不仅彰显了基督教的人道主义关怀，同时也对维多利亚时代人文关怀思潮产生了重要影响。

四　狄更斯小说的生态伦理思想

生态批评作为一种批评方法形成于20世纪末期，侧重于表现人与自然的关系，人对自然的态度、影响，文学作品如何彰显作家对自然的看法等等。事实上，生活在19世纪的狄更斯早已涉及了我们今天所关注的生态问题。在他的笔下，自然是一种诗意的栖居，而工业技术的发展对于人类与自然则是一柄双刃剑。

狄更斯的每一部长篇小说都不乏对自然的描写，在他的笔下，自然的美好与否与人物的心情总是彼此辉映的。如果人物心情愉快，那么他笔下定会出现鲜花、绿草；如果人物心情悲伤，那么他笔下便会出现城镇的浓雾、肮脏的街道。如狄更斯在《马丁·朱述尔维特》中描写一个寻找兄弟的善良小姑娘时，他这样写道：“那个欢快的小姑娘穿过胡同，法学院的喷泉好像要喷出两丈来高，墙壁缝隙里的小麻雀也停止叽叽喳喳，像要去聆听夜莺歌唱，那些粗黑的树干也像幼小的嫩枝一样弯下优美的腰肢，像要给姑娘送去美好的祝福……”[1]《大卫·科波菲尔》中的自然描写也具有这样的功能。当年幼的大卫在雅茅斯喜欢上小艾米丽时，浮现在大卫眼前的是雅茅斯朦胧的老海滩、刚透出海上浓雾的太阳、欢快的小石子、海上的大船、小船……他用抒情的笔调寄托自己对大自然的热爱，将自然之美与人的身心健康结合起来。此外，狄更斯要给笔下的人物指明方向时，美丽的乡村是他的首选。《老古玩店》里的祖孙俩经过艰难跋涉，终于远离城市，来到他们心中渴望的乐园，这里“黄褐色的茅顶农舍、谷仓和住宅，在绿树丛中隐约地探出来，小溪被远处的磨坊掀动起涟漪，蓝色的威尔士境内的高山远远地耸峙着”。[2] 他们只有在这个宁静的小山村才感到生活的美好。《匹克威克外传》中的匹克威克先生四处游历，只有到了丁格莱一德尔庄园才感受到身心的愉悦。

狄更斯对自然的崇尚，对田园生活的追求也贯穿在自己的生活中。旅游是他放松自我的主要方式，他喜欢各地的村庄，他笔下的村庄无一不是自然而美丽的。他曾这样描写瑞士一个安静的小村落：“假如冬季的瑞士村庄在我眼中是好看的，它们的夏季景色就是最可爱、最迷人、最美妙的了。为长覆白雪的高山所包围，为高大的树木所荫蔽，点缀在一片最柔软的丰饶的草茵上，它们似乎是躲避大城市的苦恼和患难的许许多多的小安身所呢。”[3] 毫无疑问，狄更斯对待自然的态度与当今的生态批评者对自然的尊崇、对城市文明的反思观点存在契合之处。

对待伦敦这座城市，狄更斯爱恨交加。他爱伦敦，他大部分小说都以拥挤的城市为背景，离开伦敦他几乎无法创作；但他同时也对工业革命的发展、伦敦的盲目扩张带来的生态危机深感忧虑。在他的笔下，19世纪的伦敦喧闹、拥挤、肮脏，上空常年笼罩着令人窒息的黑雾。“大雾弥漫——大雾遮盖了流淌于一排排轮船和肮脏的大城市的污染水源之间

① Charles Dickens, *Martin Chuzzlewit*. Wordsworth Editions Limited, 1998, Chapter 45.

② ［英］查尔斯·狄更斯：《老古玩店》，许君如译，上海译文出版社1980年版，第428页。

③ ［英］查尔斯·狄更斯：《大卫·科波菲尔》，董秋斯译，中国人民大学出版社2004年版，序言第20页。

的泰晤士河。大雾笼罩着埃塞克斯郡的沼泽地和肯特郡高地。大雾爬进了运煤小帆船的厨房，扑向外面的船工，逗留在大船的帆装上，随后降落在驳船和小船的舷窗上。大雾钻进了格林威治那些领取养老金者的眼睛与喉咙——桥上的过路人透过桥栏看到了下面的云雾，他们笼罩在大雾之中。”[①] 黑雾的出现无疑与工业生产有着密切的关系。狄更斯对雾的象征描写，表现了他对城市被极度消耗后所带来的环境污染的忧虑。事实上，在社会意识形态领域，19世纪已经有一些批评家开始忧虑工业发展与自然环境之间的对抗关系。恩格斯在《致乔·威·兰普卢》一文中就指出：“文明是一个对抗的过程，到目前为止，这个过程使土地贫瘠，使森林荒芜，使土壤不能生产其最初的产品，并使气候恶化。”[②]

狄更斯对于机械文明的反思还体现在他对待铁路、火车的悲观态度上。在《董贝父子》中，他四次描写铁轨、火车，第一次描写修建中的铁路，他使用“地震般的”来形容正在铺设中的铁轨场面：“通常只伴随地震而来的那种滚烫的喷泉和火焰的喷发，使整个场面显得更加混乱。在倾圮的墙垣中间，滚水在嗞嗞作响，起伏翻腾，甚至还传出火焰的光芒和声响。一堆堆灰烬把道路都堵塞了，完全改变了这一带人们的活动规律与风俗习惯。”[③] 第二次描写建成后的铁路，认为它们虽然给人们带来了舒适和方便，却完全改变了乡村的模样。在第三次描写中，火车连续五次被比作“怪物”和“死神”，它们发出“尖叫、咆哮和格格声”。第四次火车的出现暗示着死亡——卡克尔在仓皇出逃的过程中被火车撞得粉身碎骨！通过对铁路与火车的数次描写，狄更斯反思了技术进步对人类生存环境与风俗习惯的消极影响，敲响了长鸣的警钟。

马克思主义认为，人是大自然的一部分。原始初民与大自然保持着天人合一的关系，然而，伴随着工业文明时代的到来和科学技术的迅速发展，人与自然的和谐关系被破坏，最终酿成了全球化的环境恶化。用生态批评的视角重审狄更斯的小说，我们发现他许多的观点与今天提倡的自

① ［英］查尔斯·狄更斯：《荒凉山庄》，黄邦杰等译，上海译文出版社1998年版，第5页。

② 《马克思恩格斯全集》第39卷，人民出版社1972年版，第63页。

③ ［英］查尔斯·狄更斯：《董贝父子》，祝庆英译，上海译文出版社1998年版，第60页。

然、生态保护不谋而合。他是一位对大自然有着深厚感情的作家，他通过作品告诫人们要摒弃人类中心主义思想，接近大自然，从而与大自然融为一体以获得心灵的平衡与回归。

狄更斯小说的伦理思想是丰富深邃的，不同的学术理论可以从不同的角度更为深刻、多元地认识狄更斯的价值和意义。本节从家庭、社会、宗教、生态四个方面分析了狄更斯的伦理思想。他对家庭的重视、对教育公平的强调贯穿他一生的文学创作。这种家庭伦理思想也从某种意义上影响了他的社会伦理思想，他所有作品都有着明确的“主旨和目的”，体现在对现存制度与阶级的批判上。但是，狄更斯的批判不是一味地抨击和抗议，而是希望引起社会当局的重视，从而改善人民的生活现状。这些与狄更斯的宗教伦理思想不无关系，他重视宗教的教化功能，相信救赎的力量。此外，狄更斯对维多利亚时代英国自然生态状况的关注让他的作品成为生态批评者的研究范本。总而言之，狄更斯生活的时代虽然离我们已经一个多世纪，但他的家庭、社会、宗教、生态等伦理观念却具有一定的前瞻性。在不断呼吁家庭和睦、文化宽容、宗教对话、人与自然和谐共存的今天，研究他的伦理思想仍具有很强的现实意义。

附录　第二次世界大战前英美狄更斯研究重要文献目录

狄更斯长篇小说

Dickens, Charles. *The Posthumous Papers of the Pickwick Club*. Moscow: Foreign Languages Publishing House, 1949.

Dickens, Charles. *The Adventures of Oliver Twist*. London: Everyman's Library, 1992.

Dickens, Charles. *Life and Adventures of Nicholas Nickleby*. London: Chapman & Hall, 1897.

Dickens, Charles. *The Old Curiosity Shop*. London: Chapman & Hall, 1897.

Dickens, Charles. *Barnaby Rudge*. London: Everyman's Library, 2005.

Dickens, Charles. *The Life and Adventures of Martin Chuzzlewit*. London: Chapman & Hall, 1897.

Dickens, Charles. *Dombey and Son*. London: Everyman's Library, 1994.

Dickens, Charles. *The Personal History of David Copperfield*. London: Chapman & Hall, 1897.

Dickens, Charles. *Bleak House*. London: Chapman & Hall, 1897.

Dickens, Charles. *Hard Times*. London: Everyman's Library, 1992.

Dickens, Charles. *Little Dorrit*. London: Everyman's Library, 1992.

Dickens, Charles. *Tales of Two Cities*. London: Chapman & Hall, 1898.

Dickens, Charles. *Great Expectations*. London: Everyman's Library, 1992.

Dickens, Charles. *Our Mutual Friend*. New York: A. A. Knopf, 1994.

Dickens, Charles. *The Mystery of Edwin Drood*. London: Chapman & Hall, 1899.

一　狄更斯生前主要参考文献

Anonymous. "A Review of *Sketches by Boz*." *Metropolitan Magazine* March 1836, xv, 77.

Anonymous. "Some Thoughts on Arch-Waggery, and in especial, on the Genius of 'Boz'." *Court Magazine* April 1837, x, 184-187.

Anonymous. "Boz and His *Nicholas Nickleby*." *Spectator* 31 March 1838, xi, 304.

Anonymous. "Loose Thoughts." *Frazer's Magazine* October 1838, xviii, 500.

Anonymous. "An Unsigned Review of *Oliver Twist*." *Spectator* 24 November 1838, xi, 1114-1116.

Anonymous. "An Unsigned Review of *Oliver Twist*." *Literary Gazette* 24 November 1838: 741.

Anonymous. "Charles Dickens and His Works." *Frazer's Magazine* April 1840, xxi, 381-400.

Anonymous. "Literary Recipes." *Punch* 7 August 1841, I, 39.

Anonymous. "The Reception of Mr. Dickens." *United States Magazine and Democratic Review* April 1842: 315-320.

Anonymous. "An Unsigned Review of *The Chimes*." *The Economist* 18 January 1843: 53-54.

Anonymous. "An Unsigned Review of *The Chimes*." *The Times* 25 December 1844: 6.

Anonymous. "An Unsigned Review of *The Chimes*." *Christian Remembrancer* January 1845, ix, 301-304.

Anonymous. "Boz versus Dickens." *Parker's London Magazine* February 1845, I, 122-128.

Anonymous. "An Unsigned Review of *The Cricket on the Heath.*" *Chambers's Edinburgh Journal*12 January 1846, n. s. v, 44 - 48.

Anonymous. "An Unsigned Review of *The Cricket on the Heath.*" *Macphail's Edinburgh Ecclesiastical Journal* February 1846, i, 71 - 75.

Anonymous. "An Unsigned Review." *Gentelman's Magazine* July 1846, n. s. xxvi, 3 - 21.

Anonymous. "An Unsigned Review of No. I." *Economist* 10 October 1846: 1324 - 1325.

Anonymous. "Inquest on the late Master Paul Dombey." *The Man in the Moon* March 1847, i, 155 - 160.

Anonymous. "An Unsigned Review of *The Battle of Life.*" *Tait's Edinburgh Magazine*, January 1847, xiv, 55 - 60.

Anonymous. "An Unsigned Review of *The Maunted Man.*" *Macphail's Edinburgh Ecclesiatical Journal* January 1849, vi, 423 - 431.

Anonymous. "Charles Dickens and *David Copperfield.*" *Frazer's Magazine* December 1850, xlii, 698 - 710.

Anonymous. "*David Copperfiled* and *Pendennis.*" *Prospective Review* July 1851, vii, 157 - 191.

Anonymous. "An Unsigned Review." *Illustrated London News* 24 September 1853: 247.

Anonymous. "An Unsigned Review." *Bentley's Miscellany* October 1853, xxxiv, 372 - 374.

Anonymous. "An Unsigned Article." *Westminster Review* October 1854, n. s. vi, 604 - 608.

Anonymous. "Charles Dickens." *The Ecclesialistic and Theologian* October 1855: 467 - 477.

Anonymous. "An Unsigned Review." *Leader* 27 June 1857: 616 - 617.

Anonymous. "An Unsigned Review." *National Review* July 1861, xiii, 134 - 150.

Anonymous. "Charles Dickens's *Great Expectations.*" *Eclectic Review* October

1861, 458 - 477.

Anonymous. "An Unsigned Review." *Dublin University Magazine* December 1861, lviii, 685 - 693.

Anonymous. "Review of *The Collected Works of Charles Dickens.*" *The British Quarterly Review* January 1862: 135 - 159.

Anonymous. "An Unsigned Review of *Mrs. Lirriper's Lodgings.*" *Saturday Review* 12 December 1863, xvi, 759 - 760.

Anonymous. "An Unsigned Review." *London Review* 28 October 1865, 467 - 468.

Anonymous. "An Unsigned Review." *Saturday Review* 11 November 1865, xx, 612 - 613.

Anonymous. "Mr. Dickens's Romance of a Dust-heap." *Eclectic and Congregational Review* November 1865, n. s. ix, 455 - 476.

Anonymous. "An Unsigned Review of *Doctor Marigold's Prescriptions.*" *Saturday Review* 16 December 1865, xx, 763 - 764.

Anonymous. "An Unsigned Review." *Westminster Review* April 1866, n. s. xxiv, 582 - 585.

Anonymous. "Charles Dickens." *British Medical Journal* 18 June 1870, I, 636.

Anonymous. "The Late Charles Dickens." *Illustrated London News* 18 June 1870, lvi, 639.

Anonymous. From an Unsigned Review in *Saturday Review*, 17 September 1870, xxx, 369.

Anonymous. "Dickens." *London Quarterly Review* January 1871, xxxv, 265 - 286.

Arnold, Matthew. "The Incompatibles." *Nineteenth Century* June 1881, ix, 1034 - 1042.

Austin, Alfred. "Charles Dickens." *Temple Bar* July 1870 xxix, 554 - 562.

Aytoun, W. E. "Advice to an Intending Serialist." *Blackwood's Magazine* November 1846, lx, 590 - 605.

Bagehot, Walter. "Charles Dickens." *National Review* October 1858, vii, 458 - 486.

Blanchard, E. L. "Review of *A Christmas Carol.*" *Ainsworth's Magazine* January 1844: 86.

Brimley, George. "An Unsigned Review." *Spectator* 24 September 1853, xxvi, 923-925.

Buchanan, Robert. "The 'Good Genie' of Fiction: Thoughts while Reading Forster's *Life of Charles Dickens.*" *St Paul's Magazine* February 1872, x, 130-148.

Buller, Charles. "The Works of Dickens." *London and Westminster Review* July 1837, xxix, 194-215.

Calverley, C. S. "An Examination Paper: *The Posthumous Papers of Pickwick Club.*" *Fly Leaves* 1872: 121-124.

Capes, John Moore, and Acton, J. E. E. D. A Review in the *Rambler*, January 1862, n. s. vi, 274-276.

Chorley, Henry Fothergill. A Review in the *Athenaeum*, 17 September 1853: 1087-1088.

Cleghorn, Thomas. "Writings of Charles Dickens." *North British Review* May 1845: 65-87.

Croker, John Wilson. "Review of *American Notes.*" *Quarterly Review* March 1843, lxxi, 502-528.

Dallas, E. S. "Review of *Doctor Marigold's Prescriptions.*" *The Times* 6 December 1865: 6.

Dallas, E. S. "An Unsigned Article." *The Times* 17 October 1861: 6.

Dallas, E. S. "An Unsigned Review." *The Times* 29 November 1865: 6.

Eagles, John. "A Few Words about Novels - A Dialogue." *Blackwood's Magazine* October 1848, lxiv, 468-469.

Eliot, George. "The Natural History of German Life." *Westminster Review* July 1856, lxvi, 55.

Felton, Cornelius C. "An Unsigned Review." *North American Review* January 1843, lvi, 212-237.

Fitzgerald, Edward. "A Letter to Thackeruy", January 1847. *Letters and Private Papers of W. M. Thackeray*, Ed. by Gordon N. Ray, Cambridge, Mass., 1946, ii, 266.

Ford, Richard. "An Unsigned Review." *Quarterly Review* June 1839, lviv, 83 – 102.

Forster, John. "An Unsigned Review of *Pickwick Papers*, No. Xv." *Examiner* 2 July 1837: 421 – 422.

Forster, John. "An Unsigned Review of *Nicholas Nickleby*." *Examiner* 27 October 1839: 677 – 678.

Forster, John. "A Unsigned Review." *Examiner* 26 October 1844: 675 – 677.

Forster, John. "Review of*The Chimes*." *Edinburgh Review*, January 1845, lxxxi, 181 – 189.

Forster, John. "An Unsigned Review." *Examiner* 28 October 1848: 692 – 693.

Forster, John. From a Review in the*Examiner*, 8 October 1853: 643 – 645.

Forster, John. "An Unsigned Article." *Examiner* 9 September 1854: 568 – 569.

Forster, John. "An Unsigned Review." *Examiner* 10 December 1859: 788 – 789.

Forsyth, William. "Literary Style." *Frazer's Magazine*, March 1857, lv, 260 – 263.

Friswell, J. H. "Charles Dickens." *Lives of the Illustrations* December 1852: 276 – 297.

Hamley, E. B. "Remonstrance with Dickens." *Blackwood's Magazine* April 1857, lxxxi, 490 – 503.

Hayward, Abraham. "Review of *Pickwick* and *Sketches by Boz*, *Quarterly Review*." *Quarterly Review* October 1837, lix, 484 – 518.

Helps, Arthur. "In Memoriam." *Macmillan's Magazine* July 1870, xxii, 236 – 240.

Hickson, William E. "A Review of Nos. I – VI." *Westminster Review* April 1847, xlvii, 5 – 11.

Hill, Mathhew Davenport. "On James Fitzjames Stephen's Review." 14 August 1857, in *The Recorder of Birmingham: a Memoir of Matthew Davenport*

Hill, R. and F. D. Hill, 1873: 333.

Hoey, Frances Cashel. "Two English Novelists: Dickens and Thackeray." *Dublin Review* April 1871, n. s. xvi, 315 – 350.

Hollingshead, John. "Mr. Dickens and his Critics." *The Train* August 1857, iv, 76 – 79.

Hood, Thomas. "An Unsigned Review of *Master Humphrey's Clock*, Vol. 1." *Anthenaeum* 7 November 1840: 887 – 888.

Hood, Thomas. "A Review of *Barnaby Rudge*." *Anthenaeum* 22 January 1842: 77 – 79.

Horne, R. H. *A New Spirit of Age*. 3 vols. London: Smith, Elder, 1844. Reprint, New York: Garland, 1986.

Howells, William Dean. "An Unsigned Review of Vol. II of Forster's *Life of Charles Dickens*." *Atlantic Monthly* February 1873, xxxi, 238 – 239.

Howitt, William. "Charles Dickens." *The People's Journal* 3 June 1846, I, 8 – 12.

Hutton, R. H. "Mr Dickens's Moral Service to Literature." *Spectator* 17 April 1869, xlii, 474 – 475.

Hutton, R. H. "The Genius of Dickens." *Spectator* 18 June 1870, xliii, 749 – 751.

Hutton, R. H. From an Unsigned Review in the *Spectator*, 1 October 1870, xliii, 1176 – 1177.

Hutton, R. H. "A Review of Vol. III of Forster's *Life of Charles Dickens*." *Spectator* 7 February 1874, xlvii, 174 – 176.

James, Henry. "*Our Mutual Friend*." *The Nation*, December 1865: 786 – 787.

Jeaffreson, John Cordy. *Novel and Novelists, from Elizabeth to Vitoria*. 1858: 273 – 74, 318 – 330.

Lewes, G. H. "Review of *Sketches*, *Pickwick*, and *Oliver Twist*." *National Magazine and Monthly Critic* December 1837, I, 445 – 449.

Lewes, G. H. "An Open Letter." *Leader* 5 February 1857: 137 – 138.

Lewes, G. H. "A Review of Vol. 1 of Forster's *Life*." *Fortnightly Review* February 1872, xvii, 141 - 154.

Lister, Thomas Henry. "Review of *Sketches by Boz*, *Pickwick Papers*, *oliver Twist*, *and Nicholas Nickleby*." *Edinburgh Review* June 1839: 83 - 102.

Locker, Arthur. "Charles Dickens." *Graphic* 18 June 1870: 687.

Lucas, Samuel. "The Perils of Certain English Prisoners." *The Times* 24 December 1857: 4.

Macready, W. C. in his diaries and in a letter to Dickens, 1841.

McCarthy, Justin. "Modern Novelists: Charles Dickens." *Westminster Review* October 1864, n. s. xxvi, 414 - 441.

Masson, David. "*Pendennis* and *Copperfiled*: Thackeray and Dickens." *North British Review* May 1851, xv, 57 - 89.

Martin, Theodore. "Nights in the Martello." *Tait's Edinburgh Magazine* April 1845, xii, 239.

Martineau, Harriet. Extracts from *A History of the Thirty Years's Peace* 1815 - 1846. London, 1849, VI, chapter xvi; and from *Autobiography*, London, 1877, II, 378 - 379, written in 1855.

Martineau, Harriet. Extracts from *A History of England During the Thirty Years' Peace* 1816—1846. 4 vols. London: C. Knight, 1849. London: G. Bell, 1877—1878.

Mill, John Stuart. "A Letter to Harriet Taylor." 20 March 1854. *Life of John Stuart Mill*, Michael St John Packe, 1954: 311.

Mitford, Mary Russell. "Letters on *Pickwick Papers*." 30 June 1837. in *Life of Mary Russell Mitford*, *ed. A. G. L' Estrange*, 1870, iii, 78.

Morris, Mowbray. "Charles Dickens." *Fortnightly Review* 1 December 1882, n. s. xxxii, 762 - 779.

Oliphant, Margaret. "Charles Dickens." *Blackwood's Magazine* April 1855, lxxvii, 451 - 466.

Oliphant, Margaret. "Sensational Novels." *Blackwood's Magazine* May 1862, xci, 574 - 580.

Oliphant, Margaret. "Charles Dickens." *Blackwood's Magazine* June 1871, cix, 673 – 695.

Patmore, Coventry. "Popular Serial Fiction." *North British Review* May 1847, vii, 114 – 117.

Phillips, Samuel. "David Copperfiled and Arthur Pendennis." *The Times* 11 June 1851: 8.

Poe, Edgar Allan. "A Review of *Barnaby Rudge* and *The Old Curiosity Shop*." *Graham's Magazine* February 1842, xix, 124 – 129.

Powell, Thomas. "Charles Dickens." *Pictures of Living Authors of Britain*, New York version, 1849; London version, 1851: 88 – 98, 103 – 105.

Robinson, Henry Crabb. "On *Barnaby Rudge*." in His Diaries, 1841.

Ruskin, John. "On *The Old Curiosity Shop*." Extracts from his letters to W. H. Harrison, 1841.

Ruskin, John. "*Unto this Last*." *Cornhill Magazine* August 1860, ii, 159.

Sala, George Augustus. "On the 'Sensational' in Literature and Art." *Belgravia* February 1868, iv, 449 – 458.

Simcox, Edith. From a Review in the *Academy*, 22 October 1870, ii, 1 – 3.

Simpson, Richard. "An Unsigned Article." *The Rambler* October 1854, n. s. ii, 361 – 362.

Spedding, James. "An Unsigned Review." *Edinburgh Review* January 1843, lxxxvi, 497 – 522.

Stephen, James Fitzjames. "Mr Dickens as a Politician." *Saturday Review* 3 January 1857, iii, 8 – 9.

Stephen, James Fitzjames. "The License of Modern Novelists." *Edinburgh Review* July 1857. cvi, 124 – 156.

Stephen, James Fitzjames. "On *A Tale of Two Cities*." *Saturday Review* 17 December 1859: 38 – 46.

Stephen, James Fitzjames. "A Review of *The Uncommercial Traveller*." *Saturday Review* 23 February 1861, xi, 194 – 196.

Stothert, James Augustine. "Living Novelists." *The Rambler* January 1854, n. s. i, 41 – 51.

Stott, George. "Charles Dickens", *Contemporary Review* January 1869, x, 203 – 225.

Thackeray, W. M. "Going to See a Man Hanged." *Frazer's Magazine* August 1840, xxii, 154 – 155.

Thackeray, W. M. "A Box of Novels." *Frazer's Magazine* February 1844, xxix, 166 – 169.

Thackeray, W. M. "A Letter to David Masson." 6 May 1851. *Letters and Private Papers of W. M. Thackeray*, Ed. by Gordon N. Ray, Cambridge, Mass., 1946, ii, 772 – 773.

Thackeray, W. M. "Charity and Humour." *Works*, 1853, vii, 724 – 725.

Trollope, Anthony. From *The Warden*. London, 1855, Chapter XV.

Thackeray, W. M. "On Dickens." *St. Paul's Magazine* July 1870, vi, 370 – 375.

Ward, A. W. "Charles Dickens: a Lecture." in *Science Lectures for the People*, Manchester, 1877: 238 – 259.

Warren, Samuel. "An Unsigned Review." *Blackwood's Magazine* December 1842, lii, 748 – 801.

Whipple, Edwin P. "Novels and Novelists: Charles Dickens." *North American Review* October 1849: 383 – 407.

Whipple, Edwin P. "*Great Expectations*." *Atlantic Monthly* September 1861, viii, 380 – 382.

Whipple, Edwin P. "The Genius of Dickens." *Atlantic Monthly* May 1867, xix, 546 – 554.

Whitman, Walt. "Charles Dickens." *Brooklyn Daily Times* 6 May 1857.

Yates, Edmund. "Mr. Charles Dickens's New Reading." *Tinsley's Magazine* 1868: 60 – 64.

Yates E. H. and Brough, B. R. "Hard Times (Refinished)." *Our Miscellany* 1857: 142 – 156.

二　狄更斯死后至第一次世界大战期间的主要参考文献

Benson, Arthur C. "Charles Dickens." *North American Review* March 1912: 381 - 391.

Bookman Extra Number. *Charles Dickens*. London: Hodder & Stroughton, 1910.

Bookman. Extra Number: *Charles Dickens*. London: Hodder & Stroughton, 1914.

Brion, H. C. "The Plots of Dickens." *National Review* May 1912: 514 - 523.

Buchanan, Robert. "The Good Genie of Fiction." *St. Paul's Magazine* 1872: 119 - 140.

Burton, Richard. "Dickens." *Masters of the English Novel: A Study of Principles and Personalities*, 175 - 194. New York: Henry Holt, 1908.

Canning, Albert S. *Dickens and Thackeray Studied in Three Novels*. London: T. F. Unwin, 1911. Reprint, New York: Kennikat, 1971.

Chesterton, G. K., and Frederic G, Kitton. *Charles Dickens*. London: Hodder & Stoughton, 1903.

Chesterton, G. K. *Charles Dickens*. London: Methuen, 1906. Reprinted as *Charles Dickens: A Critical Study*. London: Dodd, Mead, 1913. Reprinted as *Charles Dickens: The Last of the Great Men*. New York: The Press of the Readers Club, 1942.

Chesterton, G. K. "Dickensian." *Tremendous Trifles*, 96 - 103. London: Methuen, 1909.

Chesterton, G. K. "Dickens as Socialist." *The Illustrated London News* 2 January 1909.

Chesterton, G. K. *The Victorian Age in Literature*. London: Wiliiams & Norgate, 1913. Reprint, London: Oxford UP, 1966

Compton-Rickett, Arthur. "Charles Dickens: The Humorist." *Personal Forces in Modern Literature*, 143 - 185. London: Dent, 1906. Reprint, New York: AMS Press, 1970.

Cross, Wilbur L. "The Realistic Reaction (Dickens)." *The Development of the English Novel*, 168 – 196. New York: Macmillan, 1899.

Cross, Wilbur L. "The Return to Dickens." *Yale Review* October 1912: 142 – 162.

Davey, Samuel J. *Darwin, Carlyle and Dickens, With Other Essays.* London: James Clark, 1876. Reprint, New York: Haskell House, 1971.

Dawson, William J. *The makers of English Fiction.* London: Hodder & Stoughton; Toronto: F. H. Revell, 1905.

Dickens, Mary, and Georgina Hogarth. ed. *The Letter of Charles Dickens.* London: Chapman & Hall, 1879.

Dickens, Mary. *Charles Dickens by His Eldest Daughter.* London: Cassell, 1885. Reprinted as *My Father as I Knew Him.* London: Roxburghe Press, 1897; Reprint, New York: Harmon & Irwin, 1928.

Dilthey, Wilhelm. "Charles Dickens and the Genius of the Narrative Writer." 1877. Hartmut Steinecke, ed. *Romanpoetik in Deutschland: von Hegel bis Fontane*, Tübingen, 1984: 197 – 202.

Ellis, Stewart M. "Dickens and Forster." *Chambers Journal* 20 January 1912. Reprinted in *Mainly Victorian*, 80 – 88. London: Hutchinson, 1925.

Figgis, Darrell. "Praise of Dickens." *Nineteenth Century* February 1912: 274 – 284.

Fitzgerald, Percy. "Charles Dickens in the Editor's Chair." *The Gentleman's Magazine* November 1881: 725 – 742.

Fitzgerald, Percy. *The Life of Charles Dickens, ad Revealed in his Writings.* London: Chatto & Windus, 1905.

Fitzgerald, Percy. *Memories of Charles Dickens.* London: Simpkin, Marshall, Hamilton, Kent & Co., 1913.

Forster, John. *The Life of Charles Dickens.* London: Chapman & Hall, 1872. Boston: Osgood, 1875. Reprint, London: Palmer, 1928.

Fyfe, Thomas. A. Who's Who in Dickens. London: Hodder & Stoughton, 1913.

Gissing, Goerge. *Charles Dickens: A Critical Study.* London: Blackie, 1898.

Griffin, Montague. "An Estimate of Dickens as an Artist." *The Irish Monthly* September 1896: 490-498.

Harrison, Frederic. "Charles Dickens." *Forum* 18 January 1895: 545-553.

Henley, William E. "Dickens." In *View and Reviews: Essay in Appreciation*, 1-8. London: David Nutt, 1890. New York: Scribner's Sons, 1906.

Howells, William Dean. *Criticism and Fiction.* New York: Harper; London: Osgood, 1891.

Howells, William Dean. "Dickens." In *My Literary Passions*, 88-103. New York: Harper, 1895.

Howells, William Dean. "The Earlier Heroines of Charles Dickens." *Harper's Bazaar* September 1900: 1192-1197.

Howells, William Dean. "Heroines of Dickens's Middle Period." *Harper's Bazaar* September 1900: 1287-1292.

Howells, William Dean. "Later Heroines of Dickens." *Harper's Bazaar* October 1900: 1415-1421.

Howells, William Dean. "My Favorite Novelist and His Best Book." In *Criticism and Fiction and Other Essays by W. D. Howells*, 97-100. edited by Clara. M. and Rudolph Kirk, New York: New York UP, 1959.

Hutton, Laurence. "Charles Dickens, 1812-1870." In *Library of the World's Best Literature, Ancient and Modern*, 4625-88. Vol. 8, edited by Charles Dudley Warner, New York: R. S. Peale and J. I. Hill, 1896-1899.

Jackson, Holbrook. "Charles Dickens." *Great English Novelists*, 215-254. London: Grant Richards, 1908.

Joyce, James. "The Centenary of Charles Dickens", 1913. In Louis Berrone ed. *James Joyce in Padua*, 1977: 33-37.

Kent, Charles. *Charles Dickens as a Reader.* London: Chapman & Hall, 1872. Reprint, New York: Haskell House, 1973.

Kitton, Frederic G. *Dickensiana: A Bibliography of the Literature Relating to Charles Dickens and his Writings.* London: Redway, 1886.

Kitton, Frederic G. *Charles Dickens, By Pen and Pencil*. London: F. T. Sabin, 1890.

Kitton, Frederic G. *The Novels of Charles Dickens: A Bibilography and Sketch*. London: E. Stock, 1897.

Kitton, Frederic G. *Dickens and his Illustrators*. London: Redway, 1899.

Kitton, Frederic G. *The Mirror Writings of Charles Dickens: A Bibliography and Sketch*. London: E. Stock, 1900.

Kitton, Frederic G. *Charles Dickens, His Life, His Writings and Personality*. London: T. C. and E. C. Jack, 1902.

Kitton, Frederic G. *The Dickens Country*. London: A. and C. Black, 1911.

Kitton, Frederic G., ed. *The Poems and Verses of Charles Dickens*. London: Harper, 1903.

Lehmann, R. C. *Charles Dickens as Editor*. London: Smith, Elder, 1912.

Lewes, G. H. "Dickens in Relation to Criticism." *Fortnightly Review* 17 February 1872: 141 – 154.

Langton, Robert. *The Childhood of Charles Dickens*. London, 1883.

Langton, Robert. "Charles Dickens." *Fortnightly Review* December 1898: 944 – 960.

MacKenzie, Robert Shelton. *Life of Charles Dickens*. Philadelphia: T. B. Peterson, 1870.

Marzials, Frank T. *Life of Charles Dickens*. London: W. Scott, 1887.

Matz, Bertram W. *Charles Dickens: The Story of His Life and His Writings*. London: Dickens Fellowship, 1902.

McCarthy, Justin. "Dickens and Thackeray." In *A History of Our Times*, ed. Vol. 2. New York: Lovell, Coryell & Co., 1894.

Merivale, Herman. "With the Majority." *Temple Bar* June 1887: 181 – 195.

Meynell, Alice. "Charles Dickens as a Man of Letters." *Atlantic Monthly* January 1903: 52 – 59.

Meynell, Alice. "Notes of a Reader of Dickens." *Dublin Review* April 1912: 370 – 384.

Milne, James. "How Dickens Sells: He Comes Next to the Bible and Shakespeare." *Book Monthly* August 1906: 773 – 776.

More, Paul Elmer. "The Praise of Dickens." *Shelburne Essays*, 22 – 44. 5th series. New York: Putnam, 1908.

Nabokoff, Vladimir. "Charles Dickens: A Russian Appreciation." *Dickensian* June 1912: 145 – 148.

Oliphant, Margaret. *The Victorian Age of English Literature.* London: Tait, 1892.

Phelps, William L. "Dickens." *Essays on Books*, 178 – 191. New York: Macmillan, 1914.

Philip, Alexander J. and W. L. Gadd. *A Dickens Dictionary.* New York: Dutton, 1909. Revised and enlarged. London: Marshall, 1928.

Pierce, Gilbert A. *The Dickens Dictionary.* Boston: Osgood, 1872.

Procter, R. A. "A Novelist's Favorite Theme." *The Cornhill Magazine* January 1886: 30 – 43.

Pugh, Edwin. *Charles Dickens: The Apostle of the People.* London: New Age Press, 1908. Reprint, New York: Haskell House, 1971.

Ruskin, John. "On the Mortality Rate: from 'Fiction, Fair and Foul'." *Nineteenth Century* June 1880, vii, 945.

Sala, George Augustus. *Charles Dickens.* London: Routledge, 1870.

Saintsbury, George. *Miscellaneous Essays.* London: Percival, 1892.

Saintsbury, George. "Charles Dickens." In *Corrected Impressions: Essays on Victorian Writers*, 117 – 137. London: Heinemann, 1895.

Saintsbury, George. "Dickens." In *A History of Nineteenth Century Literature 1870—1895*, 145 – 150. New York: Macmillan, 1896.

Saintsbury, George. *Essays on English Literature.* London: Rivington, Percival, 1896.

Saintsbury, George. *A Short History of English Literature.* London: Macmillan, 1898.

Saintsbury, George. *The English Novel.* London: Dent, 1913.

Saintsbury, George. "Dickens." In *Cambridge History of English Literature*, 303 – 339. Vol. 13, edited by A. W. Ward and A. R. Waller, Cambridge:

Cambridge UP, 1907—1916.

Shaw, George Bernard. "Introduction." *Hard Times*. London: Waverley Book Co., 1913. Reprinted in Dan H. Laurence and martin Quinn, eds. *Shaw on Dickens*. New York: Frederick Ungar, 1985.

Shaw, George Bernard. "On Dickens." *Dickensian* June 1914: 150 - 151. Reprinted in *The Bookman* Extra Number 1914: 103 - 104.

Shorter, Clement. *Victorian Literature: Sixty Years of Books and Bookmen*. New York: Dodd, Mead, 1897.

Smith, George Barnett. "Charles Dickens." *Gentleman's Magazine* March 1874: 301 - 316.

Stephen, Leslie. "Charles Dickens." In *Dictionary of National Biography*, 925 - 937. ed. Vol. 5, London: Smith, Elder, 1908.

Swinburne, Algernon Charles. "Charles Dickens." *Quarterly Review* July 1902: 20 - 39.

Taine, Hippolyte. *The History of English Literature*, trans. by H. Van Laum, Edinburgh, 1871.

Topp, S. ST John. "Charles Dickens." *Melbourne Review* July 1881: 265 - 282.

Van Dyke, Henry. "The Good Enchantment of Charles Dickens." *Scribner's Magazine* June 1912: 656 - 665. Reprinted in *Companionable Books and Their Authors*, 656 - 665. London; Hodder & Stoughton, 1912.

Walker, Hugh. "Dickens and Thackeray." *The Literature of Victorian Era*, 660 - 706. Cambridge: Cambridge UP, 1913.

Walters, J. Cuming. *Phases of Dickens: The Man, His Message, and His Mission*. London: Chapman & Hall, 1911. Reprint, New York: Haskell House Publishers, 1971.

Ward, A. W. *Charles Dickens*. English Men of Letters. London: Macmillan, 1882.

Watt, James C. *Great Novelists: Scott, Thackeray, Dickens, Lytton*. Edinburgh: Macniver and Wallace, 1880.

Whipple, Edwin P. "An Essay on *Hard Times*." *Atlantic Monthly* March 1877, xxxix, 353 - 358.

Wilkins, W. Glyde. *Charles Dickens in America*. London: Chapman & Hall, 1911.

Williams, Mary. *The Dickens Concordance*. London: F. Griffiths, 1907. Reprint, New York: Haskell House, 1970.

三 第一次世界大战至第二次世界大战期间主要参考文献

Baker, Ernest A. *The Age of Dickens and Thackeray*. Vol. 7 of *The History of the English Novel*. London: H. F. and G. Witherby, 1936.

Beach, Joseph W. *The Twentieth Century Novel*. New York: Century, 1932.

Belloc, Hillaire. "Dickens Revisited." *New Statesman* January 1927: 444 - 445.

Benson, A. C. "Fiction and Romance." *Contemporary Review* December 1911: 792 - 804.

Boas, Guy. "Charles Dickens Today." *Blackwood's Magazine* March 1939: 314 - 326.

Burton, Richard. *Charles Dickens: How to Know Him*. Indianapolis: Bobbs-Merrill, 1919.

Cason, Clarence E. "Charles Dickens in America Today." *Literary Digest International Book Review* September 1926: 603 - 607.

Cecil, Lord David. "Charles Dickens." *Early Victorian Novelists*, 27 - 63. London: Constable, 1934; Indianapolis, IN: Bobbs-Merrill, 1935. Reprinted in *Victorian Novelists: Essays in Revaluation*. Chicago: Chicago UP, 1958.

Chesterton, G. K. *Charles Dickens Fifty Years After*. London: Methuen, 1920.

Chesterton, G. K. "The Popularity of Dickens." *Spectator* November 1928: 43 - 44.

Chesterton, G. K. "On Edwin Drood." *Generally Speaking*, 261 - 267. New York: Dodd, Mead, 1929.

Chesterton, G. K. "On Dickens and After." *Come to Think of It*. 250 - 260. New York: Dodd, Mead, 1931.

Chesterton, G. K. "The Great Gusto." In *The Great Victorians*, edited by H. J.

and Hugh Massingham, 163 – 171. London: Nicholson and Watson; New York: Doubleday, Doran, 1932. Reprinted in *A Handful of Authors*, edited by Dorothy Collins. London: Sheed and ward, 1954.

Christie, O. F. *Dickens and His Age*. London: H. Cranton, 1939. Reprint, New York: Phaeton P, 1974.

Collins, Norman. "Charles Dickens." *The Facts of Fiction*, 155 – 165. New York: Dutton, 1933.

Crotch, W. Walter. "The Decline – and After." *Dickensian* July 1919: 121 – 127.

Crotch, W. Walter. *The Secret of Dickens*. London: Chapman & Hall, 1919. Reprint, New York: Haskell House, 1972.

Cruse, Amy. "Dickens." *The Victorians and Their Reading*, 151 – 173. Boston: Houghton Mifflin, 1935. Dark, Sidney. *Charles Dickens*. London: T. Nelson, 1919. Reprint, New York: Haskell House, 1975.

Darwin, Bernard. *Dickens*. London: Duckworth; New York: Macmillan, 1933. Reprint, New York: Haskell House, 1973.

Dexter, Walter, ed. *The Letters of Charles Dickens*. 3 vols. London: Nonesuch Press, 1938.

Dickens, Sir Henry F. *Memories of My Father*. London: Gollancz, 1928; New York: Duffield, 1929.

Edgar, Pelham. *The Art of the Novel from 1700 to the Present Time*. New York: Macmillan, 1933. Reprint, New York: Russell & Russell, 1965.

Eliot, T. S. "Wilkie Collins and Dickens." *Times Literary Supplement* August 1927: 525 – 526.

Elton, Oliver. "Charles Dickens." *Survey of English Literature: 1830—1880*, 194 – 221. Vol. 2. London: E Arnold, 1920. Revised and reprinted in *Dickens and Thackeray*. London: E. Arnold, 1924.

Ford, Ford Madox. *The English Novel: From the Earliest Days to the Death of Joseph Conrad*. London: Lippincott, 1930.

Forster, E. M. *Aspects of the Novel*. London: E. Arnold, 1927.

Galsworthy, John. "Six Novelists in Profile." *Castles in Spain and Other Screeds*, 201 - 235. New York: Scribner, 1927.

Gissing, George. *Critical Studies of the Works of Charles Dickens.* New York: Greenberg, 1924.

Gissing, George. *The Immortal Dickens.* London: Palmer, 1925; reprint, New York: Haskell House, 1965.

Huxley, Aldous. "The Vulgarity of Little Nell." *Vulgarity in Literature*, 54 - 59. London: Chatto & Windus, 1930. Reprinted in *Music at Night and Other Essays.* London: Chatto & Windus, 1931.

Jackson, T. A. *Charles Dickens: The Progress of a Radical.* London: Lawrence & Wishart, 1937; New York: International, 1938.

Kidd, H. H. "Is Dickens Still A Hero?" *South Atlantic Quarterly* July 1927: 280 - 289.

Kingsmill, Hugh. *The Sentimental Journey: A Life of Charles Dickens.* London: Wishart, 1934; New York: William Morrow, 1935.

Laski, Harold. "In Praise of Dickens." *Daily Herald* 24 November 1932.

Leacock, Stephen. "Fiction and Reality: A Study of the Art of Charles Dickens." *Essays and Literary Studies*, 159 - 188. London: John Lane, 1916.

Leacock, Stephen. *Charles Dickens: His Life and Work.* London: Davies, 1933; New York: Doubleday, Doran, 1934.

Leavis, Q. D. *Fiction and the Reading Public.* London: Chatto & Windus, 1932.

Ley, J. W. T. "Dickens and Our Allies." *Dickensian* November 1915: 285 - 290.

Ley, J. W. T. *The Dickens Circle: A Narrative of the Novelist's Friendships.* London: Chapman & Hall; New York: Dutton, 1919.

Ley, J. W. T. "History of the *Dickensian.*" *Dickensian* January 1926: 11 - 22, 121 - 129.

Livingston, Flora, ed. Charles Dickens's Letters to Charles Lever. Cambridge,

MA: Harvard UO, 1933.

Lovett, R. M. and H. S. Hughes. *The History of the Novel in England.* Boston: Houghton Mifflin, 1932.

Lubbock, Percy. *The Craft of Fiction.* London: J. Cape, 1921.

Maurois, André. "The Philosophy of Dickens." *Forum* January 1929: 54 – 59.

Maurois, André. *Dickens, His Life and Work.* Translated by Hamish Miles. London: J. Lane, 1934.

Mordell, Albert, ed. *Notorious Literary Attacks.* New York: Boni & Liveright, 1926.

Muir, Edwin. *The Structure of the Novel.* London: L. and V. Woolf, 1928; New York: Harcourt, Brace, 1929.

Murry, John Middleton. "The Dickens Revival." *Times* May 1922: 16.

Noyes, Alfred. "The Value of Dickens, Here and Now." *Dickensian* June 1939: 189 – 193.

Osborne, Charles. *Letters of Charles Dickens to the Baroness Burdett-Coutts.* New York: E. P. Dutton, 1932.

Page, Norman. Ed. *Charles Dickens: Family History.* Butler & Tanner Ltd., Frome and London, 1935.

Phelps, William L. *The Advance of the English Novel.* New York: Dodd, Mead, 1916.

Philips, Walter C. *Dickens, Reade and Collins: Sensation Novelists.* New York: Columbia UP, 1919. Reprint, New York: Russell and Russell, 1962.

Pike, James S. "Dickens, Carlyle and Tennyson." *Atlantic Monthly* December 1939: 810 – 819.

Powys, John C. "Dickens." *Visions and Revisions*, 119 – 131. New York: Shaw, 1915. Reprint, London: Macdonald, 1955.

Powys, John C. "Dickens." *Enjoyment of Literature*, 321 – 341. New York: Simon and Schuster, 1938.

Quiller-Couch, Sir Arthur T. *Charles Dickens and Other Victorians.* Cambridge:

Cambridge UP, 1925.

Rainey, Lillian F. "Dickens Up to Date." *Century* February 1926: 504 – 506.

Santayana, George. "Dickens." *Dial* November 1921: 537 – 549. Reprinted in *Soliloquies in England and Later Soliloquies*. New York: Scribner, 1922. Reprint, Ann Arbor: U of Michigan P, 1967.

Sitwell, Sir Osbert. *Dickens*. London: Chatto & Windus, 1932. Reprint, New York: Haskell House, 1973.

Storey, Gladys. *Dickens and Daughter*. London: F. Muller, 1939.

Straus, Ralph. *Charles Dickens: A Portrait in Pencil*. London: Gollancz, 1928. Issued as *Charles Dickens: A Biography from New Sources*. New York: Cosmopolitan Books, 1928.

Straus, Ralph. *Dickens: The Man and the Book*. London: Nelson, 1936.

Van Amerongen, J. B. *The Actor in Dickens: A Study of the Histrionic and Dramatic Elements in the Novelist's Life and Works*. London: Palmer, 1926; New York: D. Appleton, 1927. Reprint, New York: Haskell House Publishers, 1970.

Wagenknecht, Edward. *The Man Charles Dickens: A Victorian Portrait*. Boston: Houghton Mifflin, 1929. Revised, Norman: U of Oklahoma P, 1966.

Wagenknecht, Edward. "Review of Recent Dickens Literature." *Virginia Quarterly Review* July 1934: 455 – 459.

Wagenknecht, Edward. "Dickens and the Modern Novel." *Trio: Dissertations on Some Aspects of National Genius*, 1 – 45. London: Macmillan, 1938.

Walters, J. Cuming. "Biting Critics." *Dickensian* Autumn 1930: 282 – 285.

Weygandt, Cornelius. *A Century of English Novel*. New York: The Century Co., 1925.

William, Orlo. *Some Great English Novels: Studies in the Art of Fiction*. London: Macmillan, 1926.

Woolf, Virginia. "David Copperfield." *Nation and Athenaeum* August 1925: 620 – 621. Reprinted in *The Moment and Other Essays*. London: Hogarth, 1947. Reprinted in *Collected Essays*. Vol. 1. London: Hogarth, 1966.

Wright, Thomas. *The Life of Charles Dickens*. London: H. Jenkins, 1935.

Zweig, Stefan. "Charles Dickens." Translated by Kenneth Burke. *Dial* January 1923: 1 – 24. Reprinted in *Three Maters*. Translated by Eden and Cesar Paul. New York: Viking, 1930.

后　记

这部拙著是在我的博士论文基础上修改而成的。回想自己攻读博士学位的三年时光，至今仍历历在目。

2009 年，当我第一时间得知自己被湖南师范大学录取时，怀着激动又忐忑的心情拜访导师赵炎秋教授。因为我本科、硕士读的都是英语语言文学专业，而考上的是赵老师的比较文学方向博士，这个专业不仅要求有一定的英语文学功底，也要求有一定的中国文学功底。赵老师看到我畏难，鼓励并建议我在博士期间争取过三关：语言关、写作关和理论思维关。临走时赵老师开玩笑似的对我说："我希望你博士期间不要生出许多白头发来。"

博士三年，我按照赵老师对我提出的要求，努力一关一关地过。为了过语言关，我恶补中国文学知识，读了鲁迅、巴金、老舍、钱锺书等大量作家的文学作品，努力从这些文学大家的作品中汲取养分；为了过写作关，我旁听了不少文学院的课程，尽力排除英语写作思维的干扰，让自己的中文表达更为顺畅；为了过理论关，我通读了朱光潜先生的《西方美学史》以及其他重要的文学理论著作。虽然至今离导师的要求还有很大的差距，但我相信自己已经取得了一定的进步，而且幸运的是，博士三年我的白头发似乎一根也没长。

没长白头发，从某种方面也说明我的博士生活并不痛苦。事实上，我从内心认为自己三年的博士生活是紧张而快乐的，而能拥有这样快乐的博士生活需要感谢下面提及的人。

后 记

首先要感谢我的导师赵炎秋教授。三年来，我撰写的大部分小论文都得到过赵老师的中肯建议和修改意见。博士论文从选题、构思及定稿，自始至终都倾注着老师的心血。为了帮助我搜集到尽可能全面的狄更斯研究史料，赵老师利用在剑桥大学访学的机会将那些无法购买到的原始史料用相机一页一页地照了下来。赵老师以严谨的治学之道、宽厚仁慈的胸怀、怡然自得的生活态度，为我树立了一辈子学习的典范，他的教诲与鞭策将激励我在学习和教育的道路上励精图治，开拓创新。

其次要感谢我工作的湖南科技大学外国语学院的院长曾艳钰教授。作为院长，她支持我脱产学习，在学院严重缺老师上课的情况下，她并未要求我承担教学任务，支持我全心读书；作为我的硕士生导师，她自始至终指导我的学习，关心我论文的进展，祝贺我取得的每一点小小成绩。三年来，我一直铭记她送给我的八个字“用心读书，静心思考”。

再次，我还要郑重地感谢湖南师范大学外国语学院的蒋洪新教授。博士期间，我听过他至少三门以上的课程。每堂课他必会带来许多珍贵的文献资料，任何有需要的同学都可向他借阅。他的课程内容丰富、纵横捭阖，讲课激情四溢、极具感染力。他精彩的授课是我学习生涯中一道迷人的风景。

感谢米歇尔·斯莱特教授（Michael Slater）。我与他在2010年初取得联系，并经常邮件向其请教。作为英国健在的最为知名的狄更斯研究专家，他在繁忙的讲座之余，对我的每封邮件都加以回复，并给我寄来他的相关狄更斯研究著述，同时推荐我与其他狄更斯协会成员加强联系。这些让我甚为感动。

感谢吴晓都教授、詹志和教授、肖明翰教授、邓颖玲教授、谭桂林教授、张旭教授、张文初教授等参加我的开题、预答辩、答辩，大到框架，小到格式，他们都提出了许多宝贵的建议。他们严谨的治学态度让我至今受益。

感谢我的先生。虽然我们专业截然不同，但他却是我每篇文章的第一个读者。三年下来，他居然也能尽数狄更斯小说的书名。当我在写作中遇到困难，情绪低落时，他总能给我加油鼓劲。没有他的陪伴，我相信这三年的博士生生活将是很不一样的光景。

感谢我亲爱的父母。他们一直帮我照顾女儿和家庭，他们默默地奉献与支持让我心生愧疚，在此，祝愿他们身体健康，我将在以后的日子里加倍关心、照顾他们。

由于自身水平有限，该书还存在不少缺点和不足，恳请阅读此书的老师、同行多加指正！

刘　白

2015年4月